天赐之女

The Girl with All the Gifts

〔英〕M. R. Carey 麦克·凯里 著

张瑾 译

陕西新华出版传媒集团
太白文艺出版社

谨以此书献给打开"潘多拉盒子"的林

1

她叫梅勒妮（Melanie）。这个名字来自古希腊语，意思为"黑人女孩"。但实际上她本身皮肤白皙无比，所以她认为这不是个适合自己的好名字。她钟爱的是"潘多拉"这个称呼，但在起名字这件事上她并没有选择权。贾斯蒂诺小姐（Justineau）依照一份大名单来指定所有人的名字，男孩或者女孩名字列表上排在最前面的那个就是新成员对应的姓名，用贾斯蒂诺小姐的话来说，"就这个"。

最近很长一段时间内都没有出现过任何新面孔。梅勒妮不知道为什么会这样。过去常常有很多新来的孩子，每隔一周或几周，晚上就闹哄哄的。低沉的命令声、抱怨声，偶尔夹杂着咒骂声。一扇牢门"砰"地关上。之后不久——通常为一到两个月——教室中才会出现新成员——一个新来的男孩或女孩，连说话都还没学会。不过他们学得很快。

梅勒妮曾经也是个新人，但那已经是很久以前的事了，所以很难再回忆起来。那时候她连话都还不会说，也不会说事物的名称，而没有名称的事物是不会被人记住的。它们从记忆中慢慢脱离，然后消失不见。

如今她已十岁，拥有童话故事里公主般的皮肤，肌肤胜雪。所以，她知道自己长大后会出落成一个美丽的姑娘，会有很多王子前赴后继地攀登禁锢着她的高塔来拯救她。

当然，前提是她得有这么一座塔。

与此同时，她还有这间牢房、这条走廊、这间教室和这间淋浴室。牢房很小，而且方方正正，里面有一张床、一把椅子和一张桌子。牢房四周是被涂成灰色的墙，墙上贴着几幅图片：较大的一幅是亚马孙雨林，较小的一幅则是一只从茶碟中喝牛奶的猫。有时中士和他的手下会让孩子们从这间牢房搬到那间牢房，不断地换来换去，所以梅勒妮知道有些牢房里有不一样的图片。过去常常贴在她牢房里的是草地上的一匹马，还有山顶包裹着积雪的一座山峰，她更喜欢后者。

将这些图片贴上去的人是贾斯蒂诺小姐。她将它们从教室里的一叠旧报纸上剪下，然后用角落里一块一块的蓝色黏性物质粘到墙上。如同故事里的守财奴一般，她将这些蓝色黏性物质囤积起来。每摘下一幅图片或者贴上一幅新图片，她总是会将粘在墙上的最后一点黏性物质刮得干干净净，再粘回她桌子里由这种物质粘成的一个小圆球上。

这些用完就真没了，贾斯蒂诺小姐说。

走廊的左手边有二十扇门，右手边有十八扇，尽头又各有一扇：其中一扇刷成了红色通向教室——所以梅勒妮把它当作走廊的教室一头，另一头则是光秃秃的灰色钢制门，还特别特别厚。至于这扇门通向哪里倒有点难说。有一次梅勒妮在被带回牢房的路上正巧碰上这扇门的铰链掉了，旁边有一些人正在修理。她亲眼看见了这些人如何将所有这些螺栓和门边缘凸出的零件安装上去，因此门一旦被关上，想要打开就会非常困难。门后面有一段长长的混凝土楼梯，一阶一阶地向上延伸。这些都不应该被她看到，所以中士一边将她的轮椅猛地推进牢房，重重地关上牢门，一边说："小贱人长了太多双眼睛，总是看这看那。"但她偏偏就是看到了，并且记到了脑子里。

她也爱竖着耳朵去听，从那些无意中听到的对话中，她对这个地方与其他一些她从未见过的地方之间的关系有了一定的概念。这个地方指这座地堡。地堡外面是基地,即"回声酒店"。基地外面是第六区,往南30英里便是伦敦,再往南44英里就是毕肯(Beacon),再往前除了大海之外就没有别的什么了。第六区的大部分地方都已清理完毕,但是维持这种现状的唯一力量是带着手雷和火球的燃烧巡逻队。这就是基地存在的意义,对此梅勒妮十分肯定。它派遣燃烧巡逻队去清除那些僵尸。

燃烧巡逻队必须十分小心,因为外面还是有很多僵尸。假如它们闻到了你的气味,便会尾随你100英里,你一旦被抓到,便难逃被吃掉的命运。梅勒妮庆幸自己住在这座地堡里,躲在那扇大钢制门后面。在这里,她是安全的。

毕肯与基地大不相同。这个城市规模巨大,到处都是人,建筑高耸入云。它一面临海,其他三面由护城河和布雷区所包围,因此僵尸靠近不得。在毕肯,你可能一辈子都见不到一只僵尸。这个城市特别大,人口很可能有一千亿,全都生活在一起。

梅勒妮希望有一天能到毕肯去。考德威尔博士(Caldwell)曾说过,这要等任务完成后,还要等一切都已安置妥当。梅勒妮试着去想象那一天的到来:这些钢铁之墙像书本一样慢慢合上,接着……会发生别的什么。一片他们都将走进的外面的新天地。

这会很可怕,但又是如此不可思议!

每天早上,穿过那道灰色钢制门过来的依次是中士、中士的手下,最后才是老师。他们沿着走廊往前走,经过梅勒妮的房门,身上总是带着一股浓重刺鼻的化学品气味,并不好闻,却令人兴奋,因为它意味着新一天的课程即将开始。

一听到门闩滑动的声音和脚步声,梅勒妮便冲到她的房门前,踮起脚尖,隔着门上那扇小小的网窗窥视,看着他们经过自己的房间。她大声喊"早上好"跟他们打招呼,但是他们不能回应,通常也不会回应。中士及其手下就从不回应，考德威尔博士和惠特克（Whitaker）先生也是。塞尔科克（Selkirk）博士则迅速走过，从不往这边看，所以梅勒妮看不见她的脸。然而有时候贾斯蒂诺小姐会冲她挥挥手，美勒（Mailer）女士脸上偶尔也会闪过一丝隐秘的微笑。

当天要讲课的老师会径直穿过走廊走进教室，与此同时，中士的手下们则开始打开所有牢门。他们的工作是将孩子们带到教室，在这之后他们又会离开。这项工作做起来有一套流程，需要花很长时间。梅勒妮觉得他们对所有孩子都是这样，当然，她也不确定，毕竟这一般都是在牢房内完成的，而她只能看见自己住的这间牢房的内部。

首先，中士会一边捶门，一边呵斥孩子们做好准备。通常他喊的是"转移"，但有时也会加一些其他的话进去。"转移了，你个小兔崽子！"或者"转移了！快滚出来！"他那张带有疤痕的大脸赫然出现在网窗外，横眉竖眼地盯着牢房里的你，确保你已经起床并行动了起来。

梅勒妮记得有一次他进行了一番讲说——不是对孩子们，而是对他的手下。"你们当中有些人刚来不久。你们不知道自己报名参加的到底是什么鬼东西，也不知道自己到底在什么鬼地方。你们害怕这些该死的野孩子，是不是？那么，很好。好好感谢这种恐惧。你越是害怕，就越不可能把事情搞砸。"随后他喊道："转移！"幸亏他喊了这一句，因为梅勒妮那时还不确定这是否就是转移时的喊话。

中士说完"转移"后，梅勒妮便迅速穿好门边挂钩上的那条白色直筒式连衣裙，穿上从墙上容器内取出的一条白色裤子和并排摆在床底的那双单鞋。然后她像被教导过一样，在床脚的那辆轮椅里坐下。她将双手放到轮椅的两个扶手上，双脚则踩在搁脚板上，闭上眼睛等待，一边等一边数着数。她最多曾数到两千五百二十六，最少则数到过一千九百零一。

当钥匙插进门内的时候，她便停止数数，睁开眼睛。中士带着他的枪走进来，拿它对准梅勒妮。他的两个手下进来将轮椅上的梅勒妮的手腕和脚踝周围的皮带拉紧并扣住。还有一条皮带是要绑住她的脖子，他们等梅勒妮的双手和双脚一口气全被绑上，最后才来拉紧这条皮带，而且总是从后往前拉。皮带是设计好了的，所以他们从不需要将手放在梅勒妮面前。有时梅勒妮说："我不会咬人的。"她将这句话当玩笑讲，可是中士的手下们从来都不笑。中士倒是在她第一次这么说时笑过一次，却笑得龌龊，接着他说："好像我们会给你这个机会似的，甜妞儿。"

等梅勒妮全身都被绑在轮椅上，双手、双脚和头部都无法动弹时，他们便将她推进教室里，停在她的课桌前。此时老师可能正在和其他一些孩子说话，或者正在黑板上写着什么，但是她（或他——假如是唯一的男性教师惠特克先生）通常会停下来说："早上好，梅勒妮。"这样一来，坐在教室最前面的孩子们就知道梅勒妮已经进到教室了，于是他们也可以说"早上好"了。当然，她进来的时候，大部分孩子是看不见的，因为所有人都坐在轮椅里，脖子上都拴着皮带，头转不了那么大的角度。

这个过程——推着轮椅进来，老师说"早上好"，以及之后其他孩子齐声问好——还要再过九遍，因为在梅勒妮后面被推进教室的孩子还有九个。其中一个孩子叫安妮（Anne），过去曾是梅勒妮在班上最要好的朋友，可能现在还算是，只是上次他们调换了孩子们的位置（中士称之为"洗牌"），结果两个人的座位离得很远，与连话都说不上的人是难以维持好朋友关系的。还有一个叫肯尼（Kenny），梅勒妮并不喜欢他，因为他要么叫她"瓜脑袋（Melon Brain）"[①]，要么就是"梅——梅——梅——梅勒妮"，翻出梅勒妮过去在班上说话有时会结巴这档子事来。

等所有孩子都坐到教室里后，老师便开始上课。每天都有算术题和拼写，还有记忆力测试，然而关于余下的课程似乎并没有什么计划。有些老师喜欢就着书本大声朗读，然后就刚刚读过的内容进行提问。其他老师则让孩子们学习一些事实、年代、表格和方程，而这些都是梅勒妮所擅长的。她知道英国历代国王、王后以及他们在位的时间，所有城市名称及各自的面积、人口数量、流经的河流（假如有河的话）还有格言（假如有格言的话）。她还知道欧洲所有国家的首都及其人口数量，还有它们与英国交战的年代——大部分都不相同。

记住这些对她来说并不是件难事。她记这些是为了不让自己无聊，因为无聊比其他任何事情都更糟糕。如果知道表面积和总人口，她可以心算出平均人口密度，然后通过做回归分析来预测10年、20年、30年后当地可能拥有的人口数量。

但有个问题。关于英国各个城市的种种，梅勒妮是从惠特克先生那里学到的，而她不确定自己所获得的详细情况是否全都正确。因为有一天，惠特克先生正表现得有些滑稽，声音不稳定而且模糊不清，就是在这个时候，他说了一些令梅勒妮感到担忧的话。当时她正在问他1 036 900这个数据是包括所有郊区在内的整个伯明翰的人口数量，还是仅指中心城区，他回答："谁还在乎啊？这些东西都不再重要了。我之所以告诉你这个数字，是因为我们这里所有

[①] 在英文中"melon"与"Melanie"发音相似，意为"瓜"，"brain"的意思为"大脑"。——译者注

的课本都是些 30 年前的陈芝麻烂谷子了。"

因为梅勒妮知道伯明翰是英国排在伦敦之后的最大城市,她想确认自己得到的数据准确无误,所以仍坚持问道:"但人口普查数据——"

惠特克先生打断了她的话:"老天,梅勒妮,这个问题不重要,这是段老掉牙的历史了!那里已经什么都没有了。连个鬼都没有。伯明翰的人口是 0。"

看来梅勒妮的一些知识储备在某些方面可能——甚至是很可能——需要更新一下了。

周一、周二、周三、周四和周五,孩子们都要去上课。到了周六,他们会被锁在各自的房间内一整天,同时公共广播系统播放着音乐。没有人会来,就连中士也不会出现。音乐声大得让人无法交谈。梅勒妮早就想自创一套不用说话只打手势的语言,这样孩子们就能透过自己门上的小网窗来说话了。她将这一想法落实,编成了这么一种语言,过程很有趣。但在她询问贾斯蒂诺小姐自己是否可以将这套语言教给整个班级时,贾斯蒂诺十分大声且严厉地告诉她不可以,还让梅勒妮保证不向其他任何一位老师提起自己的手势语,尤其不要对中士说。"他已经够多疑的了。"贾斯蒂诺说,"如果他认为你们背着他私下交流,他会丧失仅剩的那一点点理智。"

因此,梅勒妮从未能有机会教给其他孩子怎样用手势语来交流。

周六总是漫长而无趣,还很难熬。梅勒妮大声地给自己讲一些孩子们在课上听到的故事,或者合着音乐唱数学证明,比如说质数无穷大。由于音乐盖过了她的声音,所以她这样做没什么大碍。否则中士会走进来让她闭嘴。

梅勒妮知道中士周六的时候还在,因为有一个周六,罗妮(Ronnie)用手砸自己牢房的网窗,手被砸得一片血肉模糊,这时中士进来了。他带了自己的两个手下,三个人都穿着遮住了脸的宽大套装。他们走进罗妮的房间,从声音中梅勒妮猜出他们正试图将罗妮绑进轮椅里。她还听到罗妮正挣扎着不让他们得逞,因为罗妮不停地叫喊道:"别碰我!别碰我!"之后不断地传来砰砰的响声,只听中士的一个手下大叫:"老天,别——"接着其他人也开始喊叫,有人说:"抓住她另一条胳膊!按住她!"然后一切又都安静了下来。

梅勒妮不知道在那之后发生了什么。中士手底下的那些人四处走动,锁上了所有网窗外面的小纱窗,这样孩子们便看不到外面了。纱窗就这样锁了一整天。下个周一的时候,罗妮没有像往常一样出现在教室里,似乎没人知道在她身上发生了什么。梅勒妮愿意认为在基地的某个地方还有另外一间教室,罗妮就是去了那里,所以等哪天中士再"洗牌"的时候,她可能就回来了。然而她的真实想法——她无法控制自己不去想——却是中士将罗妮带走是要惩罚她不老实,他永远也不会再让罗妮见到其他任何一个孩子。

除进食和淋浴外,周日和周六没有什么不同。一大早,孩子们会被绑进各自的轮椅里,像往常一样要去上课似的,只是他们的右手和右前臂——仅这两个部位——没被绑住。他们被推进淋浴室,就是右边最后的那间屋子,就在那扇光秃秃的钢制门前面。

淋浴室里铺着白色瓷砖,空空荡荡的,孩子们在里面坐着,等所有人都被推进来。随后中士的手下带来进食用的碗和勺子。他们在每个孩子的大腿上放一个碗,里面已插好勺子。

碗里有大概一百万条蛆在蠕动。

孩子们进食。

在他们读过的故事中,孩子有时会吃别的东西——蛋糕和巧克力,香肠和土豆泥,薯片和糖果,意面和肉丸。而这些孩子们吃的只是蛆,而且一周只能吃上一次,因为——有次梅勒妮问起,塞尔科克博士是这样解释的——他们身体代谢蛋白质的能力异常高效。他们没有必要去吃任何其他东西，甚至连水都不用喝。这些蛆能满足他们的一切营养需求。

吃完饭，碗被拿走，中士的手下走出去，关上门，合上门封。此时淋浴室里一片漆黑，因为里面一盏灯都没有。墙后面的管道开始发出类似有人在忍着笑的声音，接着会从天花板喷洒下一种化学喷雾。

这种喷雾与老师们、中士及其手下身上的同属于一种化学品，最起码闻起来一样，但是相比起来要浓烈得多。刚开始喷的时候有一点刺痛感，再往后刺痛感变得很强烈。梅勒妮的眼睛因此变得红肿，几近失明。但是它又很快从衣服和皮肤上蒸发掉，所以在这个黑暗死寂的房间里再坐上半个小时后，除了弥留的气味以外，化学品完全消失不见，最后连气味也逐渐消失，或者至少他们已经习惯，所以不再那么难闻。孩子们就静静地等待门被打开，中士的手下进来将他们带走。这就是孩子们冲洗的过程，也正是因为这个原因——如果没有别的什么原因的话——可以说周日就是一周中最糟糕的一天。

而一周中最美好的一天则是贾斯蒂诺小姐上课的那天——不管是哪天。她并不总在同一天来，有时甚至一整周都不会出现。但是每当梅勒妮坐在轮椅里被推进教室，看到贾斯蒂诺小姐在那里时，总会感到一股纯粹的幸福，仿佛心从身体里飞出，飞到了云霄之中。

没人会在"贾斯蒂诺小姐日"感到无聊。对梅勒妮来说，就算只是看着她，自己也会激动不已。梅勒妮喜欢猜贾斯蒂诺小姐会穿什么，头发是盘起来还是披散着。通常她的头发都是披散下来，又长又黑，还很卷，看上去就像瀑布一样。有时候她会用一根头绳把头发梳起来扎到后面，而且扎得很紧，这样也很好看，因为她的脸因此而变得更突出，此时的她几乎就像是在庙宇的一侧支撑房顶的一座雕像——一根女像柱。其实不管怎么打扮，贾斯蒂诺小姐的脸都很突出，因为它的颜色无与伦比的漂亮。那是深棕色，就像梅勒妮的那幅雨林图中树木的颜色，那些树木的种子只能在林火灰烬中存活，或像贾斯蒂诺课间从水瓶往茶杯中倒出的咖啡的颜色。唯一不一样的地方是，她脸的颜色比其中任意一种颜色都更深，更丰富，混合了各种其他颜色，所以没有任何东西能够真正与之媲美。只能说梅勒妮的皮肤颜色有多浅，贾斯蒂诺小姐脸的颜色就有多深。

有时贾斯蒂诺小姐会在衬衣外面围条丝巾或什么的，系在脖子和肩膀周围。每每此时，梅勒妮便觉得她看上去既像一个海盗，又像《花衣魔笛手》(*Pied Piper*)里哈梅林镇（Hamelin）的妇女①。但是贾斯蒂诺小姐书中那张图片上的哈梅林妇女大都老态龙钟、弯腰驼背，而贾斯蒂诺却是风华正茂，没有半点佝偻的样子，很高很漂亮。所以她还是更像海盗，只是没穿长筒靴，没拿剑而已。

贾斯蒂诺小姐上课的那天总是会有各种美妙的事情发生。有时她会大声朗读诗歌，或者将她的长笛带来吹奏，或者向学生们展示书中的图片并讲述图中的人物故事。梅勒妮就是这样知道了潘多拉和埃庇米修斯（Epimetheus），以及那个装满了世界上所有邪恶事物的盒子，因为有天贾斯蒂诺给他们看了书中的一张图片。图中有一个女人正在打开一个盒子，从中冒出很多非常恐怖的东西。"那是谁？"安妮问贾斯蒂诺小姐。

"那是潘多拉。"贾斯蒂诺小姐说，"她是个十分神奇的女子。

---

① 《花衣魔笛手》是一个古老的欧洲民间传说，主要讲述了哈梅林镇的镇民为解决鼠疫请来了能铲除老鼠的花衣魔笛手，但事成之后却背信弃义，拒不支付事先允诺的报酬，最终遭到花衣魔笛手报复，失去全村小孩的故事。——译者注

诸神都祝福她，赐予她礼物。这就是她名字的含义——'拥有所有礼物的女人'。所以她聪明、勇敢、美丽、风趣，还具有其他一切你想拥有的品质。但她只有那么一个小缺点，那就是有强烈——我是说强烈——的好奇心。"

讲到这里孩子们都听得入了迷，他们很喜欢这个故事，梅勒妮也不例外，最后他们听完了整个故事——从开头诸神与提坦（Titans）之间的战争，到结尾潘多拉打开盒子放出所有可怕的东西。

梅勒妮说，她并不认为应该将所发生的事情归咎于潘多拉，因为这是宙斯为凡人设置的陷阱，他是故意让潘多拉变成那个样子，因为只有这样，陷阱才能被触发。

"大声说，小姐。"贾斯蒂诺小姐说。梅勒妮便说："男人享乐，女人受责。"贾斯蒂诺大笑起来。梅勒妮让贾斯蒂诺小姐笑了！那天真的特别美好，尽管梅勒妮到现在也不知道自己说了什么好笑的话。

在贾斯蒂诺小姐上课的日子里，唯一的问题就是时间过得太快。对梅勒妮来说，每一秒都珍贵无比，所以她甚至连眼睛都不眨一下，只睁大眼睛坐在那里，全神贯注地听着贾斯蒂诺小姐说的每一个字，记在脑子里，这样之后回到牢房自己能再回放一遍。等到什么时候将这些内容都消化好了，她就向贾斯蒂诺小姐提问，因为她最想听到和记住的就是贾斯蒂诺小姐叫她名字——梅勒妮——时的声音，听起来会让她感到自己是全世界最重要的人。

2

有一次，中士在一个"贾斯蒂诺小姐日"来到教室。在他开口说话之前，梅勒妮一直都不知道他在，因为他一直站在教室的最后面。

贾斯蒂诺小姐正讲到"这次，小熊维尼和小猪皮杰在雪地里数出了有三对脚印"时，中士的声音突然插进来："这是什么玩意儿？"

贾斯蒂诺小姐停下来，环顾四周。"帕克斯（Parks）中士，我在为孩子们读故事。"她说。

"我能看出来。"中士的声音传来，"我以为我们要做的是对他们进行测试，而不是过家家。"

贾斯蒂诺小姐紧张起来。如果你不如梅勒妮那样了解她，不像梅勒妮那样仔细观察她，很可能会察觉不到这一点。她这种情绪很快又消失不见，再次开口说话时，声音听起来就和平常一样，一点也没生气。"那正是我们现在所做的。"她说，"了解他们如何处理信息固然重要。但是得先有输入才能有输出。"

"输入？"中士重复道，"你是说事实？"

"不。不只是事实，还有观点。"

"哦，对，《小熊维尼》（*Winnie-the-Pooh*）里确实有不少一流的观点。"中士是在讽刺贾斯蒂诺小姐。梅勒妮知道讽刺是怎么回事，就是说反话。"说真的，你这是在浪费时间。你想给他们讲故事，那就告诉他们'开膛手'杰克（Jack the Ripper）和'杀人小丑'约翰·韦恩·盖西（John Wayne Gacy）的故事。"

"他们还是孩子。"贾斯蒂诺小姐指出。

"不对。"

"从心理学上讲是的。他们是孩子。"

"好吧，那去他的心理学。"中士说，听上去现在有些恼火，"那个，就是你刚刚所说的，那就是为什么你不能给他们读《小熊维尼》的原因。如果你继续这样想，就会开始把他们当作普通的孩子。接下来你就会犯错。有可能因为其中一个想要个拥抱什么的，你就会给他松绑。在这之后会发生什么就不需要我来告诉你了吧。"

随后中士转到教室前面，然后做了一件极其可怕的事。他卷起自己的一只袖子，一直卷到胳膊肘，将露出的小臂放到肯尼面前，正对着他，相隔仅一英寸左右。起初什么都没发生，但是后来中士朝自己的一只手上吐了口唾沫，然后像在擦去什么东西似的抹在小臂上。

"不要，"贾斯蒂诺小姐说，"不要这样对他。"但中士并没有回应，也没有看她。

梅勒妮坐在肯尼后面隔着两排的位置，左右还隔着两列，所以她看见了整个过程。肯尼身体变得很僵硬，然后张大嘴巴，开始向中士的胳膊猛咬，当然他没能够着。接着他的嘴角开始滴口水，但不是很多，因为没人给过孩子们任何喝的东西，所以滴出来的东西呈浓稠的半固体状。在肯尼哼哼着咬向中士的胳膊，并发出类似呻吟和呜咽的声音时，他的口水就挂在下巴底端，不停地摇晃。

事情本就已经不妙，却又变得更加糟糕——因为坐在肯尼两边的孩子仿佛受到他的传染似的，也开始做出同样的反应，而坐在他后面的那些则抽搐颤抖着，像是有人在狠狠地戳他们的肚子。

"你看见没有？"中士说着扭头看向贾斯蒂诺小姐的脸，确保她明白了他的意思。结果他惊讶地眨了眨眼，也许他希望自己没看向她，因为贾斯蒂诺小姐正盯着他，像是要朝他脸上一巴掌捆上去似的，于是中士放下胳膊，耸了耸肩，一副反正这些对他来说从来都不重要的模样。

"不是每个看上去像人的就是人。"他说。

"是的。"贾斯蒂诺小姐说，"这点我同意。"

肯尼微侧着低下了头，由于有皮带绑着，这已经是他头部所能移动的最大范围了。与此同时，他的喉咙处"咔嗒"响了一声。

"没关系，肯尼。"贾斯蒂诺小姐说，"很快就会过去的。来，我们来继续讲故事。你喜欢这个故事吗？想不想听小熊维尼和小猪皮杰接下来怎么样了呢？帕克斯中士，失陪了，请。"

中士看着她，用力地摇了摇头。"你不会想与他们亲近的。"他说，"你知道他们为什么会在这里。见鬼，你比谁都清楚——"

但是贾斯蒂诺小姐又开始读书了，似乎听不见他说话，甚至不知道他在那里，最后他离开了。又或者他可能还在教室后面站着，只是不说话，但梅勒妮不这么想，因为过了一会儿，贾斯蒂诺小姐起身把门关上了。梅勒妮觉得，只有中士已经出去了，贾斯蒂诺才会那样做。

那晚梅勒妮几近失眠。她不停地回想中士说的话——这些孩子不是普通的孩子，还有贾斯蒂诺小姐看着他那么可恶地对待肯尼时脸上的表情。

除此之外，她还一直在想肯尼像只狗一样，低吼着冲中士胳膊猛咬的情景。她不知道他为什么那么做，又觉得自己可能知道答案，因为中士用口水擦了胳膊然后放在肯尼鼻子底下晃动的时候，在刺鼻的化学气味的掩盖下，中士身上好像还混杂着另一种不同的味道。尽管在梅勒妮那个位置这种气味非常微弱，但她还是感到头晕，颚肌不由自主地开始活动。她甚至不清楚她那时感觉到的究竟是什么，因为这不像她以前经历过的或在故事里听说过的任何事情，但是这种感觉就像有什么事她应该去做一样，而且很急迫、很重要，所以她的身体在试图取代她的大脑，在不受她控制的情况下做出反应。

但是除了这些可怕的想法，她还在想：中士也有名字，和老师们一样，和孩子们也一样。在这之前对梅勒妮来说，中士一直就像一位天神或提坦一样，现在她知道虽然他很可怕，但是他跟其他人没有什么不同。他不仅仅是中士，他还是帕克斯中士。这个巨大的变化使她一夜未眠，直到早上那些门被打开，老师们也都来了。

在某种程度上，那天之后，梅勒妮对贾斯蒂诺小姐的感觉也发生了变化。或者应该说，这种感觉一点也没有变，但是强烈了大概一百倍。这个世界上再也没有比贾斯蒂诺小姐更好、更亲切、更可爱的人了。梅勒妮希望自己是一个天神、提坦或特洛伊战士，这样她就能为贾斯蒂诺小姐而战，保护她不受长鼻怪和大臭鼠的伤害。她知道长鼻怪和大臭鼠都是《小熊维尼》里，而不是希腊神话里的角色，但是她喜欢这两个名字，她特别喜欢拯救贾斯蒂诺小姐这个想法，所以这成了她最喜欢去想的事。只要不是在想别的，她满脑子装的都是这个。这甚至能让周日都变得不那么难熬。

所以有一天在美勒女士解开每个人右臂肘部以下的皮带，将搁板插入他们的胳膊和椅子中间，告诉他们要写一个故事时，梅勒妮写的就是这个。当然，美勒女士只关注他们的词汇，不太在意他们故事的内容。这很容易看出来，因为随作业一起发下来的还有一份单词表，女士告诉全班，每用对表中的一个单词就能在评估中多得一分。

梅勒妮没理会单词表，尽情地做了自由发挥。

在美勒女士询问谁想大声朗读自己的故事时，梅勒妮第一个挥起了手——以只有一只前臂可以活动的情况下所能挥动的最大幅度——说道："我，美勒女士！选我！"

所以她得到了这次机会。梅勒妮写的故事是这样的。

从前有个非常美丽的女人。全世界最漂亮、最友善、最聪明、最了不起的女人。她个子很高但并不佝偻，皮肤黝黑得好像她就是自己的影子，一头乌黑长发卷曲缠绕，看上去令人眩晕。她住在古希腊，那时诸神已经赢得了与提坦之间的战争。

有一天,她正走在森林中,突然遭到了一头怪物的袭击。那是个该死的流产胎儿,它想将她杀死吃掉。女人十分勇敢,坚持顽强抵抗,但是怪物体形巨大,凶猛无比,不论她将它打伤多少次都无济于事,它还是不断地逼近。

女人害怕了。她恐惧至极。

怪物折断了她的剑,她的矛,眼看着就要吃掉她。

然而就在此时出现了一个小女孩。她是非同一般的女孩,像潘多拉一样,她由诸神所造。她还像阿喀琉斯(Achilles)一样,因为她的母亲(那个了不起的美丽女人)曾将她浸入冥河(River Styx)中,所以她刀枪不入——除了身体的一小部分(但并非脚后跟,因为这个部位太明显,而是她隐藏起来的一个地方,这样怪物便无法发现)。

之后这个小女孩同怪物战斗并将其杀死,她砍下了它的头颅、双臂、双腿和其他所有部位。那个美丽女人紧紧地拥抱她说:"你是个独一无二的女孩。你将永远与我在一起,我永远也不会让你离开。"

从此以后,她们便永远生活在一起,过着平静祥和的生活。

最后一句是从格林兄弟所写的一个故事中一字不变地"窃取"过来的,贾斯蒂诺小姐在课堂上读过一次,其他有些情节差不多是从贾斯蒂诺小姐那本名为《缪斯讲故事》(*Tales the Muses Told*)的希腊神话书里,或者就是她听别人说过的很酷的事情中拿来借用的。但这依然是梅勒妮的故事,而且她很高兴听到其他孩子都说这个故事有多么多么好。最后连肯尼都说他喜欢将怪物大卸八块那段。

美勒女士似乎也很高兴。在梅勒妮读故事的时候,她一直在笔记本上写写画画。此外,她还用她那手握式录音机将梅勒妮读的录了下来。梅勒妮希望她会回放给贾斯蒂诺小姐听,这样贾斯蒂诺也能听到了。

"故事很有趣，梅勒妮。"美勒女士说。女士将录音机放在梅勒妮正前方的托盘桌上，然后针对这个故事问了她很多问题。那只怪物长什么样？怪物还没死的时候小女孩对它有什么感觉？怪物死后有什么感觉？对那个女人又有什么感觉？还有其他一大堆类似的问题，梅勒妮觉得还挺有趣的，因为这让她感觉故事里的人物几乎就像是在某个地方真实存在一样。

就像她从一只怪物手中救出了贾斯蒂诺小姐，然后女士拥抱了她。

这比一百万个希腊神话都要好。

3

有一天贾斯蒂诺小姐跟他们讲到了死亡。谈到这个话题是因为在她读给全班的一首诗中，刚好到了轻骑旅（Light Brigade）中的大部分战士都牺牲了这部分。孩子们想知道死亡意味着什么，又是什么样子。贾斯蒂诺小姐说，死亡就像所有的灯都熄灭了，一切如同在黑夜中那般安静——只是将永远如此。再也没有天亮。灯光再也不会重新亮起。

"听上去好恐怖。"莉齐（Lizzie）带着哭腔说。梅勒妮也觉得可怕，就像周日坐在淋浴室，空气中弥漫着化学气味，最后甚至连这种气味也散去，至此什么都没有了，永远地没有了。

贾斯蒂诺小姐看出来自己的话令他们感到了不安，所以她想再多说一些来安慰他们。"但是也许根本不是这样。"她连忙解释，"没有人真正知道是怎么回事，因为如果你死了，你是没有办法再回来讨论死亡的。而且无论如何，与多数人相比，死亡对于你们而言又是另一回事，因为你们是——"

然后她打住了，好像下一个字在要从她嘴唇出来的半途中给冻住了似的。

"我们是什么？"梅勒妮问。

过了片刻，贾斯蒂诺小姐才开口说话。在梅勒妮看来，她是在考虑说什么才能不让他们比现在感觉更糟糕。"你们是孩子。你们无法真正想象死亡可能的样子，因为在孩子的眼中，好像一切都必须永远继续下去。"

这不是她刚才要说的话，对此梅勒妮十分确定。但是这样说照样十分有趣。在孩子们为此而陷入沉思的时候，教室里一片寂静。这是真的，梅勒妮暗暗认定。她不记得自己的生活有与现在不一样的时候，也想象不出人们可以过活的其他任何一种方式。但是在整件事当中，有一个问题她想不通，所以不得不提出来。

"我们是谁的孩子，贾斯蒂诺小姐？"

在她所知道的故事里，孩子们大多都有一个妈妈和一个爸爸，就像伊菲革涅亚（Iphigenia）有克吕泰涅斯特拉（Clytemnestra）和阿伽门农（Agamemnon）[①]，海伦（Helen）有勒达（Leda）和宙斯（Zeus）一样[②]。有时他们也有老师，但不是都有，而且似乎都不曾有中士。所以这是一个对世界追本溯源的问题，梅勒妮问的时候带着一些惶恐。

这次贾斯蒂诺小姐还是思考了很久，梅勒妮都断定她不会回答

[①] 在希腊神话中，希腊迈锡尼国王阿伽门农因得罪狩猎女神而将女儿伊菲革涅亚献祭，其妻克吕泰涅斯特拉对此怀恨在心，伙同情人一起将阿伽门农杀死。——译者注

[②] 在希腊神话中，海伦是宙斯和勒达所生之女，在后父斯巴达国王的宫中长大，是人间最漂亮的女人。——译者注

了。这时候她才说:"你妈妈死了,梅勒妮。她在你很小的时候就去世了。你爸爸很可能也死了——尽管实在没有什么办法可以确定。所以你现在一直由军队照顾。"

"只有梅勒妮是这样吗?"约翰(John)问道,"还是我们所有人都是?"

贾斯蒂诺小姐缓缓点头:"你们所有人都是。"

"我们是在孤儿院里。"安妮猜。[在另一个"贾斯蒂诺小姐日"里,同学们曾听过《雾都孤儿》(Oliver Twist)的故事。]

"不,你们是在一个军事基地。"

"父母死了的孩子都会是这样吗?"这次提问的是史蒂文(Steven)。

"有时候是。"

梅勒妮认真地思考着,她在将所有这些如拼图碎片一般的事实都装进脑子里。"那时我多大,"她问道,"我妈妈死的时候?"因为既然她对妈妈一点印象也没有,那么当时自己肯定还很小。

"这很难解释。"贾斯蒂诺小姐说。从她脸上他们可以看出,谈到这种问题时她确实不自在。

"那时我还只是个婴儿吗?"梅勒妮问。

"也不是,但也差不多。你当时非常小。"

"那是我妈妈把我交给军队的吗?"

又是长时间的沉默。

"不是。"贾斯蒂诺小姐终于开口说道,"可以说是军队自己主动的。"

说这句话时,贾斯蒂诺小姐语速很快,声音低沉,而且语气几乎生硬起来。之后她转换了话题,孩子们也乐意随她这么做,因为这个时候没人那么热衷于谈论死亡。

所以他们玩了一个简单而有趣的游戏——元素周期表。从第一排的麦尔斯（Miles）那头开始，每人依次说出一种元素。第一轮他们直接依照元素号的连续顺序轮流说出。然后再倒过来。再然后贾斯蒂诺小姐大声喊出一些较难的，比如"必须以字母 N 开头"或者"只能说锕系元素"。

在挑战升级到很难的时候，才有人开始退出，比如："不能按照族或周期的顺序来说，必须以你名字里的一个字母为开头。"佐伊（Zoe）抱怨这就意味着名字长的人就有更多的机会，显然她说得没错，但她还是有锌（zinc）、锆（zirconium）、氧（oxygen）、锇（osmium）、锿（einsteinium）、铒（erbium）、铕（europium）这些个元素可以选择，所以她答得还算可以。

最后当克桑西（Xanthi）（因为 x 开头的氙[①]）赢得游戏时，每个人都在笑，似乎将有关死亡的那些讨论都抛在了脑后。当然，其实并不是这样。梅勒妮非常了解她的同学们，所以她可以肯定他们也跟自己一样，脑中正一遍又一遍地思索贾斯蒂诺小姐的话——一边摇晃一边担心着，想看看会抖落出什么见解来。因为他们唯一从未真正了解过的，就是他们自己。

就在这个时候，关于孩子必须有爸爸妈妈这个规则，梅勒妮发现了一个重大的例外——潘多拉就没有，因为她只是用黏土做成的。梅勒妮觉得，与有爸妈却从未相见比起来，在某种程度上，没有反而更好。父母缺席这事如鬼魂般挥之不去，令她心神不宁。

但是她还想再知道最后一件事，特别想，所以她甚至愿意冒着惹贾斯蒂诺小姐更加不高兴的风险。在课堂的最后，她等到贾斯蒂诺小姐走近自己时，便悄悄地向她提问。

[①] "氙"的英文为"xenon"。——译者注

"贾斯蒂诺小姐,当我们长大以后会怎么样呢?那时候军队还会想要收留我们吗,还是我们会回到毕肯的家里?如果我们要去那里,所有老师会和我们一起吗?"

所有老师!是,对。好像她真的在意自己是否还能见到油腔滑调的惠特克先生一样,或者是全程看着地板都不敢看一眼全班的无聊的塞尔科克博士似的。她说的是你,贾斯蒂诺小姐,你,你,你,她想说出来,但同时又害怕这么做,就像愿望大声说出来就不会成真了一样。

她知道——还是从她读过或听过的故事中推断出的——孩子们不会永远待在学校里。毕业之后,他们不会和老师一起安家落户、共同居住、相互陪伴。尽管她并不完全理解这些意味着什么,毕业大概会是什么样子,但她相信这一天总会到来,因此新的阶段也将会开启。

所以她已经做好心理准备,等待贾斯蒂诺小姐说"不"。她已经强迫自己坚强起来,如果答案确实如她所想,她也不会让自己脸上流露出任何表情。她真的只是想确认这些事实,以便为离别的悲伤做好准备。

然而贾斯蒂诺小姐却一言不发,除非她一只手的迅速移动可以算作回应。她将手举到自己面前,就像梅勒妮向她扔了什么东西似的(而梅勒妮是绝对不会这么做的)。

随之警报器响了三次,表示这一天即将结束。贾斯蒂诺小姐忽地低下了头,在假想的一击后又重新镇定下来。她的这一反应稍有几分奇怪,而梅勒妮则第一次注意到贾斯蒂诺小姐总是在身体的某个地方穿戴点红色。比如她的T恤、发带、裤子或者围巾。其他所有老师以及考德威尔和塞尔科克博士穿的都是清一色的白色,中士及其手下则是绿色、棕色和棕绿色。只有贾斯蒂诺小姐是红色。

像血一样。

就像她哪里受了伤,无法愈合,而且一直带给她伤痛那样。

这是个愚蠢的想法,梅勒妮想,因为贾斯蒂诺小姐脸上总是挂着微笑,还常放声大笑,而且说起话来宛若歌唱。如果她一直在承受某种伤害,是没办法如此笑口常开的。但是此时此刻,贾斯蒂诺小姐并无任何笑意。她盯着地板,脸孔扭曲着,像是在生气,又像是在难过,或是感到不适——似乎总要有什么不好的东西从她身体里出来,可能是眼泪、话语、呕吐物,或者这三者都有。

"我会留下来。"梅勒妮脱口而出。她不顾一切地想让贾斯蒂诺小姐好起来:"如果你必须留在这里,我会跟你一起。没有你,我也不想待在毕肯。"

贾斯蒂诺小姐抬起头,再次看向梅勒妮。她的眼睛无比闪亮,嘴唇就像考德威尔博士脑电图描记器(EEG)上的那条线一样在不停地颤抖。

"对不起。"梅勒妮赶紧说道,"请你不要难过,贾斯蒂诺小姐。你想怎么做就怎么做吧,绝对可以。你可以走或者留,或者……"

她没能再接着说下去,突然之间语塞,彻底陷入沉默之中,因为一件完全出人意料但又无比美好的事情发生了。

贾斯蒂诺小姐伸出手,轻抚梅勒妮的头发。

她用手轻抚着梅勒妮的头发,就像这是世界上最自然、最正常不过的事情了。

灯光在梅勒妮的眼睛里跳跃,她无法呼吸,也说不出任何话,听不到任何声音,思考不了任何事情,因为除了中士的手下碰过她两三次——而且都是不小心,在这之前根本没人碰过她,而现在贾斯蒂诺小姐正抚摸着她。这简直是这世界上再美好不过的事了。

班里每个能看得着的人都在看。所有人都睁大眼睛，张大嘴巴。教室里特别安静，可以听到贾斯蒂诺小姐深吸了一口气，末尾带着些许颤抖，像是在打寒战。

"哦，天啊！"她低声说道。

"课堂到此结束。"中士说。

由于脖子被绑在椅子上，梅勒妮没办法转过头看他。似乎其他人也没看见中士走进来。他们全都跟她一样惊恐。甚至连贾斯蒂诺小姐看起来也很害怕——又一个改变了梅勒妮整个世界观的发现（就像中士有名字一样）。

中士走进梅勒妮的视线，他就站到贾斯蒂诺小姐身后。中士话音刚起，贾斯蒂诺小姐就已经将手从梅勒妮头发上收了回去。女士又迅速地垂下头，梅勒妮看不见她的脸。

"他们现在应该回去了。"中士说。

"没错。"贾斯蒂诺小姐的声音特别小。

"而你将受到惩罚。"

"是。"

"你可能会被开除。因为这里的每一条规定你刚才都违反了一遍。"

贾斯蒂诺小姐重新抬起头。此时泪水沾湿了她的双眼。"去你的，埃迪（Eddie）。"她说，像是在道早安一样平静而镇定。

眨眼间女士就走出了梅勒妮的视线。梅勒妮想把女士叫回来，想说些什么来挽留：我爱你，贾斯蒂诺小姐。我会为你变成神或提坦，然后拯救你。但是她什么都不能说。随后中士的手下来到教室，开始将这些孩子一个一个地推回去。

4

为什么？她为什么那么做？

海伦·贾斯蒂诺小姐（Helen Justineau）想不到合理的答案，所以不断地问着自己。在这座布置豪华的民用地堡里，她的房间的每一面都比普通士兵的房间多出一英尺，另外还附带一个独立卫生间。站在自己的房中，她感到绝望而无助。为避免看到自己不安、指责的目光，她背靠着墙上的镜子。

她擦洗自己的双手，甚至都擦掉了皮，但依旧能感受到那冰冷的肉体，冷得好像从未有血液流经。好像方才触碰的是刚从海底打捞上来的某种东西。

她为什么那么做？到底发生了什么，那双手会放上去？

好警官只是她扮演的一个角色——观察和评估孩子们对她的情感反应，这样她就可以为卡洛琳·考德威尔（Caroline Caldwell）写出关于他们正常情感能力的冠冕堂皇的报告。

正常情感。这大概就是贾斯蒂诺小姐现在所感受到的。

就像她给自己挖了一个陷阱，看上去美好，实则很深。她将边缘整理好，擦干净手，然后一脚迈了进去。

实际上挖坑的人是1号实验对象——梅勒妮。正是梅勒妮那绝望、好奇、崇拜英雄式的迷恋绊倒了贾斯蒂诺小姐，或者至少令她大失平衡，所以被绊倒便变得不可避免。白到骨子里的那张脸，那双充满信任的大眼睛。死亡与少女，全都包裹于一个小小的身躯里。

她没有及时抑制住对梅勒妮的怜悯之情。她没有像每天一开始做的那样提醒自己，提醒自己项目顺利完成后，毕肯那边会像当初将她空运进来一样，再从这里将她空运出去。整个过程简单快捷，而且会将她和她的东西一并带走，不留下任何痕迹。这不是生活。

这是机械式的自动运作。如果她能做到不让任何东西碰到自己,她就可以像刚来时那样干干净净地走出去。

然而,一直受控的那匹马可能已经脱缰了。

5

地堡里每隔一段时间就会有一天从刚开始就不顺利。在这一天,梅勒妮用作生活标准的所有重复性模式完全没有按顺序一个一个地发生,这时她感觉自己好像在空气中无助地上下浮动——一个梅勒妮型气球。在贾斯蒂诺小姐告诉全班他们的母亲都不在人世后的一周里,就有一天是这样的。

那天是周五,但是中士和他的手下到来时并没有带任何一位老师,而且他们也不打开房门。梅勒妮已经知道接下来会发生什么,但是在听到考德威尔博士的高跟鞋踩在混凝土地面上发出嗒嗒声时,她还是会感到一阵不安的刺痛。不一会儿,她又听见考德威尔博士那支笔的声音。有时博士会不停地将手里的笔按来按去,打开又合上,发出咔嗒咔嗒的声音,甚至在她不想写任何东西的时候也是如此。

梅勒妮没有从床上下来。她就坐在那儿等着。她并不很喜欢考德威尔博士。一部分原因是每次考德威尔博士一出现,当天的节奏就会被打乱,但更主要的原因是她不知道博士到底为何而来。老师们教学,中士的手下推着孩子们在教室和牢房之间往返,并在每个周日带他们进食和淋浴。而考德威尔博士则是在不可预料的时间突然出现(梅勒妮曾试着找出其中的规律,但是并没有什么发现),然后每个人都要停下正在或应该做的事情,一直到她再次离开。

鞋子落地的嗒嗒声和笔开合的咔嗒声越来越响亮，然后戛然而止。

"早上好，博士。"中士站在外面的走廊里说，"什么风把你给吹来了？"

"中士。"考德威尔博士回答。她的声音几乎同贾斯蒂诺小姐的一样柔和、温暖，这令梅勒妮对自己不喜欢她感到了一点点内疚。如果多加了解，她很可能是一个十分友善的人。"我正准备进行一个新的实验系列，每样需要来一个。"

"每样来一个？"中士重复道，"你的意思是，一个男孩和一个女孩？"

"一个什么和一个什么？"考德威尔博士发出悦耳的笑声，"不，完全不是那个意思。跟性别完全没关系。这一点已经得到了充分证明。我指的是钟形曲线（又称贝尔曲线）的最高点和最低点。"

"好的，你只需要告诉我你想要哪两个。我会将他们打包送过去。"

接着传来文件翻动的沙沙声。"16号做最低点正合适。"考德威尔博士说。她的鞋跟几次轻叩走廊地面，但是她并没有在走，因为声音既没有变响亮，也没有变柔和。她的笔咔嗒作响。

"这个要吗？"中士问，声音听上去特别近。

梅勒妮向上看。考德威尔博士正透过梅勒妮房门上的格栅往里看。两个人四目相对了很长时间，谁也没有眨眼。

"我们的小天才？"考德威尔博士说，"嘴巴干净一点，中士。我是不会为了一个简单的致密层而浪费掉1号实验对象的。一旦我来找梅勒妮，那肯定是有像七支号筒给了七位天使[①]这样重要的事情。"

---

① 在《圣经》中，七位天使接受了七支号筒，意味着大灾难即将到来。——译者注

中士低声说了些梅勒妮听不见的话,接着考德威尔博士放声大笑。"好吧,我相信你至少可以提供一些号筒。"她转过身,鞋跟的"咔嗒—咔嗒—咔嗒"声沿走廊逐渐远去。

"两只小鸭,"她喊道,"22号。"

尽管梅勒妮不知道所有孩子的牢房号,但是大部分她还是记得的,因为课上老师叫的不是他们的姓名,而是牢房号。玛西亚(Marcia)是16号,利亚姆(Liam)是22号。她不知道考德威尔博士带走他们做什么,又要对他们说些什么。

她走到格栅那里,看着中士的手下走进16号和22号牢房。他们将利亚姆和玛西亚推出来沿走廊向前——不是朝着教室的方向,而是推向了另一边,推向那扇钢制大门。

梅勒妮尽最大努力去看他们,但是他们还是走出了她的视线范围。她认为他们一定已经穿过了那扇门。难不成走廊的那头还有别的什么吗?他们正亲眼看着那扇门外面的世界!

梅勒妮希望这一天是"贾斯蒂诺小姐日",因为贾斯蒂诺小姐会允许孩子们互相讨论课程之外的事情,所以等利亚姆和玛西亚回来,梅勒妮就可以问他们考德威尔博士对他们说了些什么,他们都做了些什么,远在那扇门另一边的又是什么。

当然,她之所以希望这天是"贾斯蒂诺小姐日",其实还有其他很多原因。

事实证明是这样的。孩子们编了歌曲供贾斯蒂诺小姐用她的长笛吹奏,还对歌曲中歌词的长短和怎样押韵做了复杂的规定。他们玩得很开心。但是时间一点点过去,利亚姆和玛西亚还是没有回来,所以梅勒妮没办法问他们。那晚她回到自己的牢房,心中的好奇之火反而燃烧得更旺了。

之后就是周末,不上课,也不能说话。周六,梅勒妮留神听了一整天，但那扇钢制门始终没有打开，也没有人进出。

周日淋浴时，利亚姆和玛西亚还是不在。

接着周一上课的是美勒女士，周二是惠特克先生。不知怎么，在这之后，梅勒妮不敢问了，因为有一种可能已如墙上的裂缝般在她心中剥裂开来，那就是与罗妮在那次大喊大叫之后便没再回来一样，利亚姆和玛西亚可能根本不会再回来了。然而如果她真的问了，可能就会改变所发生的事情。可能如果他们都假装没有注意到，某一天利亚姆和玛西亚就会被推进来，就像他们从未离开过。但假如有人问道："他们去哪儿了？"那他们将会真的一去不复返，她就再也见不到他们了。

6

"好。"贾斯蒂诺小姐说，"有人知道今天是什么日子吗？"

很明显，今天是周二，更重要的是，今天是"贾斯蒂诺小姐日"，但是每个人都努力去猜今天还可能是其他什么日子。"你的生日？""国王的生日？""几年前发生了什么重要事情的日子？""日期为回文的日子？""要来新人的日子？"

他们都兴奋不已，因为他们知道这个问题与贾斯蒂诺小姐带来的大帆布袋有关，而且他们看得出对于向他们展示里面的东西，贾斯蒂诺也是同样的兴奋。今天会是个好日子——很可能是最好的日子之一。

可惜最后猜出来正确答案的是西沃恩（Siobhan）。"今天是春天的第一天！"梅勒妮的身后传来她的喊声。

"真棒，西沃恩。"贾斯蒂诺小姐说，"非常正确。今天是3月21号。

那么对于我们在地球上所居住的位置而言，这一天是……什么？3月21号有什么特殊的意义呢？"

"春季的第一天。"汤姆（Tom）重复答道。但是一直在自责没有更早想到答案的梅勒妮知道贾斯蒂诺小姐想要的答案不只这么简单。"是春分！"梅勒妮抢在其他所有人前面答道。

"没错，"贾斯蒂诺小姐表示赞同，"给这位小姐掌声鼓励。答案就是春分。现在的问题是，春分意味着什么？"

孩子们都叫嚷着要回答。通常没人会费心去告诉他们日期，当然他们也从未看到过天空，但是他们熟悉相关的理论。自12月的冬至日往后，夜晚不断变短，白天不断变长（并非这些孩子们看见过夜晚和白天，因为地堡的房间里一扇窗户也没有）。今天是昼夜时长最终得以平衡之日。白天和夜晚都为12个小时整。

"这使得这一天具有了一点魔力。"贾斯蒂诺小姐说，"在古代，这意味着冬季的漫漫黑夜终于到头，万物复苏、万象更新的日子即将来临。冬至日是一个预示——白天不会持续变短直至完全消失。而春分日便是这一预示得以实现的一天。"

贾斯蒂诺小姐拿起那个大袋子放到桌子上。"然后我就在想这个问题，"虽然知道他们全都在看，都渴望看到袋子里装的是什么，她还是缓缓说道，"我突然想到没有人真正给你们看过春天到底是什么样子。所以我翻过周边的围栏……"

孩子们倒吸一口气。第六区大部分地方可能确实已被清理，但围墙外面还是僵尸的地盘。一旦你到了外面，他们就能看见你，闻到你——只要他们捕捉到你的气味，便会一路追着你，直到将你吃掉。

贾斯蒂诺小姐看到他们脸上惊恐的表情时大笑。"开玩笑啦，"她说，"当初建立这个基地时，其实营地有一块地方士兵们并未想着去清理完。那儿有很多野花，甚至还有几棵树。所以……"说着她便敞开袋子口，"我去了一趟，把能找到的都带了过来。如果是在大毁灭之前，会感觉像是在故意搞破坏，但是这些野花目前长势良好，所以我就想：管他呢。"

她将手伸进袋子里，然后拿出某个东西。有点像棍子一样的东西，长而弯曲，四周各个方向又生出更小的棍子来。而这些更小的棍子又生出比之更小的棍子，接着依此类推，所以这是一种奇形怪状的东西。而且周身还布满了这些绿色的小圆点——但是在贾斯蒂诺小姐将它拿在手里转动时，梅勒妮发现这些不是圆点。它们从棍子上膨胀突起，似乎是受到棍子里面的力量压迫而鼓出，有些已经破裂。它们在突起的过程中就已裂开，好似正剥落为无比纤薄的绿色唇瓣和支架。

"有人知道这是什么吗？"贾斯蒂诺小姐问。

没有人发言。梅勒妮正在努力回想，试着将其与自己在课上见过或听过的东西联系起来。她就快要想到了，因为这个词本身表达的就是这个意思——大棍子分成更小的棍子，然后依次不断细分，所以棍子就会越来越多，类似于将一个很大的数字分解成包含其所有质因数的一份长长的列表。

"是树枝。"乔安妮（Joanne）说道。

笨蛋，笨蛋，笨蛋，梅勒妮自责不已。她的那张雨林图上面就全是树枝。但是真正的树枝看上去却不大一样。其形状更复杂，破裂程度更大，质地也更粗糙。

"非常正确，就是树枝。"贾斯蒂诺小姐肯定道，"我认为这是根赤杨木。几千年前，生活在这一带的人会将一年中的这个时候称为赤杨月。他们将这种树木的树皮用作药材，因为它富含一种被称作水杨苷的物质。它相当于一种天然止痛药。"

她在教室里一边四处走动，一边解开孩子们被绑在椅子上的右胳膊，这样他们就可以拿着树枝做近距离的观察。梅勒妮觉得它有点丑陋，但却被其深深地吸引。贾斯蒂诺小姐解释到这些绿色的小圆球是幼芽——之后都会长成叶子，用绿色荫庇整棵树木，好似为其披上了一身夏装。讲到此处时，它尤其令人着迷。

然而袋子里还有很多东西，贾斯蒂诺小姐开始往外拿的时候，整个班都满怀敬畏地盯着看。原因是这个袋子里装满了各种颜色——色彩明艳的辐射状、螺纹状和轮状花冠，其结构与树枝同样精细复杂，但却匀称许多。是花。

"红石竹。"贾斯蒂诺小姐说道，手里举着束花枝，颜色一点都不红，却略有些偏紫，每片花瓣都分叉为两半，就像梅勒妮见过的追踪图里一种动物的脚印。

"迷迭香。"指状白色、绿色花瓣相互交织在一起，像是人在紧张而又不想动来动去时放于大腿内侧扣紧的双手。

"水仙。"黄色的管状花瓣就像贾斯蒂诺小姐书中的旧图片上天使们吹奏的喇叭，不同的是贾斯蒂诺小姐对着它们呼吸时，流苏般的花瓣摇动起来婀娜生姿。

"枸杞。"白色的球状花朵密集地簇拥在一起，每一朵都由弯曲的巢状花瓣交叉重叠在一起而组成，其中有一端并未合上，露出里面看起来像是也将长成花朵的微小雏形。

孩子们着了迷。教室里也有了春天。今天是昼夜平分日，整个世界处于冬季和夏季、生命与死亡之间的平衡点，就像顶在一个人指尖上的旋转球。

在每个人都看过也拿过这些花之后，贾斯蒂诺小姐将它们放在瓶瓶罐罐里，摆放在教室各处——只要是架子或桌子或一个干净的平面就摆放上去，于是整个房间变成了一片草地。

她为全班读了一些关于花的诗。第一首出自沃尔特·惠特曼（Walt Whitman），内容是关于丁香花以及春天如何总会回来。但在他讨论死亡并意欲将他的丁香花送给一口他见到的棺材之前，这首诗并没有什么出彩的地方。因此再往下的时候贾斯蒂诺小姐便说我们不读他的了，于是便改读托马斯·坎皮恩（Thomas Campion）的诗。梅勒妮想，他甚至还有一个与花名相同的姓，所以她对他的诗要喜欢得多。

但这天最重要的收获可能是梅勒妮现在知道了今天的日期。她不想再记不起来，所以决定数着日子过。

她在脑子里专门为日期腾出一块地方，然后每天到这里来添加一个新日期。为了确认今年是否是闰年，她还问了贾斯蒂诺小姐，结果确实是。一知道答案，她就心满意足。

知道每天是什么日期在某种程度上令她感到安心，具体原因她也不太清楚。这好像她被赐予了一种神秘的力量——像是世界的一小部分正处于她的掌控之中。

直到此时，她才意识到她之前从未拥有过这种感觉。

7

卡洛琳·考德威尔非常擅长将大脑与头骨分离开来。这项工作她做得既有效率又有条不紊，而且她能在组织损伤最小的前提下将大脑整个取出来。其技术已经到了炉火纯青的地步，她几乎闭着眼都能完成。

事实上，她已经连续三个晚上没合眼了。她感到眼睛里发痒，揉一揉也不管用。然而她的头脑是清醒的，只是稍微带着一点幻觉。

她知道自己在做什么。她看着自己操作，陶醉于自己精湛的技术之中。

第一刀切向了枕骨的后面——她小心翼翼地将最细长的骨锯插入塞尔科克在层层外翻的血肉和块状暴露的肌肉间为她打开的缝隙中。她向两边扩展第一刀的切口，并注意保持切线平直，与头骨最宽的部分相对应。有足够的操作空间很重要，这样她在取出大脑时就不会使之受到挤压，也不会留下一部分在里面。她继续切割，骨锯如小提琴的琴弓般轻轻地来回移动，经过顶骨和颞骨一直切到眉弓处，并始终保持为同一条直线。

到了这一步，最初这条直线已不再重要，取而代之的是 X 形的标记。考德威尔博士先是从左上角到右下角向下拉动骨锯，再从左下角到右上角向上拉动，这样便形成了两道略深一些的切口，交叉于实验品两只眼睛间的中点。

而这双眼睛则在快速扫视中闪烁不定，时而聚焦，时而散焦，不知疲倦地活动着。

实验对象已经死去，但是控制其神经系统的病原体并没有因操纵意识的丧失而受到丝毫的影响。它依然知道自身想要什么，依然掌控着这具尸体。

考德威尔博士在头骨的前面加深了交叉切口，因为受鼻窦的影响，此处的骨头厚度增加了一倍。

然后她放下骨锯，捡起一把螺丝刀——她父亲 30 多年前曾订阅过《读者文摘》出版公司的一些产品，并因此免费得到一套礼物，这把螺丝刀就是其中的一件。

下一步操作精巧而困难。她用螺丝刀的尖端探查切口，在能撬起的地方尽量扩大开口，但又确保螺丝刀锐利的一头没有插入过深，以免损坏下面的大脑。

尽管已不再需要氧气，那个实验对象却松了口气。"很快就好了。"考德威尔博士说，马上便觉得自己愚蠢。这既不是什么谈话，也不是什么经验交流。

她发现塞尔科克正用一副略有些谨慎的表情看着自己，就不满地打了个响指，指了指地上的骨锯，让塞尔科克捡起来送回她手里。

从现在开始，她将要做更为细致的工作——用螺丝刀的尖端探查头骨，确认哪里能移动，遇到阻力就重新插入骨锯。就这样，她一块一块地逐渐松动整个头盖骨。

至此，最困难的一步已经完成。

掀开颅盖骨正面，考德威尔用一把 10 号握持式解剖刀切断松散的颅神经和血管，从正面轻轻地托起大脑，似乎完全没有阻碍。脊髓一暴露，她便顺势将其也切断了。

但是考德威尔并不打算将大脑一下子取出。由于大脑现在已经与头骨分离，她便将解剖刀递回给塞尔科克，又接下一把仰鼻钳，用这把钳子非常小心地移去头骨开孔处边缘凸出的少量锯齿状碎骨头。当你托着大脑经过那道临时凿通的暗门时，特别容易造成划伤，划伤后的大脑用处十分有限，可能还不如扔掉。

现在她终于托起大脑。她从底部用指尖颤颤巍巍地向上提，通过头骨上的开口，没有让它碰到粗糙的骨头边缘。

随后她把大脑极小心地放在切板上。

22 号实验对象，如果你能接受给这些东西一个名字的话，他叫利亚姆。他的眼睛仍然盯着她，循着她的一举一动。但这不意味着他还活着。考德威尔博士认为，病原体通过血脑屏障之际，便是死亡降临之时。尽管它的心脏还在跳动（大约 10~12 次 / 分），还可以说话，甚至能以男孩或女孩的名字来命名，但是剩下的已然不是寄主，而是寄生物。

寄生物的需求和向性与人类的需求和本能截然不同，它是一个闲不住的家伙，能在不受大脑控制的情况下继续驱动身体的多个系统和网络。就在大脑即将被切成薄片，夹在玻璃板中间时，它也同样在看着。

"要取出剩下的脊髓吗？"塞尔科克问。

声音中带着考德威尔所鄙视的那种犹豫和恳求。就像街角的一个乞丐，不求食物和金钱，只求得到怜悯。别逼我做任何恶事或难事。

考德威尔博士正在准备剃刀，甚至都没有看一眼就说："当然，取吧。"

她的话简短生硬，甚至可以说粗暴无礼，因为眼下这一步比任何其他工作都要伤害她的职业自豪感。如果说有什么会让她在这些新鲜出炉的宝贝前晃动拳头，应该就是这个了。在大毁灭前的美好往昔中，她曾读过大脑如何被切片嵌入。那时有种名为"ATLUM"的设备，即自动车床超薄切片机。它那金刚石材质的刀片经校准后能将大脑切成单神经元厚度、截面完美的薄片。每毫米约三万片。

然而，在不涂污和压碎她想观察的那些脆弱结构的前提下，考德威尔博士的切纸机最多也只能达到每毫米十片左右。

向考德威尔博士提及罗伯特·爱德华兹（Robert Edwards）、伊丽莎白·布莱克本（Elizabeth Blackburn）、古特·布洛伯尔（Günter Blobel）、卡罗尔·格雷德（Carol Greider），或者其他任何获得过诺贝尔奖的细胞生物学家，看看她说什么。

她多半会说：我打赌他（或她）肯定有一台自动车床超薄切片机、一台TEAM0.5透射电子显微镜、一整套活细胞成像系统，以及一支由研究生、实习生、实验室助理组成的队伍来从事那些单调的常规加工工作，由此诺贝尔奖得主才有空与其所谓的缪斯女神在月光下共跳华尔兹。

考德威尔博士试图去拯救这个世界，但感觉自己戴着的好像不是手术用手套，而是烤箱用隔热手套。她曾有机会风风光光地做个救世主，却一无所获，所以便来到了这里。尽管孑身一人，但她却自由自在。她依然奋斗着。

塞尔科克沮丧地呢喃了一声，将考德威尔从她无益的幻想中惊醒。

"脊髓已经切断了，博士。与第十二脊椎骨等高。"塞尔科克说。

"扔了吧。"考德威尔博士怨声怨气地说，甚至毫无隐藏一下自己轻蔑态度的意思。

8

自利亚姆和玛西亚被带走仍未回来已经过去了 117 天。

梅勒妮还在思考和担心这件事情，但她还是没有问贾斯蒂诺小姐——或者其他任何人——到底发生了什么。最接近的一次是她问惠特克先生两只小鸭子代表什么意思。她记得事情发生的那天考德威尔博士说过这样的话。

惠特克先生将他的瓶子带进了教室，里面装满了使他先变好又变坏的药物，这意味着当天他正处于那种时好时坏的状态中。他这种奇怪又令人有些不安的变化梅勒妮看过太多次，所以她能预测到整个过程。神情紧张而又暴躁易怒的惠特克先生走进教室，一心想在孩子们所说的每句话或者所做的每件事中找碴儿。

然后他喝了口那药物，它如同墨在水中扩散一样，遍布他的全身（正是贾斯蒂诺小姐为他们展示了水墨交融是什么样子）。他的身体放松了下来，不再颤抖抽搐。他的精神也不再紧张。有那么一小会儿，他对每个人都温柔而有耐心。要是他就到这里打住就太好了，可是他却继续喝了下去，然后奇迹发生了反转。并不是说他又开始变得脾气暴躁，而是发生在他身上的是某种更加糟糕、非常可怕的转变，梅勒妮都不知道如何去定义。他似乎是在巨大的痛苦中自顾自怜，同时又在挣扎着脱离自己，好像身体内有什么特别肮脏的东西他不想触碰。有时他会哭起来，说着对不起——不是说给孩子们，而是实际并不在场的其他人，而且名字也总是在变。

深谙这一周期的梅勒妮将提问题的时间定在惠特克先生敞开心扉的那个阶段。她问惠特克先生，考德威尔医生提到的那两只小鸭子有可能指什么呢？她为什么在将玛西亚和利亚姆带走的那天提到它们呢？

"这出自一个名为'宾果'（bingo）的游戏，"惠特克先生告诉她，声音略微有一点模糊不清，"在这个游戏里，每个玩家都拿到一张卡片，上面写满了从1到100的数字。叫牌者随机叫出数字，第一个数字全被叫到的人赢得奖品。"

"这两只小鸭子属于奖品中的一项吗？"梅勒妮问他。

"不，梅勒妮，它们是数字中的一个。有点像代码之类的。每个数字都配有一个特别的词语或词组。鉴于'22'在页面上呈现出的形状，两只小鸭子指的就是22。看。"他画在了白板上，"它们看上去就像游动的小鸭子，看见了吗？"

梅勒妮觉得它们其实看上去更像天鹅，但是"宾果"这个游戏并没有引起她多大的兴趣。所以考德威尔博士所做的只是说了两遍"22"，一次是用正常数字说的，另一次用的代码。说两遍的意思是想强调她选的是利亚姆而非其他人。

选他做什么？

梅勒妮想到了数字。她的那套秘密语言也用了数字——举起左手和右手（如果左手仍被绑在椅子上，就举起右手两次），伸出不同个数的手指来表示不同的数字。这样就有 6×6 种不同的组合（因为一根指头也不伸出也是一种手势），足以覆盖字母表的所有字母以及代表所有老师、考德威尔博士和中士的专用符号，再加上一个问号和一个表示"我在开玩笑"的手势。

117 天意味着现在到夏天了。也许贾斯蒂诺小姐又会将外面的世界带到教室里来——像介绍春天那次一样，将夏天的模样呈现在他们眼前。但是贾斯蒂诺小姐这些天上课时有些异常。有时她会忘了自己正在说些什么，说到一半时突然停下，然后沉默好久才又重新开口，而且通常跟之前说的完全不沾边。

更多的时候，她会读书本上的内容，而组织游戏和唱歌的时间则少了许多。

贾斯蒂诺小姐之所以难过也许是有一定原因的。想到这里，梅勒妮既不顾一切又气愤不已。她想保护贾斯蒂诺小姐，还想知道是谁这么可恶让贾斯蒂诺小姐难过。假如她能找出这个人，她不知道会对他们怎样，但一定会让他们后悔不已。

然而在她开始思索那个人可能是谁时，还真的想到了一个名字。

这个人现在正走进教室，身后跟着六个手下，一条抖动的对角线形状的疤痕在他那愁眉不展的面容上占据了半张脸。他将双手放在梅勒妮轮椅两边的把手上，将其转过来后推了出去。他动作很快，而且非常急促，就像他做大部分事情一样。他将轮椅径直推过梅勒妮的房门，用臀部将门顶开，后退着进去，然后猛地转动轮椅。梅勒妮突然感到一阵眩晕。

中士的两个手下跟在他后面进来，但他们并不向椅子的方向靠近一步。他们立正站着，等待中士点头许可。其中有个人拿手枪对着梅勒妮，与此同时，其他人则开始为她解绑——先是脖子上的皮带，而且是从后面解。

梅勒妮碰上了中士紧盯她的目光，感到内心有什么东西像拳头一样握紧。都是中士的错，让贾斯蒂诺小姐难过。肯定是这样，因为就是在中士对小姐发火，说她违反了规定之后小姐才开始难过的。

"看看你，"此刻他对梅勒妮说道，"一脸丧气样，像一副悲剧面具似的。好像你有情感似的。老天！"

梅勒妮皱起眉头向他怒目而视，凶狠到了极点。"如果我有一个装着世界上所有邪恶事物的盒子，"她告诉他，"我会只把它打开一条缝，把你推进去。然后我会再把它合上，永远不打开。"

中士大笑，笑声中带着惊讶，像是他没办法相信自己刚刚所听到的。"好吧，该死，"他说，"我最好确保你永远不会得到一个盒子。"

梅勒妮气愤不已，因为他消化了她所能想到的最大的侮辱，而且还一笑了之。她在头脑里拼命搜寻可以增加筹码的方式。"她爱我！"梅勒妮脱口而出，"所以她才会轻抚我的头发！因为她爱我，想跟我在一起！而你所做的每件事就只是让她难过，所以她讨厌你！她讨厌你就像讨厌僵尸那样！"

中士瞪着她，脸上显露出某种变化，像是先感到惊讶，然后害怕，最后又变成愤怒。他那双大手慢慢地握成了拳头。

他将两只手放在轮椅的扶手上，用力地将轮椅推回靠墙的位置。他的脸离梅勒妮特别近，而且满脸通红、表情扭曲。

"我他妈的会将你大卸八块，你个小刺头！"他用颤抖的声音说。

中士的手下看着眼前发生的一切，脸上无不流露出焦虑的神情。他们看上去像是觉得自己应该做些什么，但又不确定到底是什么。其中有一个人说："帕克斯中士……"但是再往后就没有任何话了。

中士直起身子，退后，摆出了一个想要耸肩的姿势。"这里完事儿了。"他说。

"可她还被绑着。"中士手下的另一个人说。

"那真糟糕。"中士说。他敞开门,等着他们动起来。边等他边挨个看过去,直到他们作罢,留下梅勒妮这个样子不管,然后走出房门。

"好梦,小孩儿。"中士说。他将门砰的一声关在了身后,梅勒妮听见门闩又插了回去。

一。

二。

三。

她默念了三下。

9

"我担心你不够客观。"考德威尔博士对海伦·贾斯蒂诺小姐说。

贾斯蒂诺小姐没有回答,然而她的脸本身很可能已经在说"开玩笑吧"。

"我们剖检这些实验对象是有原因的,"考德威尔博士继续说道,"从我们获得的支持程度上看,你不一定能够了解,但是我们研究计划的重要性确实不可估量。"

贾斯蒂诺小姐依旧一言不发,考德威尔似乎感觉有必要填补这一空白,也许应该将其填满。"毫不夸张地说,我们作为一个种族是否能活下来,可能就取决于我们能否弄清楚这样一个问题:与其他 99.999% 实验对象受传染后所经历的正常变化过程相比,为什么这种传染病在这些孩子身上会有不同的反应?我们人类的生存问题,海伦。这就是我们努力的目标。对未来的一种希望。摆脱这种困境的一种方式。"

他们现在所处的实验室是考德威尔进行她肮脏创作的工作坊，贾斯蒂诺小姐并不常来。她这次来仅仅是因为考德威尔要见她。虽然可以说这座基地和这项任务都是在军方管辖之下，但考德威尔依然是她的上司，所以被召唤时她不得不回应——不得不离开教室，来到这间酷刑室。

放在罐子里的人脑。一组培养组织基，里面可辨认出的人类肢体和器官生出灰色真菌物质的块状云景。一只手连着前臂——儿童大小，当然了——被剥了皮敞开着，皮肉被别在后面，上面插着黄色的塑料薄片来撬开肌肉、露出内部结构以供检查。这间房子杂乱而幽闭，百叶窗总是放下来，以此与外界保持"临床最佳距离"。灯光——纯白色，无情而强烈——从铺满天花板的荧光灯管中照射下来。

考德威尔正在准备显微镜玻片，她用刀片从一个看上去像是舌头的东西上刮下组织碎片。

贾斯蒂诺小姐并没有畏缩。她小心地观察这里的一切，因为她是这一流程的一部分。她认为假装看不见这些会带她经过一个无法后退的界点，经过虚伪的视界，从而进入一个唯我论的黑洞。

天哪，她可能会变成卡洛琳·考德威尔。

在所谓的"大毁灭"的初期，考德威尔差一点就能成为那个伟大的"拯救人类"智囊团的成员。几十位科学家，秘密任务，政府的秘密培训——在一个迅速萎缩的世界里最重要的事件。有很多人被召集，却只有极少数被选中。当通往此路的几扇大门就在面前被关上时，考德威尔就是站在最前排的那些人之一。这么多年过去了，这件事是否依然令她感到刺痛？这是否就是令她变得如此疯狂的原因？

这是很久以前的事了，所以大部分细节贾斯蒂诺小姐都已经不记得了。第一波传染病暴发三年后,如自由落体般坠落的发达世界的各个社会跌至它们误以为的底线。在英国,受感染人数似乎已经稳定下来,上百项倡议得以讨论。毕肯势将找到治疗方法,收回丢失的城池,恢复期盼已久的原状。

在这一怪异而虚假的曙光之中,两座移动实验室得以成立。它们并非完全新建——时间上不允许,而是由伦敦自然历史博物馆(London Natural History Museum)现成的两部车辆临时改装配备而成,过程迅速,功能优良。

原本用于存放巡回展览品的查尔斯·达尔文(Charles Darwin)和罗莎琳德·富兰克林(Rosalind Franklin)①——查理(Charlie)和罗西(Rosie)——如今都化身为大型流动研究站。每座研究站都与一辆铰接式卡车等长,宽约为其两倍,且都配有顶尖的生物和有机化学实验室,还有可供六名研究人员、四名警卫和两名司机——一个完整的工作团队——休息的铺位。除此之外,受益于由国防部批准的一系列整修计划,两座研究站还装配了履带、厚达一英寸的外部装甲、前置和后置野战炮以及火焰喷射器。

这两个所谓的"伟大的绿色希望"在极力鼓吹之下得到了大肆宣扬。一心期望在即将到来的人类复兴中扮演英雄角色的政客们以此为主题进行演讲,开启香槟狂欢庆祝。在眼泪、祷告、诗歌和演讲中,这两座研究站正式启动。

然后走向湮没。

在那之后,这些努力很快土崩瓦解——此次的暂缓只是假象,虽然是由各种强大的力量促成,但这些力量在短时间内便已相互抵消。

---

① 罗莎琳德·富兰克林(1920—1958),英国生物物理学家,最早以晶体衍射图片"51号照片"奠定了DNA双螺旋结构研究,并被其他科学家窃取发表了这项日后获得诺贝尔奖的成果。——编者注

传染病仍在蔓延，而全球资本主义却依旧在分崩离析——就像西班牙画家达利（Dali）一幅名为《秋天的自相残杀》（*Autumn Cannibalism*）的画作中两个巨人在相互蚕食。哪怕是再精心彩排过，最终也无法在大决战中占到上风。大决战漫步越过路障，而且自得其乐。

没人再见过那些精挑细选的天才。他们被留在了乙级队，坐上了替补的冷板凳，退居到了二线。现在只剩卡洛琳·考德威尔能拯救我们！上帝快帮帮我们吧。

"你带我来这里并不是为了让我保持客观，"贾斯蒂诺小姐提醒她的上级，而令她感到意外的是，自己的声音听上去几乎波澜不惊。"你带我加入进来，是因为你需要各项心理评估来补充你从自己的研究中得到的原始物理数据。如果我秉持客观的态度，对你来说便没有什么用处。我一直认为自己对孩子们思维过程的干预才是最重要的。"

考德威尔噘起嘴唇，做出了一个不置可否的手势。尽管口红很少，但她每天都画着，而且效果不错。她始终向这个世界展示自己最好的一面。在一个锈迹斑斑的年代，她却意外地成了一块不锈钢。

"干预？"她说，"干预可以，海伦。我说的是超出干预范围的事情。"她点头，示意海伦看一张工作台上埋在培养皿和堆叠的载玻片盒子之间的一摞文件。"最上面的那张，就在那儿。那是你写的一份日常文件的复件。在上面，你向毕肯提出了请求。你想让他们强制中止对这些实验对象所做的物理实验。"

除下面这个明显的答案外，贾斯蒂诺小姐无法回答。"我之前请你将我送回家，"她说，"在七个不同的场合都说过。你拒绝了。"

"带你来这儿是让你工作的。而这项工作还没有完成。我选择让你遵守合约。"

"好，那答案就出来了。"贾斯蒂诺小姐说，"如果能回到毕肯，也许我会睁一只眼，闭一只眼。如果你留我在这儿，就不得不容忍这些小小的不便，就比如我有良知这件事。"

考德威尔的嘴唇撇得好像一条用仪器画出的直线。她伸手碰到了她的剃刀柄，摆弄了下，使之与桌子边缘平行。"不，"她说，"我完全不必容忍。是我来给这个计划下定义，也包括你在其中的角色。目前来说，你的角色还有存在的意义，所以我现在才费时间来跟你谈话。我很担心，海伦。你似乎做出了一个根本性的错误判断，除非你能摆脱它，否则你对那些实验对象的所有观察都将受到影响。那时你将连个无用的人都算不上。"

错误判断。贾斯蒂诺小姐想用考德威尔自己判断的可靠性来反击，然而相互侮辱并不能使自己占得上风。

"到目前为止，你有没有发现，"贾斯蒂诺小姐转而说道，"孩子们的反应都在正常人类反应的范围之内？而且大多都相对趋向于该范围的上限。"

"你是说认知上？"

"不，卡洛琳。我说的是全部。认知上，情感上，联想上，所有。"

考德威尔耸了耸肩。"那么，你说的'所有'应该包括他们固有的反应。任何一个一闻到人肉味就疯狂地想进食的人并不能算是在正常参数范围内接受实验，这一点你不否认吧？"

"你知道我什么意思。"

"我知道。而你也知道你是错的。"考德威尔还没有提高音量，也没有要生气、不耐烦或者变得沮丧的迹象。她表现得像位老师，正在指出学生由于一知半解而导致的逻辑判断失误，以帮助他们进行自我纠正和提高。"这些实验对象不是人类。它们是僵尸，具备高级功能的僵尸。它们可以说话这一事实可能容易引人同情，但这也造成它们比我们平时遇到的兽性物种更加危险。单单它们在这里，在这围墙之内,就已经是在冒险——这也是为什么上面要求我们的基地远离毕肯。然而我们所期望获得的信息证明这一冒险是必要的。这证明了一切都是必要的。"

贾斯蒂诺小姐大笑——爆发出一阵令她感到痛苦的刺耳难听的气息抖动声。必须得说出来。没有别的办法了。"你解剖了两个孩子,卡洛琳。连麻醉剂都没用。"

"他们对麻醉剂没反应。他们的脑细胞有一个特别小的脂质片段,导致肺泡浓度总也无法突破行动阈值。这一点本身就足以说明这些实验对象的本体状态在某种程度上是令人怀疑的。"

"你解剖的是些孩子!"贾斯蒂诺小姐又说了一遍,"天啊,你就像童话里邪恶的女巫师!我知道你已经习以为常了。你已经解剖了七个孩子,是不是?在我来这儿之前。在你征调我之前。你之所以中间停手是因为没有惊喜。你一直没有任何新的发现。但是现在,出于某种原因,你正在无视这一事实,又开始重操旧业。所以,没错,我是越过了你向上面报告,因为我一直希望那里能有神志清醒的人。"

贾斯蒂诺小姐表达了自己的想法,说完之后意识到自己声音太大、太尖。她犹豫着安静了下来,等着被告知自己要卷铺盖走人了。那将是种解脱,是彻底的结束。她将抗议到底,然后她会失败,再然后他们会把她送走。于是这就会成为别人的事。当然,如果有能力的话,只要有方法,她都会救这些孩子,但是不可能拯救人们脱离这个世界。没有什么别的地方可以带他们去。

"我想让你看一样东西。"考德威尔说。

贾斯蒂诺小姐没做任何应答。考德威尔走到实验室另一边,回来时端着一个玻璃鱼缸,里面是她设置的一组组织培养菌。看着她,贾斯蒂诺小姐感到一种错位的怪异感。这个组织要旧一些,已经生长了几年。鱼缸的尺寸为 18 英寸 × 12 英寸 × 10 英寸,里面黑压压地布满了精细的纤维。就像瘟疫口味的棉花糖，贾斯蒂诺小姐想。想知道原始基底是什么甚至都不可能，因为它已完全淹没在从自身长出的毒性泡沫之中。

"这都是同一种微生物。"考德威尔说，声音中流露出骄傲，甚至可能有些乖戾的喜爱之情。她用手指着。"我们现在知道了这种微生物是什么。我们终于弄清楚了。"

"我以为这不是很明显的嘛。"贾斯蒂诺小姐说。

即使考德威尔听出了其中的讽刺，也不会因此而显得不安。"嗯，我们确实已经知道它是种真菌。"她表示赞同，"起初有项假设说僵尸病原体一定是病毒或者细菌。发作迅速，有多种感染载体，这些似乎都指向这一方向。但是有大量证据支持它是真菌这一假设。要不是大毁灭来得如此之快，这个微生物原本在几天之内就会被隔离。"

"既然它被……我们就得稍作等待。在混乱的前几周中，很多东西都不见了。对第一批感染者所进行的任何实验都因医生在做检查时受到他们的攻击，无力抵御，最后被他们吃掉而被迫中止。瘟疫的迅速传播又必然导致类似的情景一而再，再而三地发生。而且本可以向我们传达最多信息的男人和女人们，由于工作性质的原因，却常常是接触该传染病最多的人。"

考德威尔用冷淡而平稳的演讲者的语气说道，但在她向下盯着那个既是她的天敌也是她人生焦点的东西时，表情随之变得严峻起来。

"如果在一个干燥、无菌的培养基里培养这种病原体，"她说，"它的本质最终会显露出来。但其成长周期却十分漫长，出奇的长。在僵尸自身体内，菌丝体的细丝要过几年的时间才会出现在皮肤表面——看上去像是深灰色的血管或者微小的斑点。如果是在琼脂里，这一进程还要再慢些。这个标本已经有12个年头了，可到现在还没成熟。性结构或发芽结构——孢子囊或籽实层——还未形成。这就是为什么只有被僵尸咬到或者接触到它的体液才有可能被传染。20年过去了,这一病原体还是没有长出孢子。它只能在营养液中进行无性繁殖。而理想情况下,这种营养液就是人的血液。"

"让我看这个干吗?"贾斯蒂诺小姐问道,"相关文献我都看过。"

考德威尔说:"对,海伦。但文献是我写的,我还在写。我从严重腐烂的僵尸中提取出多组培养菌——就像现在这个。在此基础上,我证实了僵尸病原体是一个穿着新装的旧友——僵尸真菌(Ophiocordyceps unilateralis,又名"偏侧蛇虫草菌")。

"我们对它的最初认识是蚂蚁的寄生物。而它寄生于蚂蚁时的行为令它臭名昭著。各种自然纪录片详述了每一个骇人听闻的细节。"

考德威尔继续详述每一个骇人听闻的细节,但其实她真的没有必要这么做。之前她最先将僵尸病原体鉴定为虫草菌(Cordyceps)时,她特别开心,所以一定要和别人分享这一喜悦。她说服毕肯批准了一项面向基地全体工作人员的教育计划。大家20人一组排队进入食堂,随后考德威尔便以大毁灭20年前左右大卫·艾登堡(David Attenborough)纪录片的一个片段开始她的展示。

艾登堡高亢的声音如英国乡村花园般甜美,同时夹杂着不协调的柔和感,描述了蛇形虫草属(Ophiocordyceps)的孢子如何在诸如南美洲雨林等潮湿环境中的森林地面上潜伏。因为孢子具有黏性,觅食的蚂蚁会在无意中粘染上。孢子黏附在蚂蚁的胸部或腹部底下。一旦依附成功,这些孢子便长出菌丝。这些细丝会刺入蚂蚁的身体,攻击其神经系统。

真菌"热线"发动了蚂蚁。[1]

画面显示抽搐的蚂蚁做着无谓的努力,它们间歇性地快速扫动

---

[1] 此处指真菌控制并刺激蚂蚁,使之变成了"僵尸"蚁。——译者注

足部，试图将黏糊糊的孢子从自己身体的盔甲上擦掉。没有用，那些孢子已经开始渗入，而蚂蚁的神经系统则开始涌入外来化学物质——自身神经递质的专业伪造物。

真菌得以坐上驾驶座，把脚踩在油门上，然后驾驶着蚂蚁离开。它指挥蚂蚁爬上蚂蚁自己所能攀爬的最高处——距离森林地面至少55英尺的树叶。在那里，蚂蚁用下颌骨戳入树叶，将自己动也不动地卡在树叶的脊背中。

真菌扩散至蚂蚁的全身，并从其头部伸出——一个阴茎状的孢子囊从里面摧毁了这只垂死的昆虫的头部。孢子囊脱落下成千上万的孢子，孢子从高处落下后又传播至几英里远的地方，这无疑正是整个过程的关键。

虫草菌多达数千种，每种都只黏合一种特定的蚂蚁。

然而有些时候虫草菌则随意得多。它会越过物种障碍，然后是属、科、目和纲。它一路爬向进化之树的顶端——暂且假设进化过程是一棵树，而且有树顶。当然，这种真菌可能已经获得了某种力量的支持。它可能生长于实验室，但原因尚不明确，而且受到了基因剪接和注入的核糖核酸（RNA）的诱导。这些都是大步式的跨越。

"瞧，"考德威尔一边说一边轻敲这个鱼缸的密封盖，"这就是那些实验对象头部里面的东西，他们大脑里面的东西。在你走进那间教室的时候，你觉得你是在和孩子说话，其实并不是，海伦。你是在和杀死孩子的东西说话。"

贾斯蒂诺小姐摇了摇头："我不信。"

"恐怕你信什么都无所谓。"

"他们展现出的行为反应与真菌的存活没有关系。"

考德威尔随即耸了耸肩。"不，当然有关系。你说的只是暂时性的。小心驶得万年船。虫草菌并不是一举吞噬整个神经系统，但如果那些你认为是学生的东西中有一个嗅到了人肉味、人类的信息素,那么你要面对的就是真菌。真菌要做的第一件事是加强它对运动皮质和觅食反射的控制。这就是它的传播方式——主要通过唾液。咬食为寄主提供营养,同时也传播了传染病。正因为如此,我们在应对这些实验对象时便需要极其谨慎。也因此"她叹了口气,"才需要给你上这堂课。"

贾斯蒂诺小姐涌起一种强烈的欲望,想要坚持自己与已生成判断相反的意见。她抓住鱼缸盖,然后将其拧开。

考德威尔一只手捂住嘴,尖叫着向后退。

随后她意识到自己的反应,便将手放了下来。她瞪着贾斯蒂诺小姐,眼神空洞而冷酷。

"这样做非常愚蠢。"她说。

"但是并不危险,"贾斯蒂诺小姐指出,"你自己说的,卡洛琳。还没有生殖器,没有孢子。真菌无法在空气中传播。它需要血液、汗水、唾液和眼泪。看到没?你就像任何人一样,也有可能做出错误的判断——总觉得有危险,其实并没有。"

"这个比方打得不恰当。"考德威尔说,声音中有种可斩断发丝的利刃般的尖锐。"而且在这里高估危险性根本算不上什么问题。危险——一切危险——都在于对危险的忽视。"

"卡洛琳。"贾斯蒂诺小姐在做最后的努力,"我的意思并不是应该叫停这一计划。我只是想说,我们应该转向其他方法。"

考德威尔笑了笑,表情冷漠而严肃。"我可以接受其他方法。"她告诉贾斯蒂诺小姐,"这就是我最开始就请求调派一名发展心理学家加入这个团队的原因。"她脸上的笑容像退潮般无可避免地消失不见。"在我的团队中,你的方法是对我的方法的补充,在我需要的时候才会考虑运用。你无权决定我们的方法,无权越过我跟毕肯那边对话。海伦,你有没有想过,我们现在处于军队而不是民政管辖下。你想过这一点吗?"

"没怎么想过。"贾斯蒂诺小姐承认道。

"那么,你应该想一下,这一点很重要。假如我确实判定你在妨碍我的计划,如果我将这一事实告知帕克斯中士,你就回不了家了。"

她凝视着贾斯蒂诺小姐,眼神中是不相称的温柔和关心。

"你会被枪毙。"

两人同时陷入沉默。

"我感兴趣的是他们大脑里的运作。"考德威尔最后开口说道,"在大多数情况下,我发现,通过在显微镜下进行物理结构检查,我便可以得出确定结论。当我自己办不到时,就需要看你的报告。而我希望看到的是清晰、理性的判断以及在这基础上有理有据的猜想。这点你明白吗?"

长时间的停顿之后,贾斯蒂诺小姐说:"明白。"

"好。既然如此,那么作为开始,我希望你能按照他们对你的评估的重要性——就目前而言,将实验对象排序列表。告诉我,哪些你仍需要观察,需要的程度。在选择下一批带到这里接受解剖的实验对象时,我会尽量将你所列的先后顺序考虑在内。我们需要大量的对比测量。我们遇到了瓶颈,而我能想到的唯一可能为我们带来新视角的就是批量数据。在接下来的三周内,我想处理一半人。"

面对这当头一棒,贾斯蒂诺小姐的心不由得一颤。"半个班?"她弱弱地重复道,"但那是……卡洛琳!天啊……!"

"一半人。"卡洛琳强调,"我们剩余实验对象的一半。班级是你建立的一个迷宫,以让他们在其中穿行。但不要就因此把它当作什么值得考虑的东西。我需要这个名单,周日之前列出来,但是越早越好。周一早上我们会开始处理。谢谢你的时间,海伦。如果有我或者塞尔科克博士能帮上忙的，告诉我们就行。但是当然，最后是你来做决定。我们不会过度干预。"

贾斯蒂诺小姐发现自己身处室外，漫无目的地走着。阳光照着脸庞，她猛然转身背对着太阳。她的脸已经够滚烫的了。

我们剩余实验对象的一半……

在内心的抵触之下，她将这些话远远地抛到了脑后。

如果是其他时候，她可能会钦佩考德威尔对自己的失败不留情面的坦白。我们遇到了瓶颈。考德威尔百分之百地支持这个计划，所以不可能有出于自身利益的虚荣。

另一方面：最后是你来做决定。这纯粹是在折磨人。考德威尔仿佛在说，来我的圣坛上服侍吧，海伦，你甚至可以选择祭品。所以，这是有多残酷？

一半……

一切都将分崩离析，统领一切的中心也会垮掉。因恐惧和不安全感而千疮百孔的班级将会分崩离析。他们最终会问起贾斯蒂诺小姐无法回答的那些问题。她将不得不在坦白和回避之间做出选择，而不管决定如何，都很可能将自己踢出灾难曲线的边缘。

也许那是她罪有应得。儿童杀手，大屠杀的帮凶，一边在选框中打钩，一边像犹大似的怀着异心微笑。那时，连帕克斯拿枪指着她的头这一想法都会有种怪异的吸引力。

此时，她正好跟他撞了个满怀，力度很大，所以两个人都打了个趔趄。他先稳住，然后轻轻地抓住她的肩膀扶她站稳。

"嘿，"他说，"还好吗，贾斯蒂诺小姐？"

他那张又宽又扁、因那道疤痕而显得既不对称又丑得不可思议的脸上表现出友好的关心。

贾斯蒂诺小姐将肩膀从他手中挣脱出，脸部因极其愤怒而扭曲着。帕克斯眨了眨眼，发现了她从内心深处迸发出的情绪，不确定它来自哪里，又要到哪里去。

"我没事。"贾斯蒂诺小姐说，"请让开。"

中士的手举在肩膀上方，指向他背后的围墙。"哨兵发现那边树林里有动静。"他说，"我们不知道是僵尸还是别的什么。不管怎样，周边现在都禁止靠近。抱歉，所以我才想拦住你。"

沿着他所指方向望去，不远处的动静让她有一秒钟分了神，所以她不得不将注意力拉回。

她面对着他，试着长长地、平稳地深吸一口气，试着将所有溢出的情绪都收回去，这样他便无法从她脸上看出来。就算是在如此浅显的层面上，她也不想被这个人所理解。

细想一下他之前所看见的，可能知道或者自以为知道的她的事，她突然开始重新看待考德威尔给自己难堪的时机。在帕克斯看见她违反"不接触"的规定时，他威胁说要告发她。但是之后什么事都没发生，直到现在。

帕克斯到卡洛琳·考德威尔那里搬弄是非告发了自己。对此她深信不疑。尽管从梅勒妮事件到这次的训斥，中间有四个月的间隔，但这并没有让她的猜测有所动摇。事情总要经历一些繁文缛节才慢慢地渗透出来，不慌不忙，从容不迫。

她不得不压制自己要向帕克斯毁了容的那张脸挥拳的冲动。也许可以找到他的软肋、他承受压力的极限，以将他击垮，让他从她的生命中消失。

"我没被赶走，中士。"她对他说，因被激怒而反抗，"你费尽心机，她却只是打了下我的手，给我安排了额外的工作。"

帕克斯前额还可以起皱的地方皱了起来——但疤痕的存在使那里无法一直皱着。"抱歉，请再说一遍。"他说。

"不必。"她开始在他身边来回走动，想起不能沿这个方向一直走，便转过身，所以暂时是侧对着他。

"我没耍什么心机。"中士迅速说道，"如果你是说我向考德威尔博士打报告，我没有这么做。"

听上去像是真心话，好像确实是想让贾斯蒂诺小姐相信自己。

"好吧，你应该这么做的。"贾斯蒂诺小姐说，"这是激怒我的最佳方式。别搞砸了你的完美得分，中士。"

此时帕克斯脸上浮现出类似痛苦的表情。"听着，"他说，"我一直在试图帮你，真的。"

"帮我？"

"对。我有多年的实战经验，我挨过的大清扫行动比其他任何人都要多。我的意思是最难清理的那些该死的地方，也就是市中心。"

"所以呢？"

帕克斯夸张地耸耸肩，沉默了一秒，好像突然间词穷了——对此她并不感到意外。"所以我清楚自己在说什么。"他终于开口说道，"我了解那些僵尸。除非你能弄懂它们的招式，否则不可能在围墙外存活那么久。你要知道，有什么可以侥幸逃脱，又有什么会让你丢了性命。"

贾斯蒂诺小姐任由自己脸上露出冷漠的表情。不知怎么地，她知道，与任何一种愤怒相比，漠不关心能更深入地触动他的内心。他的焦虑不安指引她占领冷漠与不屑的高地。"我又不是在围栏外面。"

"但是你在和它们打交道。你每天都要面对它们，而且你并没有保持警惕。该死，你竟然把手放在那东西上。你碰了它。"他说这些话时声音颤抖着。

"没错，"贾斯蒂诺小姐承认道，"我是碰了。很震惊，是不是？"

"那是愚蠢。"帕克斯摇着头说，像是在驱赶一只落在他头上的苍蝇。"贾斯蒂诺小姐……海伦……这些规矩的存在是有原因的。如果你认真遵守，它们会尽可能地阻止你的本能反应，以此来挽救你的性命。"

她懒得回应，只是盯着他。

"好吧，"帕克斯说，"那我不得不亲自接手了。"

"你不得不怎样？"

"这是我的责任。"

"你亲自接手？"

"这个基地的安全是我的——"

"你想对我下手，中士？"

"我不会碰你一根头发。"他被激怒了，"我有能力在自己的地盘上维持好秩序。"这时她突然在他脸上读到了什么。她能听出他话中有话。他似乎想起了什么事情。

"你做了什么？"她追问道。

"没什么。"

"你做了什么？"

"跟你没关系。"

她走开的时候他还在说，但想屏蔽掉并不难。仅仅是几句话罢了。

到达教室所在地堡时，她是跑着的。

10

在你无事可做而又动都不能动的时候，时间过得要缓慢得多。

梅勒妮仍被绑在椅子上的双腿和左臂由于抽筋剧烈地疼痛着，但这是在很久之前发生的，现在抽筋带来的疼痛感已经逐渐消失，好像身体已经懒得告诉她抽筋的感觉,所以她连可以分散注意力的疼痛都感觉不到了。

她坐在那里思考中士的愤怒以及这意味着什么。他的愤怒可能有很多含义,但每次的导火索都一样。只有在她提到贾斯蒂诺小姐时中士才会愤怒——在她说贾斯蒂诺小姐爱她的时候。

梅勒妮了解嫉妒。每次贾斯蒂诺小姐和班上其他男孩或女孩说话时,她都有一点嫉妒。她想让贾斯蒂诺小姐的时间属于她一个人,然而一想起现实并非如此,她便有些痛苦,她的心缓缓下沉,在她的胸膛怦怦直跳。

但是中士也会嫉妒这一点却令人困惑。假如中士会嫉妒,那么他的力量就有极限——而她自己就站在其中一个极限点,回头看向他。

这一想法支撑了她一段时间。但是没有人来,时间过得很慢——尽管她擅长等待,擅长什么事都不做,可还是感到沉闷无聊。她试着给自己讲故事,但故事却在脑中变得支离破碎。她为自己出了联立方程式来解答,但是自己编的题解起来太容易,在还没开始好好思考之前,自己就已经快接近答案了。她现在疲惫不堪,但被迫困在这辆轮椅上的姿势让她无法休息。

之后过了很久很久,她听见钥匙在门锁里转动,门闩被拉回。厚重的钢门发出响亮的哐啷声。奔跑在混凝土上的脚步声激起一阵飒飒的回声。是中士吗?他是回来给自己松绑的吗?

有人打开了梅勒妮的房门锁,然后将门推开。

贾斯蒂诺小姐站在门口。"没事儿了。"她说,"我来了,梅勒妮。我来救你了。"

贾斯蒂诺小姐走上前去,使出全身力气对付这辆轮椅,就像大力神赫拉克勒斯(Hercules)在与一头狮子或一条蛇搏斗。被绑着的胳膊已经解开了一半,然后很容易便松开了。随后贾斯蒂诺小姐跪下，开始解梅勒妮腿上的皮带。右边，然后左边。女士一边松绑一边抱怨咒骂着："该死的帕克斯一定是疯了！为什么？为什么会有人做出这样的事？"梅勒妮感觉压迫感减轻了，双腿在一股麻刺感中恢复了知觉。

梅勒妮站起身来，内心充满了快乐与解脱。贾斯蒂诺小姐解救了她！她在一种无法抵抗的强烈本能的驱使下举起了双臂——她想让贾斯蒂诺小姐扶她起来。她想抱着女士，想被女士抱着——不仅仅是头发被触碰，还想双手、脸部，甚至整个身体都被触碰。

然而她如同一尊雕像般僵住了：她的颚肌变硬，嘴中发出呻吟声。

贾斯蒂诺小姐惊慌失措。"梅勒妮？"她站起来，一只手伸了过来。

"不要！"梅勒妮尖叫道，"不要碰我！"

贾斯蒂诺小姐停住了。"还是太近！太近！"梅勒妮喃喃道。她整个脑袋都要炸开了。她晃晃悠悠地向后退，但她还僵硬着的双腿却没办法正常移动，所以整个人瘫软在地上。这种味道，这种奇妙的、可怕的味道充斥着整个房间，占据着她的大脑、她的思绪，她唯一想做的是……

"走开！"她呻吟道，"走开，走开，走开！"

贾斯蒂诺小姐没有动。

"走开，不然我会撕碎你的！"梅勒妮哀号着，内心绝望不已。她的嘴里满是黏稠的唾液，像泥石流中的泥浆，颌骨开始自行咬合，头部轻飘飘的。房间虽然并未移动，有种忽近忽远的感觉。

梅勒妮正悬在一根最细最细的绳子的末端。眼看她就要跌下去，而且朝着一个方向。

"哦，天啊！"贾斯蒂诺小姐呜咽着说。她终于明白了，于是向后退了一步。"对不起，梅勒妮，我根本没想到！"

贾斯蒂诺忘记喷化学喷雾了。在梅勒妮所听见的声音中，缺失了一个最重要的：没有从天花板洒下的化学喷雾落到贾斯蒂诺小姐身上的嘶嘶声。喷雾的气味会层层覆盖，遮盖住下面贾斯蒂诺小姐身上的味道。

此时此刻梅勒妮所感觉到的就是中士将化学物质从自己胳膊上擦去，然后放在肯尼面前时肯尼所感觉到的。但那次她只捕捉到气味的边缘，并没有真正体会到这种感觉。

某种东西在她身体里打开了，像张得愈来愈大且不停尖叫的一张嘴——不是出于恐惧，而是出于需求。尽管这种需求梅勒妮之前从未有过，但她觉得自己现在可以用一个词来形容这种感觉了。那就是饥饿。这里的孩子吃饭时，不会有饥饿感——碗里已经倒好了蛆，只需大口大口地塞到嘴里。然而在她所听过的故事里却是另一番景象。故事里的人想要而且需要去吃，而等他们真的吃好时会有饱腹感。进食能给予他们其他任何东西都无法给予的一种满足感。

梅勒妮想起孩子们学唱的一首歌《你是我饥饿时的面包》。如同阿喀琉斯拉弯他的弓一样，饥饿正在使梅勒妮的脊柱变得弯曲。而贾斯蒂诺小姐将会成为她的面包。

"你必须离开。"梅勒妮说。她认为她说出这个句子了，但又不确定，因为内心的声音、呼吸声以及血液的声音都向她的耳朵里涌入。她做了个手势——走！但贾斯蒂诺小姐还是站在原地，在想要跑开和帮忙之间左右为难。

梅勒妮爬起来，双臂伸长，猛扑过去。这一动作几乎就像是她刚刚请贾斯蒂诺小姐扶起自己的那个姿势，然而现在她却将双手抵在贾斯蒂诺小姐的肚子上，将其猛地推开。她比自己想象的还要强大。贾斯蒂诺小姐踉跄着后退，差点儿被绊倒。如果真被绊倒，她将成为盘中食，必死无疑。

梅勒妮的肌肉在身体里绷紧，抽搐，搅动，为了某种巨大的努力而纠结在一起。

她将肌肉的力量转化为一声怒吼。

贾斯蒂诺小姐急急忙忙、摇摇晃晃地逃出了那扇门，随后猛地将其关上。

梅勒妮在向前移动的同时也在往后拉自己，仿佛一个人牵着一只拴着皮带的大狗——梅勒妮同时扮演着这两个角色，并用力拉紧自身意愿的拴绳。

贾斯蒂诺小姐将门合上时，第一个门闩正好滑了进去。梅勒妮从头到脚都被那种气味、那种需求所填满，但是贾斯蒂诺小姐在门的另一边是安全的。梅勒妮用手挠抓着门，讶异于自己愚蠢至极而又被寄予希望的手指。现在门是不会打开了，但她身体里的某头野兽仍觉得它可能会开。

过了好久，这头野兽才放弃这一念头。此时这个筋疲力尽的少女紧挨着门跪倒在地，前额靠在冰冷又坚硬的混凝土上。

贾斯蒂诺小姐的声音从上面传来。"对不起，梅勒妮。真的对不起。"

她无力地抬起头，看见贾斯蒂诺的脸出现在网窗边上。

"没关系。"她虚弱地说，"我不会咬的。"

她本想开玩笑。而在门的另一边，贾斯蒂诺小姐却哭了起来。

11

出于多种原因，那天发生的事情终会在海伦·贾斯蒂诺小姐的心里变成一件沉闷的寻常之事。然而到死她都会清楚地记得三点。

第一,帕克斯中士一直以来都是对的,关于她,关于她的行为将自己所置于的危险。看着那个孩子在她眼前变成一个恶魔,她终于明白这两种危险都是真实存在的。放走梅勒妮,或者解救她,或者移走她们之间的那扇牢门,这些都没有什么未来。

第二,有些事情仅仅说出来就会成真。在她对这个小女孩说"我来救你了"的时候,她的思维架构和她的自我定义都以这句话为中心发生了转变,进行了重置。她决定承担起责任,或者说开始愿意去承担起一份责任。这与对之前所犯罪行的内疚(尽管她十分清楚自己应受的惩罚)抑或任何赎罪的希望都无关。这完全只是有感而发,没有更深层次的理由。她已经尽可能地置身事外,然而如今再度沦陷,不再能控制(如果说起初她曾成功控制住过的话)自己的行为。

给她定下的截止日期眼看就要到了。她本该决定班上的哪个孩子要在卡洛琳·考德威尔的桌子上被分解。然而,她不知道自己现在要做什么。所有选择似乎都由于这样或那样的原因而行不通。

相比起来,第三点几乎不算什么。那就是当帕克斯正警告她远离四周边界时,她越过帕克斯的肩膀看到了围墙另一边的动静。在第一和第二点相互撞击又弹回之后,这就是使她分心,一时间方寸大乱的最后一点。

树林边上有一个人形身影一直在观察着围栏,几乎隐没在树木和及腰高的灌木丛之间。

不是僵尸。僵尸不会用一只手拨开一根树枝,以保持视线清晰。

那就是**容克**——一个从未进入围栏之内的野人。

所以她推断他并不构成威胁。

因为目前她所担心的所有威胁都与自己人之间的内部冲突有关。

12

埃迪·帕克斯可以确定的一点是，他讨厌这支分遣队。

对于抓捕行动，也就是士兵们所说的"大清扫"，之前他还是能接受的。这是份苦差事，要多危险有多危险，但是那又如何？你知道风险会是什么，回报是什么。将这两者放在手中掂量，然后发现其意义。你就能知道为什么自己在做这些事情。

而这就是使你一周又一周坚持做下来的原因。进入那些你深知到处都会有僵尸的区域——那是人口密度最高，是感染比随之而来的恐惧传播得更快的城市中心。

你命悬一线，所做的每个决定，所走的每一步，都将决定你的生死，因为很多情况下你都可能有去无回。城市里的僵尸，我的天……大多数时候它们就像雕塑，因为只有其他什么东西移动了，它们才会移动。你需要从头到脚都喷上"电子隔离光"，这样它们就闻不到你。只要你走得足够慢，足够平稳，不触发它们的"开关"，就可以安然经过。

你也可能让自己深陷困境之中。

如果某个笨手笨脚的浑蛋被一块松动的铺路石绊倒，或者打了个喷嚏，再或者只是抓了下臀部，有只僵尸听到声响或者觉察到动作，或者其他什么该死的动静，便会来回摆动着脑袋。一旦它们当中有一个锁定了你，剩下的也会如猴子般看样学样。它们会在一瞬间聚集起来，跑向同一方向。所以接下来你有三个选择，而其中两个一定会导致你被杀死。

如果你呆住不动，那些僵尸会如生疽般以海啸一样快速而浩大的声势将你团团围住。它们现在已经锁定了你，无论你的气味如何，都糊弄不了它们。

如果你转身就跑，它们最终会将你拿下。起初你可能会稍稍领先，甚至可能是遥遥领先，但僵尸差不多可以一直这样大步跑下去。它永远不会停下，永远不会减速，它还是会追上你，将你拿下。

所以你要战斗。

大扫射，腰部以下，完全自动。打爆它们的双腿，于是它们不得不伸着双手拖着受伤的身躯来抓你。逃生的概率略微得到扭转。如果你能进到一个狭窄的地方，它们只能一次上一两个，这样也可以。但是你可能想象不到那些杂种能承受多大的伤害，然后还能继续前进。

有时你会遭遇另一路敌人——容克。这些存活下来的浑蛋们在消息放出来时拒绝来毕肯，而是选择靠山吃山，靠水吃水，甘愿自己冒险。就像任何理智的人都会做的那样，大部分容克都远离城市，但是他们的突袭队依然将其营地周围 50 英里内的所有建成区都当作自己的保留区和房产。

所以当毕肯的一支大清扫巡逻队遇见一队容克清道夫时，总是免不了一场打斗。帕克斯中士的疤痕就是一个容克留下的。这道疤并不像因决斗留下的伤疤那样浪漫而不惹眼，而像一条可怕的、边缘起皱的沟壑，如古旧纹章上的斜纹划过他的脸。

帕克斯打量一位新手，常常是看初次见面时，这道可怕的疤痕使得对方忘于闷头盯着自己的靴子之前能直视他多久。

但仍静置在那些房子和办公室里等待着被拿走的东西使所有这些大清扫任务所带来的苦闷变得有价值。自大毁灭之后，再没有动过的旧时科技，电脑和机械工具以及通讯硬件——这些东西甚至都制造不出来了。后方的毕肯有人——技术人员，对于这些东西如何运作知道得一清二楚，但是如果没有这些基础设施，他们掌握的知识就没什么用。比如过去曾有很多家工厂来生产这一块块该死的电路板和一片片该死的塑料。而曾经在这些工厂干活儿的那些人现在却无比饥渴地想要咬破你的衣服,然后狠狠地啃一口你鲜嫩的肉。

所以毫不夸张地说,那些旧东西是无价之宝。帕克斯明白这一点。他们正在试图寻找世界瓦解20年之后进行再造的方法,而大清扫巡逻队带回来的好玩意儿则是……怎么说,它们就是架在深不可测的峡谷上的一座索桥。它们是从被围困的"这里"到一切又恢复井然秩序的"那里"的唯一途径。

然而他感觉他们似乎有些迷路。那时他们找到了第一个怪孩子和某个低等兵——士兵明显从未听说过好奇心和什么破观察报告里所谓的"小白鼠"。

干得好,士兵。因为你无法不遵从命令,大清扫人员突然接到很多新命令。带来一个那样的孩子。让我们好好看下他/她/它。

之后技术人员看,然后科学家们看,他们也渴望杀几只"小白鼠"。具有人类反应的僵尸?人类行为?人类水平的脑功能?除了奔跑和吃人之外还能做其他事情的僵尸?他们在市中心的街道上和普通僵尸一起赤裸狂奔。这是怎么回事?

更多的命令传达下来。征用一处基地,远离任何地方。加筑边界,然后待命。他们曾不断突击搜查斯蒂夫尼奇(Stevenage)和卢顿(Luton)破败的穷乡僻壤,最后英国皇家空军亨洛驻地(RAF Henlow)成了一个理想之选。这里几乎完好无损,不论是地上还是地下加固的地堡,都有足够的空间,还配有一个尚可使用的飞机跑道。

他们顺道勘察,然后掘壕固守。消毒,布置,等候。

没过多久考德威尔博士就来了,她穿着白大褂,涂着淡红色口红,带着显微镜和一封来自毕肯、上面满是各种署名和授权的证明信。"现在这里交给我了,中士。"她说,"我来接管那栋楼,还有两边的棚屋。再去弄些这样的孩子来。尽你最大的努力去找。"

就是这样。她如同在订餐似的,就像以前有快餐而且可以预订时那样。

回想起来,就是从那时起,帕克斯的生活开始变得凌乱。就在他从一个大清扫人员转变为一个诱捕猎人时。

并不是说他不擅长做这个。嘿,他可是个能人。他从一开始就意识到可以通过那些怪人——那些特殊的孩子——的移动方式来辨认他们。僵尸在两种状态之间切换。大多数时候它们就地静止不动,就站在那儿,好像永远也不会再移动似的。然而,一旦闻到、听见或者看见猎物,它们便如同离弦之箭般狂奔过去,速度之快令人惊骇。没有热身,没有预警。曲速层级为9。

然而,那些怪异的孩子就算不捕猎时也会移动,所以可以将他们分辨出来。而且他们对非食物的东西也有反应,这样你就可以吸引他们的注意力——比如用一面镜子,或者一只手电筒的光束,或者一块有色塑料。将他们从一群僵尸中分离出来,并不是说它们确实聚在一起,因为僵尸们总将彼此当作周围环境的一部分,而是指在他们落单暴露时引诱他们出来。然后撒网。

他带着他的团队在7个月的时间里捕获了30个这样的孩子。一旦适应了这种节奏,做起来甚至都不算难。之后考德威尔告诉他们暂时停手,等待进一步的指令,说是已经有了足够的材料来开展工作。

而这有多糟糕?突然之间帕克斯就要负责一个幼儿园。他发现自己所守卫的基地除了照顾这些小僵尸们外什么事儿都没做。他们有自己的房间,跟士兵睡一样简陋的小床,一周一次进食(如果你以后还想吃饭,是不会想看见他们如何进食的),甚至还有一间教室。

为什么要有教室?

因为考德威尔想知道这些幽灵般的小怪物是否具有学习能力。

她想看看他们脑子里究竟有什么。不只是那些"硬件"——在这方面她已经有了手术台，还有"软件"之类的东西。比如说，他们在想些什么。

帕克斯是这么想的：与这些有着孩子外表的怪物相比，普通的僵尸更"纯正"。至少你可以确定它们是动物，不会在你捆绑它们的膝盖时对你说"早上好，中士"。

坦白地说，他无法再承受更多。金色头发的那个……梅勒妮。尽管她是他猎获的第11或12个孩子，但是出于某种原因，她成了1号实验对象。他怕极了她，却说不出为什么。或者也许他能解释，只是不喜欢去想这事。有一部分原因确实是她永远一副听话的小姑娘的样子。像她这种生物，就算看起来像人，也本应发出无意义的声音，或者根本不发出声音。只是听到她讲话就够烦心的了。

然而帕克斯是名士兵。他知道如何闭嘴，然后按要求行事。事实上，这是他的强项。他明白考德威尔在做什么。这些孩子——有可能来自被捕获后因被咬而受到感染的容克家庭——似乎对僵尸病原体有部分免疫力。噢，他们依然是肉食性动物，闻到生肉味时跟一般僵尸的反应还是一样。就凭这一点，你他妈的就能知道他们的真面目。但是出于某种原因,他们脑中的那盏灯并没有熄灭——或者说并没有完全熄灭。大清扫人员发现他们的时候，他们就像动物一样生活着，但是却恢复得很好，可以走路、说话、吹口哨、唱歌、数到很大的数字以及其他种种。

然而他们的爸爸和妈妈的情况却不得而知。如果他们是以家庭为单位被捕获，接着被咬，那么当中的成年人就会和其他任何被咬的人一样，变成完全脑死亡的怪物。

而这些孩子只变化了一半。所以也许他们就是找到一种有效疗法的最大希望。

看吧，帕克斯不是笨蛋。他知道这里所进行的事情，也一直默默地、毫无怨言地为这一目标效力。到目前为止，他已经坚持了快四年。

按计划，再过18个月就该轮换了。

跟他在同一条船上的还有其他人。平心而论，与自己相比，帕克斯更担心他们。这并不是软心肠的废话，只是相对于别人所能承受的极限而言，他更清楚自己的。在他手下有28人，包括男人和女人（他并没有算上考德威尔的人，因为她的人大部分都不知道"命令"是什么），人数有限，保障基地的安全需要他们所有人都骁勇善战，并且做好应对一切突发状况的准备。

此时帕克斯对自己的一半手下都有疑虑。

他对自己也有所怀疑，在当前这种情况下，他是一名士官，实际上却扮演着战地指挥官的角色，负责一支配有民用联络员哨位的部队。按照海军学校的规则，该军营对应的最低军衔应该是中尉。

帕克斯有自己奉行的准则，与海军学校的规则在很多方面都不一致。但是他知道自己的重心什么时候开始倾斜了。而就在最近，他更是常常有这样的感觉。

就像今天在看加拉格尔（Gallagher）的报告时那样。

加拉格尔，K.，列兵，1097，7月24号，17.36

在此次对基地西北方的林地进行例行清扫的过程中，我遭遇了一件事故，经过如下：

我做诱饵，德瓦尼（Devani）开着重型汽车跟着我，巴罗（Barlow）和泰普（Tap）则负责清理。

我们核实到靠近埃尔曼（Airman）环状交叉路口的希钦路（Hitchin Road）上有一大群静止不动的僵尸。它们大多只剩皮包骨头，但是没有一个因此而看上去不具有威胁性。

按照每次任务的行动参数，我们在树林里设置好陷阱，然后德瓦尼在交叉路口将我放下。依照兰斯·庞巴迪·泰普（Lance Bombardier Tap）的命令，我没有涂"电子隔离层"。

我朝那些僵尸的上风向前进，然后等着他们锁定我。

于是他们锁定了我，追赶了数百码，离开了马路，进入了树林，然后我继续——

"我的天。"帕克斯边说边将报告放在他的桌子上。"继续再继续？你就告诉我发生了什么，加拉格尔。留着这些废话写你的自传吧。"

加拉格尔脸红了，一直红到他那一头红发的发根。雀斑也在一片炽热中消失不见。换作其他任何人，那样一张炽热的脸应该就意味着事情搞砸了，但能让加拉格尔像女学生一样脸红的事情有一大堆，比如说一个黄笑话、任何一件比一场示威游行费力的事情，或者只是抿一口非法售卖的松子酒。倒不是说你会经常见到这个士兵喝酒——他在酒后会变得活泼，好像他所报名参加的军队使他灵魂得救似的。帕克斯这回把这孩子逼得更狠，也逼得够呛。

"长官，"加拉格尔说，"那些僵尸当时就在我屁股后面，我是说，它们离得特别近，所以我能闻到它们。您知道那些灰色的细丝开始穿透它们皮肤时，它们身上的那种酸臭味吧？那种气味特别浓烈，熏得我眼泪直流。"

"长出灰线的僵尸通常不会出现在离城市这么远的地方。"帕克斯若有所思地说，可以看出来他不喜欢这个消息。

"是的，长官。但我跟您说，这是群成熟的僵尸。其中有几只，他们的脸部完全凹陷了进去。衣服大多已经腐烂脱落。有只僵尸没了一条胳膊，不知道是在最初受到传染时被咬掉的，还是在那之后。

但真的,这些不是新僵尸。

"总之,我一路朝着泰普和巴罗设置陷阱的地方跑去,就在那一大片山毛榉树林子后面。那里有一排树篱,而且长得相当结实。你得选好位置——从较窄的地方过去,这样速度就不会慢下来太多。但是显然你预见不到自己会撞上什么。"

加拉格尔犹豫着,似乎有些畏缩。他的记忆撞上了比那排树篱还要结实许多的障碍。

"你撞上什么了?"帕克斯提示他。

"三个小子,容克。他们远远地在树篱的另一边走着,从路上看不见他们。那一段尽是些黑莓灌木丛,所以他们可能是在采摘水果或者什么的。但是三个人中的一个——根据他的装备我估计是个头儿——有一副双筒望远镜。他们三个都持有武器。那个领头的有一把手枪,其他两个人拿着弯刀。

"我从树篱中冲出来大概55码,朝他们所在的方向跑去。"加拉格尔既纳闷又不高兴地摇着头,"我向他们喊快跑,但是他们根本不在意。拿枪的那小子端着枪朝下对准我,几乎就要打爆我的脑袋。

"然后那些僵尸冲出了我身后那排树篱,这时他的注意力才算是分散了些。但是他们三个还是挡着我的去路,而且那个疯子仍将他的枪正对着我。所以我向他撞去,因为似乎并没有其他地方可以走。他开了一枪,却成功地避开了我。那么近的射程,不知道他是怎么做到的。随后我用肩膀用力地撞开他,又继续跑下去。"

这个兵又停了下来。帕克斯等着他用自己的话说出来。显然整件事把他吓得不轻,倾听诉说——有时候——也是帕克斯工作的一部分。加拉格尔是列兵中最缺乏经验的人之一。就算他不是在大毁灭爆发时出生的,也一定还在咬着他妈妈的乳头。你不得不把这一点考虑进去。

"十秒后我回到了树林里。"加拉格尔说,"我回过头,什么都没看到,只听见一声尖叫。肯定是其中一个容克。他叫了很久。我停下来,考虑要不要回去,但是紧接着那些僵尸突然出现在我身后,所以我不得不继续跑。"

加拉格尔耸耸肩。

"我们完成了任务。泰普和巴罗已经在终点处设好了陷阱。僵尸们跑了进去,陷入了有倒刺的铁丝网中,在那之后就只是清理工作了。"

"汽油还是石灰?"帕克斯问。他不能不问,因为他已经告诉尼尔森(Nielson)在例行"烘烤大赛"中不要再使用汽油,但有一点他可以确定——军需官仍在签发容量为10加仑的油桶。

"石灰,长官。"加拉格尔抱怨道,"路边有个坑,是我们在四月份挖的。我们甚至还没填满一半。我们将它们推滚进去,然后将3袋子石灰铲进去盖在上面,这样一来只要不下雨,它们就能好好被熔化了。"

这种纯任务性质的事情使加拉格尔振作了些,但是一回到自己所讲的事上,他就又黯然神伤起来。"清理完之后,我们回到树篱。那个领头的容克和另外两人中的一个都在地上躺着,就在先前我看见他们的地方。他们被咬得血肉模糊,但是身体还在抽搐着。这时领头的那个睁开了眼睛。我验明——"加拉格尔意识到自己又回到了汇报的语气,所以停顿了一下又重新开始说,"他的眼在流血,有时刚开始腐烂就会这样。显然他们两个都被传染了。"

帕克斯无动于衷。他估摸着加拉格尔快说到重点了。"你把他们处理了没?"他问道,谨慎而直接。有一说一,有二说二。让加拉格尔明白这完全只是例行公事。这么做虽然现在起不到什么作用,但之后也许会让这位士兵的情绪有所缓解。

"巴利(Barley)——列兵巴罗——用第二个家伙的弯刀砍下

了他们的头。"

"戴着面具和手套?"

"是的,长官。"

"你清缴了他们的装备?"

"是的,长官。手枪完好无损,其中一个弹匣里有40发子弹。老实讲,那个双筒望远镜有些受损,但是领头那人还有一个无线对讲机。尼尔森认为它也许能和我们的远程装置一起使用。"

帕克斯点头表示认可。"你把一个棘手的情况处理得非常好。"他对加拉格尔说,他确实是这么认为的。"如果你在穿过那排树篱时呆住不动,那些容克还是会死——而且很可能他们会耽误你很长时间,然后你也会被杀死。所以从各方面来看,这都是一个相对较好的结果。"

加拉格尔一言未发。

"想想看,"帕克斯坚持说道,"这些容克距离我们周边只有不到一英里,全副武装地在监视。不论他们在做什么,一定不单单是在户外呼吸新鲜空气。我知道你现在感觉很糟糕,列兵。但是他们的遭遇并不是你的责任——就算他们是无辜的。是容克们自己选择生活在围栏之外,所以他们就得承担相应的后果。"

"去喝个一醉方休。可以找个人干一架,或者躺倒睡一觉。尽情地释放。但是不要在这些没用的事上他妈的浪费我的或你的一秒钟时间去内疚。忘掉已经发生的破事儿,向前看。"

加拉格尔预料到了解散的指令,便立正站好。

"现在可以走了。"

"是,长官。"

列兵敬了个漂亮的军礼。现在他们大多不会费工夫这样做,但这是他表达感谢的方式。

事实上，加拉格尔或许缺乏经验，但他远不是一帮冷漠无情、令人生厌的士兵中最坏的那个，帕克斯不能让他也变成行尸走肉。如果这小伙子自己杀死了那些容克，取出他们的内脏，用他们的结肠做成气球，帕克斯还是会尽力对此保持积极的态度。他自己的人始终是他优先考虑的对象。

但是在这堆事情当中，他也在想：容克？在他门口？

好像他要担心的还不够似的。

13

这一周过去了，缓慢而又不可阻挡。连续三天的"惠特克先生日"使整个班级变得异乎寻常的死气沉沉。

不知是无意还是有意，中士总是避开梅勒妮。早上她能听到他在吼着"转移"，但在她被带出或带回自己房间时，却从未看到过他。每次她心中都涌起一阵期待。她准备着再次与他抗争，并宣告她对他的厌恶，看他还能否再伤害她。

但是他并没有走进她的视线，所以她不得不将这些感受都咽回去，就像老鼠或兔子有时会将自己不能平安生下的幼崽再重新吸回子宫里一样。

周五是"贾斯蒂诺小姐日"。通常这就是强烈而简单的快乐的来源。而这次梅勒妮是既担心又兴奋。她差一点将贾斯蒂诺小姐吃掉。要是女士因此生气，然后再也不喜欢她了呢？

课堂开头并未能让梅勒妮安下心来。贾斯蒂诺再次出现时不大高兴，而且心事重重。她隐藏起自己的内心，这样情绪就不可能被看出来。她没有对每个男孩和女孩都道早上好，只是对着整个班说了一声,也没有任何眼神交流。

这一天的大部分时间里,她都在用简答题和单选题给孩子们做测试,之后便坐在自己的桌子上给他们打分。当全班在做算术题时,她又将测试分数写在一个大笔记本上。

对于这些算数题,梅勒妮并没有想太多,她在短短几分钟之内就完成了。不过就是些简单的微积分,大部分试题都只有一个变量。她的注意力在贾斯蒂诺小姐身上,然而令她恐惧的是,她看见贾斯蒂诺小姐一边做着那些工作,一边在默默地哭泣。

梅勒妮发狂似的在脑子里搜索该说些什么——一些可能会安慰贾斯蒂诺,或者至少使她从悲伤中转移注意力的话。如果是因为打分让她感到伤心,他们可以换一个更简单、更有趣的活动。

"我们可以听故事吗,贾斯蒂诺小姐?"她问道。贾斯蒂诺小姐似乎没有听见。她继续算着分。

其他孩子要么叹气,要么啧啧不已,要么坐立不安。他们看得出来贾斯蒂诺小姐郁郁寡欢,认定梅勒妮不应该因为这样自私的需要而去麻烦她。梅勒妮坚持这么做。她知道只要女士肯跟他们说话,他们就能使贾斯蒂诺重新开心起来。她自己最快乐的时光就在其中,就像这样,所以这也会成为贾斯蒂诺小姐最快乐的时光吧?

她再次尝试。"我们可以听古希腊神话吗,贾斯蒂诺小姐?"她提高声音问。

这次贾斯蒂诺听见了。她抬起头,又摇了摇头。"今天不行,梅勒妮。"她说,声音如同她的面孔一样悲伤。有一小段时间,她就只是直直地凝视着这个班,好像看到他们在这里,她很意外似的。"我必须完成这些评估。"她说。

然而她并没有回到笔记本上。她继续看着大家,略有些皱眉蹙额。好像在做算术难题的不是孩子们,而是她,此时又恰巧碰上了一个难解之题。

"我他妈在骗谁?"她十分小声地问自己。

她将测试卷撕碎,孩子们感到很意外,但并不怎么在意。有谁会关心测试结果呢?只有肯尼和安德鲁(Andrew)两个,他们都试图在分数上超过对方,这其实无聊透顶,愚蠢至极,因为梅勒妮才是班上最优秀的,佐伊其次,所以这两个男孩子只是在竞争第三名的位置。

接着贾斯蒂诺又开始撕课本。她一次性撕下几页,然后用手撕碎,一直撕到不能再撕。她把这些碎片扔进废纸筐,但是由于碎片太小、太轻,所以无法垂直下落。它们在空中旋转,散开,在纸筐四周撒了一地。贾斯蒂诺小姐并不去管。她不再将碎片往下扔,而开始抛向空中,这样一来它们便飘散得更远了。

她算不上高兴,但是已经不再哭了。这是个好迹象。

"你们想听故事?"她问全班学生。

他们全都想听。

贾斯蒂诺小姐从图书角取出希腊神话书,拿到前面来。她读了可怕的阿克提翁(Actaeon)的故事,然后是忒修斯(Theseus)和牛头人弥诺陶洛斯(Minotaur)的故事——这个更是吓人。尽管大家都已经听过了,但在梅勒妮的请求下,她最后又讲了一遍潘多拉的故事。这个故事是结束这天的一个好方式。

中士的人到来时,贾斯蒂诺小姐没有看他们。她坐在讲桌的一角,将这本希腊神话书拿在手里翻来翻去。

"再见,贾斯蒂诺小姐。"梅勒妮说,"希望可以尽快再见到你。"

贾斯蒂诺小姐抬起头,看上去好像要说什么,但此时响起一声轻微的撞击声,有人——中士的手下——从后面抓住梅勒妮的轮椅,拉下了手刹。轮椅开始转动。

"这个我需要留一会儿。"贾斯蒂诺小姐说。因为已经被转过去一多半,所以梅勒妮已经看不见她了。但贾斯蒂诺小姐的声音响亮,好像就在近旁。

"好的。"士兵听上去满不在乎,好像对他来说怎么都一样。他转向加里(Gary)的轮椅。

"晚安,梅勒妮。"贾斯蒂诺小姐说。但是她没有走开,而是对着梅勒妮俯下身来,影子落在轮椅的扶手和梅勒妮的双手上。

梅勒妮感觉到有什么坚硬而有棱角的东西挤进她后背和椅背之间。"好好读,"贾斯蒂诺小姐低声说,"但是要保密。"

梅勒妮尽力向后靠,将自己的肩膀贴上轮椅光秃秃的金属板。这个东西被塞在她的腰背后面——完全看不见了。她不知道这是什么东西,但它是贾斯蒂诺小姐亲手给她的。贾斯蒂诺小姐给她的东西,而且只给了她。

在回牢房的路上,她一直保持着这个姿势,被松绑时也是如此。她一动不动。因为怕自己在撞上中士手下人的目光时,将秘密泄露出去,所以她始终盯着地面。

等到他们离开,房门上的门闩都插上之后,她才敢将手伸到背后,抽出一直卡在那里的她不知道是什么的东西。她先是感觉到了它沉沉的重量,然后注意到它长方形的形状,最后看见了它封面上的文字。

《缪斯讲故事:希腊神话》(*Tales the Muses Told: Greek Myths*),罗杰·兰斯林·格林(Roger Lancelyn Green)著。

梅勒妮哽咽着"啊"了一声。尽管这样可能会将中士的手下引回牢房来查看她在干什么,但她还是情不自禁。一本书!一本她自己的书!而且是这本书!她抚摸着封面,快速地翻看,捧在手中左看右看。她还凑近闻了闻。

结果证明这样做是错的，因为这本书闻起来有贾斯蒂诺小姐的味道。书的正面有来自她手指的一如既往刺鼻难闻的化学气味，正面的味道最强烈，而反面则只有淡淡的一点儿，内页则明显可以闻到贾斯蒂诺小姐身上温暖的人的味道。

这种感觉——威逼着、嘶吼着的饥饿感——持续了很长时间。然而闻起来却远不及贾斯蒂诺没喷化学喷雾就站在她眼前时那么强烈。尽管如此，这种感觉还是令她感到恐惧——身体对大脑的反抗，这就好比她是潘多拉，不论被告诫过多少次，还是想打开那个盒子，她就是以这个为目的被创造的，所以不得不这样做，无法让自己停下来。然而梅勒妮最终还是习惯了这个气味，就像孩子们在周日淋浴时习惯了那些化学品的气味一样。它其实并没有消失，只是已经不完全像之前那样折磨她了，就是因为它没有变化，所以似乎是她闻不到了。那种饥饿感变得越来越弱，最后完全消失时，梅勒妮还是在原地没有动。

那本书也还在那里。梅勒妮读到了黎明，就算是读不懂或者得去猜测意思时，她依然徜徉在另一个世界里。

之后她会想起这种感觉——仅仅一天之后，她所认识的世界不复存在之后。

14

一周接一周地过去了，而考德威尔博士所要求的那个名单还没有交上去。贾斯蒂诺小姐还没找她谈，也没给她发过消息，没解释为什么拖到现在还不交，也没请求宽限时间。

考德威尔想，显然自己当初的评价是对的。贾斯蒂诺小姐对实验对象的情感认同正在干扰她有效地履行自己的职责。而由于她的职责是由考德威尔划定的，包含于考德威尔的临床研究计划之中，因此考德威尔不得不对她的玩忽职守做出严肃处理。

考德威尔调用了自己关于这些实验对象的数据库。从哪里着手？她想知道为什么僵尸真菌在这一小撮人身上显示出难以置信的仁慈。感染上这一病原体的大部分人都几乎是瞬间就感受了它的全部作用。几分钟，或者至多几小时之内，人们的感知能力和自我意识就会永久性地、不可挽回地消失。这甚至在真菌菌丝穿透大脑组织之前就发生了。真菌的分泌物模仿大脑自身的神经递质，完成大部分肮脏勾当。最后自身攻势不敌微小化学清障球的连续攻击，终于破裂粉碎，土崩瓦解。剩下的是一个发条玩具，一个只有在虫草菌转动发条钥匙时才会移动的玩具。

这些孩子几年前就被感染了，却依旧能思考，能说话，甚至还能学习，而且他们的大脑大多都处于相当健康的状态。菌丝在神经组织中广泛扩散，但似乎并不能以此为食。这些孩子身体内的化学物质中有什么东西正在阻碍真菌的扩散，减缓其病毒性影响。

部分免疫。

如果能找到原因，考德威尔博士距离能完全治愈感染就只剩一半——最多一半——的距离。

在她这样想的时候，自己便已经做出了决定。她需要一个在所有人中显示出受到最小损伤的孩子——尽管她血液和组织里真菌物质的浓度与其他任何人一样高，而且比大多数人都要高，却因为某种原因保持着天才水平的智商。

她得从梅勒妮入手。

15

帕克斯中士接到了命令，正要去执行。但说真的，他自己没有理由不这么做。自从听到加拉格尔讲的那个悲惨的故事，他担心容克可能会有什么袭击的企图，便加强了对周边的搜查，所以他手下的人全都疲倦又紧张。真是祸不单行。

离白天的好戏开场还有半个小时。作为值勤官，他签字登记后从安全柜中取出钥匙，然后又作为基地指挥官做了副署。他将粗钥匙环从钩子上取下，然后继续朝地堡走去。

抵至大楼时，他的耳朵遭到了《1812序曲》（*1812 Overture*）爆炸性音量的袭击。他关了那垃圾。将这些野孩子关在自己房间时给他们放音乐，是考德威尔出于一点和善的冲动而提出的主意——音乐抚慰野蛮的心灵，或者诸如此类的废话。但他们所能找到的音乐有限，并且大部分都不属于抚慰人心的范畴。

在一片悄无声息之中——与方才的吵闹声比起来显得十分安静，帕克斯沿走廊直奔梅勒妮的房间。她正通过格栅往外看。他摆手示意她离开。

"转移。"他对她说，"坐回你的轮椅，就现在。"

她按照他说的做了，接着他打开了门。在对这些孩子执行捆绑或松绑这种常规命令时，至少需要两个人在场，但帕克斯自信他一个人就可以完成。他的一只手放在手枪的枪把上，但是并没有拔出来。他觉得无数个早上所形成的习惯会自动生效。

这孩子用她那双几乎没有眼睑的大眼睛盯着他——浅蓝色中的灰色斑点提醒着他她真正是什么，以防他有一丁点忘记这一事实的倾向。

"早上好，中士。"她说。

"把手放在两边扶手上别动。"他命令她。其实他不需要这么说，因为她并没有动。只是在他捆绑她的右手后又换到左手时，她的目光一直追随着他。

"现在还早呢，"梅勒妮说，"而且只有你自己来了。"

"你要被送去实验室。考德威尔博士想见你。"

这孩子沉默了片刻。而帕克斯则正在绑她的双腿。

"就像利亚姆和玛西亚。"她终于开口。

"对，就像他们那样。"

"他们没有再回来。"孩子的声音开始颤抖。帕克斯绑好了她的两条腿，没有回应。这并不是那种似乎需要回答的事情。他重新直起腰来，发现那双大眼睛直勾勾地盯着自己。

"我还会回来吗？"梅勒妮问。

帕克斯耸了耸肩。"我决定不了。问考德威尔博士吧。"

他绕到轮椅后面，找到捆脖子的皮带。这一步需要谨慎小心。一旦放松警惕，便容易把自己的手送进那两排牙齿里。帕克斯没有让这种事情发生。

"我想见贾斯蒂诺小姐。"梅勒妮说。

"去跟考德威尔博士说吧。"

"求求你，中士。"她扭过头——在这可能发生最糟糕的情况的时刻，他被迫迅速抽回自己的手，不让她的嘴够到，同时扔下了只穿过去一半的带子。

"脸朝前！"他厉声说道，"头不要动。你知道不能那么做！"

那孩子面朝前方。"对不起。"她温顺地说。

"那，不要再像那样了。"

"求求你，中士。"她唯唯诺诺地说，"我想在走之前见她一面，这样她就知道我去哪儿了。我们可以等等吗？等到她来？"

"不。"帕克斯边说边拉紧脖子上的皮带。"不行。"终于将这孩子绑好了,现在他可以松口气了。他转动轮椅,冲着门。

"求求你,埃迪。"梅勒妮连忙说道。

巨大的震惊使他停了下来。这种感觉就像有扇门在他胸口砰地一下给关上了似的。"什么?你说什么?"

"求求你,埃迪。帕克斯中士。让我跟她说句话吧。"

这个小怪物不知怎么知道了他的名字。她悄悄地潜入他的防卫领域,像挥动一面白旗似的挥动着他的名字,没有任何恶意。跟那种画似的——像镶嵌在一面真实的墙上的一扇真实的门就在你面前敞开,有一个怪物在往外斜睨。或者就像你掀开一块石头,看到那些爬来爬去的东西,然后其中有一个向你挥手说"嗨,埃迪"。

他无法控制自己。他伸手向下掐住了她的喉咙——这一行为与贾斯蒂诺小姐像轻抚一只该死的宠物似的去轻抚她一样都严重违反了规定。"永远也不要这样。"他龇着牙说,"永远不要再叫我的名字。"

那孩子没回答。他意识到自己将她的气管压得太重,所以她很可能没办法回答。他拿开自己剧烈抖动的手,然后放回之前的位置——轮椅把手上。

"现在我们去见考德威尔博士。"帕克斯说,"有任何问题,留着对她说。我不想再听你发出任何声音。"

他也的确没再听到。

16

然而她之所以没说话,部分原因是他接下来所做的是将轮椅从那扇钢制门推了出去,然后——一路倒退着,砰,砰,砰——登上了垂直向上的楼梯。

对梅勒妮而言,这就像越过了世界的边缘。

在她所能回想起的记忆中,那扇钢制门一直代表着她视线所及的最远处。她知道自己在很久以前的某个时间里肯定从那里进来过,但感觉像是一个故事,出自十分老旧的一本书,书上的语言如今已无人使用。

而现在的感觉则更像塞尔科克博士曾为他们读过的《圣经》上的那个段落——上帝创造世界万物的那段。不是宙斯,而是另一位神。

阶梯,他们正在攀爬的垂直空间(类似于走廊,但一头朝下放置,所以指向上方)。空间里的气味,随着他们越上越高,牢房里化学消毒剂的气味开始变淡。外面的各种声音从他们头上的一道没关紧的门那里传下来。

这空气,还有这光亮。中士用背推开门,将她拖出来,带进光天化日之下。

对梅勒妮来说,这完全超负荷。

因为空气是暖的,而且还在呼吸,在梅勒妮的肌肤上流动,像是什么活的东西。阳光十分耀眼,好像有人将世界浸入了油桶,然后一把火给烧着了。

她一直住在柏拉图的洞穴之中,只能盯着墙上的影子。现在她终于被转过身来面向这团烈焰。

梅勒妮释放出一种声音。她的胸腔中心带着疼痛感呼出的一口气——从一个黑暗又潮湿、带着刺鼻化学物品气味和白板笔丙酮气味的地方呼出。

她感到四肢无力。整个世界扑面而来,冲击着她的眼睛、她的耳朵、她的鼻子、她的舌头、她的皮肤。一切都太多,又源源不断。

她就像淋浴室角落里的排水沟。闭上眼睛，光线还是打在眼睑上，她的大脑里跳跃着各种亮色的图案。她重新睁开了双眼。

她承受着，调整着，然后开始熟悉。

他们经过建在混凝土地基上的用木头或亮色金属搭造的建筑。这些建筑的形状都一样，都是矩形，呈块状，而且颜色也基本一致——墨绿色。没有人想着让它们看上去美观些。它们所体现的功能才最重要。

远处竖立的那道高达四米的铁丝网围栏，完全圈住了梅勒妮视线所及的所有建筑。顶部安有刀片刺网，从主围墙上向外伸出，与肘状混凝土塔壁约呈 30 度角。

途中，他们遇到了中士的一些手下，这些人注视着他们，有时会举起手来向中士敬礼，却不跟他说话，也不从站着的地方移动。他们端着步枪，随时准备射击。他们看守着围栏以及围栏上的各道门。

梅勒妮任由这些事实在她头脑里相互交织。它们在各个会合点自发地形成可能的含义。

他们来到另一栋建筑，中士的两个手下在此处站岗。其中一个为他们打开门，另外一个——长着红色头发——干脆利落地敬了个礼。"您需要一个专门的守卫来盯着这东西吗，长官？"他问。

"如果我需要任何帮助，加拉格尔，我会提出来的。"中士咆哮着说。

"是，长官！"

他们走进去，中士的脚步声瞬间变了，变得更大，还带着一种空闷的回音。他们脚下是瓷砖。中士等候着，梅勒妮知道他在等什么。跟在地堡里一样，他们要接受淋浴。化学喷雾启动，倾泻在他们两个人的身上。

这一次比地堡里淋浴的时间要长。这个淋浴头还会移动，它在金属履带上沿墙滑下，变换角度下降，从各个方向喷洒，不放过他们身体的每一处。

中士垂下头，眼睛紧闭，经受着这场淋浴。而梅勒妮，她已经习惯了这种疼痛，知道不论是闭着还是睁着，眼睛都会刺痛，所以她一直在观察。她看见淋浴区域的尽头有几道钢制卷帘门，他们就是从那里进来的。一个简易的棘轮装置使得它们能通过一个把手的转动而被升起或降下。这栋楼可以与外面的基地封离，可以变成一座堡垒。这里所进行的事情一定非常非常重要。

这期间梅勒妮很努力地不让自己去想玛西亚和利亚姆。她对自己在这里可能要经受的事情心生恐惧。她怕再也见不到自己的朋友、那间教室，还有贾斯蒂诺小姐。可能正是因为这种担心，再加上好奇，她能够敏锐地觉察到周围的环境。她吸收着自己所看到的一切，同时也在尽最大努力将这些全都记住，尤其是他们来时的路线。假如能有任何机会回去，她希望自己找得到路。

化学喷雾滴滴答答、噼啪噼啪地喷溅着停了下来。中士推着她向前，穿过一道双向摆门，沿着一条走廊，来到另一道门前，一盏光秃秃的红色灯泡在上面照着。门上有个指示牌写着：未经授权，不得入内。中士停在那儿，按了下蜂鸣器，然后等着。

过了几秒钟，塞尔科克博士从里面将门打开。她穿着平时的白大褂，还戴着绿色的塑胶手套，喉咙周围还有一条像是白色棉布项链的东西。此时她用食指和大拇指将这个东西拽了上来。那是个用白色纱布做成的面具，正好遮住她脸的下半部分。

"早上好，塞尔科克博士。"梅勒妮说。

赛尔科克博士看了她片刻，似乎是在决定要不要回应。最后她只是点了点头，接着又大笑。在梅勒妮看来，这是一种虚伪、不高兴的声音，那种在你擦掉所做算术里的一个错误，却不小心将纸扯破时发出的笑声。

"邮递员，"帕克斯中士直截了当地说，"你们需要把这东西放哪儿？"

"对，"塞尔科克博士说道，声音被口罩压得低沉，"没错。你可以将她带进来。我们已经准备好了。"她站到一边，将门拉开，以便中士推梅勒妮进去。

这间屋子是梅勒妮见过的最奇怪的东西。当然，她已经开始意识到自己本身见识就不那么广，但是与她原本想象的整个世界所能拥有的事物相比，这里的数量更多，种类也多得让人眼花缭乱。瓶子、水槽、罐子、盒子等各种容器，白色陶瓷和不锈钢材质的表面在头顶上条形灯的强光照射下闪闪发光。

这些瓶子中的东西有些看上去像人体的部位，有些是动物。离她最近的是一只老鼠（她是凭借一本书中的一张图片认出来的），头朝下悬浮在透明液体中。鞋带般的灰色细丝——有数百条——从这只老鼠的体腔中迸发而出，充满了瓶子的内部空间，松散地环绕在这一小具尸体的周围，仿佛这只老鼠原本决定试着变成一只章鱼，可后来不知该如何停下了。

老鼠边上的一个瓶子里装有一颗眼球，后面附着着神经组织艳丽的彩条。

这些东西引发梅勒妮脑子里浮现出各种大胆的猜测。她一言不发，尽情地看。

"请把她抬到桌子上。"说这句话的不是塞尔科克，而是考德威尔博士。她远远地站在屋子另一边的工作台边上，正将锃亮的铁制品按照精确的顺序排列好。她数次触碰其中几件，似乎它们之间的距离和角度对她来说关系重大。

"早上好，考德威尔博士。"梅勒妮说。

"早上好，梅勒妮。"考德威尔博士说，"欢迎来到我的实验室——基地里最重要的一个房间。"

在塞尔科克博士的帮助下，中士将梅勒妮从轮椅上转移到屋子中心的一个高台上。这是个复杂的流程：他们从扶手上解开她的双手，然后在她身前铐上，又将其双脚锁在一根束缚棍上，接着他们解开她的颈带，将她抬起放到桌面上。她几乎没有什么重量，所以他们搬起来丝毫不费力气。

她一坐上去，他们便将她的双脚绑进桌子两侧的安全带里，塞尔科克博士仔细调节，以便绑得紧紧的，然后他们拿去了那根已经不再需要的束缚棍。

"躺下，梅勒妮。"考德威尔博士说，"伸出双手。"这个女人一手抓一只。随着中士打开手铐，他们小心翼翼地将她的手腕放进了另外两条安全带里。考德威尔博士将它们绑好。

这下梅勒妮除了头，其他部位完全动不了了。她庆幸自己的脖子没有绑轮椅上那样的颈带。

"需要我吗？"中士问考德威尔博士。

"当然不需要。"

中士将轮椅推回到门那里。梅勒妮眼里看着，心里明白她再也不需要那张轮椅了，她再也不能回到她的房间了。《缪斯讲故事》就躺在里面的床垫底下，她猛然意识到的第一件事是，她可能再也看不到这本书了。那些带着贾斯蒂诺小姐气味的书页现在——或许永远——都只能是难以触及的遥远了。

她想大声叫住中士，或者请他捎句口信给贾斯蒂诺，可她一句话也说不出，疑虑正将她包围起来。她身处未知之境，畏惧自己还未准备好就要被推进空白未知而又不可预测的未来。她想让未来也如她的过去一般，却自知不可能。这一点认识就像石头似的压在她的胃里。

那道门在中士身后关上了。这两个女人开始脱去她的衣服。

她们用剪刀将她的棉布连体衣剪下,露出她的身体。

17

对于海伦·贾斯蒂诺小姐来说,她发现事情不对劲的第一个迹象是,在沿走廊从淋浴室走向教室时,她在梅勒妮房间的网窗处寻找梅勒妮的面孔,但那孩子并没有出现。

她打开教室的门锁,孩子们被挨个推进来时站在她的桌子边上,她向他们一一道早上好。第 20 个孩子(在玛西亚被带走之前是第 21 个)本该是梅勒妮,现在却是安妮。一个面无表情的年轻列兵将安妮放下后立即朝门口走去。

"等一下。"贾斯蒂诺小姐说。

列兵停下,转过身,带着最低限度的礼貌:"怎么了,女士?"

"梅勒妮在哪儿?"

他耸耸肩。"有一间牢房是空的,"他向她透露道,"我接着去了下一间。有什么问题吗?"

贾斯蒂诺小姐没有回答。她离开教室,来到外面的走廊里。她来到梅勒妮的房间。什么也没看见。房门开着。床和轮椅都空荡荡的。

这一切都不对劲。那个士兵在她身后,又问她是否有什么问题。她没理他,径直走向那道楼梯。

帕克斯中士正站在楼梯顶处与三个士兵低声讲话,三个人看上去吓坏了——与往常大不相同。如果换成别的时候,看到这一幕,贾斯蒂诺小姐可能会停一下,如果换成别的时候,她至少会等他说完，但是这次她却强行插话进去。

"中士，"她说，"梅勒妮被转移了吗？"

帕克斯看见她走了上来，但他现在却盯着她，好像刚刚才认出她是谁。"抱歉，贾斯蒂诺小姐。"他说，"我们现在遇到了紧急情况。可能的紧急情况。我们发现一大批僵尸正在向周边靠近。"

"梅勒妮被转移了吗？"贾斯蒂诺小姐又问。

帕克斯中士再次尝试："如果你回到教室，我们可以谈谈这件事，只要——"

"你就回答我。她在哪儿？"

帕克斯目光移开仅一秒，然后直视着她："考德威尔博士让我把她带到实验室。"

贾斯蒂诺小姐心一沉。"然后你……你带她去了？"她自觉愚蠢地问道。

他点头："大概半小时之前。我本来确实想告诉你的，可是上课时间还没到，我也不知道你在哪儿。"

但她本该一看到那个空房间就马上想到的。话一说出来，事实便变得毋庸置疑，所以她咒骂自己浪费了这宝贵的几分钟。她立即跑向实验综合大楼。帕克斯对她大喊关于需要进到里面之类的事情，回头再来找他算账。

但愿一切为时未晚——可在这个毫无意义的该死的世界，却总是太晚。

18

考德威尔博士和塞尔科克博士用闻起来就像淋浴喷雾的消毒肥

皂将梅勒妮全身仔仔细细地洗了个遍。梅勒妮默默地服从着,脑中却思绪翻腾。

"你喜欢学习科学吗,梅勒妮?"考德威尔博士问她。塞尔科克博士带着些许震惊瞥了考德威尔博士一眼。

"喜欢。"梅勒妮警惕地说。

洗完之后,考德威尔博士捡起一种差不多黑板擦大小的工具,按上去,它便开始在她手中发出嗡鸣的声音。她将它贴着梅勒妮头部一侧,来回短距离直线划过梅勒妮的头皮。这个东西透过梅勒妮的皮肤,将震动传送到了她的头骨。

梅勒妮正要问这东西是什么,但随后她看见塞尔科克博士捡起一把金色的头发,丢进了一个塑料垃圾箱。

考德威尔博士细心地将梅勒妮整个头部剃了两遍。第二次她按得更为用力,所以其实是有痛感的——虽然只是一点点。塞尔科克博士一堆一堆地捡起更多梅勒妮的头发,然后从墙上的纸巾匣里抽出一张湿纸巾,仔细地擦拭自己的双手。

考德威尔博士从一个贴有"杀菌剂胶体 E2J"的塑料罐中取出淡蓝色颜料,涂在梅勒妮的头皮上。梅勒妮试着想象自己现在的样子——蓝色的光头——一定有点像皮克特(Pictish)战士。①

惠特克先生有次声音含糊不清的时候,给他们看过皮克特人的一些图片,还一直取笑皮克特之片②这个短语。假如有人赤裸着身体去打仗,皮克特人便会称这个人一丝不挂③。梅勒妮几乎从未裸体过。她现在可以确定,这种感觉一点也不好:裸体让她感到脆弱和羞愧。

---

① 皮克特人为铁器时代晚期居住在今苏格兰东部和北部的族群,浑身靛蓝文身,是崇拜太阳的战斗民族。——译者注
② 在英语中"pictures of Picts"是押头韵的。——译者注
③ "sky-clad"直译为"用天空覆盖"。——译者注

"我不。"她说。

"什么？"考德威尔博士放下刷子，在白大衣上擦了擦手指，留下天蓝色的条痕。

"我不喜欢学科学。我想回教室，求你了。"

考德威尔博士第一次与梅勒妮凝视的目光相遇。"恐怕那是不可能的。"她说，"闭上眼睛，梅勒妮。"

"不。"梅勒妮说。她敢肯定如果照做，考德威尔博士会对她不善，会做出让她疼痛的事。

突然间，仿佛看到了视觉的另一面，梅勒妮知道了是什么事。她们要把自己切碎放入罐子里，就像她周围这些其他人的碎尸一样。

梅勒妮用尽全身力气挣脱捆绑着她的带子。她拼命地挣扎，但这些带子却纹丝不动。

"我们是不是应该用点异氟烷？"塞尔科克博士问，她的声音不稳定，听上去好像要哭了似的。

"他们对异氟烷没什么反应。"考德威尔博士说，"你知道的。我不会浪费我们最后几管全身麻醉剂来让实验对象仅仅感到有一点昏昏欲睡。请记住，博士，这个实验对象徒具一副孩子的皮囊，其实却是赋予孩子肉体以生命的一个真菌菌落。这里容不下多愁善感。"

"是，"塞尔科克博士承认，"我知道。"

她拿起一把梅勒妮从未见过的一种小刀。小刀的刀柄特别长，刀片却很短——而且很薄，当刀刃对着梅勒妮时几乎什么都看不出来。她将刀递向考德威尔博士。

"我想回教室。"梅勒妮再次说道。

就在考德威尔博士快要接住之际，小刀从塞尔科克博士的指缝间滑下，落向地面，丁零一声砸地，丁零一声又反弹回来。"对不起，对不起。"塞尔科克博士惊叫。她弯腰打算去捡，迟疑了一下，又直起身，转而从器械盘里拿出了一个新的，在交给考德威尔博士时，躲避着后者愤怒的目光。

"如果这声音在扰乱你，"考德威尔博士说，"我就先拿掉咽喉。"她将刀片冰冷的刀刃抵在梅勒妮的喉咙上。

"这会是你做过的最后一件烂事。"贾斯蒂诺小姐的声音传来。

两个女人停下手中的工作，向门口望去。梅勒妮起初没办法也看向那边，因为她一旦抬起头，就会被小刀的刀片划到喉咙。但随后考德威尔博士将手移开了，所以她就能扭着脖子，偷偷看一眼。

贾斯蒂诺小姐正站在门口。她手里拿着什么东西——一个一侧连着根黑管的红色圆柱体。看上去很重。

"早上好，贾斯蒂诺小姐。"梅勒妮说。她因为即将解脱而激动得头晕目眩，然而这句可笑的、不恰当的话却已在她脑中根深蒂固。她尝试过憋住不说，但没能成功。

"海伦，"考德威尔博士说，"请进来，好吗？顺便关上门。这里不是一个完全抗菌的环境，但我们在尽最大的努力。"

"放下解剖刀。"贾斯蒂诺小姐说道，"就现在。"

考德威尔博士皱着眉头："别犯傻了，我正在解剖呢。"

贾斯蒂诺小姐走进房间里，一直走到手术台底端才停下，梅勒妮光着的双脚就绑在这头。"不，"她说，"你才刚刚开始解剖。如果你真的正在解剖，我们现在就不会站在这里说话了。放下解剖刀，卡洛琳，这样没人会受伤。"

"哦，亲爱的，"考德威尔博士说，"这件事不能好好收场了，对吧？"

考德威尔博士瞥了眼塞尔科克博士——自从贾斯蒂诺小姐进来以后，她一步也没动，一字也没说。她就站在那儿，半张着嘴，双手紧扣于胸前，看上去像是一个盯着催眠师手表的人，马上就要倒下。

"珍（Jean），"考德威尔博士说，"麻烦通知警卫，叫他们过来把海伦从手术室带走。"

塞尔科克博士瞄了眼工作台上的电话,接着向那个方向迈了半步。贾斯蒂诺小姐抢先一步转过身,将灭火器摔在了电话上。听筒在一阵干脆而繁复的嘎吱声中碎成两半。塞尔科克博士惊跳了回去。

"没错,看看这部电话,珍。"贾斯蒂诺小姐对她说,"你再动的话,这个东西会直接砸在你脸上。"

"我猜如果我试图走向门口或者窗户那里,你会做同样的威胁。"考德威尔博士说,"海伦,我觉得你并没有彻底想清楚。我取不取消这次手术真的没什么影响。你可以将梅勒妮从实验室带走,但你不能把她带出基地。每道门都有人看守,门外还有周围的巡逻队。这不是你可以阻止得了的。"

贾斯蒂诺小姐没有回答,但梅勒妮知道考德威尔博士是错的。贾斯蒂诺小姐想做什么就可以做什么。她就像普罗米修斯(Prometheus),而考德威尔博士则像宙斯。宙斯认为自己身为主神之一,又高大又聪明,然而提坦却对他毫不畏惧。没错,在故事里,提坦最后是输了——然而对于谁将赢得当前这场战斗,梅勒妮没有丝毫的怀疑。

"我会一个一个地解决。"贾斯蒂诺小姐咆哮着说,"珍,解开这些带子。"

"什么也不许做。"考德威尔博士连忙说道。她说这话的时候很快地瞪了塞尔科克博士一眼,而后又将全部的注意力转回到贾斯蒂诺小姐身上。

她的语气立刻变得柔和起来:"海伦,你状态不佳。这里的情况将我们所有人都置于重压之下。而这一场解救实验对象的幻想……呃,它是你面对压力的部分反应。我们都是朋友,也是同事。没有人会被告发。没人会被惩罚。我们会找到解决办法,因为也确实别无他法。"

贾斯蒂诺小姐受到她温和态度的蒙蔽而开始迟疑。

"我现在要放下解剖刀了，"考德威尔博士说，"也请你将你手中……武器放下。"

考德威尔博士开始履行她的承诺。她展示解剖刀，高举了一秒钟，然后放在手术台边上靠近梅勒妮左侧的位置。她动作缓慢，带着夸张的小心姿态，因此贾斯蒂诺小姐正看着她拿解剖刀的那只手。她当然会看着。

而考德威尔的另一只手却从实验服的口袋中掏出一种发亮的小东西。

"贾斯蒂诺小姐！"梅勒妮尖叫道。太晚了，真的太晚了。

考德威尔博士将那个发亮的东西喷向贾斯蒂诺小姐的脸，接着便响起如淋浴喷雾般的嘶嘶声，滚烫的空气中弥漫着一种酸味，让人无法呼吸。贾斯蒂诺小姐咯咯笑了几声，突然间声音中断了。她扔掉灭火器，抓着自己的脸，然后慢慢地跪了下去，接着倒在了实验室的地面上，抽搐扭动着，发出好像要窒息的声音。

考德威尔博士冷漠地注视着她。"现在去找警卫来，"她对塞尔科克博士说，"我想要这个女人被军方逮捕，指控罪名将是蓄意破坏。"

梅勒妮重新将头瘫倒在手术台上，并发出一声痛苦的呻吟——为自己，也为贾斯蒂诺小姐。她满心绝望，心情如铅一般沉重。

塞尔科克博士向门口走去，但这意味着她不得不绕过贾斯蒂诺小姐。贾斯蒂诺还跪在地上，在考德威尔博士喷过来的鬼东西所散发的乌烟瘴气中，她每吸一口气就不停地喘息、呻吟。大量的气体弥漫在空气中，塞尔科克博士也开始咳嗽。

考德威尔博士完全失去了耐心，又伸手拿起了解剖刀。

然而就在此时，突然发生的一件事迫使她停了下来。其实是两件事。第一件是一次爆炸，声音响亮，震得窗户框格格作响。第二件是震耳欲聋的尖叫声，仿佛一百个人在同时尖声叫喊。

塞尔科克博士看上去先是一脸茫然，后又惊恐万分。"这是全体撤离。"她说，"是不是？这是不是全部撤离的警报？"

考德威尔博士没有浪费时间来回答。她穿过房间，来到窗户旁，卷起百叶窗。

梅勒妮努力起身，但她的位置还是很低。她能看到的基本还是外面的天空。

两位博士都在向窗户外面张望。贾斯蒂诺小姐还在地上，双手捂着脸，后背和肩膀都在颤抖。除了疼痛，她什么都察觉不到。

"发生了什么？"塞尔科克博士哀怨地说，"外面有人在动。他们是不是——"

"不知道。"考德威尔博士厉声说道，"我马上放下卷帘门。我们可以在这里坚持到警报解除。"

她伸出手，将手放在开关上。

就在此时，窗户碎了。

紧接着僵尸们从窗台蜂拥而入。

19

早在帕克斯中士想出任何一种反击方法之前，围栏就已经倒下了。

并不是说这一切发生得太快，只是一点情面也没留。加拉格尔在附近东面的树林里发现的僵尸忽然之间从那里全速跑了出来。它们不是在觅食，只是单纯地在奔跑——可能因为太古怪，所以帕克斯犹豫了一两秒，试图弄明白是怎么回事。

随后风向改变，一种气味袭来，一排恶臭的腐烂气浪猛烈得好似一拳打在脸上。他两边的士兵都在喘气。有人咒骂了一声。

在没看到之前,他从气味中就做出了判断:还有更多的僵尸,相当多。这是一大群僵尸的气味,一波该死的僵尸浪潮。数量多得难以阻止。

所以唯一的选择就是让他们慢下来,在它们到达围栏之前削弱这次轻率而冒险的冲锋。

"瞄准腿部。"他喊道,"全自动。"然后便是"开火"。

士兵们按照他的命令射击。空气中充斥着他们开枪时愤怒的嗒嗒声。前面的僵尸们倒下,又被后面拥上前的更多僵尸踩在了脚下。

但是对方数量太多,距离太近。这样根本阻止不了。

此时,帕克斯在这堵僵尸墙后面看见了别的什么——容克们。穿着厚实的防护装甲,每一个看上去都像米其林(Michelin)轮胎人的容克们。其中有些手持着矛,其他容克则挥舞着类似赶牛棒一样的东西,一有僵尸慢了下来,他们便将棒子戳进它的脖子或后背。至少有两个容克举着火焰喷射器。火焰喷向僵尸群的左右边缘,以防止它们太过偏离目标。

而目标就是这道围栏,还有后面的基地。

还有两台推土机在这群僵尸的侧面跟着前进,铲刀是倾斜着的。当边上离队的僵尸靠得太近时,它们要么转身回到队伍中心,要么就被铲到下面。

这不是一次简单的狂奔。这是在驱赶"牛群"。

"哦,天啊!"列兵奥尔索普(Alsop)哽咽地说,"哦,老天爷!"

帕克斯再次浪费时间来惊叹于这次攻击的绝妙之处:将僵尸用作攻城槌,作为战争的武器。他想知道这些容克是如何赶拢到这么多僵尸,又是如何在这次强行军之前圈着它们的,但这只属于后勤方面的问题了。做这样的事情——不能不说想法很宏伟。

"瞄准那些活人！"他咆哮着,"那些容克！朝那些容克开火！"但是他们只草草地齐发了几轮,然后帕克斯便吼向他们命令后退,离开围墙。

因为围墙就快守不住了,再不撤他们就会淹没在吃人的腐尸当中。

他们一边射击,一边有秩序地撤退。

僵尸波撞了上来,甚至没有减速。僵尸们猛烈地撞击铁丝网和下面的混凝土支柱。支柱向里倾斜,如呻吟般吱吱嘎嘎地作响,但似乎不会倒下。前面那排行尸走肉停滞不前。

然而越来越多的僵尸从它们后面赶来推挤前面的那些,将自己的重量和动力传递到冲撞点——由一条条交织的铁丝组成的脆弱屏障。

混凝土柱开始倾斜,东倒西歪的。随着一根栅栏柱连同地面上的一块半球状草皮一起连根翘起,一段围栏因失去支撑而瞬间倒塌。

数十个不知自己已是死人的僵尸同围墙一起倒下,然后被踩踏,压成肉馅。然而它们之前所在的地方还源源不断地有更多僵尸出现。它们一拥而上,双脚像活塞似的一深一浅地踩在倒下去的尸体上。

僵尸们就这样以迅雷之势越过围栏,攻了进来。

20

贾斯蒂诺小姐试图站起来。这并不容易,因为她的内脏在翻腾,两片肺里都是酸性物质,脚下的地面像船上的甲板一样起起伏伏。她感觉自己的脸像一副白热的铁面具紧紧地贴在头骨上。

她周围的东西围着她快速移动,除了喘息声和一声闷闷的尖叫外,没有附带任何言语。考德威尔向她喷射之后,她一直什么都看不见,尽管当时涌出的眼泪将大部分胡椒喷雾从眼中冲掉了,但是双眼还是肿胀得只能睁开一半。她看见几个模糊的影子像洪水过后的漂浮物一样互相撞击。

她用力地眨着眼睛,试图从现在干燥的泪腺中挤出更多的水分。

有两个人影清晰起来。一个是塞尔科克,她侧躺在实验室的地面上,双腿在激烈的、断断续续的声音中被弯折。另一个是一只僵尸,跪骑在她身上,往嘴里塞着从她体内溢出的粉色松垂线圈状的肠子。

更多的僵尸从四面八方拥入,塞尔科克在视线中被遮住。她就是这些腐烂蜜蜂的蜜罐。贾斯蒂诺小姐最后看见的是她那张伤心欲绝的脸。

梅勒妮!贾斯蒂诺小姐想了起来。梅勒妮呢?

整个房间都是张牙舞爪的身影。贾斯蒂诺小姐躲开了这场疯狂的抢食,却几乎又退进了另外一场之中。在房间的窗户旁边,卡洛琳·考德威尔正为自己的生命做无声而凶猛的抗争。两只僵尸扒着窗台,手脚并用往里爬,在破碎的玻璃锯齿状的边缘上留下了被划掉的碎片状肉体。它们抓住了她的双腿,正在往她身上爬。它们的颌骨咬合起来就像挖掘机的连锁机铲。考德威尔将双手放在它们头顶,像是赐福的动作,实际是在用尽全身力气推开它们,拼命不让它们前倾,将牙齿嵌入她的身体。但她在一寸一寸地输掉这场战斗。

贾斯蒂诺小姐发现了自己扔下的灭火器,鲜红的油漆越过实验室白色和灰色的止痛剂在向她召唤。她将它捡起,像铅球运动员般转了个身,然后低手挥了出去。哐当一声,其中一只僵尸的头低垂着歪向侧面,脖子在嘎嘣一声脆响中被折断了。它还是不放手,但考德威尔的右手腾了出来,因为这东西的脖子已经不能再拉动自身的重量,所以颌骨便无法再咬合了。

在巨大恐惧激发出的力量和决心的支撑下,考德威尔用她腾出来的那只手紧握住一块仍插在窗框上的三角形细长玻璃，然后将其拽下。她朝另一只僵尸连续猛砍下去，将它的脸割成一道道的宽条，从头骨上剥了下来，而她自己的血也从指缝间涌出。

贾斯蒂诺小姐将那只僵尸交给了考德威尔。因为窗户就在面前，所以她可以确定自己的位置。她转身面向手术台。不可思议的是，视线中什么也没有。大部分僵尸都在争夺珍·塞尔科克被撕碎的身体，也就意味着它们正四肢着地伏在那里，口鼻在"饲料槽"里拱来拱去。

手术台上没人。之前那些绑住梅勒妮的塑料带子被利落地剪断，现在只是无用地挂在那里。考德威尔使用胡椒喷雾前放下的解剖刀被丢弃在手术台头部那端。

贾斯蒂诺小姐疯狂地看向四周。她呻吟似的叫了一声，却被淹没在这群怪物享受大餐时带着黏稠感、响亮的鼻子抽动声中。房间里由一片混乱演变为简单清晰的场景。塞尔科克是这场盛宴的主人。考德威尔正一刀刀地砍在那只僵尸的面部和上身，它还在摸索着试图爬到她身上，最后终于放弃——这个时候它实际上已经被剥去了皮。

哪里都看不到梅勒妮。

考德威尔现在抽出身来了，正疯了似的用血滑的双手收集笔记和样本。因为试图抱起的太多，最后这些东西像瀑布一样哗哗啦啦地掉在了地面上。她弄出的动静很大，惊起了正在啃食塞尔科克的那些僵尸。它们猛地抬起头，扭向左边，然后又向右边，节奏同步得可怕。

考德威尔单膝跪地捡起那些掉落的宝贝。贾斯蒂诺小姐抓住她的衣领，硬拉着她站起来。

"够了！"贾斯蒂诺小姐喊道，或者说她试图喊道。但因为她吞咽了些胡椒喷雾，所以舌头是正常的三倍大。她的声音听上去就像电影《巴黎圣母院》（*The Hunchback of Notre Dame*）中的查尔斯·劳顿（Charles Laughton）。这都无关紧要。僵尸们从地上一齐起来，踩着塞尔科克博士的残躯，饥渴地扑向考德威尔这个新的食物来源。此时贾斯蒂诺小姐像母亲拽着任性的孩子般正将考德威尔拖向门口。

贾斯蒂诺小姐将门用力摔在它们脸上。门没锁，但这是个细节性问题。僵尸对门锁的概念不比野狗好到哪里去。这道门在它们一次又一次的攻击下剧烈地震动，却没有被打开。

两个女人身处一条短走廊，淋浴室就在另一头。贾斯蒂诺小姐走向淋浴室以及前面那些她进来时敞开着的门，但在到达之前却减速停了下来。在这栋楼与车棚之间正进行着一场枪战。她看到有人以隔壁大楼的拐角作为掩护躲闪着射击。他们不是帕克斯中士的人——帕克斯的手下穿的是她一直反感的卡其色衣服，而这些是穿着杂七杂八颜色衣服的野蛮人，头发用沥青染成黑色并定了型，腰带里别着弯刀。

容克。

就在贾斯蒂诺小姐还正盯着看时，两个男人跳到空中，以不可思议的速度做了个后空翻。一秒后便看见手榴弹所制造的闪光，听到了爆炸的轰鸣声，紧接着便是冲击波蠕动式的震颤。

考德威尔指向另一道门——或许她还说了些什么，但贾斯蒂诺小姐耳朵里震耳欲聋的轰鸣声盖过了其他所有声音。门是锁着的。考德威尔在她的各个口袋里翻找，暗红色的血在她白色的实验服上留下了贝塞尔（Bezier）曲线似的痕迹。贾斯蒂诺小姐看到她的双手伤得不轻，切口很深，耷拉着皮。这是她握着锯齿状镀银玻璃片，用其猛击时所划伤的。

一个口袋接着一个口袋，考德威尔还是没找到钥匙。最后她撕开大衣，试了下裤子口袋，钥匙就在里面。她打开门，发现她们走进的是一个储藏室，里面堆满了至少十几个完全相同的灰色钢架。这里是个避难所。

这里也是个困境。考德威尔刚从里面把门锁上，贾斯蒂诺小姐就意识到自己不能待在这里。梅勒妮就像身处幽深黑暗的树林中的小红帽一样，正在外面某个地方游荡，周围都是在用自动武器交火的人。

贾斯蒂诺小姐必须找到她。这就意味着她得出去。

考德威尔靠在一个钢架的一头，不是在缓神，而是在退向里面更舒适的空间。贾斯蒂诺小姐没理她，而是查看了下这个狭窄的房间。没有其他的门，但墙上高处有个窗户。这扇窗能通向大楼的一侧，那里离周边围栏最近，离交火处最远。从那里她也许可以一试——跑回教室所在的地堡，如果梅勒妮能找到回去的路，现在应该已经到地下了。

贾斯蒂诺小姐开始清空离自己最近的架子，将上面的箱子、瓶子、外科纱布包、纸巾卷都扫到了地上。考德威尔一言不发地看着她将这个架子拉到窗户下面，当作梯子用。

"他们会杀了你的。"考德威尔说。

"辣你就赖在这这这里。"[①]贾斯蒂诺小姐回头低吼道。然而贾斯蒂诺小姐开始爬的时候，考德威尔用她那被撕烂的双手扶稳架子——随后便跟在贾斯蒂诺小姐后面向上爬。每抓一下架身冰冷的金属，她就疼得倒吸一口气。

窗户被一个窗钩拉住关着。贾斯蒂诺小姐将其拿开，只推开一条一英寸的小缝。向外望去，只有一片未被踩过的草地。因为距离

---

① 贾斯蒂诺小姐因舌头还未恢复，所以说话不清楚，她想说的是"那你就待在这里"。——译者注

远,那些叫声和枪声都不再那么大了。

她将窗户完全推开,然后爬了出去,顺势滚落在草地上。草上挂着晨露,所以地面还是湿的,触碰时她的脚踝感到一丝凉意。这种平常的感觉就像从世界另一头发来的一封电报。

考德威尔出来时比较费力,因为她尽力不用自己受伤的双手来支撑身体的重量。她没能保持住平衡,四肢摊开重重地摔倒在了草地里。贾斯蒂诺小姐毫不温柔地将她拉起来。

从这个角落,她们正好可以顺着练兵场清楚地看见教室所在的地堡和营房。到处都是僵尸,一拨一拨紧紧地靠拢着,拼命地奔跑。贾斯蒂诺小姐以为它们是在乱跑,但后来发现是穿着奇怪盔甲的容克像牧羊人似的,用矛头、泰瑟枪和十分老式的枪火在赶着它们前进。

她冷静地注意到这些容克都涂抹着沥青——不只是头发上,还有裸露的胳膊和手以及防弹织物背心上。这种东西一定与"电子隔离层"喷雾的作用类似,可以掩盖他们分泌的汗水,所以僵尸们不会转身突破这一化学梯度[①],扑向折磨它们的人的喉咙。

但她主要想的还是:把僵尸用作生物武器!败局已定,基地注定要完。

"我要试着穿过去到教室里,"她对考德威尔说,"你最好等上几秒,然后再往围栏那边跑。至少那时有些僵尸会正看着另一个方向。"

"教室在地下。"考德威尔厉声说道,"进出都只有一条路。你会被困在里面的。"

多么棒的一对科学家——她们收集已知事实,得出有理有据的推论。两个科学取证的头脑在这该死的、彻头彻尾的噩梦面前还秉持着专业的精神。

[①] 化学梯度,指生物细胞体内的化学能量。——译者注

贾斯蒂诺小姐没工夫回应。她径直跑开了。她沿着已经看好的路线，避开离她最近的一群僵尸。它们从她身边横扫而过，直奔兵营。驱赶着它们的容克正忙于手中之事，所以无暇为了她而转向。

而从他们后面赶来的战友正应付着来自两边的火力：帕克斯的手下正利用地形，将临时木屋营房之间的空地变为杀戮的战场。

有三个端着步枪的士兵正朝她跑来，因此她不得不立刻改变方向，于是又到了另一个狂奔的楔形僵尸群边上。她按"之"字形迂回前进，却在绕过另一个拐角时发现自己迷失了方向。此时，在她前面大约有十来个头发呈针尖状的男人，四肢漆黑，涂着锃亮的一定还没干的沥青，他们用翻倒的垃圾箱作为临时的战垒，正躲在后面射击。

这些容克回过头看见了她，大部分又迅速转过头继续射击，但有两个人当即站了起来走向她。其中一个从他腰带上的刀鞘中拔出一把匕首，一只手举着，而另一个则只是端平了他本就扛着的枪。

贾斯蒂诺小姐僵住了。逃跑，或者转身背对枪口都已经没有任何意义，在她试图去想另外一个应对方法时，脑袋里涌出一股什么都不是的冰冷液体。

持匕首的那个男人一个扫堂腿，她便四脚朝天倒在了地上。他抓住她的一只衬衣袖子，将她一把拉起，拉到一半又转而递给另一个人，好像在把她作为礼物献出去一样。

"动手。"他说。

贾斯蒂诺小姐抬起头。通常情况下，与一只野蛮的动物进行眼神交流不是个好主意，但反正已经活不了了，所以她想在死之前对他说"去死吧"，然后——如果她有时间的话——再告诉他具体在哪儿怎么死。

她碰上的是拿枪那个人的目光。而几乎在一种不真实的震惊中，她发现对方年纪好小，很可能只有十多岁。他将瞄准的位置从她的头部转移到胸口，也许是因为不想从这里回家后，梦中的画廊里挂着她被打爆的脸。

眼前这一场景似乎有种仪式感——较年长的男人抓着她使她无法动弹，等着另一个人来做处置。这是一项成人礼——一个建立关系的时刻，可能是父与子之间。

这个年轻人明显在做心理准备。

然后他不见了。他倒下来。一个快得难以察觉的黑影一闪而过，将他带走了。他浑身都是沥青地翻滚着，而与他搏斗的敌人虽然体形瘦小，却像一整窝恼怒的猫似的，发出呼呼的声音，低吼着紧抓他不放。

是梅勒妮。她没被俘虏。

那个男人——更确切地说是男孩——在梅勒妮的颌骨咬住他的喉咙时蓦地一声尖叫，然后逐渐减弱，最后变为血液汩汩流动的声音。

21

第一次尝到鲜血和温热人肉所带来的冲击十分强烈，差点让梅勒妮晕过去。在她的生命中，从来没有如此美妙的感觉，甚至连贾斯蒂诺小姐轻抚自己的头发都黯然失色。这股快乐感比她自己还要大。有思考能力的那部分让她在这股洪流中横向弓着身子，紧紧抓住任何能让自己不被冲走的东西。

她努力提醒自己什么是最紧要的。她之所以攻击这个人，是因为他要伤害贾斯蒂诺小姐，并不是因为这无法抗拒的新鲜人肉味。在骑到他身上之前，她一点气味也没闻到，甚至连想都没想就一口咬了下去。她的身体不需要她的允许来做这件事，而且也没准备等她反应。现在她咬下去、撕裂、咀嚼、吞咽,这一系列的感觉灌入、撞击着她的身体,就像一条急流的瀑布倾泻进正下方举着的一个杯子里一样。

有什么东西狠狠地撞了她一下,将她从她的猎物——她的盘中餐——身边撞开了。另一个男人高高地站在她面前,一只手举着一把匕首俯身刺向她。贾斯蒂诺小姐从后面攻击他,双手敲打着他的头部。他不得不转过身来自卫,梅勒妮趁机将他的一条腿牢牢抓住。她缠在他身上,用她有力的臂膀毫不费力地从地面腾起,像帽贝似的将他锁住。

这个男人断断续续地大声咒骂着,同时疯狂地捶打梅勒妮。这几下有痛感,但是无关紧要。在某种直觉——连她自己也不知道来自哪里——的引导下,她找到了大腿与上身的接合点,将牙齿扣上去,咬透了他的一只裤腿,随后鲜血喷涌而出,射进她的嘴里。她早就预料到会这样。她感应到动脉穿过褶皱的肌肉和面料在向她歌唱。

这个人发出尖锐而颤抖的声音,令人毛骨悚然。梅勒妮一点也不喜欢。但是,噢,她喜欢这个味道!好像他被咬开的大腿变成了一个喷泉,新鲜的人肉就像是一个魔法花园,一道她到现在才得以窥见的隐秘景观。

最后她终于没了胃口。她的胃和脑子都不够大。整个世界都不够大。她现在对那种快乐的感觉已经麻木,饱食后她的肌肉和思想也开始变软。这次当一双手将她拉开然后扶起时,她并没有抵抗。

从化学品的刺鼻气味下飘来贾斯蒂诺小姐的气味,那么熟悉、可喜、美好。她靠在贾斯蒂诺小姐胸前,像只小猫似的在酒足饭饱后咕噜着。她想像动物在自己的洞穴里那样,蜷缩起来睡觉。

但是她不能睡,因为贾斯蒂诺小姐在移动,在快速地奔跑。每落一脚,梅勒妮就随着颠簸一下。这时饱腹感消失了。她迟钝的饥饿感迅速恢复，对人肉的渴望所发出的暗示刺激着她理智的边缘。贾斯蒂诺小姐身上气味的意义已经变得不同，鼓动着她再去进食。她转身歪歪扭扭地伸手去抓，却因过于虚弱，控制不住自己，一头撞到了贾斯蒂诺胳膊下面，张开嘴又准备咬下去。

但是她不可以，她绝不能，她不可以！这是爱她的贾斯蒂诺小姐，将她从手术台上和那把可怕的薄刀片下解救出来的贾斯蒂诺小姐。梅勒妮没办法阻止自己的颌骨闭合，却在最后一刻猛地将头拉回，所以它们最后没有在肉中，而是在空中咬合到了一起。

她的身体里爆发出一声低吼，而刚刚就在同一个地方，还曾发出过小猫似的叫声。

不得不！

绝不能！

不得不！

她在同一头野兽搏斗，而这头野兽就是她自己。

所以她知道自己一定会输。

22

贾斯蒂诺小姐又跑了起来，但她现在不知道要跑向哪里，因为原先熟悉的基地地形已经在爆炸的烟雾、枪火的喧嚣和跑动的脚步中变得模糊不清。

而梅勒妮又在她怀中不停地扭动，这使她更难集中精力。贾斯蒂诺小姐想起将梅勒妮从那个年轻的容克男孩身上拉起来时，就像从狗肚子上拽掉一只壁虱一样，而且还要与想扔下她的冲动做斗争。

为什么要做斗争？并不是因为梅勒妮救了她。虽然从某种意义上来说是的，更多的是因为她背弃了自己内心的某种东西，而梅勒妮就是背弃的标志——她于危难之中救出的小恶魔，借此向上帝证明他老人家并不总能决定一切。

去你的，卡洛琳。

梅勒妮正在发出正常人类的喉咙不会发出的声音，头也前后摆动着，撞在贾斯蒂诺小姐的胳膊上。这个小女孩的身体里有惊人的力量。她将冲破藩篱，重获自由。她会把她们两个人都拖垮。

贾斯蒂诺小姐瞥见教室所在地堡的钢门——没想到就在近边，于是突然转向，朝那边跑去。

但她马上意识到看见也没用。门是关着的，而当它处于这样的位置时，门锁装置会自动啮合。她不可能进得去。

在她右边实验室的方向，十几个僵尸赫然出现。可能是她最开始摆脱的那拨，还在追踪着她的气味。不管怎样，它们现在能闻到她的气味，想喝她的血，吃她的肉。它们朝这边拥来，两条腿不知疲倦地、机械地交替着一起一落。

三十六计，走为上策。尽快逃离它们，还要祈祷在被抓到之前能到达一个什么地方。

她确实到了一个地方。她来到了围栏边。它突然出现在她面前，像一座铁丝网连成的珠穆朗玛峰似的挡住了她的去路。她完了。

她在绝境中转过身来。僵尸们正迈着统一的、无情的、有节奏的步伐全力向这里跑来。环顾左右，什么也没有。没地方可以隐藏或者跑去。她放开梅勒妮，看见梅勒妮像只猫似的一边倒下一边在半空中调整着姿势，以便像海星般展开双手和双脚落地。

贾斯蒂诺小姐攥紧了拳头，打起精神，然而肾上腺激素并没升高，所以一股巨大的疲惫感袭来，从眼角处开始，她的眼前突然漆黑一片。在第一只僵尸颌骨大张、伸出手要将她扑倒的时候，她甚至没有出拳。

随着湿湿的嘎吱一声，这只僵尸被撞到地上后又被卷到了下面。

一堵墙平稳地滑过贾斯蒂诺小姐的视线。金属制的墙身被喷成了暗绿色，还安有一扇窗户。从这里，一个怪物的脸向外看着她。帕克斯中士的脸。

"进来！"他吼道。

她眼前的这东西像一张拼图般渐渐清晰起来。这是基地的一辆悍马车。贾斯蒂诺小姐握住门把手，尝试了各种错误的方式去打开，又是拧又是拉，最后按了下把手内侧的按钮才终于成功。

当围在车后面的僵尸朝她扑来时，她打开了门。帕克斯手下的一个年轻士兵——一个比她岁数小一半，有着一头好似秋天篝火般浓密红发的男孩——在车顶操控着这辆悍马带基座的机枪。他疯狂地扫射，像是在用这些高杀伤力的金属缝合空气。虽然看不清楚他在瞄准什么，但是朝下的一次扫射打中了距离最近的僵尸，一举将它们击倒在地。

贾斯蒂诺小姐拉着门，却不动——因为梅勒妮没动。这个小女孩蹲伏在地上，用动物一样怀疑的眼光盯着车子黑洞洞的里面。

"没关系！"贾斯蒂诺小姐喊道，"梅勒妮，快点。进来。就现在！"

梅勒妮下定了决心——做了个立定跳远，越过贾斯蒂诺小姐，跳进了车里。贾斯蒂诺小姐在她身后爬了进来，然后将门砰的一声关紧。

贾斯蒂诺小姐一转脸看到了脸色发白、大汗淋漓的卡洛琳·考德威尔正注视着自己。她的双手交叠着放在腋下，整个人如同一根木柴般躺在悍马的底板上。梅勒妮胆怯地离她远远的，又重新紧贴着贾斯蒂诺小姐，被贾斯蒂诺小姐机械地抱住。

悍马掉转了方向。透过窗户，他们依稀可以看见烟雾缭绕，废墟一片，人影到处奔跑，如万花筒般的混乱景象。

他们经过围栏时没有减速，却差点没能跃过前面的壕沟。悍马的腹部笨重地摔在壕沟对面较远的另一边，像转动中的洗衣机似的震颤了几秒，加足马力之后，终于将车后部也拉过了边缘。

在接下来的几英里路程中，这辆悍马后面一直拖着五码长的铁丝网和一根混凝土柱子，它们像婚车后面拖着的锡罐似的弹跳着跟了一路。

23

帕克斯本打算长驱直入，横穿田野——悍马对道路的要求没有那么高——但他从身后传来的吱吱拉拉的摩擦声判断出后轴有问题，所以他降档来增加发动机的驱动力，然后踩下油门，沿着基地附近空荡的 B 公路飞驰，像没头苍蝇似的左拐右拐。他认为，要想不被发现，最好的方法——从目前看来——就是让自己迷路。

至少视线所及之处没看到有追兵。对此他已经谢天谢地了。

终于，在距基地约十英里的地方，他将悍马停下——车从公路上下来，开进了一片坑坑洼洼而又野草丛生的田地。他熄了火，在发动机冷却下来后俯身趴到方向盘上喘了口气。悍马所发出的声响并不乐观。他是从车间慌忙开出这辆车的，那是他不用穿过满是僵尸的练兵场唯一能到达的地方，而且他怀疑——现在已为时已晚——它为什么会停在那里。

加拉格尔从基座上爬下，随手将机枪拆下，接着锁上了舱口。他像发烧了似的浑身发抖，所以这些动作虽然简单，却花了他不少时间。等最后终于坐到副驾驶座位上时，他惊恐地望着中士，希望得到什么命令或解释,或者任何可以帮助他撑下去的话。

"干得不错。"帕克斯对他说,"查看下那些平民。我去迅速侦察一下。"

加拉格尔打开门,但没有进去。向后座扫视时,他发出了一声短促而痛苦的叫喊:"中士!帕克斯中士!"

"怎么了,孩子?"帕克斯疲惫地问。他带着一种不祥的预感回头看向后座,以为两个女人中有一个伤到了内脏之类的,他们将不得不看着她死去。

然而事实并非如此。考德威尔的大衣被血浸透,但似乎血迹主要来自于她的双手,而海伦·贾斯蒂诺小姐除了脸部红肿外,其他地方看上去没什么大碍。

不是她们,令这个男孩失声大叫的是她们中的第三位乘客,是那帮僵尸孩子——那座密闭地堡里的怪物们——中的一个。在巨大的震惊中,帕克斯认出她就是自己不久前带到"肉类市场"——考德威尔的实验室——的那个孩子。从那以后,她变了。现在她蹲伏在悍马的底板上,全身一丝不挂,剃光了头发,而且染得像个野人,一双炯炯有神的蓝眼睛在两个女人之间来回忽闪着。从她弯着的背可以看出她紧张不安,随时准备逃跑。

因为角度不方便,帕克斯笨拙地拔出手枪插在座椅靠背中间,以便瞄准小女孩的头。在这种射程内,最有可能将她击毙的方式就是打头。

他们目光相遇。她没动,好像在求他这么做一样。

阻止他的是海伦·贾斯蒂诺小姐,她用身体插到他们两个的中间。在悍马狭小的空间里,她制造了一个完美的屏障。

"靠边。"帕克斯对她说。

"那你把枪放下。"贾斯蒂诺小姐说,"你不能杀她。"

"她已经死了,"从底板上传来考德威尔博士不平稳的声音,"严格来说。"

贾斯蒂诺小姐斜瞟了她一眼,没有理会,又迅速将目光拉回到帕克斯身上。"她并不危险。"她说,"至少现在不危险。这你可以看出来。让她离开这辆车,让她和你,和我们大家,保持一定距离,剩下的让她自己负责。行吗?"

帕克斯看见的是一个走路像女孩的恶魔睁大双眼颤抖着,几乎无法控制自己。车里的每个人都做了化学防护措施,从发际线到袜子都喷着"电子隔离层",但是周围却有很多血——考德威尔的双手、双臂和衣服以及这孩子自己身上,这些总会触发她吃人的冲动。他还从未见过有僵尸疯狂地想吃肉却不采取行动。这是件新奇的事,但他不会拿自己的生命去赌这个长期的趋势。

他要么立即向她开枪,要么就按照贾斯蒂诺小姐说的做。而如果选择开枪,他将会冒着杀死一个或两个平民的风险。

"行动吧,"他说,"利索点。"

贾斯蒂诺小姐将门打开:"梅勒妮……"但这孩子不需要别人来告诉她,她像子弹一样射了出去,远离悍马,穿过田地,两条细长的腿在奔跑中变得模糊不清。

帕克斯不得不注意到她走的是逆风方向。她远离了他们的味道。远离了血的味道。之后她在长草中蹲下——几乎从视野中消失,抱住双膝,把脸扭向了一边。

"够了吗?"贾斯蒂诺小姐问。

"不够!"考德威尔迅速说道,"我们得把她绑起来带上。我们不知道剩下的实验对象怎么样了。如果基地失守,我的记录也随之丢失,那么她就是我们对一个长达四年之久的计划仅剩的一个交代。"

"而且很能说明问题。"贾斯蒂诺小姐说。考德威尔瞪着她,两人之间的空气中充斥着紧张的气氛。

帕克斯用动作——甩了下头——示意加拉格尔,然后下车留下两个女人在上面。他担心悍马的后轴,所以想赶快去查看。也不知道他们何时又不得不再次上路。

24

梅勒妮心情低落。

刚开始,她根本无法思考,之后有了想法时她又畏缩地躲开,就像酒瓶快要空了时的惠特克先生一样。她的嘴被企图再次上演的记忆所困扰着,她的心因自己的所作所为而备受煎熬。

而且她的身体也在遭受着百万次的抽搐和颤抖——每个细胞都在报告着不宜正常运作,渴求着不能得到的东西。

她一直都是个乖女孩,却吃掉了两个男人的几块肉,而且很可能将他们都杀死了,用她的牙齿杀死了他们。

她当时处于饥饿之中,而他们就是她的面包。

所以她现在是什么?

在残留的饥饿感还允许她集中精力去思考时,这些谜题却时隐时现。有时候非常大,非常清晰;有时却又距离遥远,隐藏在烟雾缭绕之中。

还有别的什么也是若隐若现——一段记忆。她躺在手术台上,四肢被绑,正在割捆住左手腕的塑料带子——扭曲着左手,用指尖笨拙地夹着解剖刀。这时,一只僵尸突然出现。

她立刻僵住了,屏住呼吸,抬头注视着那张野蛮而又茫然的面孔。她什么都不能做,连尖叫也不行,甚至连眼睛都不能闭上。自由的意志沿着恐惧指出的方向逃离了。

但这种紧张只持续了一秒钟，然后又骤然瓦解破碎。那只僵尸垂下头，肩部像秃鹫般耸起，张大嘴巴，神色呆滞。它错开了梅勒妮的目光，先是闪到左边，然后右边。它伸出舌头尝了下空气，无意中在手术台周围发现了什么，便朝实验室地面上扭动着的一团走去，几乎走出了梅勒妮的视野。

它误打误撞地仅与她对视了一秒。

在那之后，它似乎甚至不知道她在那里。

梅勒妮因为受到劫后余生的影响，又绞尽脑汁想解出这一谜题，所以过了很久才注意到她所走进的这个世界。

她的四周环绕着各种各样的野花。有几株——水仙花和剪秋罗——在春分那天贾斯蒂诺小姐的课上已经熟悉过。剩下的那些完全不认识，而这样的有几十株。她极慢地转过头，一株一株地盯着看。

她注意到飞在花丛间的那些嗡嗡作响的小东西，它们一朵接着一朵地驻留在花上，强行进入花芯，步态鬼鬼祟祟，晃晃悠悠，然后又退出来，起飞奔向下一朵。由此她猜测它们便是蜜蜂。

一种体形更大的飞行动物在她眼前飞过田地。那是一只黑色的鸟，可能是乌鸦或者寒鸦，因为其叫声犹如呐喊，声嘶力竭而又令人毛骨悚然。其中还盘绕着无比甜美柔和的婉转歌声，但她却看不见发出这些鸣声的鸟——如果它们是鸟的话。

空气中弥漫着各种气味。梅勒妮知道其中有些是花香，但似乎空气本身也散发着一种气味——质朴、丰厚而又复杂，来自于活着的、将死的和死去很久的生物，来自于一个万物从未停止运动、始终处于变化中的世界。

突然之间她就成了这个世界的地面上被碾得粉身碎骨的一只蚂蚁、变幻莫测的大海中一个静止的原子。地球的广阔无垠包裹着她，进入她的身体。她大口大口地呼吸着令人兴奋而又无限量的空气，将整个世界一点一点地吸进去。

然而就算是在这样一种头晕目眩、虚弱无力的状态下，就算回忆里满是人肉和恐怖的暴力，她还是非常非常喜欢这个世界。

尤其是气味。虽说与人的气味相比，这些气味对她的影响大不相同，却依旧令她感到兴奋——唤醒了在这之前她心中沉睡已久的东西。

这些气味帮助她将对人肉的饥渴和那段记忆推到一个中间的距离，使她不至于过于心痛和羞愧。

渐渐地，她回到了现实当中。因为她意识到贾斯蒂诺小姐就站在离她不远的地方，静静地看着她。贾斯蒂诺小姐神情警惕，疑虑重重。

梅勒妮选择回答了最重要的那个："我不会咬人的，贾斯蒂诺小姐。"

"但是你最好不要再靠近了，"在贾斯蒂诺朝她走近一步时，她边往后爬边迅速补充道，"你闻起来都是……身上还有血。我不知道自己会做出什么事来。"

"好。"贾斯蒂诺小姐停在原地，点头说，"我们会找个地方清洗，然后全都重新喷上电子隔离层。你还好吗，梅勒妮？一定吓坏了吧。"她满脸关心，除此之外还有其他某种情绪。可能是害怕吧。

她确实应该感到害怕。他们现在身处围栏之外的第六区，距离基地肯定很远。他们就在怪物与僵尸中间，而且就近没有避难所。

"你还好吗？"贾斯蒂诺小姐又问了一遍。

梅勒妮点点头，但其实是在说谎。她不好，至少现在是这样。她不知道自己还能不能再变好。被绑在手术台上，眼前晃动着考德威尔的解剖刀，这是她经历过的最可怕的事情。后来她眼看着贾斯蒂诺就要被杀死,于是那就变成了最可怕的事。而现在它又被一块一块地撕咬并吃掉那两个男人的记忆所代替。

不论怎样来看,今天都绝不是美好的一天。她想问那个令她百思不得其解的问题。因为贾斯蒂诺小姐肯定知道。贾斯蒂诺当然知道,贾斯蒂诺什么都知道。但是她问不了,因为她说不出口。她不想承认自己心里有一个疑惑,一个问题。

我是谁?

因此她什么也没说。她等待贾斯蒂诺小姐说话。过了很久,贾斯蒂诺小姐终于开口:"你很勇敢。如果没有你及时出现,没有你和那两个人搏斗,我会死在他们手里的。"

"而考德威尔博士本来要把我杀死,再切成一块一块地放进罐子里。"梅勒妮提醒她,"是您先救了我,贾斯蒂诺小姐。"

"海伦。"贾斯蒂诺说,"我叫海伦。"

梅勒妮思索着这句话。

"对我来说不是。"她说。

25

帕克斯躺到悍马车底下仔细地查看后轴期间,他不停地咒骂着。恶狠狠地。

虽然他的修理水平一般,但他也能看出来后轴损坏得很严重。因为受到猛烈撞击——可能是在跃过壕沟的时候,后轴偏离了中心,并且已经完全弯曲成浅 V 形状,碰撞点的金属上还有一个狭小却可见的裂缝。开出来这么远它都还没裂成两半,他们也是够幸运的。当然,再往后肯定开不了多远了。反正靠他们自己行不通。到目前为止，帕克斯已经用正常和紧急情况下的频率呼叫了很多次，最后发现基地里没有人可以帮忙。

关于是否有必要检查发动机，他在和自己做斗争。那里也有问题，而且更有可能修好，但很可能早在发动机成为问题之前，后轴就已经不行了。

很可能。但是并不一定。

伴随着一声叹气，他从悍马底下爬了出来，绕到了前面。列兵加拉格尔像只迷途的小狗似的追随着他，依然在乞求着命令的下达。

"怎么样，中士？"加拉格尔忧心忡忡地问。

"帮我打开发动机罩就行，孩子。"帕克斯说，"我们还需要看一下里面。"

意想不到的是，里面状况看上去还可以。发动机之所以吱吱呀呀的，明显是因为有一个发动机支架松动了。发动机缸体倾斜了一定角度，在与车轮拱罩接触的罩顶处震动着。按理说它最后本会裂成碎片，但现在看来似乎还没受到太大的损坏。帕克斯从悍马侧身的工具柜中拿出了套筒组套，将一个新的螺栓套入支架，将发动机固定回原位。

他不慌不忙地做着这件事情，因为一弄完就要开始对其他那些破事做出决定。

他在悍马车里面传达指示，以降低应对突袭的概率，同时让那个小僵尸坐在外面的发动机罩上。

他就是这么想的——传达指示。他是这里唯一的士兵——加拉格尔也是，不过太年轻，所以没什么主见，更别谈计划了。所以发号施令的只能是帕克斯。

然而，实际并没有那么顺利。这两个平民有她们自己的想法——在帕克斯看来，这通常都是灾难和心痛的预兆，而且她们表达起来毫不避讳。

从帕克斯说他们将往南边走的时候就开始了。完全讲得通啊——很可能这是他们唯一的机会。但他刚说出口,她们就按捺不住了。

"我所有的笔记和样本都还在基地!"考德威尔博士说,"必须得将它们取回。"

"那里还有 30 个孩子。"贾斯蒂诺小姐接着说,"还有你的大部分手下。我们要怎么做?头也不回地抛弃他们吗?"

"我们就是要这么做。"帕克斯告诉她们,"如果你们闭嘴,我会告诉你们为什么。我们停车之后,每隔 10 分钟或 15 分钟我就用无线电发消息。不单单是基地没有回应,是什么回应都没有。没有其他人从那里逃出来。假如真的有,他们没有车,也没有通信设备,这也就意味着,他们的处境可能跟我们一样。我们不可能既可以马上引起他们的注意又不被容克反扑。如果我们在路上碰见他们,那很好。否则,我们便是孤军奋战,而唯一明智的做法就是回家。回到毕肯。"

考德威尔没作声。她终于打开两条胳膊,偷偷地、担心地看着自己的伤口,就像一位扑克玩家掀起纸牌边角去看幸运女神给他发了些什么牌似的。

贾斯蒂诺小姐则穷追不舍,这差不多也是帕克斯所预料的她此时会出现的反应:"如果我们等几天,然后重新返回基地呢?我们可以慢慢来,一边走一边侦察。如果基地仍被容克占领,我们就撤回。但如果里面没人,我们就可以进去。或许只是我和考德威尔博士进去,你留在后面,掩护我们。如果那里的孩子们还活着,我不能就这么离开他们。"

帕克斯叹了口气。这段简短的讲话太疯狂,很难找到反驳的方法。"好吧,"他说,"首先,他们一开始就不可能活着。其次——"

"他们还是孩子,中士。"她的声音中有种不容分说的尖锐,"是不是僵尸不是问题的关键。"

"不好意思，贾斯蒂诺小姐，这确实很关键。作为僵尸，他们可以在不吃不喝的情况下活很久。可能会一直活下去。假如他们仍被关在地堡里，那么便没有危险。在有人打开地堡之前，他们将一直平安无事。就算他们被放出来，那些容克很可能也只是把他们拉入受其操纵、疯狂奔跑的僵尸群中。这样一来，他们跟我们就再没什么关系了。但是让我告诉你，跟我们有关系的是什么。你说偷偷靠近那个基地，去侦察。那你认为具体应该怎么做？"

"呃，我们可以开着……"贾斯蒂诺小姐刚开口就停下了，因为她已经意识到了问题。

"如果我们驾驶悍马过去，"帕克斯说出了她此刻逃避去考虑的问题，"我们远在几英里之外的时候就会被他们听到。而如果不开悍马，我们便会成为一片刚刚释放过数千只僵尸的区域内待宰的羔羊。我不认为我们会有多大的机会。"

贾斯蒂诺小姐一言不发。她知道他说的是对的，所以不想自讨没趣。

然而此时考德威尔博士又开口了："我认为这是个涉及优先级的问题，帕克斯中士。我的研究是基地存在的全部意义。不管从实验室取回那些笔记和样本要冒多大风险，我相信我们都需要去做。"

"但我不这么认为。"帕克斯说，"一样的道理。如果你的东西现在完好无损，那就是因为他们没动。我觉得他们很可能就没有去碰，因为他们攻击基地不会是为了找纸张——除非是拿来擦屁股。他们寻找的是食物、武器、汽油这类东西。"要不然他们就是在为间接被加拉格尔杀死的那几个人报仇，但是他现在不打算说这个。

"那些东西留在那里的时间越长——"考德威尔开始反驳。

"所以我现在来做决定。"帕克斯打断她，"我们向南走，继续尝试在无线电上取得联系。一旦我们离毕肯足够近，可以接收到那里的信号，我们就告诉他们发生了什么。他们可以空降些人进去——带着一些像样的武器做后盾。他们会从你的实验室取出你的东西，返回时还可能绕道把我们也捎上。或者最糟糕的情况是，我们在路上没能与毕肯取得联系，所以只能到毕肯之后才报告情况。结果都一样，只不过晚个一两天。不管是哪种可能，都会让每个人都高兴。"

"我不高兴。"考德威尔冷冷地说，"一点都不高兴。就算只是耽搁一天去取那些材料，我都不能接受。"

"如果是我自己回基地去呢？"贾斯蒂诺小姐问道，"你们可以在这儿等我，要是我没回来——"

"不行。"帕克斯厉声说道。他并不是想泼她冷水，而是已经听够了这些废话，"到目前为止，那些混账东西并不知道我们走了多远，走的是哪条路，甚至连我们是生是死都不清楚。而我就想这么保持下去。如果你回去被抓住，他们立刻就会获得我们的情况。"

"我什么都不会说。"贾斯蒂诺小姐说道，但帕克斯甚至没有必要用任何话来驳倒她。他们都是成年人。

帕克斯在等其他的反驳抛出来，因为他十分确定还有。然而贾斯蒂诺小姐现在正透过窗户看着那个僵尸小女孩——梅勒妮似乎在悍马发动机罩的灰尘上画着什么。那孩子脸上的神情就像是在努力看清一页被弄脏的纸上一个难以辨认的字。而他此时细想发现，贾斯蒂诺小姐脸上也是同样的表情。这让他有些反胃。另一边，考德威尔正弯曲着她的手指，似乎在检查它们是否还能用，所以他不用顾虑这一个了。

"好，"他说，"计划是这样的。从这儿往西不远处有条小溪，据我最后一次得到的消息，里面的水是干净的。我们先开车到那儿，采集些水，之后再去一个供给贮藏处拿补给。我们主要需要食物和电子隔离层,但还有其他很多将来会派上大用场的东西。在那之后,我们便迅速离开。接着向东到 A1 地区,然后一路向南直抵毕肯。是绕过伦敦,还是径直从中穿过,这个看情况。等我们离近些时会对具体形势做出评估。有问题吗?"

肯定会有一大堆问题,对此他再清楚不过。而且他已经强烈预感到最先提问的会是哪个,结果也确实没让他失望。

"那梅勒妮怎么办?"贾斯蒂诺小姐问。

"她怎么办?"帕克斯反问道,"她在这里没危险。她可以像任何僵尸一样,靠山吃山,靠水吃水。它们偏爱人肉,可一旦闻到味儿,便什么肉都吃。现在你也目睹了它们跑起来有多快,快到足以跨越远距离去攻击大部分对象。"

贾斯蒂诺小姐盯着他,好像他在讲外语似的。"你还记得就在刚刚我用了孩子这个字眼吗?"她说,"你到底听没听进去?我关心的不是她的蛋白质摄取量。我关心的是这种将一个小女孩独自留在荒郊野岭的浑蛋价值观。而且你说她会平安无事,我猜你是说碰到其他僵尸她会没事吧。"

"他们会忽略自己的同类。"加拉格尔高声说道——这是他第一次说话,"甚至好像感觉不到它们在那儿。我觉得一定是它们闻起来跟我们不一样。"

"但她避免不了受到容克的伤害。"贾斯蒂诺小姐无视他,接着说道,"还有这附近可能存在的其他任何被拒绝移民的人类所包围的领土。他们甚至会在还没意识到她是什么的情况下就诱捕她,向她泼撒生石灰。"

"他们当然知道她是什么。"帕克斯说。

"我是不会丢下她的。"

"她不能跟我们一起坐车。"

"我是不会丢下她的。"贾斯蒂诺小姐双肩的姿态告诉帕克斯她是认真的——在这个问题上两个人正僵持不下。

"要是她到车顶去呢?"考德威尔打破僵局,"既然车轴受损,我想我们开得应该很慢,而上面又有栏杆可以让她抓着,也许还可以为她支个底座。"他们都看着她,她却耸耸肩:"我认为我已经表明了我的立场。梅勒妮是我研究的一部分——很可能是仅剩的一部分了。如果我们因为带上她而不得不经受些麻烦,那也是值得的。"

"你不能碰她。"贾斯蒂诺小姐简短而生硬地说。

"好吧,这个问题我们可以留到毕肯再谈。"

"就这么办。"帕克斯迅速说道,"不能在底座附近——那里向车内敞开。但她可以趴在车顶。我没有意见,只要我们必须开门的时候,她能与我们所有人保持足够远的距离就可以。"

这就是他们最终达成的一致意见。他原本还想他们会坐在那里争来辩去,最后脑浆崩裂,七窍流血。

贾斯蒂诺小姐出去将安排告诉那个小怪物。

帕克斯叮嘱加拉格尔保持那个小孩始终在他的视线范围之内,步枪或手枪一刻也不要离身。帕克斯自己当然也会盯着她,谨慎一点总没有坏处。

26

"你打算怎么办?"贾斯蒂诺小姐问她。

有那么一会儿梅勒妮甚至都没能明白这个问题。她等着贾斯蒂诺细说,最后女士终于开口——虽然有些犹豫。

"我们打算向南往毕肯开。但是你去哪儿都行。士兵是在卢顿或者贝德福德（Bedford），或者其他哪个你曾经居住的地方诱捕到你的。如果你愿意,你可以回到那里,和……就是,和你自己的……"

她吞吞吐吐的。"什么？"梅勒妮追问道,"和谁？"

贾斯蒂诺小姐摇了摇头："自力更生,我的意思是。想做什么就做什么。在毕肯你会失去自由。他们只会将你关进另一间牢房。"

"我喜欢我的房间。我喜欢教室。"

"但那里很可能不会再上课了,梅勒妮。考德威尔博士会再次控制你。"

梅勒妮点点头。这一切她都明白。并不是说她不害怕,只是这种恐惧影响不了她的决定。

"没关系。"她向贾斯蒂诺解释,"你在哪儿我就在哪儿。反正不管我以前在哪儿,我都不知道回去的路。我甚至都不记得。我记得的只有那座地堡,还有你。你是……"现在换梅勒妮犹豫了。她不知道该用哪个词来描述。"你是我的面包,"她终于说了出来,"在我饥饿的时候。我不是说想吃掉你,贾斯蒂诺小姐！真的不是！我宁愿死也不会那样做。我只是想说……就像那首歌里的面包填饱那个男人的肚子一样,你充盈了我的内心。你让我觉得我不再需要其他任何东西。"

对此贾斯蒂诺似乎不知道该如何回应,接下来的一段时间她一言未发。她的目光移开,回来,又移开。她热泪盈眶,好一阵子都没办法说话。最后终于与梅勒妮凝视的目光相遇时,她似乎已经决定了两个人要待在一起——就算不能永远,也至少应该把握住现在。"你得趴到车顶上。"她告诉梅勒妮,"这样可以吗？"

"可以。"梅勒妮立刻说道,"当然可以。没关系的,贾斯蒂诺小姐。"

实际上,这比"没关系"要好。这是种解脱。从梅勒妮意识到自己可能要回到车里时起，一想到这种可能性她就感到恐惧，所以他们想到了另一个方案着实很好。现在她不需要和考德威尔一起坐车了。她特别害怕这位博士，就像有剪刀要插入她的胸膛一样。然而更重要的是，当她再次饥饿想咬人时，贾斯蒂诺小姐不会就在她旁边坐着了。

此时贾斯蒂诺小姐正在看梅勒妮在悍马发动机罩上的灰尘上画的画：一根波浪线穿过斑斑点点呈现出来的大楼。她好奇地看了眼梅勒妮："这是什么？"

梅勒妮耸耸肩，她不想说。这是她记忆中从考德威尔博士的实验室一路返回可以下到地堡的楼梯，直到她房间的路线。这是回家的路线。尽管她知道自己再也无法沿这条路折回，和其他孩子一起坐在教室里了，知道现在"家"变成了只能在记忆里回想的一个概念，再也没有自己的地盘，站在上面，深知它属于自己这样的感觉了，但是她还是画了出来。

她所能想到的——向自己描述现在是什么感觉——只是听到过的故事，比如摩西（Moses）没能看到流奶之地，埃涅阿斯（Aeneas）在特洛伊城（Troy）沦陷后仓皇而逃，还有一首关于一只夜莺和站在异邦谷田里的一颗悲伤心灵的诗。

这些想法全都涌了上来，她不知该从何说起。"那只是个图案。"她说，同时因为撒谎而感到不安。她在对贾斯蒂诺小姐——她在这个世界上最爱的人——撒谎。当然，这种感觉中更难以名状的一部分就是，她们现在已经成为彼此的归宿。她们没得选。

要是不曾有那段从她身体里爆发出那种可怕的饥饿感的记忆就好了。嘴里满是鲜血和人肉时那种恐怖的快感。为什么贾斯蒂诺小姐没有问她这件事？为什么贾斯蒂诺对于梅勒妮的行为没有感到吃惊？

"那两个人……"她试探地问道。

"基地的那两个？"

"是的。就是他们。我对他们所做的……"

"他们是容克，梅勒妮。"贾斯蒂诺小姐说，"是杀手。如果你不反抗，他们对你会更残忍。还有我。对于那时所发生的一切你都不必感到不安。你没办法控制自己。完全不怪你。"

尽管惶恐，梅勒妮还是得问："为什么？为什么不怪我？"

贾斯蒂诺犹豫了一下。"因为这就是你的本性。"她说。而在梅勒妮张嘴又要问另外一个问题时，她摇了摇头："现在不行。现在没时间，这三言两语真的说不清。我知道你害怕，你不理解。我答应你，等我们安全了，有足够的时间了，我会跟你解释。而现在……试着不去担心，不去难过就好。我们不会丢下你的，我保证。我们不分开，好吗？"

梅勒妮思量着：这样可以吗？这是一个可怕的话题，所以从某种程度上说，避开不谈也是一种解脱。然而这个问题始终像重物似的悬在她的头顶，除非得到答案，否则她不会安心。最后她不确定地点了点头。因为她找到了一种使其想起来不那么糟糕的方式——隐藏在所有难过和忧虑情绪之下的一个想法，就像潘多拉盒子里置于所有可怕事物底下的希望一样。

从现在起，每天都会是"贾斯蒂诺小姐日"。

27

他们绕过谢福德（Shefford）的边界，穿过几片开阔的田野，来到了帕克斯中士所说的小溪——实际只是弗利特河（Flit）的一个浅水分支。他们将十来个容量为 10 加仑的塑料桶灌满了水，然后装进悍马车上专门放置这些东西的锁柜里。

贾斯蒂诺小姐在这里脱下她的毛衣，浸入湍湍溪水中清洗，抵着一块岩石来回搓，然后又放进水里。血迹渐渐与衣服的纤维脱离，形成一团团铁锈色的云烟，在湍流中打转又消散。她把毛衣系到无线电天线上晾干。衣服很重，几乎要将天线压平。

梅勒妮用溪水洗掉身上的蓝色凝胶。她对贾斯蒂诺小姐说，这种气味会让她想起那间实验室，而且还让她看上去特别傻。

从小溪出发，他们朝着帕克斯从自己手机内的一个文件里读取的一组坐标前进。他们在寻找一个供给贮藏处，这些贮藏处是在他们最初接手基地时设立的，目的是在遭遇类似刚刚发生的紧急事件时，为撤退到毕肯提供供给。里面应该有食物、枪支弹药、医药用品、电子隔离层凝胶管、净水药片、地图、通信设备、超轻毛毯等——他们可能需要的物品应有尽有。但这一切只是美好的想象，因为本该是贮藏处的地方现在只剩下地上的一个洞。容克或者其他什么人发现了这里。最好的情况是：他们不是唯一逃出基地的人，另一队人可能已经先于他们到达了这里。然而帕克斯中士并不这么认为，因为要在他们到达之前一直向下挖到贮藏处，然后搬取一空，从时间上说是不够的。这很可能很早之前就发生了。

所以现在只剩下车里的那些东西可以用。他们现在开始清点存货——打开里里外外所有锁柜，检查哪个是满的，哪个是空的。帕克斯解释说，按照规定它们应该都是满的。他没说后半句话，摸爬滚打这么多年，规定也变得没那么重要了。

清点结果喜忧参半。这辆悍马备有物品充足的急救箱、一个原封未动的武器锁柜和一个空了四分之三的食物锁柜，里面的食物最多可供他们五个人维持几天，另外还有两个背包、五只军用水壶和一把装有七发子弹的信号枪。

也许最令人担忧的是他们总共只有三管电子隔离层凝胶，有一管还已经打开了。

贾斯蒂诺小姐在与一种人道主义的冲动做斗争，结果输了。她拿出急救箱，用下巴指了指考德威尔的手。"我们最好还是用绷带包扎一下伤口。"她说，"除非你有别的事要做。"

考德威尔双手伤得很严重。切口深至骨头，手掌上血肉模糊的皮瓣耷拉着，部分已经被割掉，它就像有人笨手笨脚地做出的一块周日的烤肉。伤口周围的几处皮肤又红又肿，上面的血已经风干，变成黑色。

贾斯蒂诺小姐用水壶里的水尽量清洗着她的伤口，考德威尔没有叫出声来，但在贾斯蒂诺小姐用棉签小心翼翼地擦去干了的血迹时，她一直颤抖着，脸色惨白。擦拭使伤口又开始流血，但贾斯蒂诺小姐认为这是好事。这里很可能会感染，而血液可以将细菌从伤口表面冲走。

接下来是消毒。随着止血剂渗入考德威尔新露出的肉里，她第一次呻吟。她的额头沁出汗来，紧咬着下嘴唇不让自己叫出声。

贾斯蒂诺小姐在这位博士的两只手上都涂了战地止血敷料。这既可以让她的手指尽可能地自由活动，又能确保所有受伤的地方无一处遗漏。几年前她上过一次急救课，所以清楚自己在做什么。她做得很好，很专业。

"谢谢。"考德威尔在贾斯蒂诺小姐处理完之后说道。

贾斯蒂诺小姐耸耸肩。她从这个女人身上最不想得到的就是礼貌。而考德威尔似乎意识到了这一点，所以并没有再表现出更多的感激之意。

"所有人上车。"随着加拉格尔砰的一声关上车门，帕克斯说道，

"该出发了。"

"稍等。"贾斯蒂诺小姐说。她从无线电天线上取下毛衣,翻看着检查。上面还有些斑斑点点的血渍,但基本上已经干了。她帮梅勒妮来回扭动地套上。

"衣服有没有太痒?"她问。

梅勒妮摇着头,露出一丝微笑——勉强但真诚。"很柔软,"梅勒妮说,"还很暖和。谢谢你,贾斯蒂诺小姐。"

"不用谢,梅勒妮。它……闻起来还好吗?"

"闻起来没有血味,也没有你的气味。闻起来基本没有什么味儿。"

"那么我想你暂时可以穿着了。"贾斯蒂诺小姐说,"等我们找到更合适的再换上。"

帕克斯干等着,甚至没有试着让自己看上去有耐心。贾斯蒂诺小姐爬进悍马时向梅勒妮挥手作别。门一关上,梅勒妮就从车外部爬了上去,为自己找到个舒服的位置——挤进了带底座机枪盖的后面。悍马开动时她抓得紧紧的。

现在他们正向东按原路返回,开向 A1 区古老的南北斜向古道。他们开得很慢,避免后轴再受到震动,同时小心谨慎地绕着城镇走。据帕克斯所说,城镇总是僵尸最集中的地方,悍马的声响会惊得它们跑动起来。但他们还是一如既往地顺利。

一直到驶出五英里的时候。

随后悍马像波涛汹涌的大海上飘着的一只小艇似的左摇右晃,将他们从座位上抛到了底板上。考德威尔下意识地用手来稳住自己,于是发出了一声极为痛苦的惨叫。她顺势缩紧身体蹲了下去,将双手抱于胸前。

在一声颠簸中的巨响之后,这辆悍马开始以另一种方式震动——剧烈又折磨人。一阵如防空警报般的刺耳声音划过长空。后轴掉落，悍马正拖着车后部横穿这条柏油马路。

帕克斯猛踩刹车，将车骤然停下。车身打滑后停在了路面上，同时发出了一声液压式的叹息。与其说这是一种机械，倒不如说是一只动物倒下了。

帕克斯也叹了口气，平复自己的情绪。

在这之前，除了愤恨和怀疑——在他将梅勒妮送到考德威尔手上时激化为深深的憎恶，贾斯蒂诺小姐从未对中士有过任何其他感觉，然而此时此刻她对他感到钦佩。失去这辆悍马是一个毁灭性的打击，而他甚至都没浪费时间去咒骂几句。

他让他们行动起来，让他们从这寿命已尽的交通工具中出来。贾斯蒂诺小姐出来后的第一件事就是查看梅勒妮——女孩在这一阵冲撞和晃动中成功地坚持住没有掉下来。她抓住女孩的手，紧握了一下。"计划有变。"她说。梅勒妮点点头，表示明白。没有人要求她，她自己又爬了下来，和在贮藏处时一样，走开一定的距离。

帕克斯中士打开汽车的行李箱，给自己拿了个背包，另一个则给了加拉格尔。他们需要携带尽可能多的水，但是带着这么多大桶上路又不现实。每人都拿到一个水壶，从一个水桶中将其倒满。帕克斯自己又拿了第五个水壶（他从没想过要给梅勒妮）。除梅勒妮外，每个人都从那半空的水桶中大口大口地尽情喝了很久，最后大家的肚子都撑得难受。当水桶中的水所剩无几时，帕克斯让梅勒妮去喝完剩下的，但梅勒妮从来没喝过水。她身体所需要的少量水分过去常常都是从生肉中获取。想到要往自己嘴里倒水，她不由得皱起眉头，后退了几步。

每个人都分到了一把小刀和一只手枪，刀鞘和枪套都别在腰带上，两个士兵还带着步枪。帕克斯双手捧起一把手榴弹，外形就像奇怪的黑色水果。这些手榴弹表面光滑，不像贾斯蒂诺小姐在关于战争的老电影里见到的那样被刻成菱形。经过片刻思考后，帕克斯自顾自地把信号枪塞进了背包里，又从悍马的仪表板下面抓出一副对讲机。他给了加拉格尔一台，另一台则挂到了自己的腰带上。

微薄的食物供给被平均分好后也装进了两个背包。尽管急救箱因体积庞大而不便于携带，但是贾斯蒂诺小姐还是提上了。它很有可能会派上用场。

虽然所停留的乡间小路上除了鸟鸣声外寂静无比，但他们还是紧张匆忙地做着这些事情。大家在帕克斯的指挥下整理行装。帕克斯一脸严肃，神态急切，说话只用一个字，不停地催促着。

"好，"他最后说，"我们可以出发了。所有人都准备好了吗？"

他们挨个点头。大家开始意识到本可以在平坦大道上花半天时间走完的路，就在刚刚却变成了需要在完全未知的地域上艰难跋涉四到五天，而贾斯蒂诺小姐猜想，队伍中的其他人应该和她自己一样，都难以接受。她当初是直接从毕肯坐直升机来到基地的——她在毕肯住了很长时间，所以习惯了那种状态。记忆回到那时之前，回到大毁灭时，世界上到处是外表看上去和你熟悉、和深爱之人长得一模一样的怪物，每个活着的灵魂都上下攀爬，蹿来蹿去，像猫醒来时的老鼠一样寻找着藏身之处。这些记忆压在心底太深太久，所以已经不再是回忆——而变成了回忆中的回忆。

而这就是他们当下即将行走于其中的世界。家远在70多英里之外。70英里英国美丽的绿色土地，全都被僵尸占领，漫步于其中的安全性就等同于在一片雷区跳玛祖卡舞。多么令人困惑的景象，尽管只有这些。

而帕克斯中士的那张脸甚至在他还没开口之前就告诉她，不止这些。

"你还是坚决反对抛下那个孩子？"他问她。

"对。"

"那我就要定下些规矩了。"

他绕到悍马的一侧。那里还有一个锁柜没人打开。原来里面放的是高级装备,早前帕克斯和他的手下为了抓捕卡洛琳·考德威尔渴望见到的高能僵尸而袭击赫特福德郡(Herts,全称为Hertfordshire)、贝德福德郡(Beds,全称为Bedfordshire)和白金汉郡(Bucks,全称为Buckinghamshire)时经常使用。束缚带、手铐、电击警棍、一端尖利且带着套索的伸缩杆——完全就是一间杂货店。它们提供能将危险的动物活着捕获,又将捕获者风险降至最低的各种手段。

"不要。"贾斯蒂诺小姐喉咙干哑地说。

而当梅勒妮看见这个肮脏的军械库时,却马上同意了,而且很坚定。她用一种鉴定或者说赞同的目光看着帕克斯。"这是个好主意。"她说,"确保我不会伤害任何人。"

"并不是。"帕克斯说,"好主意将完全是另外一种方式。这仅仅是勉为其难的补救。"贾斯蒂诺小姐很清楚他这话的意思。他想一枪打爆梅勒妮的头,然后抛尸路边。然而鉴于平民们联合起来反对他,鉴于考德威尔和贾斯蒂诺小姐——虽然原因不同——想让梅勒妮留下加入他们的队伍,他才勉强妥协。

这两个士兵将梅勒妮的双手铐在了身后。他们在手铐中间的链条上系了一条可调节的皮条,拖出约两米远,然后又在这女孩脸的下半部分扣上了一个面具,看上去像是狗的口套或是中世纪爱骂人者戴的马勒。它是为成人制作的,但可以灵活调节,所以他们将其扣得非常紧。

他们准备捆绑梅勒妮的脚踝,使她只能走不能跑,此时贾斯蒂诺小姐站了出来。"想都不要想。"她声色俱厉地说,"一定要让我不断地提醒你，我们要躲避的不仅只有僵尸还有容克吗？确保梅勒妮不能咬人还可以接受。但让她连跑都不能——那相当于不浪费一发子弹而置她于死地。"

显然中士对此一点也不在乎。但他考虑片刻之后最终还是勉强同意不这么做了。

"关于这些实验对象你一直用'杀死'这个说法，海伦。"考德威尔禁不住又开始说教，"我之前跟你说过。在大多数情况下，感染几个小时之后大脑功能就已停止了,这在临床上就已经被判定为死亡——"

贾斯蒂诺小姐转身一拳挥在了考德威尔的脸上。

这一拳下手不轻，所产生的冲击力从贾斯蒂诺小姐的手臂一直传到胳膊肘，她的这只手比想象中要疼得多。

考德威尔打了个趔趄，差点跌倒。她双臂失去了平衡，往后退了一步，然后又两步。她震惊地盯着贾斯蒂诺小姐，而贾斯蒂诺小姐也揉搓着出拳的那只手径直瞪了回去。但是如果现在需要的话，她还有一只手可以用，当然比现在的考德威尔要多出一只。

"继续说，"贾斯蒂诺小姐说道，"我会打得你满地找牙。"

那两个士兵站在一旁饶有兴趣，却不偏向任何一方。这场女人间的激烈冲突跟他们没有任何关系。

梅勒妮也在一旁睁大眼睛和嘴巴看着。突然间贾斯蒂诺小姐的怒气消失了，被因自我失控而涌上的愧疚感所取代。她顿时感到脸上充血。

考德威尔也见了血。她用嘴唇舔了舔。"你们都是我的证人。"她声音含糊地对帕克斯和加拉格尔说，"刚才那是一次无端的攻击。"

"我们看见了。"帕克斯语气冷漠地证实道，"我希望能到一个我们的作证会起到作用的地方。好，完事了吗？有任何人想做任何发言吗？没有？那就行动起来。"

他们沿这条车道向正东方向行进,将那辆残缺不全而又安静无声的悍马抛在了身后。考德威尔独自站了一会儿,然后才赶上离开的队伍。显然她对自己受到攻击却几乎没人在意而感到惊奇。不过她是个现实主义者,对于这些倒霉事她总能自己消化。

贾斯蒂诺小姐考虑他们是否应该将悍马推到旁边的一块田地里,以对他们的路线稍作掩饰。但她转念又想,后轴坏了,车后部紧贴着地面,所以移动起来会特别重。而将之烧毁明显更行不通——这相当于发射一枚信号弹,告诉敌人他们的具体位置。

就算没有看到信号弹,还是有其他很多敌人正在等待着他们。

28

梅勒妮边走边观察着周围的世界。

这里四面八方都是田地,多半是乡村。田地大部分呈矩形,或者至少也大概有些方形的边。但是里面野草丛生,高及成人肩膀,不管之前种的是什么作物,也早已被吞没。田地和公路的交会处是一段段高高低低的树篱或者颓坏的围墙,而他们脚下正踩着的是一块褪了色的黑色地毯,上面布满了破洞,有些洞大得能把她整个人都吞进去。

一片衰败颓唐的景象,但依旧辉煌壮丽,摄人心魄。头顶上的天空就像一只几乎无边无际的淡蓝色大碗,视觉边缘处盛着一大片如高塔般层层叠叠的洁白云朵,使得这只大碗更显深邃。到处都是鸟类和昆虫,有些她在他们停车的那个早上就已经见过了。太阳温暖着她的肌肤,从这只倒扣的碗里向整个世界倾泻能量——梅勒妮知道正是因为阳光,地上的花朵和海里的藻类才得以生长,正是阳光开启了所有的食物链。

这混合的空气中充斥着成千上万种气味。

他们看见远处有几座零星的房屋。尽管相隔很远，梅勒妮还是看到了破败的迹象。窗户不是已经破碎就是封上了木板，门都已从铰链上脱开。一家大农舍的房顶完全坍塌了进去，屋脊呈现出一条完美的开口向下的抛物线。

她想起惠特克先生的课来，感觉好像已经过去了很久。伯明翰的人口是零……她眼前的这个世界是人们为了满足自身的需求而建立的，然而现在却无法再满足了。一切都变了。而变化的原因在于人们从这里撤走了。他们将它留给了僵尸。

梅勒妮猛然意识到有人告诉过她这些。她偏偏忽略了，忽略了她的世界中不言自明的逻辑，而只去相信她所听到的许多带有冲突的故事中她喜欢相信的部分。

帕克斯中士正纠结于路线安排上的一个问题，到目前还是没有什么头绪。他的第一直觉是远离城镇——彻底远离一切建成区——确保整个行程只穿过乡村。这样做的依据很明显。僵尸大多都待在距离他们第一次变身或感染——或者你想怎么说都行——的附近。这并不是一种归巢本能，只是某个事实所带来的副效应，那就是它们不捕猎时大部分时间都如石头般静止不动，像是在玩"奶奶的脚步（Grandmother's footsteps）"游戏。所以市里和镇上聚集着大量僵尸，而乡村人口则与大毁灭之前一样相对比较稀疏。

但是帕克斯又想出了三点可以有力地驳斥这第一种的想法。第一点是气温——这是他在外出执行任务时所注意到的，尽管考德威尔说相关证据"远不够确凿"，但他还是传授给了他手下的所有士兵。已确认可触发僵尸行动的有未喷电子隔离层时身体所分泌的汗液、快速的移动以及大声响的噪音。但其实还有第四项，通常在晚上气温下降时才会起作用。僵尸们可以凭借某种方法通过你的体温来锁定你。他们可以在黑暗中将你辨认出来，你就像是块写有"高级餐厅"的霓虹灯招牌。

在这种情况下，就需要考虑第二点。他们需要一处避难所。假如他们在野外露宿，会招致僵尸从四面八方拥来。是的，除城镇外确实还有其他可以落脚的地方，但前提是你得有足够的时间和人手去进行适当的侦察。

这就引出了第三点——时间。避开任何一个建成区都将在他们的路线上额外增加20英里的路程，但只要还是在走，这个问题就没有太大影响。但一直在走没什么屁用。关键是这样的话他们需要穿过最恶劣、耗时最长的地形，很可能会使他们的行程时间加倍。更不用说穿越农田（里面遍地都是一种带有一英寸长芒刺的高大荆棘）或者遍布及膝高蓼属杂草的牧场。僵尸不会在意自己是否会被划伤，它们闻到你的气味后只会兴奋地不停奔跑，就算皮被剥去，只剩下骨头也无所谓。而人在那样的地形中会慢很多，相应地也更容易被抓到。

所以他们现在正沿着两块杂草丛生的田地间的一条乡间小路行进，即将穿过一座村庄。不然的话他们需要一路艰难绕行，多走三英里。

不管怎样，帕克斯都必须尽快做出决定。

卡洛琳·考德威尔按部就班地度过了悲伤的各个阶段。

她确实很快就度过否认这一阶段了，因为那些降低身份的、危险的想法刚一露头就被她的理性扼杀了。如果真相已经不证自明，那么再否认便毫无意义。就算你不得不艰难跋涉，穿过荆棘灌木丛和雷区才获得真相,对它的否认也毫无意义。真相就是真相,是唯一值得拥有的奖赏。倘若你加以否认,那么只能说明你配不上它。

所以考德威尔接受了她的研究成果丢了的事实——而这研究成果是她过去十年生活的本质和精髓。

想到这件事,她就任由自己去感受那激起的胃灼热般的有毒的愤怒和愤慨。要是贾斯蒂诺小姐没有插手,要是自己得以完成最后的那次解剖,结果会不会不一样?当然不会。但是贾斯蒂诺小姐却导致自己在基地的最后几分钟时间被浪费掉了。在那种侵犯行为下,再进一步去构建任何东西都显得荒唐可笑,但以现状来说问题已经足够清楚。贾斯蒂诺小姐毁了她的研究,她的研究成果现在已经全都丢失了。等他们到毕肯后,贾斯蒂诺小姐会为此付出代价——她的事业肯定会完蛋,还很可能会在军事法庭上被判枪毙。

讨价还价是另一个考德威尔不会停留的阶段。她不相信上帝,或者诸神,或者命运,或者支配她的任何或高或低的力量,所以没有讨价还价的对象。但是她同意——尽管身处一个被公正的物质力量统治的确定世界里——如果实验室未受损害,而毕肯的救援队伍能够将她的笔记和样本完璧归赵,她会点上一支蜡烛,不为任何人,只为赞美这个(出于某种难以辨别的机会性原因而顺便这么做)对她大发慈悲的世界。

当她将这个想法置于光下,看到它有多么可悲、多么胆小怯懦又模棱两可时,便又陷入了黑暗的沮丧之中。

然而又一个想法冒出来拯救了她:实际上实验室也没什么东西值得保留。样本?可能吧,但她身边还有一个活体。那些笔记大部分都是描述性的——十分详细地记录了僵尸病原体的生命周期(但尚不完整,因为她还没将标本培养到成熟的有性态)和普通感染过程,以及以那些孩子为代表的异常感染过程。这些她已经铭记于心,所以笔记丢失也并无大碍。

所以她还有机会。她还没被踢出局，机会还会有的。

研究依然可以顺利进行。

列兵基兰·加拉格尔（Kieran Gallagher）很了解怪物，因为他正是出自一个由一群怪物主宰的家庭。或者说，与大部分家庭相比，他的家庭对于放怪物出去到外面嗅探这种事情似乎早已习以为常了。

他的家人出去的原因永远只有一个：私制的伏特加。他的父亲和哥哥在离家约一百码处的一座废弃房子后面的一个棚子里建造了一个蒸馏室，伏特加就是在这里制作的。毕肯的临时政府明令禁止无照制售酒，但私底下只要你喝醉后待在自己的房子里，只打自己家里人，政府一般不太关心。

所以加拉格尔其实是在毕肯之外更广阔世界中的一个怪异缩影里长大的。他的父亲、他的哥哥史蒂夫（Steve）以及他的表兄弟杰基（Jackie）表面看上去都是正常人，甚至有时行为也像，但大多数时候他们都是在两种极端之间转换：喝酒时鲁莽暴力和酒劲过去后昏睡不醒。

与之截然相反的是，加拉格尔一直试图过上安全可靠的中立生活，留心着导致其他人失足的事物，并设法避免重蹈覆辙。在基地提供酿造于水桶或浴缸、酒精度数为22度的啤酒以慰藉士兵时，他是唯一一个没有喝的人。他是唯一一个在大范围巡逻时没有寻找致幻蘑菇的人，也是唯一一个在看到惠特克醉生梦死的滑稽窘态时不觉得可笑的人。

而且他一直相信，只要掌舵驶向航道的正中央，他这条船就不会失事。而现在他明白了，就算是在安全水域还是有可能翻船，他不停地在想"哦,拜托,请不要让我死掉。我甚至还没怎么生活过呢,所以让我死就太不公平了"。

他特别害怕,担心自己可能真的会吓得尿裤子。在这之前,他从来都不理解害怕怎么会让人有这样的反应。然而现在身处僵尸的地盘,只有帕克斯中士与自己相互照应,要走很远才能到达毕肯,每走一步他都能感觉到自己的下体绷紧,膀胱松弛。

问题在于他更害怕哪一个结果。死在这里,还是回家?两种结果各有各的可怕之处,在他脑海中同样清晰。

自出生之后,他一直都是噩运缠身:在家里和学校挨打;模仿他哥哥在体育馆后面用雪茄交换跟女孩子亲热却从未成功过(他唯一尝试过的那次,偷雪茄的时候被他爸逮了个正着,他爸用皮带的一端将烟从他手中打掉);为了逃离学校这个"疯人院",阴差阳错地入了伍;因为文身师酩酊大醉,漏了三个字母,所以刻着一个蠢到家的文身(结果意思变成了"谁敢,鱼们");从任何时候都会答应他那方面请求的初恋女孩那里染上了淋病;把第二个女孩的肚子搞大后狼狈逃走(没什么特别的,甚至连爱都没有),随后却意识到自己对她的感情已然远远超过了性,但为时已晚。如果他什么时候再回到毕肯,再次与她相遇,他会试着向她解释:我是个懦夫,没用的浑蛋,但是如果你能再给我一次机会,我绝不会弃你而去。

不可能发生的,对吗?

这才是将要发生的事情:在这里和毕肯之间的某个地方,他会被一只僵尸咬上一口。因为这才是他的命。

他的迷彩服大腿口袋里的某个东西令他心安。那是个手榴弹——帕克斯往腰带上别其他手雷时滚进角落的那个。加拉格尔捡起来,本打算交给中士,但一冲动就偷偷藏了起来。他留着它是为了一个孤注一掷的策略。

这个世界上有很多事情他怕得要死。僵尸可能会吃掉他,容克可能会折磨或者杀死他,他们可能会在这里到毕肯之间的某个地方弹尽粮绝,慢慢死去。

如果真到了那个时候,加拉格尔将会引爆自己的生命。让中庸之道见鬼去吧!

海伦·贾斯蒂诺小姐正在想死去的孩子们。

她没办法缩小范围,或者说她不想缩小范围。她在想世界上所有还未长大就死去的孩子。这样的孩子一定有数十亿。儿童祭祀,世界末日,种族屠杀。在每一场战争和每一次饥荒中都被扔到墙上。他们太小,所以无法保护自己,又太天真,所以无法躲避。被精神病人、变态、法官、士兵、朋友和邻居、随便一个过路人以及他们自己的父母杀死。因该死的意外不幸遇难,或者被无情的法令判决死刑。

每一个从孩子长成大人的人都避开了这些可能。然而在不同的时代、不同的地点,这种概率曾高得惊人。

那些死了的孩子拉扯着每个活人的灵魂。身上拖着的这份罪恶就像月亮牵引着大海,太重而无法举起,但又占据了身体太大一部分而放不了手。

假如她那天没有跟孩子们谈论死亡,假如她没有为他们读《轻骑旅的冲锋》(*The Charge of the Light Brigade*)这首诗,假如他们没有问她死是什么样子,那么她就不会轻抚梅勒妮的头发,接下来的种种都不会发生。她也就不会许下那个她既无法履行又无法背弃的诺言。

她本可以像以往一样做个自私的人,可以像其他任何人那样原谅自己,每天都像重获新生一般醒来。

29

帕克斯中士做出了决定。他打算前往斯托特福尔德(Stotfold)。

在去往 A1 的路上,斯托特福尔德是个不值一提的小地方,他对它的期望不高。他们不会在那里得到补给,也不会找到另一辆交通工具。任何有价值的东西都可能在很早之前被发现并带走。然而选择这个地方是有理由的:它就在他们前往毕肯的路线上,而且黄昏将至,他们就像乞丐一样被动,别无选择。他想在夜幕降临之前找到藏身之处。

然而在经过一座教堂时,他们距斯托特福尔德还有两英里的路程——连矗立于树林之上的水磨坊的烟囱都还没看见。

在帕克斯看来,在这么个地方建座教堂愚蠢至极,因为它周围并没有什么建筑。就算是在大毁灭前,这里也不会有什么人经过。它就像一处临时营地一样没什么用处。大窗户很多,大部分都已经破碎,前面巨大的拱形门洞像张开着的牙齿掉光的嘴(不知道门口曾经发生过什么)。

教堂旁边有一间由煤渣砌块垒成的低矮车库。帕克斯喜欢这种外观的房子。他告诉其他人在外面等着,自己则上前侦察,然后愈发喜欢了。这道上提式的宽门由坚固的金属制成,能经受住推和抓——僵尸靠近一扇门时通常会这么做,另外因为门很可能已锈进侧壁里,所以不易移动。侧面的另一个入口是一扇带有耶鲁锁的木门。这种门安全性低,但好的一面是,帕克斯可以在不损坏木门的情况下,击落锁芯,从外面把门打开。然后,如果幸运的话,等他们进到里面后再将锁修好,或者找些其他可以堵住门的东西。

他挥手示意加拉格尔过来。两个男人进入教堂检查，而女人们则在外面的路上等着。第一眼扫过去没有发现僵尸，这是个好迹象。圣坛屏旁边有些骨头，但看上去更像是动物的，很可能是一只狐狸或黄鼠狼，要不然就是某个路过的教徒。

圣坛上方的绿色喷绘写着"上帝他没在听，蠢货们"。他将这句话看作理所当然。他这一生中从未祷告过。

但是有人在这里祷告过。在被遗忘的靠背长椅上，帕克斯发现了一个女士手提包，包里面有一些零钱、一支口红、一本小巧的赞美诗集、一串内置定位器的车钥匙和一只超薄避孕套。这都是些再寻常不过的日用品，却令他有些眩晕。他联想到以前所谓的恐惧——那时任何人所担心的最糟糕的事情无非就是不安全的性行为，或者忘记了泊车的地方。

加拉格尔在窥探一个侧间，这是一间法衣室之类的屋子。他举着手电筒大概照了一圈，然后又用力关上门。"一切安全，中士。"他大声报告道。

可能是因为关门的声音，但更像是因为说话的声音，有什么东西瞬间从教堂后面的黑暗中冲了出来。它全速跑着撞向加拉格尔，使他双脚离地，扑通一声摔到了木质地板上。

帕克斯转身看见两个身体翻滚在一起。他想都没想，拔出自己的枪，在那只僵尸低下头朝加拉格尔的喉咙咬去时，瞄准那一团黑色的头部，扣动了扳机。枪响时与其说是砰的一声，其实更像斧头劈落在木头上发出的结实的闷响。

目标被打中。子弹射进了僵尸的头骨背面。正常情况下，这样一颗子弹会正好将头射穿，还可能会打到加拉格尔，或者至少会将僵尸的脑组织迸溅到他的脸部和上身——这之后一小时、一天或者一周等各个阶段便会出现可预测的、令人沮丧的结果。但这是发铝钢材质的软头子弹，专为最小穿透力而设计。它放慢速度，扩展散开，然后将这只僵尸的脑袋鼓成了粉色奶昔。

加拉格尔将瘫软的尸体推到一边，从下面抽出身来。"该死的！"他喘着粗气说，"它扑到我身上时我才看见。多谢中士。"

帕克斯验了尸。这只僵尸一动不动，眼睛、鼻子和耳朵都渗出灰色物质，几乎流得到处都是。它生前是一位头发乌黑、比帕克斯都要小很多的男性。它身上穿着一件残破腐烂的牧师白袍，所以很可能就是在这里被感染的。或许从那以后，它就一直守在这里，在黑暗中等待猎物不经意走过，又或者它是在每次捕猎之后回到这里的。尽管听上去奇怪，但确实有这种可能。有些僵尸不像大部分僵尸那样就地僵住不动，它们会对一个特定的地方有一种返巢本能。帕克斯怀疑考德威尔博士是否知道这一点，如果她知道，那会如何解释寄生物一出现寄主大脑就会立刻死亡这一观点。

加拉格尔检查自己身上有无划伤、咬伤或者这只离群僵尸的体液。帕克斯也对他进行检查，连一处细节都不放过。尽管发生了近距离的接触，但加拉格尔并没有被感染。他还在感谢着帕克斯，声音因创伤后的心理作用而发抖。帕克斯在大清扫的那些日子里经历过很多这样的惊魂一刻，所以他没觉得这有什么，只是叮嘱加拉格尔不要在危险的形势下随便说话，打手势就很好，视线交流也该死的安全得多。

他们回到外面，平民们正等候在55码之外碎石车道的尽头，看上去对刚才发生的事情浑然不知。她们一定是将教堂里传出的声音当成了激烈的搜查。

"一切都正常吗？"贾斯蒂诺小姐问。

"一切顺利。"帕克斯说，"我们差一点就完蛋了。注意在路上保持警惕就行，一有动静就大声叫喊。"

他将注意力转向那间车库,离近些观察,发现它甚至比想象中的还要好。他本来准备好用枪托去砸锁,但其实用不着。他试着去按把手时,门就开了。不管是谁最后一个在这里,他离开时虚掩上了门。

他们慢慢地,小心地,相互掩护着走了进去。帕克斯单膝弯曲低下身体,步枪已设置为全自动,做好了膝盖扫射的准备。加拉格尔则拿出手电筒,照向屋子的各个角落。

什么也没有。干干净净的。没有什么可以让谁躲到后面,也毫无发动突袭的余地。

"一切正常。"帕克斯轻声说道,"好,这个地方还不错。去叫她们进来。"

加拉格尔护送这些平民进来,帕克斯关上门。伴随着一声清脆的咔嗒声,门被完全锁上。平民们见到这局促的空间,呼吸着稀薄而又不新鲜的空气时,并没有帕克斯那么兴奋,然而她们也没打算争论什么。事实上,这两个女人并不习惯急行军,而且谁——包括帕克斯自己,除非倒退一段时间——也不习惯在夜晚降临时待在围墙之外。他们担惊受怕,筋疲力尽,看到影子都会被惊动。帕克斯同样如此,只是他一般都将恐惧和惊吓藏得很深,所以没有怎么被察觉到。

不出所料,唯一棘手的问题还是那个女孩。帕克斯建议让她睡在教堂,而贾斯蒂诺小姐则回以"去你妈的"。"还是一样的道理。"她再次愤怒地告诉他。帕克斯想,这差不多就应该是贾斯蒂诺小姐的反应。

老实说,他很喜欢这样。如果想让自己感觉到什么,那么愤怒要好过大多数选择。"就算在这里僵尸是唯一的威胁,"她开始说道,"这一切——所有——对于我们和对梅勒妮而言都一样陌生,一样可怕。我们不能留下被五花大绑的她独自一人在一座空荡荡的房子里待上一整晚。"

"那你可以跟她一起。"帕克斯说。

这句话达到了预期效果，成功地让贾斯蒂诺小姐沉默了几秒。在这空当之中，帕克斯做出了他的声明："我们还有很长一段路要走，所以可能还需要定下几条规矩。我说什么，你们就照做，这样到毕肯时你们的脑袋有可能还长在脖子上。如果你们继续表现得好像自己有权利提意见似的，那我们不到明天这个时候就会死。"

贾斯蒂诺小姐盯着他，一言不发。他在等她的道歉和服从。

她伸出一只手："钥匙。"

帕克斯一脸困惑："什么钥匙？我们没有什么钥匙。门已经被——"

"打开梅勒妮手铐的钥匙。"贾斯蒂诺小姐说，"我们要走。"

"不，"帕克斯说，"你不能。"

"凭什么——你现在把我们全都当成你的士兵了，帕克斯中士？有没有搞错？"突然间，她的话听上去连愤怒都没有了。她只是苦涩地笑："我们不是。除了那儿的列兵，我们剩下的人都不受你指挥。所以什么狗屁'想活命就跟着我'之类的话不管用。我宁愿在外面冒险，也不愿跟着两个已经被军队洗脑的小兵和一个十足的神经病，将自己的性命交给他们。钥匙，请给我，就这么定了。你刚刚说我们是累赘，那就放我们走。"

"绝对不行！"考德威尔突然大叫道，"我告诉过你，中士。这个女孩是我所做研究的一部分，她是我的。"

贾斯蒂诺小姐盯着地面摇了摇头。"我还需要再给你头上来一拳吗，卡洛琳？我不想再听到你说类似的话。"

帕克斯很吃惊，很震惊，甚至有点厌恶。他习惯于和多少有些求生本能的人打交道,而且他知道贾斯蒂诺小姐并不傻。当初在基地的时候,他认为她是考德威尔那可气的小圈子中最通情达理的一个,尽管这并不能说明什么,但那时他确实喜欢她,尊敬她,现在也是。

但目前这样下去对她们两个都没好处。

"如果是我没说清楚,那我表示抱歉。"他对她说,"你不能擅自离开,她也不能随便留下。我接收的常规命令中不包括其中任何一点,但是我在表明立场。我要将这里的所有人类活着带回毕肯,而在这之后,就可以由其他人来接手。"

"你自认为能让我违背自己的意愿来跟随你?"贾斯蒂诺小姐将手放在自己的臀部上说道。

"是的。"他确信。

"你觉得你这么做之后还能保持快速行进?"

这是另外一回事了,答案也更残酷。他不想威胁她。他意识到如果逼得太紧,去逼迫她而不是引导她合作,她将会越过某种界限,而且再也无法退回来。

所以他尝试换一种方式。"我也会考虑其他建议,"他说,"只要不是愚蠢的就行。而让一只僵尸跟我们共处一室,就算她戴着手铐和口套也行不通。它们对物理伤害的反应跟我们不一样。如果你不在乎伤害到自己,那么是有办法可以帮她摆脱掉手铐和口套的。因此,她必须待在外面。"

贾斯蒂诺小姐眉梢一扬:"那如果我试图跟她一起出去,你会阻止我。"

他点头。尽管这样和说"对"是一个意思,但感觉起来更柔和一些。

"好,那就阻止我吧。"

她向门口走去。加拉格尔挡住了她的去路,她当即举起了枪——帕克斯交给她的那把，枪口对着他的脸。动作干脆利落。她利用了车库里漆黑一片的环境，等到经过帕克斯身边时才拔出枪，这样她身体的角度便可以掩护手臂的动作。加拉格尔头部后仰，想离开这把武器，整个人僵住了。

"别挡道，列兵。"贾斯蒂诺小姐平静地说，"不然我会让你的脑袋开花。"

帕克斯叹了口气。他拿出自己的手枪，轻轻地架在她的肩膀上。尽管对她了解不甚深入，但帕克斯知道她不会向加拉格尔开枪，至少在他做出刚才这样的警告之后不会。但她情感的真诚度无可置疑。"你表明了你的决心。"他快快不快地说，"我们换个方式。"

因为除非她真的想硬来，否则他不想杀她。在万不得已的情况下他会这么做，但他们人手本来就不多，而且在他们三个中间——贾斯蒂诺小姐、加拉格尔和那个博士——他认为最后她可能才是最有用的。

所以结果是这样的：他们将动绳系在手铐上，将小女孩拴到了墙上，帕克斯将所有水壶再加上他从外面找到的一个装满石头的马口铁桶都系到了绳子上。这样她一动就必定会噼里啪啦地将他们吵醒。

贾斯蒂诺小姐尽力向这个僵尸孩子解释这些是为什么，而梅勒妮在整个过程中始终保持平静，而且一动不动。尽管贾斯蒂诺小姐不理解，但梅勒妮明白——她知道原因，不论有没有电子隔离层，她都必须被当作一个未爆炸的弹药来对待。她一次也没抱怨过。

他们从悍马上搜出的食物是坚硬无味的3号碳水化合物和蛋白质混合物，标签上写着——讽刺的是，你不得不自己想象——烤牛肉和土豆，就着带有泥土余味的水冲下去，晚饭于谁而言都算不上是一顿美餐。

贾斯蒂诺小姐另外拿了个勺子去喂那个孩子,所以梅勒妮的口套得被摘掉几分钟。在她的嘴没戴口套这期间,帕克斯全程密切监视着她,他的枪还在皮套里,但保险却开着,而且有一发子弹已经上了膛——但假如梅勒妮突然向贾斯蒂诺小姐咬去,他也没办法及时赶过去,那么他就不得不向她们两个都开枪。

但到目前为止,这孩子一直很老实。她嚼都没嚼就吞下了混合食物中的肉块,然后带着强烈的厌恶感将其中的土豆吐了出来。不到一分钟她就吃完了。

接着贾斯蒂诺小姐用鬼知道从什么地方什么东西上撕下来的一角布帮她擦干净嘴,随后帕克斯又猛地给她戴上了口套。

"比之前戴着松。"这个僵尸孩子说,"你应该弄紧一些。"

帕克斯贴着她脖子后面,将拇指伸到带子里检验。她说得没错,果然有些松,于是他一言不发地将皮带调紧。

地面又硬又凉,毯子又很薄。他们用背包凑合着当枕头,枕起来着实不舒服。而且那个小怪物就在他们身边,所以帕克斯一直都紧绷着神经,随时预备着听到她变回原形扑向他们时,水壶发出的哐哐当当的声音。

他抬头凝视这一片漆黑,想起来贾斯蒂诺小姐在外面的碎石路上小便时他瞥见的一闪而过的胯部。

但未来飘忽不定,他甚至都提不起足够的"性"致来自慰。

30

梅勒妮不做梦,至少在今晚之前从未做过。她曾经沉醉于一些幻想,比如从怪物手中解救贾斯蒂诺小姐,但睡觉之于她从来都是在非空间中消耗的一段非时间。眼睛一闭上一睁开,又是一天。

而在车库的这个晚上却不同。可能是因为她不是在自己的牢房中而是身处基地围栏之外的缘故,又或者可能是因为今天所经历的事情太清晰、太陌生,所以萦绕在心无法忘记。

不管原因到底是什么,她睡的这一觉却是血腥又恐怖。僵尸,士兵,还有拿着刀子跌跌撞撞地向她刺来的人。她咬人,也被人咬,杀人,又被杀死。最后贾斯蒂诺小姐将她搂在怀里,紧紧抱着她。

在她的两排牙齿咬入贾斯蒂诺小姐喉咙的那一刻,她瞬间惊醒,将自己从那个不堪设想的场景中拽回。但她还是忍不住去想。这个令人窒息的噩梦萦绕在她的心头,而她知道梦中的画面隐含着某种意义,某种早晚都要面对的隐秘负荷。

她嘴里有种金属的酸味,就像一个复仇的魔鬼留下的血肉味道。只要她一动,贾斯蒂诺小姐给她吃的如肥料般稀稀拉拉的食物就会在胃里来回晃动,令人作呕。

车库里一片黑暗,只有几束光从门的边缘透了进来(一定是月光)。四周寂静无声,只听得到四个成年人平稳的呼吸声。

中士手下那个红头发的士兵在睡梦中呓语——词不成句,听上去好像是在抗议或者辩护。

向黑暗中凝视片刻之后,梅勒妮的眼睛开始适应。她可以看见贾斯蒂诺小姐身体的轮廓,离她并不算近,但比其他人都要近。她想爬过去,靠着贾斯蒂诺蜷缩起来,将肩膀压进女士下背正好形成的精确弧形里。

然而由于还未从刚才那个噩梦的气氛中缓解过来,所以她不能这么做。她也不敢。而且稍一动弹,这只桶和这些水壶就会叮当作响,然后所有人都会被吵醒。

她想到了毕肯,想到了那次在教室上完《轻骑旅的冲锋》这一课后,她对贾斯蒂诺小姐说的话。这些话在她脑中清晰地浮现出来,每个字都记忆犹新,因为贾斯蒂诺小姐正是在这段对话之后轻抚了她的头发。

我们会回到毕肯的家吗?梅勒妮当时问。等我们长大以后?而贾斯蒂诺小姐看上去伤心欲绝,深受打击,所以梅勒妮立马不假思索地开始说道歉和保证的话,试图挽回因自己无意间说出的什么糟糕内容所带来的影响。

现在她明白了。从这个角度来看,答案很明显。她当时提到回毕肯的家,这就像六月飘雪、晴天无日一样是不可能的事情。毕肯从来都不是她的家,将来也不可能是。

这就是贾斯蒂诺小姐悲伤的原因。对于她来说,永远都不会有回家这一说,也就意味着她永远都不能和其他男孩、女孩和大人们在一起,去做她过去常常在故事里听到的事。而且没有贾斯蒂诺小姐,这也不算真正意义上的回家。她注定要在考德威尔博士的罐子里结束自己的生命。

这一次,她的归宿既无法预见又非有意安排。所有人都是这样。这就是他们不停地争吵要怎么做的原因。

没有人知道。他们跟她一样,都不清楚究竟要去向何方。

31

帕克斯中士本打算让他们睡到太阳完全升起的时候,因为他知道接下来的一天将有多么艰难,但结果是,他们都提早醒了。他们是被发动机的声音吵醒的。声音一开始很遥远,起起伏伏的,然而不管究竟是为什么,这声音显然离他们越来越近了。

在帕克斯简短而生硬的指示下，他们抓起东西就跑了出来。他解开捆在那僵尸孩子身上的动绳，重新拴上皮带，同时尽量不让桶和水壶碰撞发出哐当的声响，因为不知道声音在这黎明前的沉寂中会传多远。

他们跑入天蒙蒙亮的破晓之中，经过教堂，来到后面的一块田地里，走了至少一百码，然后帕克斯示意他们在高高的杂草中蹲下。他们可以——也许应该——再走远一些，但他想看看过来的是什么。从这里他可以看清那条路而不被发现，而且等有韧性的杂草重新直起来，他们踩出的小路便又会恢复原状。

随着太阳慢慢地与地平线分离，柔和的光线渗入田地里，好似将水倒进一块破布。他们就这样蹲坐了很长时间。大家都不说话，也不动弹。贾斯蒂诺小姐在大概十分钟前想张嘴说话，但帕克斯做手势示意她保持安静，她就照做了。从他脸上她可以看出情况紧急。

风向转变时，除了机器的轰鸣声，他们还能听见有人大声喊叫的声音。

等声源终于到来时，他发现这是支奇怪的队伍。领头的是他前天看见的推土机中的一辆。在它沿着道路向前开，然后拐向他们这边时，他清晰地看到了它又宽又厚的铲刀，上面赫然装饰着一个金属喷漆的死人的头用来大肆炫耀。他听见谁——他觉得是加拉格尔——吓得猫似的叫了一声。但因为声音很低，不会传远，所以让他把大家都感受到的发泄出来也没什么大碍。

推土机后面是一辆悍马，与他们强征的那辆完全相同，再后面是一辆吉普。三辆车都载满了容克。他们一边挥动着各式各样的攻击性武器，一边彼此叫喊着，仿佛沉浸在节日的气氛之中。他们一起高唱着节奏强劲而又重复的某种旋律，但帕克斯却听不出歌词。

车队在教堂前停了下来，几个容克跳下车走了进去。从里面传出一声喊叫，随后他们又走出来，看上去情绪更高涨了。帕克斯猜想他们已经发现了那只死了的僵尸，但他们无从得知尸体在那里放了多久。僵尸的血不会流很多，而且刚开始是土色，所以风干后也不会有什么变化。甚至如果想知道这只僵尸是怎么死的，都需要仔细地看上一番。因为帕克斯手枪所造成的射入伤口微小而隐蔽，而且也没有任何射出伤口。

这些容克还要检查车库，帕克斯紧张起来，因为在这里情况可能会变糟。如果他们留下了任何蛛丝马迹……然而没有警报，也没有搜查。几分钟后这些容克返回到那辆铲土机上重新出发。车队拐过另一个弯之后便从视野中消失——尽管在这之后的很长时间，他们依然能听见轰鸣声。

等一切又静下来时，贾斯蒂诺小姐开口说："他们是在找我们。"

"不见得，"考德威尔博士反驳道，"他们也可能是开着车找食物。"

"基地有大量的供给。"帕克斯指出这一明显的事实，"他们昨天才占领。我本以为他们会重新竖起围栏，在那里安营扎寨。但如果他们出来了，我就有理由相信他们应该是在寻找幸存者。"这就意味着他们是有针对性的。虽然没有说出来，但他现在认为因加拉格尔而意外死亡的那几个容克可能是重要或者知名的人。对基地的袭击可能完全是随机之举，但这次野外搜捕一定是有计划、有目的的。

然而帕克斯对此只字未提，因为他不想让加拉格尔因那些死去的人而良心受责。这孩子本来就很敏感，所以这可能会成为压倒加拉格尔的最后一根稻草。该死，换作帕克斯自己都承受不住。

他们全都一副震惊而恐惧的神情——特别是加拉格尔，然而现在没时间手拉手相互安慰。好的一面是容克向北而去，这也就为他们的南行之路提供了机会，所以他们最好把握住。"十分钟，"帕克斯说，"吃完就走。"

他们一个接一个地走进长草深处解决个人问题和洗漱，或者其他什么需要做的，随后潦草地吃了顿寡然无味的早餐——3 号碳水化合物和蛋白混合物。那个僵尸孩子安静老实地观察着这一切。她不去方便，这次也没吃饭。帕克斯去小便时将拴着她的皮带系到了树上。

帕克斯回来时却发现贾斯蒂诺小姐从树上解下皮带，拿在了自己手里。帕克斯对此并没有什么意见。他巴不得能将双手腾出来。基本上没有讨论——也几乎没有任何形式的交流，他们就上路了。帕克斯看到每个人的脸既憔悴又害怕。他们刚逃离了一场梦魇，天知道这场噩梦会不会颠簸着跟在他们身后，一路上再次出现。前路将更加险恶，对此他心里清楚，但没说出来。

他们原先是向东去往斯托特福尔德，但由于现在没必要在那里作停留，所以他们绕道向南，踏上过去的 A507 公路，一路向前。

这里之所以一片荒芜是有很多原因的。在大毁灭发生的最初数天和数周，同其他诸多政府一样，英国政府也认为可以通过封锁平民流动来控制感染。意料之中的是，这并没能阻止人们目睹所发生的一切后四处逃跑如鼠窜。数以千计——也许是百万计——的人试图沿南北干道 A1 和 M1 逃离伦敦。当局随即坚决无情地做出反应，先是设置军用路障，后又实施定向空袭。

还是剩了些整洁的路段，有的还是宽阔的大路。但有时两条大路长达数英里都像第一次世界大战的战场一样坑坑洼洼，到处都是锈迹斑斑的破铜烂铁，就像机械版的"大象的墓地"[①]。如果你愿意，依然可以选择行走于汽车的残骸之间——但只有疯子才会这么做。由于视线几乎完全被挡住，所以僵尸可以在毫无征兆的情况下，突

[①] 据称大象在临死之前通常会独自到一个隐秘的地方自然死亡，这个地方便是大象的墓地。——译者注

然从任意一个方向跳出来扑向你。

帕克斯的计划是在位于鲍多克（Baldock）北边不远的10号路口拐上A1。因为之前执行过大清扫任务，所以他知道那里有一条畅通无阻的露天走廊地带，向南延伸整整10英里或15英里。假如天气允许，他们可以在一天之内顺利做到将容克远远甩到后面。天黑之前他们将到达斯蒂夫尼奇，但愿可以在不冒险深入城市中心的情况下找到一个合适的栖身之所。

在大毁灭爆发后的前几年，甚至包括从伦敦撤退之后，毕肯一直在南北向的多条主要干道上维持着军队驻扎。这样做是为了使大清扫人员外出以及——更重要的是——从已失去的故地满载而归时都能够平安通过。然而他们从惨痛的经验中发现，这些路上视线确实开阔清楚，但也有不利的一面——僵尸可以从很远的地方盯上你，进而根据你的移动接近你。在付出了几次惨痛的代价后，常驻型兵营都被撤销，而大清扫人员就得自求多福。最近几年此类兵营完全消失，他们外出和返回都是乘坐直升机。而这些干道早已无人问津。

也正因此，在他们排成一路纵队沿这条旧公路的平缓弯道前行，去往那段宽阔的柏油马路时，帕克斯十分地小心谨慎。交汇处有一个指向鲍多克服务区的指示牌，它通向的是各种还未被证实的好东西：食物，石油，一个野餐区，甚至一张夜里可以躺下的床。放眼向建筑物顶端望去，可以看见一片没有屋顶的废墟。这个废墟过去曾是个服务站，在很久之前被烧毁。帕克斯记得他小时候有一次从皮克区（Peak District）结束家庭度假返程归来时，在这里停留过。有些画面他依然记得：温热的巧克力底下因没搅匀而积着一层厚厚的沉淀物，男厕所里长了双马蒂·费尔德曼（Marty Feldman）金鱼眼的古怪男人用恐怖的单音调哼唱着布鲁斯·斯普林斯汀（Bruce

Springsteen)的《河畔迷影》(*The River*)。

在帕克斯看来，失去鲍多克服务站也没有多大损失。

然而 A1 却还是以前的模样。尽管可能有些地方杂草丛生，还有些地方坑坑洼洼的，但此处却笔直如尺，通向正南方向温馨甜蜜的家。当然，从这里到毕肯的一路上还有很多了无人烟的大城市，但中士可以靠着上帝的祝福，一个人顶两个用。此刻他们站在了一个高地上，视线可及数英里之外。

这时太阳出来了，红得好像上帝在谁的脸颊上的一个吻。

"好，听我说。"他说话的同时依次扫视了一遍所有人。虽然要说的大部分内容都是身处基地围栏之外时需要注意的一般性问题，但就算是加拉格尔还是得再听一遍。

"在我们出发之前需要弄明白公路准则：第一，不要说话，不要大声地说。因为声音可以传得很远，僵尸听到后会循声而来。虽然它们对声音并不如对气味敏感，但你会领教到它们的听力到底有多好。

"第二，发现任何动静——任何动静，就做手势。举起一只手，就像这样，手指伸展。然后指向那里，确保每个人都看到。不要马上掏出枪开始射击，因为没人知道你在向什么射击，所以就无法支援你。如果目标很近，你能看出是僵尸，而它又在朝我们的方向移动，那么你可以违反第一条规则，喊'一只僵尸'或'几只僵尸'[①]。如果你愿意，也可以给我一个方向和射程，3 点钟方向 100 码之类的。

"第三点，也是最后一点，如果真的有僵尸盯上你，不要跑。你不可能跑得过它，正面迎击反而还有一线生机。可以用任何东西打它：子弹、砖头、赤手空拳和刺耳的语言。运气好的话，你会把它打倒。

---

① 原文为"hungry or hungries"，英语中"hungry"为单数，"hungries"为其复数。——译者注

攻击腿和下体会增加你的胜算,除非它已经近在眼前。在这种情况下,你要去打头,这样除你之外,它就有别的东西要消化了。"

他碰到了那个僵尸女孩的目光。她惨白的脸因精神集中而眉头微蹙,正和其他人一样聚精会神地看着他。换作其他时候,帕克斯可能会笑。这有点像一只牛在聆听一份炖牛肉的菜谱。

"我想对于容克则要用另一套准则吧。"海伦·贾斯蒂诺小姐说。

帕克斯点头:"如果再次遭遇那些浑蛋,早在他们看见我们之前,我们就能听见他们的声音。在这种情况下,我们就像上次那样,离开公路,等待他们离开。只要他们就那样待在车队里,我们就应该没事。"

没人对这几条指令有任何意见。他们重回公路,向南行进。走了几个小时,谁都没说一句话。

夏日里艳阳高照,太阳爬上天空时,天气迅速变得燥热难耐。风一阵一阵地吹来,但并没有使他们凉快多少。帕克斯担心出汗过多可能会将僵尸引来,让大家停下,在所有需要的地方再涂抹一层电子隔离层。这些部位大部分都在衣服下面。他们不约而同地互相转过身去,四个人形成了一个正方形的四个顶点。正中央站着那个僵尸孩子,她既不说话,也不盯着这些成年人——这些人类——看,而是凝视着太阳灼热的光线。

涂电子隔离层虽是常规程序,但必不可少。在胯部、腋窝、胳膊肘和膝盖后面涂上厚厚的一层,再大概全身性地抹一下,最后再往舌头上涂,电子隔离层会像糖锭一样快速溶解为黏稠状。其实问题不在于汗液,主要是信息素在作祟。那些僵尸可能没有剩下足够的智力来辨认出人类,但在追踪化学梯度上,它们却准得要命。

他们继续前进。贾斯蒂诺小姐和那个僵尸孩子并肩走着,皮带拖在她们中间。考德威尔大多数时候走在她们两个后面,双手或放在两边，或交叉于胸前。加拉格尔殿后，而帕克斯自己则在前面打头。

约莫晌午前后，他们发现前面路上有东西。乍看上去只是一团黑——并没有在移动，所以帕克斯没有立即示意有危险。但在他们靠近时，他打手势让大家分散开。他知道在这如静态照片般的环境中，作为唯一移动的物体，他们走在空旷的公路上很容易被发现。

是辆车。它停放在马路正中央，但车身略微有些歪斜，车头冲着过去为慢车道的方向。引擎盖开着，行李箱也是，四扇车门也全都敞开。车没生锈，也没被烧毁。它很可能停在这里还没有多长时间。帕克斯让其他人保持距离，自己则绕着车检查。乍一眼看上去车是空的，可在他转到驾驶座时，瞥见后座依稀像是人的什么东西。接下来他将枪握在手里，微扣扳机，做好了有任何动静就马上开枪的准备。

什么都没动。这黑乎乎缩成一团的形状曾属于智人物种，而现在基本上已无法辨认。从他的夹克、他的脸——大部分是完整的——可以看出来这是个男人。他上半身剩下的肉已经被吃掉了，头部完整，但因为喉咙处被咬得像基本不剩什么果肉的苹果核一样，所以头部与身体分离开来。在这处已风干的旧伤口深处，成块的骨头或软骨显露出来。

车里没有其他人。后备厢里除一双破旧的鞋和一卷绳子外，也没别的东西。但有很多东西散落在周围的路面上——袋子、箱子、一个帆布背包以及看上去像是游戏机或是音响系统一部分的东西。

这辆车如同博物馆里的一副透视画般，讲述着自己的故事。一群志同道合的人一起坐车去⋯⋯某个地方，北边的某个地方。突然车开始嘎嘎或者砰砰作响，要不然就是直接停了下来。有个人下车查看，打开引擎盖，宣布车子已报废（DOA）。所以他们开始从后备厢中取出自己的东西。这些笨蛋分不清轻重缓急，但做出这种本能反应也无可指责。

他们被中途打断。大部分人扔下东西，跑向群山那边。其中有个人跳回车里，他的这个行为可能拯救了其他人，因为看上去享用他身体的僵尸远不止一只。

"你试过钥匙了吗？"贾斯蒂诺小姐问。自己还没示意"安全"，就看见她径直走向这辆车，对此帕克斯火冒三丈。但这个女人不傻，回过头想，他意识到自己在绕着这辆车转时，身体语言发生了变化——起初是完全戒备状态，最后虽然还是小心谨慎，却变得像一切正常时那样放松了些。她只是对他这种变化的反应比其他人都要快。

"你来。"他提议道。

贾斯蒂诺小姐弯身进到车里，看到另一个乘客时瞬间僵住。但是如果说她看到这个情景有所退缩，那也只是一秒钟的时间。她伸手向前，拿住钥匙转动时，帕克斯没有听到咔嗒声。发动机也没有声响。他并没有特别期待能听到。

帕克斯正扭头看向路的两边。他们的右边是矮树丛和灌木丛，左边是一段木头围板。这辆车的其他乘客明显很有可能跑向了那条路，通往灌木丛的那条。虽然不知道他们跑了多远，但他们没有回来拿他们的东西，也没有埋葬死者的尸体。帕克斯修正了自己先前认为后座乘客的牺牲挽救了其他人的看法。应该没有人幸免于难。

其他人走上前来，与他们两个会合。加拉格尔最后才过来，因为他在等帕克斯的信号。帕克斯让他们检查袋子和箱子，但里面大部分都是只对它们的前主人有意义的珍贵信物之类的东西。连件衣服都没有，只有书、光盘、信和装饰品。仅有的几种食物也都容易腐烂——实际已经腐烂了：几个皱巴巴的苹果、一块发霉的面包、一瓶威士忌——在外面的袋子掉到柏油路面上时就碎了。

贾斯蒂诺小姐打开那个帆布背包。"我的天啊！"她咕哝道。她一只手伸进去，拿了些里面的东西出来。钱，一捆捆面值为50英镑的崭新现金卷在纸套筒里。这些钱毫无用处。世界崩溃已20多年，有人还坚持认为过去的日子还会回来——会有那么一天，钱会重新恢复它的意义。

"希望打败了经验。"帕克斯评论道。

"怀旧。"考德威尔博士斩钉截铁地说，"心理上的舒适取代了逻辑上的反对。每个人都需要一个'安全毯'①。"

只有白痴才会需要，帕克斯想。在他看来，自己更倾向于不用那么抽象的术语来看待安全感这个东西。

加拉格尔看看这个又看看那个，不确定是怎么回事。他年龄太小，所以不记得钱。贾斯蒂诺小姐开始向他解释，随后便摇着头放弃了。"我为什么要毁掉你的天真？"她说。

"1英镑曾经等于100便士（pence）。"那个僵尸孩子说，"但这是在1971年2月15号之后了。在那之前，1英镑等于240便士，但他们不说'pence'，他们说'pennies'②。"

贾斯蒂诺小姐笑了。"很好，梅勒妮。"她撕开一个套筒，将钞票成扇形散开扔向空中，"天上掉钱了。"这些钱在热风中飘散而去。那个僵尸孩子笑了，仿佛这漫天的废纸是一场烟花表演。她眯起眼睛对着太阳，目送它们飞远。

---

① 儿童在成长时期会对某一事物或地方产生强烈的依赖感和归属感，这种事物或地方便可称为"安全毯"。——译者注

② 英语中"pence"和"pennies"都是"penny"的复数形式，现在两者的区别为"pence"通常用来指价值，而"pennies"则一般指硬币数。——译者注

32

考德威尔认为他们走了很远。

然而她并不清楚究竟多远，因为她的时间观念因两个外部因素的影响而略微有些偏差。第一个是从昨天晚上起，她的体温就一直在升高。第二个是在行进过程中，她任由自己脱水，加重了第一个因素的影响。

她躲到边上去查看自己的病情，倒不是因为她的科学家职业决定着她做的每一件事，而是因为这样似乎真的更有帮助。她可以感知自己极度疲乏的四肢，鉴定因柏油路上小幅度但不断重复的颠簸——依然在继续，没有停歇——而引起的头痛，因为这些纯粹都是生理上的反应，对她的大脑活动没有任何影响。

而此刻，她的大脑正在结合新的证据将以前的问题思考了一遍又一遍。

她读过很多关于僵尸吃人的详细描述，但从未亲身观察过（与那些实验对象在人工控制条件下的进食相比完全是另外一回事）。她发现有一点异乎寻常：咬食车里人的那些僵尸一直吃到他的身体无法存活为止——直到他的上半身几乎被咬空，头部也快脱离身体。

这有悖于常理。考德威尔原本以为这种僵尸病原体会表现出更好的适应性。她本以为僵尸真菌会更熟练地操控寄主下丘脑的细胞，在咬下几口后抑制其饥饿冲动，以便为刚被感染者留下更大的存活机会。显然这种方式效率才更高，因为一个存活下来的新寄主自己会变成一个新的带菌生物，从而增加在一个既定生态环境中病原体快速繁殖的机会。

可能这是成熟过程十分缓慢带来的一个负面影响：僵尸真菌菌

株从未发展到最后的有性繁殖阶段，而是在血液或唾液等有利环境中通过低级的无性出芽来繁殖。从逻辑上来说，你可以想到这样会阻碍有利突变的传播。

下一轮解剖要将这一点考虑进去。检查下丘脑细胞需更仔细。寻找真菌菌丝体侵入的不同程度。

距斯蒂文尼奇还有一英里时——已经近得可以看见房顶和一座教堂的蓝色石板尖顶，帕克斯命令停下。他转身告诉他们接下来要怎么做，指着天空这个无可指责的证人："还有不到两个小时太阳就要下山了。那些容克可能还在找我们，但不管怎样，我们都需要一个地方安身来度过今晚，就是这样。加拉格尔和我会先进去探路，需要走多远就走多远。稍后我们会回来接你们。行吗？"

很明显不行。考德威尔从贾斯蒂诺小姐的脸上看出贾也觉得不行，但她要自己说明，因为她觉得自己说得会更简洁、更清楚。

"这么做行不通。"她对帕克斯说。

"照我说的做就行得通。"

考德威尔做出窝成杯状的手势，好像要举着他的话来做检查似的。她的指尖刺痛难忍。"这也就是为什么行不通的原因。"她说，"因为你将我们完全视为平民，你和加拉格尔列兵则是我们的军事护卫。在你们试图承担下所有风险时，其实正在增加大家的风险。"

帕克斯一脸冷酷。"评估风险是我职责的一部分。"他对她说。

她正要向他解释为什么他的评估有缺陷，但海伦·贾斯蒂诺小姐却突然插进来，抢了她的话："她说得对，中士。我们要进入的是一片建成区，碰到处于各个感染阶段的僵尸比预计的要多很多。这是片危险之地——只有进去之后，我们才能知道到底有多危险。所以你怎么就觉得自己能够进进出出来回三次呢？你们得先进去侦查，然后回来接我们，之后再进去。而且要是你们走后那些容克又出现了，我们将面临什么？在户外我们连一秒都坚持不住。如果我们跟你们一起进去应该会好一些。"

帕克斯沉思良久。但考德威尔对他十分了解，所以对他的回答信心十足。他不是那种仅仅因为别人想到了什么而自己没有想到就一味拒绝的人。她和贾斯蒂诺小姐是对的，事实就是这样。

"好吧。"他最后说，"但是你们两个完全没有经验，所以最好认认真真听我指挥。想想看，"他扫了一眼对面的列兵说，"你去希钦（Hitchin）执行过任务吗，加拉格尔？"

列兵摇摇头。

帕克斯像一个将要弯腰去抬重物的人似的吐了口气："好。公路规则仍然适用——尤其是不要说话这条，但这次会有所不同。我们差不多一定会看到僵尸，也会在它们的视线之中。你们不会想去触发它们。平稳缓慢地移动。不要直视它们。不要制造任何大声或突然的动静。尽自己所能融入周围的环境中，能走多远是多远。如果有疑问，看向我，我会给你提示。"

话一说完，他就往前走了。不多说一句话，也不多花一秒钟。考德威尔赞赏他这一点。

20分钟后，他们来到第一片建筑区。还没人看到任何一只僵尸，不过现在还早。帕克斯低声下达命令，他们全都停住。这四个未被感染的人类又为自己涂了遍电子隔离层。

他们聚成紧凑的一堆，迎头走进市中心，这样就没有人会呈现出一个清晰可见的人形。这是些住宅区街道，曾经是高档社区，现在却被一个月左右紧张混乱的掠夺和城市战以及之后20年的荒废而毁坏了一半。公园变成了小型的丛林，已经越过边界占领了街道的部分空间。及踝高的野草冲破阻碍，在掀起的石板之间挺拔向上生长。成熟的黑莓灌木丛吐出拳头般粗的茎秆，像是地下怪物的胡须。但由于人行道下面的土壤浅薄，因而它们无法积聚力量一次性将房屋推倒。这当中有一种岌岌可危的力量的均衡。

帕克斯已经告诉他们他在找什么。不是像这种街道上四周都有邻居的房子，这样太难防卫。他想要的是自占地的独立式建筑，至少从楼上的窗户可以获得开阔的视野，理想的话，最好所有的门都完好无损。然而他也有切合实际的期望，如果不用太深入市中心，只要房子大致可以，他也能接受。

但他没有看上这里的，所以便继续前进。

他们专注而安静地走了五分钟后，来到了连接几条街道的一条更宽阔的道路上。这里有一条购物拱廊。路面上的碎玻璃踩上去嘎吱作响，所有店面都被已逝时代的掠夺者们破门而入，洗劫一空。地上的空锡罐已经锈成如贝壳般小巧的薄片，微风吹来时滚来滚去，吱啦作响。

还有僵尸。

大概有十几只的样子，四处分散着。

这一队活人看见它们时立刻定住了，只有帕克斯记得逐渐放慢脚步，而不是直接从移动切换到静止。

考德威尔被深深地吸引住了。她慢慢地转动头部依次观察每一只僵尸。

它们感染的时间有长有短。时间长的通过它们腐烂的衣服和极度消瘦的身体很容易就能辨认出来。僵尸自己进食时，同时也在喂养身体里的病原体。然而如果没有找到猎物，僵尸真菌会直接从寄主的身体中吸取营养。

再仔细看，她还发现了感染时间较长的那些僵尸身上的斑斑点点。灰丝已经穿透它们皱巴巴的皮肤，一条条细丝像动脉一样来回交叉织成网。它们的眼白也是灰色的。当僵尸张开嘴时，你还能看见它们舌头上的灰色绒毛。

感染时间较短的僵尸穿着相对而言整洁些——或者说至少它们衣服的腐蚀时间较短,而且还有基本的人貌。但矛盾的是,这反而令它们看上去更惨不忍睹,因为它们最初被感染时的伤口和撕裂之处清晰可见。再看感染时间较长的僵尸,全身皮肤和衣服的褪色、风化以及灰色菌丝体的覆盖软化并修饰了伤口,这使它们看上去平添了些许质感。

这些僵尸处于它们的静止模式中,所以考德威尔才侥幸得以不慌不忙地观察。它们沿这条路随机分散在各个点,或站或坐或跪,一动不动,眼睛什么也没在看,两条胳膊大多耷拉在身体两侧或者——如果是坐着的话——交叉放在大腿上。

它们看上去像是在为画像摆姿势,或是陷入了深刻的自省之中,所以忘了自己要做什么,不像是在等待,不像会因为一个不和谐的声音或动作就醒来,突然爆发,迅速移动。

帕克斯抬起一只手,缓慢地挥动胳膊向队伍示意。这个动作既下达了指令,又提醒大家注意保持这种不慌不忙的节奏。中士打头,手持步枪,随时准备射击,但枪口指向地面。他的目光大部分时间也停留在地面上。他迅速瞥几眼以扫视视野范围内的情况,两只眼睛是他全身唯一与其不紧不慢、摇摇晃晃的步调不相称的部位。考德威尔这时才想起一个假设——僵尸保留了所有婴儿天生就具备的基本模式识别能力,也就是说它们有能力辨别人脸,对应的反应是,在不知不觉中转换到一个略微增强的唤醒和觉察模式。她的研究既未能证实也没能驳倒这一假设,但是她已经准备相信,除腐烂最为严重的僵尸外,该假设可能适用于所有僵尸。

因此当他们慢吞吞地走在这条大街上时,都躲避着僵尸的眼睛。他们看向对方、破洞的橱窗、前面的路,或者天空,使这些恐怖的静物身影徘徊在他们的视觉范围内。

除了这个实验对象。梅勒妮的视线似乎无法从体形比她大的同类身上移开片刻。她像被它们施了催眠魔法似的一直盯着看,因为顾不上看路,所以她在一个地方差点被绊倒。

这一踉跄引得帕克斯中士转过头来——缓慢而有节奏地——恶狠狠地瞪了她一眼。她明白他的责备和警告。而她自己点头回应时,因为过于循序渐进,所以花了十秒才完成。她想让他知道自己不会再犯这种错误了。

他们经过第一批僵尸后继续向前。房子开始变多,这次是排屋,再往前还有一排商店。他们又通过一条小巷,里面的僵尸密集得多。它们紧密地聚集在一起,安静地站着,犹如在等待游行的开始。考德威尔猜测它们因为一场猎杀而汇集起来,行动结束之后因为缺少可以触发它们移动的刺激,所以直接停留在了原地。

考德威尔边走边怀疑中士的策略是否正确。他们正深入城区腹地,现在前面、后面,甚至——可能——四面八方都是敌人。帕克斯露出不安的神情。很可能他在想同一个问题。

考德威尔正打算提议大家原路折回,在市郊一栋半独立式的房子里过夜——这是所有不合心意的选择中最理想的一个。也许他们会与僵尸为邻,但至少逃跑的路线是清楚的。

然而就在他们前面,有一座旧式的绿地公园——或者至少是其残迹。广场已然变成了丛林,但至少是个里面似乎没多少僵尸的林子。环绕这片空地的路边隔离带上有零星几只僵尸,但远没有他们所在的这条大街上多。

还有别的。列兵加拉格尔先看到了,他指向那边——缓慢而用力。在这个广场的另一边坐落着的正是中士要他们找的房子:一栋大的独立式住宅,上下两层,自占地。这是一座造型新颖的小别墅,冒充旧时某个年代的乡间住宅——却因太过时而暴露出本质。这幢别墅是房屋中的"弗兰肯斯坦（Frankenstein）的怪物"，前面是半木结构，一层的窗户上面是哥特式拱形结构，壁柱环绕前门，山墙像藤壶似的趴在屋脊上。大门的标牌上写着"温赖特（Wainwright）之家"。

"很好。"帕克斯说，"我们走。"

贾斯蒂诺小姐刚要抄近路穿过疯长的绿地，帕克斯就将一只手放在她肩上拦住了她。"还不清楚里面有什么，"他压低声音说，"有可能会惊动一只猫，或者一只鸟，然后会让周围数英里内所有的行尸走肉都看向我们这个方向。还是走大路吧。"

所以他们没有横穿绿地，而是沿杂草和茅草边缘绕行。也正因此，考德威尔看见了它。

她放慢速度，然后停下来。她忍不住，所以一直在盯着看。眼前这个东西太疯狂，太不可思议了。

有只僵尸正走在马路中央。女性——遭遇僵尸真菌病原体侵入时的生物学年龄约莫二十八九岁或者三十岁出头。这只僵尸看上去容貌保存完好，只是左脸有被咬的伤口。仅从眼睛和嘴部周围的那些灰色细丝就可以显示出她成为非人类物种已经多久。她身穿棕色裤子，一件三分袖的白色衬衣——时髦的夏季装扮，但脚上少的一只鞋破坏了整体效果。长长的金色直发里辫着一排玉米垄辫子。

她正推着一辆婴儿车。

在这两件不可思议的事情中，考德威尔首先注意到的是相对而言不怎么显眼的那件——她为什么在走？僵尸要么捕猎时奔跑，要么不捕猎时静止。没有从容地漫步这一中间状态。

紧接着才是：她为什么握着一个物体？在僵尸真菌侵入大脑并大动干戈之时，在这个人失去的众多能力中，其中之一便是使用工具的能力。这辆婴儿推车对她来说就如同广义相对论的方程式一样，没有丝毫意义。

考德威尔不能自已。她侧移了一下，想截住这只女僵尸，以便只用一只眼睛的眼角近距离小心观察。而在另一只眼睛的余光中，她注意到帕克斯举起手示意她停下。她没理会，这件事太重要，她不能眼睁睁地就这么错过。

她就站在那辆婴儿车和那个步履蹒跚、之前为女性的僵尸过来的方向。车子轻轻地撞上她，那个女人猛然停下。女僵尸的肩膀耷拉下来，头也垂下。现在它看起来终于有了僵尸的样子：灯全部熄灭，系统电源中断，等着发生什么事情能使之再度启动。

帕克斯和其他人都已呆住。他们都看着考德威尔的方向，密切注视着当前的局面，因为他们现在什么都做不了。同样地，对于考德威尔而言，现在去担心她的电子隔离层在如此近距离的情况下是否能发挥作用也为时过晚，所以她便不去担心。

她极慢地绕到婴儿车的一端。从这个角度她发现，这只僵尸的伤口比第一眼看上去要多。它的肩膀被撕裂，干枯的肉一条条地挂在那里。白衬衣的后面一点也不白——从领口到衬边都黑黑的，上面还有一层很早就染上的硬化了的血迹。

婴儿车里有一排挂在松紧绳上的鸭子，摇摇晃晃、东倒西歪、断断续续地跳着舞，还有一条黄色的大毛毯，皱巴巴的，上面落满了灰尘，下面不知道还盖着什么东西。

这只僵尸似乎丝毫没有注意到考德威尔。这很好，博士甚至动作变得更不慌不忙，更从容不迫。她伸出手去够毛毯最上面的边缘。

她用食指和拇指捏起又厚又硬的毯边，动作如冰川移动般缓慢，此时毛毯被揭开。

里面的婴儿已经死去很久。两只窝在尸体胸腔余留部分的老鼠突然跳起来，在刺耳的吱吱惊叫声中翻过考德威尔的左右肩膀。

考德威尔惊声尖叫，向后打了个趔趄。

这只僵尸的头突然抬起，左右摆动。它睁大眼睛凝视考德威尔，嘴巴大张，可以看见里面灰色的腐肉和牙齿残留的黑色。

帕克斯中士朝它的后脑勺开了一枪。它的嘴张得更大，头歪向一边，随后整个身体向前倾倒在婴儿车上，而车子则翻倒在铺满碎石的路面上。

四面八方的僵尸瞬间被激活，像测距仪似的转动着它们的头部。

"走，"帕克斯低吼道，"跟着我。"

紧接着他大喊：

"跑！"

33

在刚开始的几秒钟里他们差点没命。因为尽管听到了帕克斯的吼声，其他人还是僵在原地。

因为似乎无处可逃。僵尸正从各个方向拥来，不断地聚集靠拢，相互之间的间距逐渐缩小。

但是只有一个方向要紧。帕克斯准备从这里冲出一条血路。

三发子弹将三只僵尸放倒在它们飞速跑向这边的路上。两发射偏。帕克斯猛地推了一把贾斯蒂诺小姐，让她跑起来。加拉格尔同样推了把考德威尔博士，而那个僵尸小孩梅勒妮，则已经如离弦之箭般冲了出去。

他们跃过倒下的僵尸——它们正像蟑螂似的挣扎着想重新站起来。如果帕克斯有足够的时间，如果现在流失的一分一秒不会成为他们生命的最后时刻,他会试着射击僵尸的头部。而事实是,他全都打向了它们身体的中心,选择了最容易将它们击倒的方法。

效果不错,但贾斯蒂诺小姐却突然扑倒在地。一只已经中枪的僵尸抓到她的一只腿,正两只手交替着往她身上爬。

帕克斯站定,朝这个前人类猎食者的一只耳朵下面的凹陷处开了两枪。僵尸松了手。贾斯蒂诺小姐立即又站起来,没有回头。很好,罗得(Lot)的妻子[①]就应该有她这种专注力。

他向左右射击。只打距离最近的,也就是将要跳过来或抓过来的僵尸。加拉格尔也一样,尽管命中率糟糕得要死,但至少没有犹豫。这比拥有神枪手狄克(Deadeye Dick)[②]一样的枪法却长时间站着不动而被撂倒要强。

他们逃到了门口。帕克斯目测上面没有锁,却打不开门。明显是电动门,但过去的就已经过去了,在这个行尸走肉的"美好新世界",这就意味着此路不通。

"翻过去!"他吼道,"从上面翻过去!"

说起来容易。但要想翻过顶端有实用矛尖的齐头高装饰性铁围栏却是另一回事。他们一次又一次地尝试。帕克斯留他们去解决,自己则背对着他们继续射击。

好的一面是他现在可以火力全开,随意扫射。设置好全自动,然后向低处瞄准。先将跑在前面的僵尸击倒,使其成为障碍物,以绊倒后面的那些。

坏的一面是僵尸正越来越多地拥来。枪火的声音就如同开饭的铃声。僵尸们从各条街上的各个方向聚集到这片绿地,以极快

[①] 《圣经》中的人物,因不听警告而回头,然后变成盐柱。——译者注
[②] 美国后现代作家冯内古特的一本小说的主人公。——译者注

的速度狂奔而来。它们的数量在无限制地增加，然而他的弹药却十分有限。

突然间真的没了子弹。枪在他手中停止震动，射击的声音渐渐消失在层层叠叠的回声中。他弹出空弹匣，在一个口袋中摸索新弹匣。这个动作他做过无数遍，闭着眼睛就能完成。将新弹匣拍进去，用力快速回拉，以前唇为支点旋转，使之锁到位。将枪栓拉到底。

拉到一半卡住了。如果他清除不了障碍——很可能是第一发子弹卡在了枪膛里，这武器就相当于一堆废铁。而此时有两只僵尸从他的左右两侧逼近成三角之势。一只过去是男人，另一只过去是女人。它们离世界上最下流的"三人行"只差一步。

此时出于本能，或者说基于之前的经验教训，他后退一步，摸索出手枪，不再像挥舞棍棒似的用步枪扫射。时间紧迫，只要浪费一秒，一切都会结束。

但实际上并没有结束。

帕克斯在战斗中缩小范围。这甚至都不能算作有意识的行为，或者是他学过的一个招数，就是这么自然而然地发生了。他解决了面前的僵尸，将其他所有东西都转换成了停滞状态。

所以在那个僵尸孩子突然出现在他面前时，他才想起来还有她。她挤进他和攻击者之间的狭窄缝隙里。伴随着尖锐刺耳的作战呐喊，她挥动瘦弱的双臂朝僵尸扑打——蚍蜉撼大树般地抵抗。

这些僵尸瞬间停下，眼睛变得涣散，头也开始左右轻微摇晃，好像是在伤心或是在表示反对。它们不再看着帕克斯。它们在寻找她。

帕克斯知道僵尸之间并不相互猎杀或撕咬。除教室里的那些孩子外，他从未见过僵尸表现出像是能意识到周围其他僵尸的存在。它们在群体中各自独立，每只僵尸都在响应自己的需求。它们并非群居动物。它们是因对同样的刺激做出反应而在无意中聚集到一起的独居者。

所以他一直都认为它们根本闻不出彼此的气味。一个正常男人或女人的气味会让它们疯狂，但其他僵尸的气味则不会。同类被排除在它们的目标范围之外。而就在刚才愣住的那一秒，他意识到自己的想法是错的。僵尸彼此之间一定有一种"这里没什么，走开"的气味，与活人给出的信号完全相反。僵尸的气味会将其他僵尸引开，而活人的气味则会令它们兴奋。

这孩子掩护了他。她的化学气味将他遮盖了短短一两秒，所以在那些僵尸的牙齿咬向他的喉咙时便失去了追踪他位置的信息素。

然而大量其他僵尸正跑过来，丝毫没有减速的迹象。那个孩子刚刚阻挡的两只僵尸也再次接收到了信号，眼睛重新聚焦到目标上。

就在此时，加拉格尔的一只手抓住帕克斯的一条胳膊，将他向后拖进他们已经半推开的大门里。

他们又跑起来，离那栋房子越来越近。贾斯蒂诺小姐正用力拉着门，使其敞开。他们进到门里，那个僵尸孩子从帕克斯胯下率先挤了过去。加拉格尔又砰地将门关上，这完全是在浪费时间，因为屋子两面都是落地窗。

"楼梯！"帕克斯一边指一边喊，"上楼。"

他们开始上楼。同时随着窗户的破碎传来疯狂的教堂钟声。

帕克斯殿后，越过自己后背扔了几个手榴弹，像该死的狂欢节游行时的串珠似的。

这些手榴弹在他们身后一个接着一个地爆炸，冲击波嘶鸣着，一浪又一浪交叠着袭来。弹片飞到帕克斯的防弹衣和无防护的双腿上。

最后几步台阶在他脚下歪斜着塌陷下去，他像是踩在一条摇晃的船上，但最终还是上到了顶端。

随即他便跪倒在地，接着四肢完全伸展，喘着粗气。他们都是这样，除了那个孩子。她正回头看向身后的空中鸿沟，平静得像下午刚闲逛回来似的。楼梯都没了，都炸得粉碎，而他们则安全了。

不，其实并不安全。现在没时间来互换自己惊险逃脱的故事。他必须立刻带着他们站起来。

没错，这个地方大门紧闭，前门也未被闯入，但很可能有道开着的后门；一扇打破的窗户；一段上周或去年就倒塌了的围墙；一窝坐在这里某个房间里的僵尸，一听到他们靠近的脚步声就精神起来。

因此他们需要确保根据地是安全的。

于是他们得去搜查，确保他们周围没有敌人。

帕克斯不得不承认，这地方看上去完全未被扰乱过。然而单是数了数可以看见的门，他就知道这里一定有很多房间。在还没能确认每个房间都安全之前，他没打算放松警惕。

他们沿走廊挨个打开门检查。大多数门都打不开，帕克斯认为没什么大碍。因为不管被锁着的门后面有什么，都可以让其就待在里面。

少数可以打开的门通向的是些小卧室。里面都是医院的病床，钢架可以调整，床头还有紧急拉绳。托盘上面放着三聚氰胺材质的盖子。钢管折叠椅的酒红色座部已经褪色。配套的卫生间很小，淋浴隔间比其外面的占地面积都大。"温赖特之家"是某种私立医院，不是人们平常住的地方。

两个人一起进入这些单人病房都有强烈的幽闭恐惧症的感觉，所以帕克斯不建议大家分开。因此他们继续查看。

然而他一直都在想：那个孩子当时知道自己在做什么吗？她

有没有意识到自己只是挡在它们面前就可以让它们转变方向？

想到这些帕克斯就烦恼，因为他不确定答案是肯定或是否定的意义是什么。他一度陷入困境，是那个孩子救了他。他在脑子里反复琢磨，但不论从哪个角度去想，都没有什么结果。单单去想这件事就令他生气。

他们沿主走廊右拐，接着又左拐，最后终于找到了符合他们需求的一间大休息室。几把直背椅靠墙排列。墙上装饰着廉价的带框版画，上面画的是不知名的英国田园风光，干草车占据了大幅画面。帕克斯对干草车不感兴趣，而且在他看来，这个房间的门有点多，但他十分确定这是目前为止他们所能找到的最好的了。

"我们就睡这儿。"他对平民们说，"但首先我们需要检查一下这层的其他房间，确保不会出现什么意外'惊喜'。"

通常情况下，第二个"我们"是指他自己和加拉格尔，但因为越快检查完越好，所以他决定将贾斯蒂诺小姐也带上。"你说过你想帮忙，"他提醒她，"帮忙检查吧。"

贾斯蒂诺小姐有所迟疑——她毫不掩饰地盯着考德威尔，所以不难看出她在想什么。她放心不下留考德威尔单独和那个孩子共处一室。但考德威尔在战斗和逃跑中比任何人伤得都重，在其他人已经恢复元气很久之后，她还是脸色苍白，汗流不止，喘息急促。

"我们就去五分钟。"帕克斯说，"你觉得五分钟的时间在她身上能发生什么？"他对自己的声音感到意外，话音中隐藏着愤怒和紧张。贾斯蒂诺小姐睁大眼睛看向他，加拉格尔可能也快速地瞟了他一眼。

于是他为自己辩解道："如果只有我们三个人，更容易相互保持在彼此的视线之内。那个孩子没用，因为她不知道要找什么。我们出去，然后回来，她们俩待在这儿，这样我们知道去哪儿找她们。

好吗?"

"好。"贾斯蒂诺小姐说,但她还是死死地盯着他,好像脑子里在想:另一只鞋在哪里,如果这只鞋掉下来可能会砸到谁。

她跪下来,一只手搭在梅勒妮肩上。"我们去快速查看下环境,"她说,"很快就会回来。"

"小心。"梅勒妮说。

贾斯蒂诺小姐点头。

好。

34

单独与考德威尔博士同处一室,梅勒妮做的第一件事就是远离她,走到房间的另一头,然后背靠着墙。她胆战心惊而又小心谨慎地注视着考德威尔博士的一举一动,随时准备从打开的门那里冲出去找贾斯蒂诺小姐。

然而考德威尔博士却瘫坐在一把椅子里,因为筋疲力尽或者正沉浸在自己的思考中,根本没去注意梅勒妮,甚至都没看她一眼。

换作其他任何时候,梅勒妮都会四处探索。一整天她不断地见到新奇的事物,但帕克斯将大家的步调安排得紧凑平稳,所以她一直都没能有时间停下来观察所经道路两侧的任何奇景:树木湖泊,格栅围栏,她从课堂上得知名称之地的路标,广告牌——上面贴着的海报几乎已经面目全非,变成了颜色抽象的马赛克,还有活生生的动物——和空中飞翔的小鸟、大鼠和小鼠以及路边野草中窜动的刺猬。太大的一个世界,梅勒妮没办法一下子尽收眼底。太新奇的一个世界,她都还不知道什么叫作什么。

而现在她在这里，在这幢与基地截然不同的房子里。一定可以发现很多东西。仅这一间屋子就布满了大大小小的各种神秘之物。为什么这间屋子这么大但是椅子只靠墙摆放？为什么挨着门的那面墙上有个钢丝托架，里面有个塑料瓶，还标着"交叉感染会导致死亡"？为什么一张桌子上会有张褪了色的图片（野马在原野上奔驰），而且还是在被撕成无数边角呈波浪状的碎片后，又重新粘贴到一起的？

然而此时此刻，梅勒妮只想去一个安静的地方独自待着，这样她就可以思考刚刚所发生的恐怖事情，思考她刚刚才发现的一个秘密。

除他们刚才进来时通过的那道门，这个房间里还有另外两道门。梅勒妮走向最近的那个，同时始终用眼角的余光注意着考德威尔博士（还是没有动弹）。她发现了另一个房间，空间很小，主色调为白色。里面有白色的橱柜，白色的架子，墙上贴着黑白相间的瓷砖。其中一个橱柜镶嵌着一面玻璃，顶部有很多刻盘和开关，闻起来有股陈年油脂的味道。梅勒妮刚好可以猜到这样的橱柜是炉灶。她看见过书里的图片。这一定是间厨房之类的屋子——一个可以制作美食的地方。但这里空间太小了，没有什么地方可以藏身。要是考德威尔博士跟随她进来，她肯定会被困住。

她又走出来。考德威尔博士还是没动，所以她躲避着径直从博士身边走过，来到另一道门前。第二个房间与那个厨房大不相同，屋子里的墙面刷着鲜艳的颜色，还贴有海报，一张写着"英国树篱动物"，另一张上面的字则以字母表中的每个字母为首字母——苹果（Apple），船（Boat），挖掘机（Digger），大象（Elephant）。这些图片看上去明朗而简单。这条船和这台挖掘机前面似乎还都画着笑脸，可梅勒妮几乎可以确定这只是自己的想象。

里面还有椅子，但比较小，没有整齐地靠墙排好，而是几把几把地摆得满屋子都是。

玩具随意散落在地上，好像才刚放下没多久一样。一身连衣裙的女孩娃娃和身着军装的士兵娃娃。小汽车和卡车。堆成小汽车或房子或人的塑料积木。几乎褪成灰色的毛绒玩具。

还有书。有很多被扔在椅子上，桌子上和地面上。另有数百本放在门口一侧的大书橱上。梅勒妮此时没心情捡起来读，因为那个秘密沉甸甸地压在她心中。不管怎样，就算她想，她的双手也被手铐铐在背后，而她的双脚虽然光着，但完全不足以灵活地翻动书页，所以她只能浏览标题。

《好饿好饿的毛毛虫》（*The Very Hungry Caterpillar*）

《穿袜子的狐狸》（*Fox in Socks*）

《瞧！》（*Peepo!*）

《警察和强盗》（*The Cops and the Robbers*）

《遇上袋鼠怎么办？》（*What Do You Do With a Kangaroo?*）

《野兽家园》（*Where the Wild Things Are*）

《有个海盗母亲的男人》（*The Man Whose Mother Was a Pirate*）

《递一下果酱，吉姆》（*Pass the Jam, Jim*）

这些书名本身就像故事。有些书已经散开或者被撕毁，书页撒落在地上。如果自己不是心情纷乱复杂，看到这样的情境她一定会感到悲伤。

她不是个小女孩。她是只僵尸。

这太疯狂、太可怕了，她简直无法相信是真的。然而现在事实赤裸裸地摆在眼前，她不能视而不见。在基地时，那只僵尸本可以吃掉她，却转身走开……这也许可以说明任何问题，也可能什么都说明不了。可能是因为它闻到了塞尔科克博士的血，所以注意力被转移,或者是因为它在寻找体形更大的人来吃,又或者是她头上的蓝色消毒凝胶掩盖了自己的气味,就像化学喷雾总是会掩盖那些大人们的气味一样。

但是就在刚才,在外面,她不愿再像只惊恐的小猫一样躲在他们身后,而是想和中士一样战斗,所以便挺身而出,挡在帕克斯中士前面——一时冲动,不假思索,然而僵尸似乎都没有看到她。可以确定的是,它们对她不像对其他人那般饥渴,仿佛她是隐形的一般,仿佛她的周围有一个纯净无形的泡泡。

然而这还不是最有力的证据。这是将她推向大证据的小证据,那个大证据太过明显,所以她不明白自己为什么没有马上发现。证据便是词语本身。这个称呼——僵尸。

那些僵尸是以一种感受命名的,就是她在牢房中闻到贾斯蒂诺小姐或者地堡外闻到容克气味时充斥的那种感受。僵尸们循着你的气味而来,然后便展开追逐吃掉你。它们控制不了自己。

梅勒妮十分清楚这种感觉。这就意味着她也是只怪物。

现在她可以理解,为什么考德威尔博士对于将自己在手术台上大卸八块,然后一块块地放进罐子里这件事并没有认为有什么不妥了。

她身后的门被打开,几乎没有发出任何声音。

她转身看见考德威尔博士站在门口,低头看着她。博士脸上的表情复杂,令人困惑。梅勒妮畏缩着后退。

"不管相关因素是什么,"考德威尔博士声音低沉,语速很快,"你是它们当中的尤物。你知道吗?你拥有天才的头脑,脑子里生长的那些灰色东西对你完全没有影响。僵尸真菌本该侵蚀你的皮质,吃到你只剩运动神经和随机留下的意外东西。但看看你现在。"她向前一步,梅勒妮则相应地向后退了一步。

"我不会伤害你的，"考德威尔博士说，"在这里我也什么都做不了。没有实验室，没有显微镜。我只是想看一下总体结构：你的舌根，你的泪腺，你的食道。看一下感染发展到什么程度了，这很重要。这些是可以先凑合着去做的事情。其他事情暂时放一放。但你是个至关重要的标本，我不能就这么——"考德威尔博士将手伸过来时，梅勒妮从她的臂下钻出，冲向门口。考德威尔博士立即转身，一个弓步上前。她的指尖滑过梅勒妮的一边肩膀，但手上缠着的绷带使她变得笨拙，所以没能抓住。

梅勒妮跑得好像后面有个老虎在追自己似的。

她听到考德威尔博士在后面愤怒地喘着气说："该死！梅勒妮！"

梅勒妮跑进椅子靠墙排列的那个大房间。她甚至不知道考德威尔博士是不是还在后面追，因为她不敢回头看。想到那间实验室、那张手术台和那把长柄刀，她就喉咙发苦。

慌乱中她跑进了自己看见的第一道门，她甚至都不确定这是不是对的门。不是，这是厨房那间屋子，她被困住了。她从口套里面发出一种声音，一种动物的尖叫声。

她又跑回外面那间大屋子。考德威尔博士在另一边。通向走廊的那道门就在她们中间。

"别犯傻了，"考德威尔博士说，"我不会伤害你的。我只是想检查一下。"

梅勒妮开始向她走去，低着头，一副温顺的样子。

"这才对嘛。"考德威尔博士哄着梅勒妮，"来这边。"

当梅勒妮走到正对着通向外面走廊的那道门的位置时，她冲了出去。

因为不知道要去哪里，所以怎么拐弯都无所谓，但不管怎样她都记得住。向左，向左，向右，她不自觉地就能记住。这与帕克斯中士带她到考德威尔博士的实验室时，促使她记住返回地堡路线的本能是一样的。"家"不停地在变换，但她需要知道回去的路。这种需求在她心里根深蒂固，无法去除。

一段段走廊看上去都差不多，而且都没有可以躲藏的地方——至少对于没办法用手的人是如此。她跑过一道又一道的门，这些门全都紧闭着。

她最后在一面壁龛里蹲了下来——走廊稍微凸出的地方形成了一定角度，构成了一个正好能容纳她的壁垒。这可能只会骗过不是真正在找她的人，因为任何一个人经过时，只要一扭头就能看见她。如果被考德威尔博士发现她，她会接着跑。如果被其抓住，她会大声把贾斯蒂诺小姐喊来。这就是她的计划——她能想到的最好的计划。

她竖起耳朵去听远处的脚步声。听到有歌声从相距很近的地方传来时，她像兔子似的跳了出来。

"现在该抓我了……我的孩子们……"

声音嘶哑得几乎都不算出声。气息好像是在一只破旧风箱的鼓动下，穿过墙体的裂缝传了出来。这听起来像是之前某个死在这里的人留下的一首歌，而现在又回到了空气当中。

而且只有这几个字。在这之前和之后都寂静无比。

大约过了一分钟。梅勒妮哆哆嗦嗦地小声数着时间。

"然后抓住他们……快……"

这次她没跳起来，却咬着嘴唇。她无法想象是什么样的嘴能发出那样的声音。她听说过鬼魂——贾斯蒂诺小姐有次为全班讲过一些鬼故事，但每当快讲到死亡这个忌讳的话题时，女士就停下来不讲了。所以她怀疑这是不是死在这里的某个人的鬼魂，唱着自己生前唱过的歌。

"请他们快点……不然我就要……死去……"

她必须弄清楚。就算是鬼,也不比什么都不知道恐怖。她循着声音从壁龛里出来,在走廊里拐了个弯。

如血的红色光线从一扇开着的门漏出来,她因此害怕了片刻。但一走进去,她发现那只是从一扇开着的窗户中照进的落日余晖。

只是!这样的景象她只见过一次,而这次的更美。天空像是着了火,从地面向上燃烧,火焰变换着各种颜色,从橘黄色到紫罗兰再到穹顶的蓝色,逐渐冷却下来。

她痴迷地看了至少10秒或20秒,甚至没有意识到有人来了。

35

卡洛琳·考德威尔也随着这个奇怪的声音过来了。她当然清楚唱歌的不是她的1号实验对象,但同时她也确定唱歌的人并不具有威胁性,直到她看到他时才发现并非如此。

坐在床上的那个男人看上去就像一个冷笑话的笑点。他穿着敞开的病号服,裸露出衣服下面的身体。老旧的伤痕在他的身体上纵横交错。肩膀、胳膊和脸上的深槽显示出他被咬的地方。然而似乎不仅仅是被咬这么简单——他成了盘中餐,身上的肉被一块一块地撕咬吃掉,胸部和腹部布满了抓痕和裂痕。那些吃掉他部分身体的僵尸正是抓到并握住了他的这些部位。右手中间的两个指头从第二个关节那里被咬掉了——考德威尔猜测这是一处防卫伤,可能是由于他试图将一只僵尸推开,对方朝他手上咬了下去而造成的。

讽刺之处在于他肘部的绷带。这个人因为滑囊炎之类的小病来到"温赖特之家"——同很多人一样,在治疗期间出现了"并发症"。

这里的并发症是指那些僵尸啃食了他的身体，将他变成了它们当中的一员。

他还在唱，似乎没有意识到站在他面前的梅勒妮以及在门口的考德威尔。

"乌鸦……啼叫……当她坐下来……吃饭……"

在考德威尔看来，这句十分贴切，她自己一时间也陶醉其中。但他并没有回应，只是唱着四行诗的最后一句。她大概知道这首歌，名字叫作《合骑两匹马的那个女人》(*The Woman Who Rode Double*)。这是一首旧民谣，与大部分民谣一样沉闷又冗长——她觉得僵尸正适合唱这种歌。

然而僵尸不唱歌，从不。

另一件它们不做的事情就是看图片，但这只却在看。他唱的时候手持一个放在大腿上的钱包，嵌有可放信用卡活页的那种。但这里面装的不是卡，而是些照片。这只僵尸正试图用右手仅剩的手指中的一根翻着看。

他的动作断断续续，坐着不动的时间间歇非常长。每当没能翻到下一张图片时，他就会再唱一句。

"那个老妇人……知道……他说了什么……"

考德威尔无意中撞上了梅勒妮的目光。她们所交换的眼神中没有那种见到亲人的感觉，最多只是在这么一件难以置信、不可思议的事情面前，两人都还算头脑理智、思路清晰——除非这也可以算作双方是亲人的标志。

考德威尔踏进房间，绕着这个被感染的人缓慢而小心地移动。现在她看见他身上的伤疤已经存在很长时间了，伤口流出的血大部分都已风干剥落，每处伤口边缘都如同镶有灰色细丝刺绣一般，显然僵尸真菌已经在他体内安家。他的嘴唇上和眼角处也有灰色的绒毛。

她客观地分析他可能自感染后就一直待在这个房间里,待在这张床上。这样的话,他胳膊上的一些咬伤就很可能是自残导致的。僵尸真菌主要需要蛋白质,尽管所需无几,但完全不摄入也无法存活。自噬是寄生物的一种典型实用策略,对这些食客而言,寄主的身体只是一个暂时性的载体。

考德威尔完全被吸引住了。但经过外面那场恶战,她也意识到小心的必要性。于是她退回到门口,并招手示意那个女孩——她的实验对象——到她这边来。梅勒妮待在原地不动。她将考德威尔视作更大的威胁。事实上,她猜得很对。

但考德威尔已经不耐烦了。

她掏出帕克斯中士给她的枪——在此之前一直躺在她实验服的口袋里,用大拇指掰下保险,双手举起指向梅勒妮,对准她的头。

梅勒妮僵住了。她看到过手枪在极近距离内射击的威力。她盯着枪管,因它的距离之近和致命性而恍惚眩晕。

考德威尔再次示意,这次还甩了下头。

"她……听到……乌鸦的故事时……脸色苍白……"

梅勒妮迟迟无法下决定,最后还是穿过屋子去到考德威尔身边。考德威尔一只手松开枪,放在梅勒妮的肩上,将她推出门口。

考德威尔又回到男性僵尸那里。

"我放纵自己所犯下的所有罪恶,"她唱道,"现在必定受到审判。"

那只僵尸打了个激灵,一阵抽搐快速地扫过全身。考德威尔连忙后退,转过枪指向那个东西的胸膛中心。这么近的射程,她不可能会射偏。

但这只僵尸并没有冲上来。他只是来回摆动着头,似乎是想找到声音的来源。

"所以……"他用小得几乎听不见的声音说,"所以。所以。所以。"

"放过他,"梅勒妮愤怒地低声说道,"他并没有伤害你。"

"但我保护了我孩子们的灵魂,"考德威尔哼唱道,"所以祈祷吧,我的孩子们,为我祈祷。"

"所以,"那只僵尸声音低沉而沙哑,"所以……"

"让开。"帕克斯中士说。他的手放在考德威尔的肩上,一把将她推开。

"……菲……"这只僵尸说道。

帕克斯开了一枪。一个干净利落的黑圈出现在僵尸前额的正中间,像是印度人前额上的社会等级标志。他向侧面滑下,从床上滚落下来。黑红灰三种颜色的陈旧污迹表明他在这个地方坐了很久。

"为什么?"考德威尔不禁叫道。她转身面对中士,双臂摊开:"为什么你总是,总是打它们该死的头部?"

帕克斯面无表情地回瞪着她。片刻之后,他用左手抓住她的右手向下按,使枪口指向地面。

"如果你想拿着枪说明什么,"他说,"你得保证保险是关着的。"

36

鉴于刚开始的险境环生,他们路途中的这第二夜比第一夜要好很多——至少在海伦·贾斯蒂诺小姐看来是这样的。

首先,他们这次有东西吃了。更幸运的是,他们还有可以做饭的东西。因为那间小厨房里的炉灶要用煤气罐供气,虽然已经连上的那只罐子是空的,但角落里还有两只是满的,而且还都完好无损。

他们三个——贾斯蒂诺小姐,帕克斯和加拉格尔——借着手电筒的光和从外面照进来、近乎圆满的月亮的月光在厨房橱柜里的罐装食品宝库中翻找，对现存的东西时而惊奇时而嫌弃地大叫。贾斯蒂诺小姐还去检查保质期，实际却是徒劳，因为这些食物一定至少已过期十年，但帕克斯坚持说不要紧。或者说根据平均定律，至少有些还能吃。如果罐子里面的东西已经氧化，打开时会有一股恶臭味，所以他们就一直碰运气，等待幸运的降临。

贾斯蒂诺小姐权衡了下闻臭味的风险和最后只能吃3号蛋白质和碳水化合物混合物的命运，便拿起她在一个抽屉里找到的开罐器开始开罐头。

确实有一些可怕的遭遇，但帕克斯说得没错。大概在开了三四十罐之后，他们终于凑齐了一顿饭——带汁的牛肉、小土豆以及豌豆糊。帕克斯在一个火柴盒上擦出火星，点燃了炉灶——对天发誓真的是火柴盒，几百年前的东西了，像是他手一挥从口袋里变出来的。加拉格尔负责做饭。贾斯蒂诺小姐则在擦拭盘子和餐具上的灰尘，然后用一个水壶里的水一滴一滴地清洗干净。

梅勒妮和考德威尔博士完全没有参与。考德威尔坐在休息室的一把椅子上费力地将手上的绷带解开，整理，缠上。她神情极度紧张，别人跟她说话她也不回答。你几乎就要相信她是在生闷气，但在贾斯蒂诺小姐看来，他们所看见的只是表象。这个博士并没有陷入自己的世界里。

梅勒妮一直待在休息室隔壁的屋子里。这里显然是作为访客或病友的大人们来探望时，小孩子们玩耍的地方。自从他们来到这里以后，她一直沉默寡言，所以很难从她嘴里听到什么话。帕克斯坚决不同意打开她双手的镣铐，但她至少还可以看看四面墙上的海报，还有一个鲜红色的装豆子的布袋的残余部分可以坐。她的脚踝被一条短的限动链拴在一组暖气片上，所以她可以在半径为七英尺的范围内自由移动。

食物做好后,贾斯蒂诺小姐给她送来些。她正坐在装豆子的布袋上,两腿交叉,一双淡蓝色的眼睛出神地凝视着墙上的一幅海报,上面画有田鼠、鼯鼱、獾和其他英国野生动物。贾斯蒂诺小姐注意到她头顶上有一撮浅黄色的绒毛。这是她的头发开始重新长回来的第一个征兆。贾斯蒂诺小姐不由得想到了一只新孵化出的小鸡。

梅勒妮吃饭的时候贾斯蒂诺小姐就坐在一旁。按照考德威尔的话,僵尸只能代谢蛋白质,所以贾斯蒂诺小姐洗去了几块牛肉上带着的肉汁,将肉放进一个碗里。

肉是烫的,梅勒妮有一点被惊到。贾斯蒂诺小姐每次都得吹一吹,然后再用叉子的末端——伸进口套的钢格栅里——喂她一口。梅勒妮似乎并没有很感动,只是很礼貌地表示感谢。

"漫长的一天。"贾斯蒂诺小姐说。

梅勒妮点点头,没说话。

晚饭已经解决了,贾斯蒂诺小姐接着给梅勒妮看自己找到的其他东西:有几个房间的衣柜或抽屉里有些衣服。其中的一间一定住过一个女孩——可能比梅勒妮稍小,但身材差不多。

梅勒妮盯着贾斯蒂诺小姐拿出来的衣服,没有回应。尽管她还是情绪低落,不想说话,但显然已被这些衣服吸引住了:一条后面口袋绣着一只独角兽的粉色牛仔裤;一件印有"为舞而生"格言的浅蓝色T恤;一件飞行员夹克,也是粉色的,肩部有很多很多口袋,还有扣上纽扣的袋盖;白色的短裤和彩虹条纹的袜子;鞋带镶钻的运动鞋。

"喜欢吗?"贾斯蒂诺小姐问。梅勒妮还是没说话,但她的目光却在这些陌生的物品之间移来移去,像是在研究,或者是在做比较。

"嗯,"她说,"我喜欢。但是……"她支支吾吾的。

"什么?"

"我不知道该怎么穿。"

当然了。梅勒妮从来没穿过带扣子或拉链的衣服,而且她现在还脚拴链条、手戴镣铐。"我会帮你穿。"贾斯蒂诺小姐答应道,"天亮之前我们什么都做不了,但在重新出发之前,我会让帕克斯中士给你松绑几分钟。我们会脱下这件发霉的旧毛衣,换上这些漂亮的衣服。""谢谢,贾斯蒂诺小姐。"小女孩一脸郑重地说,"我们还需要另一个士兵在场。"

听到这句话时,贾斯蒂诺小姐有些吃惊。"你换衣服时他们不需要盯着。"她说,"我觉得我们可以让他们在隔壁屋子等着,你说是不是?"

梅勒妮摇了摇头:"不行。"

"不行?"

"一个给我松绑,另一个用枪指着我,就得需要这么多人。"

37

她们又聊了一会儿一路上所发生的事情,用谨慎微妙的措辞将这些暴力冲突包裹起来,使其听上去不那么可怕。梅勒妮在不知不觉中发现这样很有趣——你可以用语言来掩饰东西,或者不去触碰它们,或者假装它们是别的什么东西。她希望自己也可以这样面对自己的那个大秘密。

贾斯蒂诺小姐似乎认为一定是那些僵尸的死令梅勒妮感到难过,所以正努力让她好受一些。梅勒妮是为它们难过,当然只有一点点。但她现在了解了很多事情，足以确定那些僵尸实际上已经不是人类，甚至在被杀死之前就不是了。它们更像是人们曾经居住过的空房子。

梅勒妮试着让贾斯蒂诺小姐安心——试着让她知道自己对于那些僵尸的死并没有感到特别伤心，甚至对刚刚一直在唱歌的那只也是如此——尽管在她看来，帕克斯中士完全没有必要开枪。他只是在床上坐着，看上去甚至都不可能起来。他所能做的只是唱歌和看他的照片。

然而之前外面的那位女士看上去也没有恶意，可最后却令考德威尔博士吓得惊声尖叫。僵尸似乎转变极快，靠近它们时你必须时刻小心。

"我会保证你的安全。"贾斯蒂诺小姐对梅勒妮说，"你知道，对吗？我不会让任何人伤害你。"

梅勒妮点头。她知道贾斯蒂诺小姐爱她，会尽自己最大的努力来保护她。

可是谁又能帮助她做到自救呢？

38

"我发现了这个。"在海伦·贾斯蒂诺小姐回到桌旁时，加拉格尔说。她自己的食物此时已经变凉，其他人基本上都快吃完了，但加拉格尔认为得等到大家全都在场时说。他觉得贾斯蒂诺小姐有着一位成熟女性的性感笑容，他希望有一天她也能冲自己这么微微一笑。

他将一个瓶子放在桌子上。这是他们在搜查时，他在一个储藏柜里发现的。这个瓶子当时在地上，上面盖着一堆腐烂的防火碳布（Jeye-Cloth）。要不是不小心踢到，听见瓶身哐啷作响和里面液体晃动的声音，他也不会看见它。

他低头扫视，看见标签的一角，上面所覆盖的一团天蓝色桌布滑到了一边，棕金色的瓶身便如"犹抱琵琶半遮面"似的露了出来。迈塔克瑟（Metaxa）三星白兰地。满满一瓶，未开封。为了自己的安全起见，他后退了几步，远离它所承载的"有毒"液体。他重新将布盖在上面，避免被人看见。

但他还是不断地回去找那瓶酒。他一天到晚都在为这段旅程而担心——担心回到毕肯，担心他很高兴抛在身后的那个空间小、四面都有围墙的世界。他总是感觉自己在艰难的局面中摇摆不定。他想，可能非常时期需要非常手段吧。

其他人之间转来转去的对话被瞬间打断，他们都齐刷刷地盯着这个瓶子。

"我去！"帕克斯中士咕哝道，语气里带着一丝敬意。

"这是好东西，对吗？"加拉格尔感到自己脸红了。

"不。"帕克斯中士慢慢地摇了摇头，"不，总的来看这东西没有那么好，但它却是真的。它不是一铁桶的劣质酒。"他将瓶子拿在手里转动着，又是看又是闻地检查密封是否完好。"应该没坏。"他判断道，"通常如果是不如法国白兰地的酒，我都不会起身，但是去他的。拿几个杯子来，列兵。"

加拉格尔去拿杯子。

他并没有如愿地看到贾斯蒂诺小姐的微笑。她几乎和考德威尔博士一样不在状态，似乎白天堆积起来的一个个紧要关头将她的神经拉得很长很细，无暇理睬正常的事情。

但比一个微笑还酷的是，中士先把酒倒给了他。"美酒的功臣，列兵。"他将所有人的杯子都倒满后说,"你来敬酒。"

加拉格尔已经滚烫的脸现在变得更加火热。他举起酒杯。"这瓶酒敬我们四个,谢天谢地只有我们!"他背诵道。这是他父亲的一句话——当时十几岁的加拉格尔盖着一条毯子听着大人们酒后狂欢作乐,他父亲吼叫的这句话穿过薄木质地板传到了他的耳朵里。

然后互骂对方王八蛋。

然后打架。

敬酒得到认可,酒杯在叮当声中碰到了一起。他们开始喝。又纯又香的酒一直烧至加拉格尔的喉咙。他尽最大努力闭嘴咽下,却被呛得一阵咳嗽,但没有考德威尔咳得厉害。她将手捂在嘴上——尽管她努力抑制却还是咳了出来,白兰地从她的手指间喷吐出来。

他们都放声大笑,包括博士。实际上,她笑的时间最长。每次咳嗽一停笑声就响起,然后又被咳嗽声取代。酒精好像有一种魔力,即使他们才只喝了一口,彼此之间却都已放下戒备。加拉格尔则因为有太多关于家庭喝酒聚会的记忆,所以对这一特别的魔力持怀疑态度。

"该你了。"中士一边为贾斯蒂诺小姐倒上第二杯酒,一边对她说。

"敬酒?该死。"贾斯蒂诺小姐虽摇着头,却举起了满满一杯酒,"但愿我们能活多久就活多久。怎么样?"她将杯子向后倾斜,一饮而尽。中士紧随其后也干了一杯。加拉格尔和考德威尔博士则相对谨慎地抿了口。

"应该是愿我们想活多久就活多久,永远不要能活多久就活多久。"加拉格尔纠正道。他对这种话像对《圣经》一样熟悉。

贾斯蒂诺小姐放下玻璃杯。"对。那么,"她说,"异想天开也没意义,不是吗?"

中士又开始斟酒,将加拉格尔和考德威尔的杯子重新满上。"博士?"他问。考德威尔耸了耸肩。她没兴趣发表任何感人的劝勉之辞。

帕克斯与他们依次碰杯,一圈下来碰了三次。

"敬吹动的风、航行的船和爱着水手的姑娘。"

他们俩又都干了,加拉格尔则礼貌性地抿了一小口。"你有认识的水手?"贾斯蒂诺小姐挖苦道。至此这瓶酒已经被他们喝了一大半。

"每个男人都是一位水手,"帕克斯说,"每个女人都是一汪大海。"

"狗屁。"贾斯蒂诺小姐叫嚷道。

中士耸了耸肩:"也许吧,但这句话的适用率会让你大吃一惊。"

又是一阵笑声,中间夹杂着些许狂傲的尖刻。加拉格尔站了起来。喝酒对他没什么好处,他太愚蠢了,竟然会去尝试。他现在开始回想出于正当、充分的原因,自己大多数时候不得不避开的事情。阴魂浮现在他眼前,他不想被迫直视它们的眼睛,因为自己对它们已经是再熟悉不过了。"中士,"他说,"我再去转一圈,确保一切安全。"

"好样的,小伙子。"帕克斯说。

他离开时他们甚至都没看他。

他在一层的走廊里转悠,没发现什么他们之前没发现的东西。路过里面有那只死僵尸的房间时,他捂住自己的嘴巴和鼻子——真的特别臭。

但等他走到中士炸断的楼梯顶部时,臭味变得更强烈。这里可以说是臭气熏天。没有声音,也没有动作。加拉格尔站在边缘处,看向下面一片望不穿的阴暗。最后他终于鼓起勇气,从腰带上拔出手电筒,径直照向下面,然后咔嗒一声将其打开。

在手电筒打出的正圆形光圈内,他看见六七只僵尸肩靠肩地挤在一起。在光线的刺激下,它们突然开始蠕动着向前拥,但由于贴得太紧,所以走不了多远。

加拉格尔挥动着手电筒前后照了照。整个大厅都是僵尸，它们如沙丁鱼般扎堆在一起。这是他们几小时之前摆脱的僵尸和它们的朋友，以及朋友的朋友。光束打到时，它们就开始蠕动，颌骨张开又合上。

枪声将它们从原来偶然待着的地方吸引了过来。响亮的声音意味着活的生物。现在它们来到这里，会一直待下去，直到吃上一餐，或者下一个大动静将它们那被真菌糟蹋的大脑上紧发条，使它们动起来。

加拉格尔向后退去，感到既厌恶又害怕。他已经失去了巡夜的热情。

他回到休息室。帕克斯和贾斯蒂诺小姐还在推杯换盏，而考德威尔博士则拉了三把椅子当床，伸直身体睡着了。

他想或许自己应该去查看一下那个僵尸孩子，至少应该确保将她拴在暖气片上的链条依然牢固。

他穿过休息室，走进有玩具的那个房间。那个孩子十分平静且安稳地坐在装豆子的布袋上，低头盯着地板。他忍住没打寒战。有那么一瞬间，她看上去与挤满楼下大厅的那些怪物简直一模一样。

加拉格尔拿了一把椅子支住门。如果他独自一人在黄昏的夜色中与这个小东西待在一起，他就死定了。他走向她，同时弄出很多声响，这样她就会知道他来了。梅勒妮抬起头，这时加拉格尔才松了口气。她的这个动作并不像其他僵尸在锁定你之前像测距仪似的，目光扫过你，两边来回看。她这样更像是一个人类会做的事情。

"你在看什么？"加拉格尔问她。地上摆满了书，所以她可能就是在看这些。在双手铐在背后的情况下，看是她唯一能做的事了。他捡起离自己最近的一本。《水孩子》（*The Water Babies*），作者是查尔斯·金斯利（Charles Kingsley）。这本书看起来十分老旧，封面包着一层褪了色的书皮，书的一角已经破损，图片上一群可爱的小精灵正越过城市的房顶升至空中。可能是伦敦，但加拉格尔从未见过伦敦，而且也无从知晓。

那个僵尸孩子正一言不发地看着他。她的眼神并无恶意，却很专注，像是不知道他来这里干什么，但已经做好了这并不是惊喜的准备。

她对他的了解仅限于他是过去一直将她绑到那辆轮椅上推进推出教室的人之一。加拉格尔已经不记得自己在这之前是否和她说过话，结果话说出口时有些变味和难为情。他甚至都不很确定自己为什么会这么说。

"需要我读给你听吗？"

她沉默片刻，又瞪着一双大眼睛注视了片刻。

"不用。"那孩子说。

"哦。"这已经是他全部的交谈策略——走到死胡同，没有备选方案。他向门口，向前面亮着灯的房间走去。他转动着拉开椅子后，正要随手把门关上，她却突然开口。

"你能看一下那些书架吗？"

他转身又向里面退了一步，将椅子放回原处："什么？"

又是长时间的沉默。她好像对于自己开口说话感到抱歉，不确定自己是否想再说一遍。他等着她开口。

"你能看一下那些书架吗？贾斯蒂诺小姐给了我一本书，但我被迫将它丢在了基地。如果这里也有这本书……"

"嗯？"

"然后……你可以帮我读那本。"

加拉格尔先前没注意到那个书橱。现在他顺着女孩的目光看过去，发现它就竖立在门边靠墙的位置。"好的，"他说，"那本书叫什么？"

"《缪斯讲故事》。"女孩的声音中流露出一种被唤醒的兴奋，"作者是罗杰·兰斯林·格林。它是本希腊神话。"

加拉格尔走到书橱那里，打开手电筒，照向这些书架。上面大部分都是小孩的图画书，书脊不同于一般的书，都是用订书钉装订的，所以他不得不一本本地抽出来查看书名是什么。还是有几本真正的书籍的，他费力而细致地查找着。

没有希腊神话。

"抱歉，"他说，"这里没有那本书。你不想看一下其他书吗？"

"不想。"

"这儿有《邮递员派特叔叔》(*Postman Pat*)，还有他的白脸小黑猫。"他拿起一本书给她看。这个僵尸孩子冷冷地瞟了一眼，又扭头看向别处。

加拉格尔又回到她身边，拉了把椅子在他认为属于安全距离范围内的地方坐下。"我叫基兰。"他对她说。这没能引起她的任何回应。"有没有一个故事是你特别喜欢的？"

然而她却不想跟他说话。对此，他能够理解，却不知道为什么。

"我要读这个了。"他说，手里拿起一本名为《我希望能给你看看》(*I wish I Could Show You*)的书。这里面的图片与《魔法灵猫》(*The Cat in the Hat*)里面的如出一辙，这也正是他选择这本书的原因。他过去很喜欢《魔法灵猫》的故事，里面有一只猫、一条鱼、一帮孩子和两个分别叫"1"和"2"的东西。他曾经喜欢想象自己家的房子也像故事中的那样七零八乱，然后就在他爸爸回到家的前一秒又整洁如初。对于七岁左右的加拉格尔来说，这是一件不可思议、激动人心的大事。

"我要坐在这儿读这本了。"他又对那女孩说了一遍。

而女孩却耸耸肩，意思好像是随他怎么样，与自己无关。

加拉格尔打开书。因为书页都已泛潮，所以彼此有点粘连在一起，但他能将它们分开，而且不会撕破。

"有一天我走在街上，"他读道，"我遇到了一个穿着红色靴子的年轻人。他的腰带上有个皮带扣，他的帽子上有根羽毛。他的衬衫是丝绸的，裤子是皮质的，静止不动坚持不过两秒。"

那孩子假装没在听，但加拉格尔没上当，因为很明显她在歪着脑袋来看这些图片。

39

帕克斯又给他们倒了些白兰地。这瓶酒喝得很快。贾斯蒂诺小姐尽管已经到了自知不该再喝的程度，但还是喝了。酒醒后她会很难受。

她的脸烫得很不舒服，于是便用手扇着风。她一喝酒就会这样，就算控制在适当范围内也是如此。"天啊，"她说，"我得去透透气。"

但这里没多少空气。窗户已经上了保险，总共只开了五英寸。"我们可以到房顶上去。"帕克斯提议道，"走廊一头有道防火门可以通到上面。"

"房顶确保安全吗？"贾斯蒂诺小姐问。中士点了点头。对，当然了，他应该已经查看过那里。不管你喜欢还是讨厌他，他是那种会将所有事情都做好的人。这一点在外面那片绿地的时候她就已经看出来了。当时正因为他反应几乎与僵尸一样迅速，所以救了他们所有人的性命。

"好，"她说，"去看看房顶是什么样子。"

上去后发现确实很好。气温比休息室差不多低十度，一阵清新的强风迎面吹来。好吧，说清新也许言过其实了，因为闻起来有种腐烂的味道——似乎腐肉在他们旁边已堆积成一座大山，隐身于黑暗之中,而他们正在吸入它所散发的臭气。贾斯蒂诺小姐用她的杯子挡住下半张脸,像是戴了副氧气面罩,只是呼吸的是白兰地的酒气。

"知道这是什么味儿吗?"她问帕克斯,声音因酒杯挡在脸前失真而模糊不清。

"不知道,但那边好像味儿更大。"帕克斯说,"我们到那边看看。"

他带路来到了这栋房子的东南角。他们面向的是伦敦和远处的毕肯——那个曾经将他们抛出、现在又将他们卷回的家。尽管贾斯蒂诺小姐深知毕肯是个火坑,但她还是任由顺其自然发挥其一贯的魔力。那里是一个规模庞大的难民营,由真正的恐惧和人为激起的乐观主义统治——就像巴特林斯(Butlins)和科尔迪茨(Colditz)的杂种。当初她幸运地从那里离开时,毕肯已经在极权主义的路上走得很远了。如今已经过去三年了,她并不期待见到它现在的样子。

但还有别的地方可去吗?

"那个博士是个狠角色,是不是?"帕克斯伏在矮墙上,凝视着无边的黑暗,若有所思地说。月光将这个城市染成了黑白相衬的木版画,宛如书中画卷。在黑色的主色调下,街道像是涌动的空气下深不可测的河床。

"一言以蔽之,她就是这样的人。"贾斯蒂诺小姐说。

帕克斯大笑,打趣地举起酒杯——像是在为两人对考德威尔的看法一致而干杯。"说实话,"他说,"从某方面来说,我很高兴这件事总算了结了。基地,我是说,还有整个任务。当然,逃亡这件事非我所愿,而且我祈祷着逃出来的并不只有我们。但我很高兴自己终于不用再做那样的事了。"

"做什么?"

帕克斯打了个手势。在昏暗的夜色中,贾斯蒂诺小姐看不清那是什么。"在那所疯人院里压抑着自己。出于职责和良好的意愿日复一日、年复一年地维持着这个一成不变的地方。老天,真没想到我们能撑那么久。人手不够,供给不足,通信隔绝,没有像样的指挥系统……"

他似乎戛然而止,因此贾斯蒂诺小姐重新过了一遍他的话,想知道哪些是他后悔说出口的。"通信是什么时候断的?"她问他。

他没回答,所以她又问了一遍。

"上次毕肯来信大概是五个月之前。"帕克斯承认道,"从那时起,正常的信号波段就变成空白的了。"

"该死!"贾斯蒂诺小姐震惊不已,"所以我们甚至都不知道是不是……该死!"

"最有可能的是,这只表明他们迁移了信号塔。"帕克斯说,"甚至不用移动很远。我们发送和接收无线电的那些垃圾设备必须得对着信号源才能起作用。这就像试图隔着该死的60英里往篮筐里投篮一样。"

他们突然沉默下来,开始思考这件事。此时夜晚似乎变得更绵长,更寒冷。

"天啊,"贾斯蒂诺小姐终于开口,"我们可能是最后的几个人类了。我们四个。"

"我们不是最后几个。"

"你不能确定。"

"不,我可以确定。那些容克现在就活得好好的。"

"那些容克……"贾斯蒂诺小姐语气不悦。关于容克,她有所耳闻,如今已经亲眼见过。他们是生存主义者,除生存以外已经忘记如何做其他任何事情。他们是靠他人为生的寄生虫,是一群清道夫,虽与僵尸真菌不同,却一样惨无人道。他们不建造房屋,也无所谓保护。他们就是活着。而其无情的宗法结构则将妇女贬为驼畜或种畜。

如果他们也能算作人类最后的、最大的希望，那么也许绝望才是更好的选择。

"之前也曾有过黑暗时期。"帕克斯说，虽然她不情愿，但他确实看出了她的心思，"世界分崩离析，人们又将其重新建立起来。很可能人生从不可能只是……一成不变，总会出现某段危机时期。"

"还有，就是世界上还有其他地方，知道吗？毕肯当时和法国、西班牙、美国等各个国家的幸存团体都有联系。受灾最严重的是城市——任何人群大量聚集的地方，随城市一起倾覆的还有大量基础设施。在欠发达地区，传染的速度并没有那么快，甚至可能有些地方完全未受波及。"

帕克斯斟满她的酒杯。

"我想问你些事情。"他说。

"问吧。"

"昨天你说你随时可以将那个孩子带走，和我们分道扬镳。"

"怎么了？"

"顺便问一下，当时你是说真的吗？我想问的不是这个，但你真的会脱离队伍，试图单枪匹马回到毕肯吗？"

"我说的时候是认真的。"

"嗯。"他抿了口白兰地，"果不其然。不管怎样，就在你猛地把枪伸到加拉格尔面前之前，你给了我某个称呼。当时我没听懂。你说我们是根深蒂固的士兵。'根深蒂固'是什么意思？"

贾斯蒂诺小姐尴尬不已。"那个有点侮辱的意思。"她说。

"嗯，如果是脸颊之吻我反倒会觉得惊讶。我就是好奇。大概意思是不是说我们很无情之类的？"

"不是，这是个心理学术语。它描述的是一种你天生就有而且无法改变的行为，或者说像编程一样输进了你的脑子里，所以你甚至都不会去想它。它只是无意识的行为。"

帕克斯大笑。"就像僵尸。"他说。

贾斯蒂诺小姐有些窘迫,却不动声色。"是的,"她承认道,"就像僵尸。"

"你骂得很好。"帕克斯恭维道,"说真的,了不起。"他又为她斟满一杯。

接着他将一只胳膊搭在她的肩膀上。

贾斯蒂诺小姐迅速抽出身来。"什么情况?"她问道。

"我以为你冷呢。"帕克斯说,语气中带着惊讶,"你刚才一直在发抖。抱歉,我没什么别的意思。"

在一片死寂中,贾斯蒂诺小姐就站在那里,直直地瞪了他很长时间。

然后她开口了。但是她能想到要说的只有一件事。

于是她像要回顾着吐出酒精、记忆和过去这三年的生活似的,向他吐出了这个问题。

"你杀过小孩吗?"

40

这个问题令帕克斯大吃一惊。

在这一点上,他的心态一直相当平和。白兰地已经慢慢发挥作用,麻痹了台阶炸碎时他双腿和下背部的弹片伤引起的痛感。此时他原本以为两个人正相处融洽,但事实并非如此。这位老师已经在她的字典中对他做出了清晰的定义:帕克斯,中士,请参看"浑蛋""残忍"。他心中已经有了一连串答案,大多都与提醒她在过去三年里，她为什么能免于成为僵尸的盘中餐有关。她的电脑以及帮助她完成工作的其他有用的小玩意儿是从哪里来的。为什么毕肯依然存在——如果现在还在的话，他们还有家可回。

但是算了。这样说的话事情不会如他所愿那样发展，而且告诉这个迷人的女士她既伪善又比他想象的要愚蠢很多，也不会有什么好处。这只会徒增这一路的艰辛。

所以他放弃回答，走向防火门。"你在这里慢慢欣赏吧。"他扭头说道。

"我是说，在大毁灭之前。"贾斯蒂诺小姐对着他的后背说，"这是个直接的问题，帕克斯。"

这句话使帕克斯停下脚步，重新转过身来。"在你眼里，我到底是什么？"他问她。

"我不知道你是什么。回答我的问题。杀过吗？"

他甚至不需要考虑答案。他知道自己要说什么。他的话不像有些人的那样是用来变来变去的。

"没有。我开枪打死过五六岁的小僵尸。在它们想要生吃你时，你并没有太多的选择。但我从没杀过可以说真正还活着的孩子。"

"好吧，我杀过。"

现在轮到她把脸扭向一旁了。尽管附近一座高烟囱的防御土墙将他们的脸都罩入黑暗之中，使得眼神交流本就困难，但她在讲故事的过程中一眼也没看他。在告解室，你从来都看不到牧师的脸。但帕克斯愿意打赌，绝对没有牧师长着他这样的一张脸。

"当时我正开车回家，刚参加完一个聚会。我是一直在喝酒，但没喝那么多。我当时很疲惫。那段时间我一直在写一篇论文，连续几个星期都是晚睡早起，想尽快赶出来。这都无关紧要。只是……你懂的，事后试图想弄明白。你会寻找事情发生的原因。"

这些话从海伦·贾斯蒂诺小姐口中说出，语调单一。帕克斯想起了加拉格尔的书面报告，想起了其中的"然后"和"于是"。然而贾斯蒂诺小姐低垂的头和紧握着护栏的姿势却增加了对自己这些话的注解。

"我当时在这条路上开着车，在南米姆斯（South Mimms）和波特斯巴（Potters Bar）之间的赫特福德郡（Hertfordshire）。路边不时地闪过几座房子，但主要还是绵延数英里的树篱，然后是间小酒馆，接着又是树篱。我没想到……我是说，天太晚了，深更半夜的。我压根儿没想到会有人冒出来，还是不够……

"有人跑到了我前面的路上。他是从树篱的一个缝隙中钻出来的，我觉得。没有其他地方可以让他冒出来了。他就那样站在那里，很突然，我猛踩刹车，但已经碾上他了。刹车没有起到任何作用。撞上他时我的车速肯定超过了 50 码，而他就那样……像只球似的被撞飞出去。

"我继续开出很长一段距离后才停下来。大概有 100 码。我下车往回跑。"我当时显然是希望……但他已经死了，确定无疑。一个男孩。八九岁的样子。我撞死了一个孩子。他皮肤下面的身体被我撞散了，所以胳膊和腿都弯曲得不正常。

"我觉得我在那里待了很久。我浑身颤抖，泣不成声，站不……站不起来。我感觉好像这样过去了很长时间。我本来想逃跑，但身体根本没办法动弹。"

这时她才看向中士，但在黑暗中，她的表情几乎完全被掩盖。他只能看见她的嘴巴扭曲成的一条线，于是立马联想到了自己的那道疤痕。

"但后来能了，"她说，"能动了。我站起身，随后开车扬长而去。我将车开到车库里锁上，然后上床睡觉。我还睡得着觉，帕克斯。

你能相信吗?"

"我始终没能下定决心要怎么做。如果去自首,很可能会被判刑,事业便会毁于一旦。而且这么做也不会让他起死回生,所以有什么意义?当然,有什么意义我清楚得很。在之后的几天里,我拿起电话六七次,但从没拨号。然后世界末日来临,于是我没必要再自首。我侥幸逃过一劫,逃得一干二净。"

帕克斯等了很久,直到完全确定贾斯蒂诺小姐的独白已经说完。事实上,大部分时间他都在试图弄清楚她究竟想告诉他什么。也许他一开始关于两个人接下来会如何的想法是对的——贾斯蒂诺小姐搬出她的旧事,就像某种除味点心似的,在为他们随后发生的关系做铺垫。也有可能不是,但谁知道呢。无论如何,对于忏悔的回应一般都是宽恕,除非你认为对方罪不可赦。帕克斯并不这么认为。"这是场意外。"他指出这一明显的事实,"你最后很可能会做出正确的选择。在我看来,你并不是那种放任自流的人。"到这里为止,他说的都是真心话。他喜欢贾斯蒂诺小姐的其中一点便是她的严肃认真。他特别讨厌轻浮、欠考虑的人,因为他们只是在世界的表面欢舞,从不低头往下看。

"对,但你没听明白。"贾斯蒂诺小姐说,"你觉得我为什么会告诉你这些?"

"不知道。"帕克斯承认道,"你为什么告诉我?"

贾斯蒂诺小姐离开矮墙,摆好架势站在他面前——距离几乎为零。这样本来应该会引起性趣,但不知怎么却没有。

"我杀死了那个男孩,帕克斯。如果把我的生命比作一个方程式,那么它算出来的数字是 -1。这就是我的命数。你懂我的意思吗?而你……你和考德威尔,还有那个叫什么金杰·罗杰斯(Ginger Rogers)的列兵……天哪,不管这么说有没有意义,我宁愿亲手将自己结束掉,也不会让你们把我的命数减到 -2。"

她说最后几个字时正对着他的脸,于是喷了他几点唾沫星子。尽管很黑,但这么近的距离,他仍能看见她的眼睛,里面有种怒气,有种深深的害怕,但绝对不是怕他。

她将酒瓶留给他。这并不是他之前所一直期待的,但也算是个不错的安慰品。

41

卡洛琳·考德威尔一直等到中士和贾斯蒂诺小姐离开房间,然后她迅速起身,穿过休息室,走进厨房。

她之前看见了堆在最远的那个橱柜里的特百惠(Tupperware)盒子——因为是按照大小排列的,所以形成了一个陡峭的金字塔。其他人都没再看第二眼,因为里面都是空的。但考德威尔注意到了,而且内心窃喜。世界时不时地——甚至是现在——给你的正是你需要的。

她拿了六个最小的盒子和六个茶匙,一个一个地放进实验服的各个口袋里。她还拿了个手电筒,但一直等到达目的地关上门之后才打开。

她轻轻地、一点一点地呼吸着。空气中弥漫着死尸味和多年与世隔绝的腐味,味道如此浓烈,好像真的有死尸或者其他腐败的东西存在似的。

考德威尔用茶匙从被帕克斯中士开枪打死的这只僵尸身上提取了一些样本。虽然她只对大脑组织感兴趣,但种类越多就意味着越有可能得到至少一个未受到来自皮肤、衣服或周围空气中动植物群严重污染的样本。

她小心将容器挨个密封好放回口袋,丢掉已被弄脏的、没了用处的茶匙。

她边工作边想:几年前我就应该这么做的。中士这类人自有他们存在的意义,她知道凭一己之力永远也不可能搜集到那些实验对象。但如果当时她加入诱捕队伍,跟随他们一起,就不必非要依赖于他们不细致的观察和不可靠的记忆了。

这样一来,她就不用浪费那么多时间在死胡同里探究了。

她可能就会知道,比如说,尽管大多数僵尸只有两种状态——休息状态和猎食状态,但有些还具有第三种状态,相当于正常意识的退化版。它们可以用重复感染之前的行为这种方式来与周围世界进行断断续续的、不完全的互动。

推婴儿车的那个女人、钱包里塞满照片的那个唱歌的男人,这些都是个例,却反映出某个重大的结论。考德威尔知道自己现在离某个史无前例的突破只有一步之遥。在回到毕肯、能用上显微镜之前,对于这些样本她什么都做不了,然而关于她到底应该寻求什么,她的研究会是什么样子,一个想法正在她脑中形成——只要她能回到实验室,自己所需要的应有尽有。

这其中当然包括 1 号实验对象。

梅勒妮。

42

一只手晃动着梅勒妮的肩膀将她从睡梦中惊醒。她以为自己受到了突袭,顿时惊慌失措,然而她正挣脱的是帕克斯,正要拍打开的是帕克斯抓着她的手。不只是她一个人,他正在叫醒每个人,告诉他们起来往窗外看。太阳已经升起，照亮了丑陋无比令人沮丧的事态，他们需要看一看。

昨天追赶他们的那些僵尸还没有散。它们三三两两地沿温赖特之家周围的栅栏排了很长一段，大多数在撞击前面这一屏障时就突然停下来了。

楼下大厅熙熙攘攘地挤满了那些没有停下的僵尸——一路追逐它们的人类猎物进到这里来。站在最上面一层台阶的残骸上，你可以俯视一群身体瘦削、龇牙咧嘴的怪物肩并着肩，好像在观看某场座无虚席的演出。

这场演出就是早餐。

四个人既紧张又害怕，开始提出可行的选择。显然他们无法靠开枪来开路。他们可能会浪费掉所有子弹，而僵尸的数量甚至一个都不会减少，而且本来他们就是因为大的声响才陷入现在的困境，如果再制造出更多，便是在冒着将更多的怪物从更远的地方吸引过来的风险。

贾斯蒂诺小姐想也许他们能利用这一点。

"如果你扔些手榴弹，"她向帕克斯建议道，"比如说，从房顶上，僵尸们会循声而去，对吗？我们可以转移它们的注意力，之后等栅栏安全后，我们就往反方向跑。"

帕克斯摊开两只空手。"没手榴弹了。"他说，"我就只有腰带上那些，昨晚'拉起吊桥'时我全都用上了。"

加拉格尔张开嘴，闭上，又张开。"可以做些燃烧瓶吗？"他建议道，并向厨房的方向点头，"那里有好多瓶食用油。"

"我不觉得弄碎瓶子可以弄出很大的声响。"考德威尔博士尖刻地说。

"有可能足够大。"帕克斯若有所思地说，但听上去并不是很确定,"就算不够,我们可以向那些笨蛋放火,借此为我们清出一小块空间。"

"别是楼下大厅里的那些,"考德威尔反驳道,"我可不想困在一栋着火的大楼里。"

"而且还会产生烟雾,"贾斯蒂诺小姐说,"很可能有很多。如果那些容克还在找我们,我们就会像是竖了块牌子,告诉他们我们在哪儿。"

"那只用空瓶子呢?"加拉格尔说,"不放油。我们试着用声音来引开它们。"

帕克斯看向窗户。他甚至都不用说出来。从房顶和窗户到栅栏外面人行道的距离大约是30码。将瓶子扔出这么远的距离是有可能的,但你需要使出全身力气,而且还需要风和运气都站在你这边。万一扔近了,那些瓶子只会诱使停在大门外的那些僵尸进到里面来。

当然,如果扔手榴弹结果也会一样,弊很可能会比利大得多。

他们走来走去,但没人可以想出一条简单明了的逃生之路。不肯善罢甘休就此离开的捕食者们把他们逼到了绝境。就这么等死绝对不是办法,但其他选择貌似又都很糟糕。

贾斯蒂诺小姐去查看梅勒妮。女孩已经站了起来,正望向窗外,但一听到脚步声就转过身来。她很可能听到了隔壁房间的对话。贾斯蒂诺小姐试图安慰她:"我们会想到办法的,我们肯定能出去。"

梅勒妮平静地点头。

"我知道。"她说。

帕克斯不喜欢这个主意,对此贾斯蒂诺小姐一点也不吃惊。考德威尔则更不赞同。

似乎只有加拉格尔支持这一想法,但他也只是点着头——似乎不想说任何与中士意见相左的话。

他们在休息室拉了四把椅子围成一个小圈坐下。这样的场景造成了他们真的在与彼此交谈的假象，而实际上考德威尔正心不在焉地沉浸在自己的世界里，加拉格尔只是在别人跟他说话时才开口，而帕克斯则除他自己的话外什么都听不进去。

"我不赞同给她解开皮带。"这应该是他第三次说这句话了。

"到底为什么不行？"贾斯蒂诺小姐问，"两天前你巴不得甩掉她。给她捆上皮带，铐上手铐，她才可以跟我们待在一起——你的妥协方案。所以从你的角度来看，没有什么损失可言。一点也没有。如果她按照她说的那么做，我们就能摆脱现在的困境。如果她逃跑了，我们也不会比现在更糟糕。"

考德威尔无视贾斯蒂诺小姐的这番话，而是直接向中士申明。"梅勒妮属于我，"她提醒他道，"属于我的计划。如果她不见了，那就是你的责任。"

她不应该这么说，因为帕克斯似乎并不喜欢被人威胁。"我为你的计划服务了四年，博士，"他提醒她，"今天就是休息日。"

考德威尔正要再说些别的什么，帕克斯却无视她直接对贾斯蒂诺小姐说："如果我们放她走，她为什么会回来？"

"我也希望我知道答案。"贾斯蒂诺小姐说，"坦白讲，这对我来说完全是个未知数。但她说她会回来，我相信她。可能是因为她只认识我们吧。"

可能因为她喜欢我，而所有的爱应该都是盲目的。

"我想跟她谈谈，"帕克斯说，"带她进来。"

梅勒妮双手被铐在背后，嘴上戴着口套，依然拴着皮带。她就像一个原始部落的首领一样，不卑不亢地面对着帕克斯。贾斯蒂诺小姐这才猛然意识到她的变化。她现在来到了真实的世界中，所受的教育正从起跑线加速至某一危险的、不可估量的速度。贾斯蒂诺小姐想到了一幅古画——《你最后一次见父亲是何时？》(*And When Did You Last See Your Father?*)，因为梅勒妮的站姿与画里的那个孩子一模一样。不过对于梅勒妮而言，这个问题没有任何意义。

"你觉得这件事你能做？"向她提问的却是帕克斯，"你对贾斯蒂诺小姐所说的。你觉得你能行？"

"能。"梅勒妮说。

"这就意味着我不得不信任你，就在这间我们都在的屋子里放了你。"他的右手一直拿着什么东西，像要扔一个筛子似的摆弄着。他现在给她看这个东西：手铐的钥匙。

"我不认为这就要求你必须信任我，帕克斯中士。"梅勒妮说。

"你不这么认为？"

"是的。你是得把我放了，但你不必信任我。你应该先用那种化学品涂遍全身，务必确保我闻不到你的气味。而且你应该用枪指着我，让基兰来打开手铐。你也不用把这个笼子从我嘴上取下。我只需要能使用双手就够了。"

帕克斯怔怔地盯了她一会儿，像是在看某种他不懂的文字。

"全都弄明白了。"他表示出认同。

"是的。"

他探身看着她的眼睛："那你也不害怕？"

梅勒妮迟疑了一下。"怕什么？"她问他。贾斯蒂诺小姐对她这一短暂的停顿感到惊讶。无论真假，说"害怕"或者"不害怕"其实一样简单。这个停顿表现出梅勒妮的小心谨慎，她在斟酌自己的话。这意味着她在努力对他们说实话。

好像他们真的做过哪怕一件值得她坦诚相待的事似的。

"僵尸。"帕克斯说，好像这是个显而易见的事实。

梅勒妮摇头。

"为什么?"

"它们不会伤害我。"

"不会伤害你?为什么不会?"

"够了。"贾斯蒂诺小姐厉声说道。但梅勒妮还是做出了回答,缓慢地,沉重地,好像这些话是她用来砌墙的一块块石头。

"它们不会互相撕咬。"

"所以呢?"

"我跟它们一样,几乎一样。我们十分相似,所以它们闻到我的气味时不会有吃人的冲动。"

帕克斯缓缓点头。这就是此次盘问从始至终所要指向的结论。他想知道梅勒妮已经猜出了多少、想到了哪里。他在用自己的方式弄清楚。

"跟它们一样,还是几乎一样?到底是哪个?"

梅勒妮脸上的神情令人捉摸不透,但有某种强烈的情感一闪而过:"我跟它们不一样,因为我不想吃任何人。"

"不一样?那前天你跳上悍马的时候,浑身上下的红色东西是什么?反正在我看来像是血迹。"

"有时我不得已需要吃人。我从来没想要去吃。"

"这就是你的解释,小孩?世事无常?"

又是一次停顿。这次时间更长。"没发生在你身上。"

"说得很对。"帕克斯承认道,"但我还是感觉我们没说到点子上。你主动提出帮助我们解决下面那些东西,但在我看来,你似乎是想下去加入它们,仰头看着我们,等待开饭铃声响起。所以我想这大概就是我要问你的:为什么你会回来,而我又凭什么相信你会回来?"

梅勒妮第一次让自己的不耐烦显露了出来。"我会回来是因为我想。因为我是跟你们一起的,不是它们。退一步说,就算我想,也没有什么方式可以跟它们在一起。它们……"不管她想用哪个概念表达,总之是想了一会儿,"它们彼此不是一起的。永远都不会是。"

没人回应她,但帕克斯对这个回答看上去很满意,好像她猜对了通关密码似的。她成功地入了伙,入了这个被怪物围困且敌众我寡、令人绝望的团伙。

"我是跟你们一起的。"梅勒妮又说了一遍,接着好像有必要似的又说,"其实不是你们。我是跟贾斯蒂诺小姐一起的。"

出乎意料的是,帕克斯对这个答案似乎也很满意。他站起来,神情坚定。"我了解了。"他说,"好了,小孩。我们打算信任你,由你来完成这件事。我们走吧。"

梅勒妮待在原地不动。

"怎么了?"帕克斯问,"还有其他什么需要?"

"有,"梅勒妮回答,"我想穿上我的新衣服,谢谢。"

43

他们带她来到楼梯顶端,来到被帕克斯中士炸毁前的楼梯顶端。梅勒妮隔着边缘向下看。

下面有许许多多的僵尸。大概有一百多只,都站在门厅。当这两男两女进入视野时,它们的头像花朵追随着太阳那样一齐转动。

帕克斯中士没有掏枪,但在打开手铐时让她转过身去,告诉她不要动。

她感觉到手铐掉落了下去,她想扭动一下手指,确保它们还能活动，但她并没有这么做。

帕克斯中士还为她解开了拴在脖子上的皮带，然后她便转向已经准备好一小捆衣服的贾斯蒂诺小姐。

她将身上的这件毛衣——贾斯蒂诺小姐的毛衣，梅勒妮一直都穿着——从头顶脱下是件难为情的事，因为又要暂时光着身体了。倒并不是因为讨厌被这些成年人仔细打量，而是不喜欢空气直接接触自己身体的感觉——一种毫无遮蔽的感觉。

然而在贾斯蒂诺小姐为她穿上好看的新衣服时，这种感觉就消失了。她很喜欢这条牛仔裤和这件T恤，还有这件与帕克斯中士身上穿的有点类似的夹克。唯一感到不舒服的是这双运动鞋。她之前从来没有穿过鞋，穿上之后她的双脚便接收不到来自地面的信息流。有可能她和这双运动鞋之间的关系不会长久。但它们太漂亮了！

"好了？"帕克斯问。

"你看上去很漂亮，梅勒妮。"贾斯蒂诺小姐对她说。

她点头道谢，表示同意。她知道自己看上去确实不错。

但她们还没好，还差一步。贾斯蒂诺小姐从自己的口袋里掏出一个什么东西，伸手让梅勒妮拿走。这是用灰色塑料做成的一个小玩意，长方形，上面只有一个圆按钮。沿按钮边缘有"安全防护"的红色字样，下面标示着"危险，150分贝"。

"当你到了要制造出很大声音这一步时，"贾斯蒂诺小姐告诉她，"这个或许能派上用场。"

"这是什么？"梅勒妮问。她在努力让自己看上去随意而平静，就像得到贾斯蒂诺小姐的礼物不是什么大事一样。

"这是个人报警器。很久以前的。过去人们经常随身携带，以防受到袭击。"

"受到僵尸的袭击？"

"不是,是其他人。它会发出类似在基地一天要结束时响起的警笛声,但是声音要大得多——大到足以令人惊慌失措,想尽快逃离。但僵尸不会跑开,它们会向声源跑去。放了这么长时间它可能根本用不了了,但谁知道呢。"

梅勒妮犹豫着。"你应该拿着,"贾斯蒂诺小姐说,"遭到袭击时可以用。"

贾斯蒂诺小姐使梅勒妮的手指握住这个物体——由于一直在贾斯蒂诺小姐的口袋里放着,所以还带着温度。这就像是她走到外面的世界时可以带着的一小块贾斯蒂诺小姐。虽然新认知的重量依然令她倍感压力,但在将报警器放进自己崭新的独角兽牛仔裤口袋里时,她满心欢喜。

"好了。"她向帕克斯中士确认。中士的那张脸在说"是时候了"。他将皮带重新系在梅勒妮的腰间,打了个不一样的结。

"你一落地,"他告诉她,"就拉这头,绳子就会解开。"

"好的。"她说。

"我不会摘掉你的口套,"帕克斯说,"但既然你双手可以活动,所以很容易就能解开皮带,摘下口套。你是个聪明孩子,我猜你肯定已经想到这一点了。"

梅勒妮耸耸肩。她当然想到了,而现在再试着从头向他解释自己为什么不会那么做似乎也没有任何意义。

"你也知道,"帕克斯中士说,"如果你想和我们待在一起,就需要一直戴着口套,或者完成任务之后再重新戴上。我没有多余的口套。而在我看来,你的那两排牙齿就是支上了膛的枪。所以保管好那个东西,因为有它你才能回到我们中间来。好吗?"

"好。"

"好的。加拉格尔,来帮下忙。"

这两个男人移动到楼梯顶端的位置，准备放下绳子，但在最后一刻，贾斯蒂诺小姐又在梅勒妮身边蹲了下来，然后伸出双臂。

梅勒妮走进这个怀抱，在贾斯蒂诺小姐双臂的环绕中，她欣喜地颤抖着。

但还没过一秒她就抽身而出。因为在化学品刺鼻的气味下，她闻到了一丝人类的气味——贾斯蒂诺小姐的气味，这足以将她们彼此靠近的纯粹快乐完全转变成别的什么东西，可能会升级至使自己失控的危险东西。"不安全，"她连连自语道，"不安全。"

"你的电子隔离层，"帕克斯中士不必要地解释道，"你需要再涂一层。"

"对不起。"贾斯蒂诺小姐低声道歉——对象不是帕克斯中士，而是梅勒妮。

梅勒妮点头。刚才她确实有片刻感到害怕，但还好。那是种十分微弱的气味，而且由于现在已经闻不到了，那种饥饿感就又重新回到了她的控制之下。

帕克斯中士让她坐在最上面的台阶上，然后让她自己下去。他和基兰慢慢地将她下放到等待着猎物的这群僵尸中。

它们没有任何反应。在她下降的过程中，有些僵尸的视线会跟随着她移动，但帕克斯中士确保她极慢地、一点一点地降下来，这样就不会导致僵尸太过兴奋。它们的眼神要么扫过她，不作停留，要么就是直接穿过她，完全没有意识到她的存在。

等双脚一着地，她猛地一拉就解开了绳子。帕克斯中士又像放下去时那样，极慢地、一点一点地将绳子又拉了上去。

梅勒妮仰头一瞥，看到帕克斯中士和贾斯蒂诺小姐正向下注视着她。贾斯蒂诺小姐冲她挥手，一只手缓慢地一张一合。梅勒妮也挥手回应。

她小心地穿梭于僵尸之间，没惊动到它们，也没遇到麻烦。

但她说不害怕其实是在撒谎，真的身处它们当中——抬头就会看见它们垂下的头和半张的嘴以及灰白色的眼——确实恐怖至极。昨天她认为这些僵尸就像人们过去住的房子，现在她觉得每一座这样的房子都闹鬼。她不仅仅被僵尸包围着，更是被过去曾是男人和女人的鬼魂所包围。她必须竭力抑制自己突然想拔腿就跑，以最快速度离开这里冲到外面的冲动。

她在挤得水泄不通的身体间挤来挤去，终于来到了门口，但这里完全过不去。

太多僵尸都挤在门框之间狭窄的空间里，而她又没有足够的力气挤出一条路来。门两边的落地窗都已经破碎，僵尸们冲进来时将剩下的每一块碎玻璃都从窗框中拉扯了出来。离梅勒妮最近的那些僵尸胳膊和身体其他地方还带着从那里艰难通过而留下的一道道伤痕。新伤口处有种棕色液体缓缓渗出，看上去不太像血。

梅勒妮从左手边的窗户挤了出去。她来到车道上，眼前赫然出现更多只僵尸。但由于它们聚集得并不紧凑，所以她比较容易穿过。

她到达大门口，接着出门来到了大街上。

她又经过一群僵尸。路过时它们没有扭头，似乎完全没有注意到她。她穿行至那片杂草丛生的绿地，走在树木和高草丛中。

梅勒妮喜欢这里。如果她现在有时间，如果她有大把的时间，没有什么需要去做的事情，她愿意在这里待上很久，假装自己在亚马孙雨林中——她是从很久以前美勒女士的一节课上和挂在她牢房墙上的那幅图片中知道它的。

而她并没有时间，相反时间很紧迫。如果她花的时间太长，贾斯蒂诺小姐可能会认为她已经逃走离开自己了，而她宁愿死也不想让贾斯蒂诺小姐有哪怕一秒这样的想法。

她一直希望能找到一只老鼠,就像吓到考德威尔的那只,但没有老鼠,甚至连只鸟都没有。但不管怎么说,一只鸟很可能也满足不了她的需要。

所以她前往更远的地方寻找——在街上来来回回,从敞开的房门中进进出出,穿过已消失的生命剩下的杂乱而被践踏的残骸,努力不让自己被那些装饰品、那些相片和其他成百上千件不可思议的东西分了心。

在一间堆积了一英尺高褐色树叶的房间里,她惊动了一只狐狸。它向一扇破了的窗户跳去,但梅勒妮反应十分迅速,在半空中就将它捉住了。她为自己的速度之快而感到兴奋不已。

还有她的力量。尽管这只狐狸体形跟她一样大,但它在她怀里扭动扑腾的时候,她只是抓得更紧,慢慢缩小它的动作幅度。最后它终于安静下来,颤抖着,哀叫着,任由她带到她想去的地方。

她又回到街上,朝绿地公园走去。穿过去便回到了僵尸簇拥的栅栏前,每张脸都没转过来看她,每个身体都一动不动。

梅勒妮尖叫。这是她所能发出的最大声音。虽然不如贾斯蒂诺小姐的个人报警器响亮,但她的两只手都还抓着狐狸,她不想在僵尸还没都看向她之前让它逃走。

等它们都转过头时,她张开双臂,这只狐狸就像从尤利西斯(Ulysses)的弓上飞出的箭一般逃开了。

在声音的刺激下,僵尸们被猎物唤醒,变得警觉起来,开始遵从其自身的"程序设定"。它们开始暴动,如拉开的弓般追在那只狐狸的后面。第一波僵尸经过时,梅勒妮迅速退后,躲进了一道门内。

僵尸数量太多,挤得水泄不通,导致有些被撞倒,又被踩在脚底。梅勒妮看着它们一次又一次地挣扎着想站起来,但每次又都被踩了下去。它们被压得嘴里流出灰褐色的血,像葡萄酒似的。她看着感觉既好笑又有些悲哀和恐怖。等大部队向前跑了一段距离，几乎就要跑出视野时，倒下的僵尸中有些挣扎着站起来，一瘸一拐、缓慢而费力地去追赶它们。剩下的则在倒下的地方浑身抽动，胡乱摸索，但由于损伤太重所以无法从地上站起来。

梅勒妮小心地绕开它们。她为它们感到难过。她希望自己可以帮上什么忙，实际上却无能为力。她从大门进去，走向那座房子。在空空荡荡的大厅里，帕克斯就待在她离开时的那个位置。她走进去，仰头叫他："成功了。它们都走了。"

"待在那儿，"帕克斯中士冲着下面说，"我们下去找你。"

接着在郑重地凝视了她片刻之后，他说：

"干得好，孩子。"

44

用绳子将每个人都降到地面上很容易。帕克斯中士确定了顺序：加拉格尔打头，这样下面就先有个会用枪的人了，然后是海伦·贾斯蒂诺小姐，接着是考德威尔博士，他自己则殿后。唯一可能有困难的是考德威尔博士，因为她双手缠着绷带，不能抓绳子。帕克斯在绳子上打了个活结套在她腰上，然后将其放下。

他们可以原路返回，但继续穿过市中心反倒更容易。前面很多地方都能使他们重新回到 A1 上，而且如果向东南方向穿过一片荒芜的工业区，实际上可以更快地走出这些高楼大厦。这里本来就没有多少人居住，大毁灭之后，对于未被感染的幸存者而言，食物比重型机械更为重要，这些轻而易举便可得到的财产对他们来说也没有什么意义，所以他们没看到几只僵尸。当然，他们现在基本上也是在走那只狐狸的路线——至少刚开始是。那个充满诱惑的移动目标有效地帮助他们扫清了道路。

所以这是那个僵尸孩子第二次救他们了。如果再有第三次，帕克斯中士说不定都要开始对她放松些警惕了。尽管这第三次还没有发生。

他们边走边低声谨慎地讨论路线，以免声音传到远处。虽然他们刚刚经历了生死关头，但帕克斯认为还是应该坚持原来的计划。

理由同之前一样：直接穿过伦敦至少可以帮他们省下两天的时间，而且他们还是需要有能停下来睡觉的避难所。

"就算这个地方可能会将我们困住也无所谓？"考德威尔博士语带讽刺。

"嗯，这的确是个问题。"帕克斯承认道，"但从另一个角度想，如果昨天晚上那些僵尸冲向我们时，我们是在外面的空旷地带，那我们根本撑不过十秒。这只是一个想法。"

考德威尔没有回击的意思，所以他也就不需要提醒她：一开始就是因为她在街上招惹那只女僵尸，所以才导致大家陷入麻烦之中。其他人似乎也不想争论什么。他们继续往前走，刚才的对话在一阵小心翼翼的沉默中逐渐被抛至脑后。

在早上的行进过程中，整个队伍东歪西斜地前进着。加拉格尔依照帕克斯的命令在前面打头阵。海伦·贾斯蒂诺小姐和那孩子一起——梅勒妮腿不长，速度却还算比较快，但总是会被路过的东西分心。在所有人当中，考德威尔博士是最慢的，她落后其他人的距离正逐渐稳步扩大。帕克斯一让她赶上，她就快走几步，但一两分钟过后就又慢了下来。大家一大早就如此疲惫不堪，这令中士很是担忧。

此时他们正走在一片焚毁区中——大毁灭之前的另一件人工制品。政府在完全垮台之前，未经深思熟虑便通过了一系列应急指令，其中包括从武装直升机上喷射化学燃烧弹，想依靠烧灼的区域来阻隔僵尸。未被感染的平民提前收到了警报和反复播放的公告的警告，但仍有很多人不幸遇难，因为直升机飞来时他们无法自由地活动。

然而当喷射器的光一亮，僵尸就像蟑螂似的，总跑在燃烧弹的前面。而所有的燃烧弹只能朝一个或另外一个方向追踪数英里，有时会摧毁本可能挽救很多生命的基础设施，比如说卢顿机场。那里被击中时，地面上还停放着约40架飞机。所以在下一份内部通知到来，要求用商业航母舰队将未受感染人群撤离到海峡群岛（Channel Islands）的时候，全军能做的只是集体耸耸肩说："对，我们也想呢。"

他们所走的这段路上的建筑都是些未完全化为灰烬、变矮了的断壁残垣。燃烧弹所释放的巨大热量不仅熔化了金属，还熔化了砖块和石头。他们脚下的地面上铺着一层薄薄的黑色油脂和木炭，这是有机材料燃烧后升到空气中被燃烧产生的热风吹散后落下而形成的残留物。

空气中有种浓烈的酸味。大约十分钟后，人们喉咙开始喘粗气，胸腔发痒，而又因为是在身体内，所以不能动手挠。

都过去二十多年了，这里依然寸草不生，甚至连一根生命力最顽强、最招人嫌的野草也没有。这是大自然在用自己的方式表明她不会傻到在同一个地方摔两次跟头。

帕克斯听到那个孩子问贾斯蒂诺小姐这里发生了什么。这是个简单的问题，但贾斯蒂诺小姐偏要小题大做。我们杀不了僵尸，所以就自我毁灭。这一直是我们最拿手的把戏。

这片焚毁区绵延数英里。他们精神压抑，体力也几近透支。他们早该停下来吃点东西，稍作休息，可谁也不想坐在这被污染的地面上。大家不约而同地继续加紧赶路。

当他们终于走到头时，这片黑色废墟却向他们展示出另一个奇迹。

着实很突然。在接下来 100 步的空间里，他们从黑色走到绿色，从死亡走到热闹的生命，从烧焦的废弃区走到蓟和蜀葵丛生之地。

但在边界处有栋被烧毁却未倒塌的房子。后墙上都是些物体被灼烧后留下的黑影，表明某种生物曾倒在这些热砖上，烧成了不同的颜色、不同的大毁灭产品。其中有一大一小的两个影子在周围灰黑色的背景下被染成了深黑色。

一个大人带着一个孩子，胳膊都向上举起，似乎遇难时正在进行有氧运动。

这个僵尸孩子被迷住了，她将自己同那个较小的身形做比对。刚刚好。

45

她在想：这本来可能是我。为什么不会？一个真正的女孩，在一个真正的房子里，有爸爸妈妈、兄弟姐妹、叔叔婶婶、侄子侄女、堂（或表）兄弟姐妹以及所有相亲相伴的人组成图谱上的其他人称。这张图谱就叫作家。

一起长大，一起变老，玩耍，探索，就像小熊维尼和小猪皮杰，又像"著名五人帮"（Famous Five），还像绿山墙（Green Gables）里的海蒂（Heidi）和安妮（Anne），还像潘多拉，毫不畏惧地打开世界上那个巨大的盒子，甚至不关心里面的东西是好是坏。因为好坏都有。一切事物都总是有好有坏。

但你必须打开盒子才能发现。

46

他们停下来吃东西,背对着刚刚经过的那片死区。

帕克斯中士从"温赖特之家"的厨房里拿了些罐头装在他的背包里。贾斯蒂诺小姐、考德威尔博士和两个大兵吃的是冷茶肠、豆子,喝的是冷苏格兰浓汤。梅勒妮吃的是叫午餐肉的东西,有点像她昨晚吃的肉,但味道差点。

他们面朝南,背对着贾斯蒂诺小姐口中所称的这片"燃烧阴影"——而梅勒妮却不停地扭头看向他们来时的路。因为他们现在位于一个斜坡上,所以她能向北看很远,可以一直看到他们昨晚休息、她放走狐狸的市中心。一公里接着一公里平缓起伏的路面都是被烧焦熏黑的深灰色。为了弄明白怎么回事,她又向贾斯蒂诺小姐提问。两个人将音量压低,不让声音传出去。

"这里之前是绿色的吗?"梅勒妮指着问。

"是的。就像我们刚离开基地时所经过的乡村一样。"

"为什么他们要烧毁这里?"

"他们是想在传染出现后的前几周把僵尸控制住。"

"但没起作用?"

"没有。他们当时很害怕,很恐慌。很多本该做出重要决定的人自己受到了感染,要么就是逃跑藏了起来,而留下来的人实际上不清楚自己在干什么。但我不确定他们是否还有更合适的事情可以做。那时已经太晚了。他们所害怕的所有邪恶的事情几乎都已经发生了。"

"邪恶的事情?"梅勒妮问。

"僵尸。"

梅勒妮思考着这个等式。这样说可能是没错,但她不喜欢,一点也不喜欢。"我不邪恶,贾斯蒂诺小姐。"

贾斯蒂诺小姐懊悔不已。她触摸梅勒妮的胳膊,安慰地捏了一下。这虽不如拥抱好,但也不至于太危险。"我知道你不邪恶,亲爱的。我不是那个意思。"

"但我就是僵尸。"

短暂的停顿。"你只是被感染了,"贾斯蒂诺小姐说,"但你不是僵尸,因为你依然可以思考,而僵尸不能。"

梅勒妮现在才意识到这个区别,或者至少这个区别现在才在她的诸多领悟中突显出来。这确实是一个真正的差别。它是否使其他差别也成为可能?它究竟能否使她摆脱怪物的头衔?

这些本体论式的问题最先浮现出来,也最突出。在这些问题背后又涌现出一个更为实际的问题。

"这就是我是个至关重要的标本的原因吗?"

贾斯蒂诺小姐脸上一副心痛的神情,而后又变成愤怒:"这就是你对考德威尔博士的研究计划来说很重要的原因。她相信可以在你的身体里找到某种东西,帮助她制造解救其他所有人的药物——一种解药。这样他们就再也不会变成僵尸,或者是成为僵尸后还可以再变回来。"

梅勒妮点头。她知道这非常重要。她还知道袭击这片土地的那些恶魔感染原因并非只有一个。感染十分严重。而那些做出重要决策的人为控制传染所做的事情也很糟糕。同样地,就算初衷是想研发出防止人类变为僵尸的药物,但抓捕小孩并将他们切成碎片这种行为还是极其恶劣。

似乎并不是只有潘多拉才会犯那个不可避免的错误,似乎每个人生来就注定会时常做出愚蠢的错事,或者说几乎每个人都会这样。当然,这里面不包括贾斯蒂诺小姐。

帕克斯中士示意大家起身继续赶路。梅勒妮走在贾斯蒂诺小姐的前面,任由皮带绷紧,脑中反复思考着所有这些令人迷乱的事情。她第一次不盼望着回到自己的那个小房间。她开始认识到,那个房间只是某种比之大很多的事物当中的一小块,而现在在这里和她一起的每个人过去都属于其中的一部分。

她开始沿着一些意外而又可怕的方向,以自身的存在向外构建各种联系。

47

伦敦一点一点地、极其缓慢地将他们吞噬。

这里不像斯蒂夫尼奇,基本上从开阔的田地和道路上进去,突然就会发现自己已经身处于市中心。对于原本以为斯蒂夫尼奇已经很大的基兰·加拉格尔而言,这次经历所带来的感受立即显得尤为强烈,持续时间也很长,因此难以消化。

他们不停地走,还是在"走进去"的路上——帕克斯中士告诉他,从这里往南至少还有十英里才能到市中心。

"今天我们经过的所有地方,"海伦·贾斯蒂诺小姐对他表现出的畏忡和不安表示同情,"过去都是各自独立的城镇。但随着越来越多的人来到伦敦居住,开发人员就不停地向外扩建,最后所有这些外面的城镇就这么被吸收了进去,组成了一个整体。"

"有多少人?"加拉格尔意识到这个问题会让自己听起来像是一个十岁的孩子,但他还是得问。

"数百万。比现在整个英国的人要多很多。除非……"

她没再说下去,但加拉格尔明白她的意思——除非你把僵尸也算上。但你不能，它们已经不是人了。好吧，除了这个怪异的小孩，她就像……

他不确定她像什么。一个小女孩，或许，打扮成僵尸的样子。但其实连这样都不是。她是个扮成孩子和僵尸的成年人。奇怪的是，当他像用舌头去舔掉牙的地方那样去触探自己的感受时，他发现自己喜欢这个女孩。而其中的一个原因是，她与他迥然不同。虽然身材只有这帮人的五分之四或者八分之五，但她谁也不怕。她甚至还敢顶撞中士，就像是一只小老鼠冲一只斗牛犬叽叽地叫。太他妈不可思议了！

然而他与这孩子有一点是相同的：他们走进伦敦时都张着嘴，几乎无法消化眼前的景象。以前怎么会有那么多人住在这么多房子里呢？他们怎么会建起这么高的塔楼呢？这世界上怎么会有什么东西能将其攻破呢？

随着路边的田地被街道所代替，接着还是街道，然后还是更多的街道，他们看到越来越多的僵尸。中士告诉过他这其中的密集度规律——如果一个地方之前活着的人越多，那么现在僵尸很可能也越多，除非有燃烧巡逻队经过，或者有炸弹投放过。后者正是他们刚刚看到的。

但这些僵尸的特点在于它们聚集在一起，就像斯蒂夫尼奇的那些一样，而对之前差点丧命的经历仍记忆犹新的中士这次不打算冒任何风险。他们沿平行街道侦察，挑选没有僵尸的那些街道慢慢地走。如果你做好了伪装的准备，再走快一点，那么在很长时间里都不会遇到那些发霉的东西。起初是他和帕克斯去踩点，但渐渐地便开始用上那个孩子，因为首先她不会有危险，其次经过斯蒂夫尼奇的事情后，他们知道她会回来。她是最合适的先遣侦察员。头几次，帕克斯中士每次都将皮带解开，等她回来时又再系上。后来有次他忘了再系上，或者是决定不系了，在这之后拴梅勒妮的皮带就一直塞在他自己的皮带里。她的嘴上还套着口套，双手还是被铐在后面，但可以与其他人一起走，可以自由地选择大步向前或者慢慢悠悠跟在后面。

整个下午僵尸的密集度一直很高，但也很稳定。接下来，令人奇怪的是，僵尸的数量又开始减少。这时他们刚经过一个名为巴尼特（Barnet）的地方，正走在一条散落着废弃车辆、又长又笔直的街道上。中士不喜欢的就是这种地形，所以在他们穿行于如海藻般的轿车海洋时，他时刻警惕着，保持着队伍的紧凑性。

然而一路上他们几乎一只僵尸也没看见——尽管这一片都是高楼大厦，僵尸本该遍地都是。而等他们终于看见僵尸的身影时，大多数也只是在北边距离他们很远的地方飞速穿过街道追逐一只流浪猫，或者像从某个末日噩梦中苏醒过来的妓女似的在街角游荡。

有一段路那个孩子——梅勒妮——走在加拉格尔的旁边。她的目光碰上他凝视的眼神，然后眼睛瞥向右上方向他示意。他向那个方向看去，发现了另外一个奇迹——就像是汽车和房子的结合体。亮红色，两排窗户，里面还有——他看得很清楚——一段楼梯，但是下面却装着车轮。这么大的东西在车轮上面。太疯狂了！

他们两个——加拉格尔和那个孩子——一起凑上前去观察。这是自他们离开斯蒂夫尼奇以来，她第一次距海伦·贾斯蒂诺小姐这么远，但贾斯蒂诺小姐现在正一边看别的什么东西，一边与中士和博士交谈。因此他们两个暂时可以去追随两人共同的好奇心。

这辆双层汽车冲到了一家店铺门前。它向一边倾斜着——只略微有一点，所有窗户都已经破碎，已腐烂的轮胎一条条弯曲着脱落下来，像是某种奇怪水果的灰黑色果皮。没有血迹，没有尸体，没有任何迹象能够显示这辆高大怪异的"战车"曾经历过什么。它就在这里走到了旅程的尽头——可能是很久之前，自此便一直停在这里。

"它叫公共汽车。"梅勒妮告诉他。

"是的,我知道。"加拉格尔在撒谎。他听说过这个词,但一次都没见过:"它当然是公共汽车。"

"谁都可以上去,只要有票就行,或者有卡也可以。有那么一张卡你可以拿来投到一个机器里,接着机器会读卡,让你上车。一路上不断地走走停停,人们上上下下。马路上还有公共汽车专用车道。与人人都开私家车相比,这种方式会环保很多。"

加拉格尔慢慢点头,一副自己全都知道的样子。而事实上,他对这个消逝的世界完全不了解,甚至几乎从未思考过。一个大毁灭时期的孩子,与如何能从别人那里讨得一点面包配给相比,他对光辉往昔的各种故事兴趣要小得多。很明显,他一直在使用来自过去的人工制品:他的枪和刀就是在那时制成的,基地的建筑、围栏和大部分家具也是,还有那辆悍马、那些无线电和休息室里的那台冰箱。加拉格尔是帝国废墟上的一个寮屋居民,但他对这些遗迹的审视还不及你对你嘴里吃的是什么肉上心。大多数时候,不知道反而更好。

事实上,曾经激发他最大好奇心的古旧遗物是列兵思·布鲁克斯(Si Brooks)藏在自己床铺垫子底下的一本色情杂志。他花了一根半香烟的标准价才买得将这本杂志虔诚地翻看一遍的机会。他一直怀疑在大毁灭前的世界里,女人的身体是否真的具有如此的色泽和质地。他见过的女人没有一个是那样的。这个小女孩就在他旁边,现在想起这些使他不自觉红了脸,便低头向下看,确保自己脑中所想没有表现在脸上,被人看出来。

梅勒妮却还在盯着这辆公共汽车,因其构造而看得入了迷。

加拉格尔决定适可而止。他们该归队了。几乎无意识地,他伸出一只手要去牵她的手,却在中途僵住了。梅勒妮还没注意到,而且她怎么也不可能牵住他的手,因为她的双手还铐在背后。但这么做真的太蠢,太蠢了。要是中士看见了……

然而中士还在与贾斯蒂诺小姐和考德威尔博士深入而认真地交谈,压根儿没看到。加拉格尔如释重负,随后战战兢兢、局促不安地加入到他们当中。

这时他看到了其他三个人在看什么,瞬间将刚才那些担心抛到脑后。那是只僵尸,它直挺挺地躺在一家商店入口形成的壁凹处。

有时僵尸倒下去就无法再站起来,因为它们体内已经被腐烂糟蹋到神经系统基本无法再运作的程度。他见过一些僵尸四肢摊开侧躺着,灰色的双眼凝视着太阳,浑身像受到电击般胡乱抽动。也许这只的情况也一样。

但还是有一些不同之处。它的胸膛敞开,将之冲破的力量来自于体内的……加拉格尔不知道那东西是什么。一根至少有六英尺高的白色圆柱在顶点处爆发成一种扁圆的、边缘参差不齐的枕头状物——各面都长着如水疱般的球根。圆柱的质地粗糙而不均匀,水疱却闪闪发光。要是歪着头去看,你会发现它们如油浮于水面般的光泽。

"天啊!"海伦·贾斯蒂诺小姐用一种密谈似的语气悄声说道。

"神奇,"考德威尔博士喃喃自语道,"太神奇了。"

"你说是就是吧,博士。"中士说,"但我在想,我们得和它保持绝对的距离,对吧?"

不知是出于无畏还是莽撞,考德威尔伸出手去触摸其中一株植物。在她手指的压力下,它的表面凹下去一点,但手一拿开,它又迅速恢复为原样。

"我不认为它有危险。"她说,"现在还没有。等这些果实成熟后,也许就完全是另外一回事了。"

"果实?"贾斯蒂诺小姐重复道。她说这句话时,语气就像加拉格尔。从一具腐烂开裂的男性尸体上长出的果实?还能有比这更恶心的吗？

梅勒妮从加拉格尔旁边挤了进来，在他腿边偷窥这只倒下的僵尸。他对她不得不看到这样的场景而替她感到难过。一个小孩不应该被迫考虑死亡这种事情的。

尽管她——你知道——已经死了，从某种程度来说。

"果实。"考德威尔又说了一遍，语气中透出坚定与满意，"这个，中士，是僵尸病原体的子实体。这些囊状物就是它的孢子囊。每个孢子囊都是一座孢子工厂，里面全都是种子。"

"就是它的阴囊。"中士解读道。

考德威尔博士开怀大笑。刚刚加拉格尔最后一次瞥见她时，她看上去非常无精打采、疲惫不堪，然而这一新发现却让她活了过来。"是的。没错。它们就是它的阴囊。破开其中一个，你就能与僵尸真菌来次亲密接触了。"

"那还是别了。"帕克斯一边说着一边在考德威尔又要去碰那个东西时将她拉了回来。她抬头看他，一脸的惊讶，似乎预备同他争论一番，但中士已经将注意力转向了贾斯蒂诺小姐和加拉格尔。"你们听到博士说的了。"他说道，好像这是她的意思似的，"这个东西，还有之后再看到的，都属于禁物。不能碰，不能靠近。没有例外。"

"我想带走一些样本——"考德威尔开口说道。

"没有例外。"帕克斯又说了一遍，"快点吧，同志们，我们正在浪费白天的时间。该走了。"

他们的确走了。但这个小插曲弄得每个人的心情都怪怪的。梅勒妮又回去找贾斯蒂诺小姐，就走在她旁边，像是又系上了皮带一样。考德威尔喋喋不休地讲着生命循环和有性繁殖，最后听上去她好像要拉中士做听众，却被他加大步伐甩开了。而加拉格尔忍不住一直回头看，看向那个虽已毁灭却以如此奇怪的方式孕育着生命的尸体。

在之后的几个小时里,他们又看到了十几只已经死去却结出"果实"的僵尸,有些的情况比第一只要糟糕得多。最高的那些白色圆柱比他们还要高出许多,将它们固定在尸体上的是一簇从僵尸身体里溢出的灰色细丝,几乎要将尸体遮盖住。中心茎干越高也就越粗,僵尸的肋骨、喉咙、腹部或者任何茎干最初穿透部位的缺口也被撑得越大。整个场景看起来有些淫秽。加拉格尔向上天祈祷他们走的是另外一条路,然后就没有必要知道这些了。

他还有点被真菌茎干上的这些圆形植物似乎正发生的变化给吓到了。它们一开始从笔直的主茎上长成简单的肿块或突起,然后变大、膨胀成拥有珍珠般白亮光泽的球体,如圣诞树装饰物般悬挂着,接着便掉落下来。在最高最粗的那些茎干周围散落着薄薄的一层,他们小心翼翼地跨了过去。

太阳下山了,加拉格尔感到很高兴,因为他再也不用看这些破玩意儿了。

48

对于海伦·贾斯蒂诺小姐来说,第三个晚上是迄今为止感觉最奇怪的一夜。

这晚他们是在惠茨通高速公路(Whestone High Road)上一个警局的几间牢房里度过的,在这之前帕克斯已经下令绕行一小段路做了侦察。他希望里面能有原封未动的武器柜。他们的弹药在斯蒂夫尼奇的小规模战斗中用光了,所以现在能找到一点是一点。

没有武器柜,不管是动过还是没动过的都没有,但有一块板子,上面挂着钥匙。他们发现有些钥匙可以打开地下室的羁押室。四间羁押室沿一段不算长的走廊依次排列，尽头有间警卫室。正冲着楼梯井的那扇门是由两英寸厚的木头做成的，里面有一块铆接的钢板。

"可以入住了。"帕克斯说。

贾斯蒂诺小姐认为他是在开玩笑，但接着她发现不是，便错愕不已。"为什么我们要把自己锁在里面？"她问，"我们会被困住的。这里只有一个出口，而且一旦我们锁上这扇门，就成了睁眼瞎。我们完全没办法了解头顶上发生的事情。"

"没错。"帕克斯承认，"但是我们知道，那些容克从基地一路跟过来。现在我们正进入整个国家人口最密集的区域。不论我们在哪儿停下，都需要与外界保持一定的隔离。而上了锁的钢制门是我所能想到最不显眼的隔离物了。我们打的光不会透出去，发出的任何声音基本上也不会传到地面上。我们可以保证自身的安全，只是同时也完全注意不到自己。就这一点来说，很难再想到什么更好的办法了。"

没有人提出反对，于是大家开始放下自己的背包。考德威尔瘫靠在墙上，然后身体下滑成蹲着的姿势。她可能不赞同帕克斯的意见，只是她太累了，走不动了。加拉格尔正取出从"温赖特之家"带出来的最后几罐食物，开始逐个打开。

他的这一行为得到了大家的默许，其实也没什么好争论的。

他们关上门，以便打开手电筒，但一开始并没有将门锁上。对于他们当中大部分人来说，幽闭恐惧的心理已经开始蔓延，所以是否转动钥匙锁上门似乎已经无关紧要。吃饭的时候，刚开始还有断断续续的对话，到后来就完全安静了下来。也许帕克斯说他们的声音不会传出去很可能是对的，但身处有回音的地下室，他们的声音听上去还是太大了。

吃完之后，他们一个接着一个悄悄溜进警卫室去解决个人需求。那里没人打手电，所以也算是有了些私人空间。贾斯蒂诺小姐意识到梅勒妮从不需要上厕所。她依稀记得自己刚到基地时拿到过一份资料，上面某个地方有考德威尔对僵尸消化系统的几点说明：真菌会将它们吞下的所有食物都吸收消耗掉。它们不需要排泄，因为没有东西可以排出来。

帕克斯最后还是锁上了门。钥匙在锁眼里卡住，他不得不用很大的力气去转动它。贾斯蒂诺小姐想象着——很可能他们都在想——如果钥匙柄断在门锁里他们会怎么样，因为这扇门可坚固得很。

他们分散开去睡觉。考德威尔和加拉格尔各自选了一间牢房，梅勒妮跟着贾斯蒂诺小姐，帕克斯则睡在楼梯脚，步枪就放在手边。

当最后一只手电筒咔嗒一声关上时，黑暗像重物般压过来。贾斯蒂诺小姐躺着并没有睡，而是向黑暗中凝视。

似乎上帝从来都不关心凡人的这些破事。

49

梅勒妮认为：当你的愿望实现时，你的真我也已变质。

你已经不再是曾经拥有梦想的那个人，所以感觉更像是怪异地重复着很久之前所经历过的事情。

她躺在与基地自己那个房间有些类似的牢房里。不同的是，此刻她与贾斯蒂诺小姐同处一室。贾斯蒂诺小姐的肩膀挨着她的背，她能感觉到女士的肩膀随着呼吸上下起伏。在某种程度上，这样的共处使梅勒妮幸福感满溢，都分不清东南西北了。

然而这里并不是她们可以停驻、生活的地方。这里只是旅途中充满不确定性因素的一站。而且这些因素，有些来自她的内心，而非外部环境。她是只僵尸,不管她做什么,那股想要吃人的强烈冲动终究还会再回来。她不得不手戴镣铐,脸遮口套,这样就不会咬到别人。

从此以后,她们便永远生活在一起,过着平静祥和的生活。

这是她自己构想的故事结局,但现实并非如此。毕肯不会接纳她,要不然就会将她带走,一刀一刀地将她肢解。贾斯蒂诺小姐的幸福结局并不属于她。

她很快就得离开贾斯蒂诺小姐,到茫茫世界中去寻求自己的归宿。她会像埃涅阿斯(Aeneas)一样,逃离沦陷的特洛伊(Troy),漂洋过海来到拉丁姆(Latium),发现了一座新的特洛伊城,也就是后来的罗马。

但是她现在非常怀疑在这个美丽无比却又满目疮痍的世界上,自己曾幻想过的那些为她而战的王子们是否真的存在。尽管现在还没有分开,她却已经开始想念贾斯蒂诺小姐了。

她这么爱贾斯蒂诺小姐,觉得自己再也不会以同样的方式去爱其他任何人了。

50

第四天对于考德威尔而言是一个如晴天霹雳般的奇迹之日。

实际上天气并不晴朗,或者说不再晴朗。变天了,细雨浸湿了衣服。他们已经弹尽粮绝,大家情绪低落,脸色阴沉。帕克斯在担心电子隔离层的问题,所以拿每个人出气。他们手里的电子隔离层所剩无几,所以在开门之前涂抹时很是节省。前面至少还有三天的路程,他们如果无法及时获得补给,就会有大麻烦。

他们依然在往南走,前面还需穿过整个伦敦北部、中部和南部。考德威尔注意到,就连那个列兵的震撼和敬畏的心情也有所平复,唯一一个看到刚路过的什么新鲜事物还不知疲倦地惊叹不已的就是1号实验对象。

而考德威尔自己则在思考很多事情:在哺乳动物细胞基质里生长的真菌菌丝体。人脑中的伽马氨基丁酸A型受体(GABA-A),其普遍性和关键性运作与特定细胞膜中散布的氯离子的选择性传导有关。还有一个更为急迫的问题——为什么他们昨天一下子就看到数百只成群结队的僵尸,而现在却只看到这几只。

考德威尔设想了一些可能的答案:未感染的人类特意做的清除,另一个物种的竞争,僵尸中间疾病的扩散,僵尸真菌本身一种未知的副作用,等等。这显然与那些倒下结了果实的僵尸有一定关系——自那天早上出发以来他们又见到很多,所以最后再见时便见怪不怪了。然而这不可能是唯一的解释,因为如果只是因为这个原因的话,那应该会有成千上万之多,不会只是数十个。令考德威尔烦恼至极的是,她还没发现可以帮助她在众多设想中做出选择的观察性证据。

除此之外——这甚至让她更为担心,她发现自己很难集中精力。她那双受伤的手持续承受着折磨人的阵痛,就像是每只手掌里都多了一组极不同步的心跳似的。她的头痛则试图同时与这两组"心跳"同步。由于两条腿瘫软无力,所以她都无法相信它们还在支撑着自己的身体,看起来更像是她的身体如氢气球般在两条腿上上下浮动。

海伦·贾斯蒂诺小姐对她说了些什么,上扬的音调表明是在问问题。考德威尔没听见,但为了避免被再问一遍就点了下头。

可能是因为相比于幼期无性阶段,僵尸真菌在成熟期会诱发出不同的行为——迁移行为或固着行为。病态的光敏性或某种与受感染蚂蚁的向重力性反射相似的特性。假如她知道这些僵尸去了哪里，就可以开始构建关于此机制的一个模型，也许能引导她了解真菌与神经元接触的界面最终是如何起作用的。

考德威尔这一天有种轻飘飘、做梦般的感觉，一切似乎从很远的地方过来，只是偶尔靠近。他们发现了一群倒下的僵尸，与之前碰到的那些一样也"结了果实"——但这次它们相互之间靠得特别近，所以从胸口长出的那些干或茎被大量菌丝体的细丝缠绕在了一起。

在其他人都痴痴地盯着眼前的菌丝丛时，考德威尔弯下身捡起一个掉落的孢子囊。它看上去和摸上去都很坚硬，拿到手里却感觉很轻，表层光滑，手感很好。她小心翼翼地将它放进实验服的口袋里，没被人发现。等帕克斯中士的目光再次扫向她时，她已经又在摆弄自己的绷带了，好像一直都在做这一件事似的。

他们无休止地行走。时间在断断续续的瞬间中拉长，断裂，倒退，重来。尽管这些瞬间没有连贯的内在逻辑，但似乎都惊人地相似，并且难以避免。

伽马氨基丁酸 A 型受体。神经细胞的超级化发生在所受刺激达到峰值之后，决定了细胞能够再次达到动作电位的时滞。如此勉强均衡的一个机制，作用却又是如此关键！

"靠近时保持警惕。"帕克斯中士在说话，"不要想当然地认为里面没人。"

在基地她的实验室里，考德威尔有一把 SEVC-d 电压钳，可以用来检测活着的神经细胞细胞膜表面离子电流十分微小的变化。她从未训练过自己正确地使用这把电压钳，但她知道受虫草属感染的主体会同时表现出健康受体不同程度的兴奋感和电流活动的不同变化率。但被感染群体中的个体千差万别，且彼此间的差异不可预测。

她现在怀疑它是否与自己未能检测出的另一种变量有关联。

一只手碰了下她的肩。"等等，考德威尔。"海伦·贾斯蒂诺小姐说，"他们还在检查。"

考德威尔向这条路的不远处看去。她看见了停在那里的东西，就在他们前面一百码的地方。

起初她以为可能是自己的幻觉。她清楚自己正处于极度疲惫和轻度定向障碍的状态，原因要么是她在基地弄伤手的时候伤口受到了感染，要么（可能性相对较小）就是他们一路上喝的都是未经处理的水。

她撇下贾斯蒂诺小姐径直走向前去。不管怎样，中士现在已经绕那东西检查了一圈并示意"安全"，所以没有理由再踌躇不前。

她抬起手触摸那冰冷的金属。在灰尘和污垢的覆盖之下，一排铬合金花体字凸起。它在对她说话，说它的名字。

那是罗莎琳德（Rosalind）。罗莎琳德·富兰克林（Rosalind Franklin）。

51

卡洛琳·考德威尔从小到大都相信热力学第二定律：在一个封闭的体系中，熵一定会增加。没有什么例外情况。不会因为行为良好就有空余时间，因为时间之箭总是指向同一个方向。就好似穿过礼品店来到出口，手上没有任何印记，没有任何可以让你返回再经过一次的东西。

自查理和罗西停止使用已经过去 20 年。20 年前它们得以启动——她并未能参与——随后便迷失在这个已瓦解的世界中。而现在罗西正注视着卡洛琳·考德威尔，格外地娴静端庄。

单单罗西出现在这里就可以驳斥熵理论。只要它还是一个"处女",就没有遭到过抢劫或者焚烧。

"门是锁着的。"帕克斯中士说,"也没有人应答。"

"看这些灰尘。"贾斯蒂诺小姐指着说,"这东西已经很久很久都没有移动过了。"

"好,我认为我们应该看一下里面。"

"不!"考德威尔惊叫,"不要!不要强行开门!"

他们都扭头看她,对她一反常态的激烈反应感到吃惊。连1号实验对象也盯着她看,蓝灰色的眼睛眨都不眨一下,眼神中透露出庄重。

"这是个实验室!"考德威尔说,"一台移动的研究设备。如果打破封口,内部可能会遭到破坏,样本、进行中的实验、任何东西。"

帕克斯中士似乎并不买账:"你真的认为眼下这是个问题吗,博士?"

"我不知道!"考德威尔极为苦恼,"但我不想冒这个险。中士,这辆车被派到这儿来是为了研究病原体,负责团队是一些全球顶尖的科学家组成的。我们不知道他们发现或研究出了什么。如果你破门而入,可能会造成巨大的破坏!"

她用身体挡在帕克斯和这辆车之间。但她其实没必要这么做,因为他并没打算靠近那道门。

"好吧。"他闷闷不乐地说,"但我并不觉得这是个问题。那上面安装的那种金属板可不是开玩笑的。我们也不可能马上进去。或许我们能找到一把铁锹,但就算是找到了……"

考德威尔努力地筛选着记忆,过了一会儿她说:"不需要铁锹。"

她给他看藏有应急外部存取曲柄的地方,就搁在罗西车身左侧底下的两个支架上,旁边就是车中部的门。接着她用缠着绷带的左手拿着曲柄——姿势很奇怪,跪下来在车身下面靠近前轮拱罩的地方摸索着。她记得——她自认为记得——曲柄正好可以插进去的插口的位置，但并不如她所愿在那里。在其他人因困惑不已而沉默不语的这样一种安静的气氛中，她胡乱摸索了一番后，终于找对了位置，成功将曲柄的一端插了进去。其实有一个越权控制的选择，但只适用于受到真正围攻的情况之下。这辆车的设计者预见到了一系列情况——在不通过爆破或强行进入的方式而对车内空间造成损坏的前提下，需要从外部进入罗西。

"你怎么会知道这些？"贾斯蒂诺小姐问她。

"我曾经是这个计划中的一员。"考德威尔没有多说。她没说实话，省略了一些内容，但并没有脸红。这段记忆所带来的痛苦比尴尬要深刻得多，没有什么能让她愿意解释更多。

她不想告诉他们自己在为查理和罗西而召集的一组工作人员候选名单中排第 27 位。在车载系统运行期间，她接受了长达五个月的培训，最后终究还是被告知未能入选。其他 26 位生物学家和流行病学家在名单上都比她靠前——似乎在这项任务的负责人和监督人眼中，那些人的专业技能和经验都比考德威尔的更令人满意。由于两个实验室所需人员总数都为 12 人，所以她连第一批替补人员都不是。查理和罗西撇下她出发了。

在此之前，她一直认为他们已经全军覆没——在城市中心的某个堡垒失手，进退两难，被张牙舞爪的僵尸所围困，或是遭到了清道夫容克们的伏击。这样想使她感到了些许安慰——并不是想到那些曾经打败过她的人因为对自己的"大不敬"而丢了性命，而是因为她在名单上那么靠下的位置让她捡了条命。

当然，这样想基本上只是一种观念上的自我安慰——她活下来是她作为平庸之才的意外收获。

胡说！等她找到治疗方法后自会证明这都是无稽之谈。之前她没能在查理或罗西项目上获得一席之位的故事将会成为历史上讽刺的一笔,就像爱因斯坦在高中数学考试中的所谓的糟糕成绩一样。

只是现在这一笔又增添了新的讽刺意义。他们一直以来就是在为她造这座实验室,只是她不知道罢了。他们把它派到这里,将她在半路拦截下来。

帕克斯和加拉格尔正在摆弄那根曲柄——考德威尔尝试的时候,这根曲柄太硬、太难弯曲,所以根本动不了。门正在向后滑,一次半英寸。污浊的空气跑了出来,考德威尔胸口心跳加速。这辆车的密封不错。不论这里曾经发生过什么,车上人员下落如何,里面的环境看上去完好无损。

等门刚打开到足够宽的时候,考德威尔一脚跨上前。

正好撞到帕克斯中士,他挡在她的前面不让路。"我先进去。"他对她说,"抱歉,博士。我知道你急着进去看,我会让你进来。等我一检查完里面有没有人,你就能进来了。"

考德威尔开始陈述自己认为里面没人的原因,但中士并没有听。他已经进去了。列兵加拉格尔站在门边警惕地看着她,显然在担心她试图从他这里闯进去。

然而她并没有那么做。如果她是对的,里面没有危险,那么出于同样的原因,她也就没必要太心急,而如果她猜错了,如果这辆车遭到了某种入侵,那么不管里面有什么,中士肯定比她善于处理。常识驱使她等中士完成搜查后再进去。

然而她几乎不耐烦到要抽搐。这个礼物就是为她准备的,不为其他任何人。这里除她之外没人会使用里面的东西,里面可能有的东西——她纠正自己。这么多年过去了,谁也无从知晓罗西实验室里的那些珍贵仪器会发生什么。有什么样的灾祸能够摧毁整个团队而不破坏他们周围的任何东西呢?对于这道密封的门和未受损的外部可能性最大的解释是，团队中有一个或者更多的人是在车上被传染的。她想象他们在实验室里受到强烈进食冲动的驱使，疯狂地奔跑，打翻精细的图像帧和离心机，将满是精心培养的样本的皮氏（Petri）培养皿踩在脚下。

帕克斯中士摇着头出现了。考德威尔沉浸在这些受灾场景中无法自拔，所以她将他的这一动作当成了结论，她大叫着跑向门那里。这时帕克斯中士一只手抓住她的肩膀稳住她："还好，博士，一切安全。只是驾驶座上有具尸体，似乎是逼不得已开枪自杀了。但在我们进去之前，先回答我的问题——因为这东西完全不在我的经验范围之内——里面有什么东西是我应该知道的吗？任何可能有危险的东西？"

"没有。"考德威尔说，但接着这位谨小慎微的科学家又纠正道，"就目前我所知道的而言。让我进去看看，以便给你个确切的答复。"

帕克斯让到一旁让她进去。她感觉自己在颤抖，但努力掩饰着。

这个实验室什么都有，一应俱全。

面向她的最那头有个她只在照片上见过的东西，但她知道那是什么，做什么用，怎么使用。

那是一台自动车床超薄切片机。

梦寐以求的宝贝。

52

罗莎德琳·富兰克林实验室似乎令考德威尔博士和帕克斯中士激动不已——当然原因并不相同，但海伦·贾斯蒂诺小姐对其第一印象并不太好：冷得要命，发出的回声像是从坟墓里传出来的，而且闻起来还有尸体防腐剂的味道。她从梅勒妮的脸上看出女孩比她的反应更为冷淡。

这也难怪，她们两个最近都有与实验室相关的不愉快经历，尤其是里面有卡洛琳·考德威尔的实验室。而罗西——考德威尔这么叫这东西——偏偏就是一个车轮上的实验室。只是它还有几个睡铺和一间厨房，所以同时也是一辆巨大的房车，另外它还配有火焰喷射器和炮塔机枪，所以还是辆坦克：一应俱全，应有尽有。

事实上，它大到几乎可以穿越时区。实验室位于车身中部，几乎占据了一半的可用空间。前后各有一个武器站，可以背对着各站一个士兵，透过像中世纪城堡上炮眼一样的条形窗守着两边。两个武器站都可以通过一道隔板门与实验室封离。在更靠近车尾的地方，有一间像是机控室的房间。往前是员工休息区，包括十几张壁挂式的简易床、两间化学厕所，厨房，然后是驾驶舱，配有一挺带基座的机枪，与之前悍马上的那挺口径相同，控制按钮几乎和客机一样多。

贾斯蒂诺小姐和梅勒妮站在前面那间武器站里看着周围其他人的活动，偶尔会有片刻的走神。

考德威尔正在实验室里检查仪器设备。她手里有份清单——原先在离门最近的那面墙上，现在她正对照着这份单子去找具体的设备，然后再检查有没有损害。一副专注而极其认真的表情，她似乎完全意识不到周围任何人的存在。

帕克斯和加拉格尔则向前经过员工休息区进到驾驶舱里。他们正忙着处理那里的什么东西——可能是帕克斯提到过的尸体。过了一会儿，尸体被裹在毯子里搬了出来。空气中混杂弥漫着各种难闻的气味，不过好在时间已经比较久远，闻起来并不浓烈。

"前门上了锁。"帕克斯咕哝道，"看上去没有电开不了。而电我们还没弄到。"

他们从进来时走的那扇中门将尸体运了出去。贾斯蒂诺小姐注意到门的内侧钢制电枢和塑料片材排列复杂。她怀疑眼前的这个东西是个折叠式气锁。在它旁边的一个橱柜里,她发现了六套未开封的防护服和带有窄面罩的圆柱形大头盔,像是一部 20 世纪 50 年代的电影里机器人的头部。设计这辆车的人真的是什么都想到了。

但显然这也未能帮助里面的乘客幸免于难。

贾斯蒂诺小姐将一只手搭在梅勒妮的肩上,梅勒妮几乎跳了一英尺高。这一剧烈的反应又使贾斯蒂诺小姐惊退了回去。

"对不起。"她说。

"没关系。"梅勒妮抬头看着她,嗫声说道。这女孩一双睁大的蓝眼睛令人捉摸不透。通常梅勒妮的情绪全都会表现出来,然而此时此刻,在神经紧张和一直以来的忧伤下面,有些深层次的情绪贾斯蒂诺小姐不知该如何形容。

"我们应该不会在这里待太久。"她想让女孩安心。

但她听到了自己话中的无力,其实她并不确定。

帕克斯和加拉格尔回来后匆匆与考德威尔博士叽叽咕咕地说了一通,随后加拉格尔走进员工休息区,而帕克斯则径直穿行至车尾。

贾斯蒂诺小姐好奇地跟着他到了机控室。

帕克斯正将检查板从看上去像是一个大型发电机的东西上取下。他用手在里面戳来戳去,若有所思,之后他开始挨个打开墙上的储物柜,查看里面的东西。第一个柜子里面有很多工具,整齐地摆在架子上。第二个里面放了些线轴,包在沾满油渍的薄棉布里的金属零件,各种大小、标有长串索引号的盒子。第三个里面有说明书,帕克斯皱着眉头聚精会神地翻看了一遍。

"你觉得自己能让这辆车重新启动?"贾斯蒂诺小姐问他。

"也许吧。"帕克斯说,"我不是专家,但应该差不多。他们为白痴们写了这些修理手册。我读这类傻瓜书绰绰有余。"

"可能要费些时间。"

"很可能是的。我的天,这车上的火力比大部分军队都要强,155毫米口径的野战炮、火焰喷射器。值得一试,对吧?"

贾斯蒂诺小姐本想转身去告诉梅勒妮他们待在这里的时间可能比预计的要久——梅勒妮却已经来了,就站在她身后。

"我需要跟帕克斯中士谈谈。"她说。

中士从说明书上抬起头,面无表情。"我们有需要谈的事情?"他问道。

"有。"梅勒妮回答。她再次看向贾斯蒂诺小姐:"私下。"

贾斯蒂诺小姐怔了片刻才反应过来是要她回避。"好的。"她试图让自己听上去不在意,"我去加拉格尔那边帮忙,也不知道他在做什么。"

她为他俩让出独处的空间。她想象不到梅勒妮要跟帕克斯说什么不想被第三个人听到的话,而这种不确定性自然地转化成了不安。帕克斯可能是对拴皮带这件事放松了要求,但贾斯蒂诺小姐知道他仍将梅勒妮视为一个聪明但危险的动物——因为聪明反而加大了危险性。所以梅勒妮需要注意在他面前的言辞和行为,还需要贾斯蒂诺小姐保护着她,寸步不离。

加拉格尔差不多在做与考德威尔同样的事情——清点物品,但他在员工休息区,而且贾斯蒂诺小姐过来的时候他已经差不多要完成了。他给她看自己打开的最后一个橱柜,里面有一台 CD 播放机和满满两格的音乐唱片。她粗略扫了一眼这些至少可称得上包罗万象的标题,感觉好像回到了被立体声环绕的日子。西蒙(Simon)和加芬克尔(Garfunkel),披头士(The Beatles),平克·弗洛伊德(Pink Floyd),弗兰克·扎帕(Frank Zappa),费尔波特协定(Fairport Convention),

纺织工乐队（The Spinners），佛利伍麦克合唱团（Fleetwood Mac），10CC，舞韵合唱团（Eurythmics），皇后乐队（Queen），鼓击乐团（The Strokes），史努比狗狗（Snoop Dogg），辣妹组合（The Spice Girls）。

"这些你一个都没听说过？"贾斯蒂诺小姐问加拉格尔。

"零零散散听过一点。"他回答道，声音中带着憧憬。在基地的时候，唯一的音响系统就是与牢房地堡为一体的那个，到处都在播放古典音乐。有一两个工作人员有数码音乐播放器和通过转动轮子来充电的手控充电器，然而这些无价的宝贝都被各自的主人极为小心地看守着。

"你觉得我们怎样才能播放这些音乐？"加拉格尔反过来问道。

贾斯蒂诺小姐也不知道："如果帕克斯能把发动机修好，这些唱片就会跟其他所有东西一样能用了。存放在这里使它们免受了天气的影响——除温度的变化之外，所以肯定没有受潮。最糟糕的结果就是受了潮。如果保险丝没断，电路板完好无损，它没有理由不能播。别抱太大希望，列兵，但也许你今天能有机会吃上晚餐。"

加拉格尔突然沮丧起来。"我觉得不会。"他满脸愁容地说。

"为什么？"

他摊开空空如也的双手，夸张地耸了耸肩，向她示意所有他已经打开翻找过的橱柜。

"晚饭泡汤了。"

53

帕克斯召集大家在员工休息区开会，但是只有四个人。

"梅勒妮呢？"贾斯蒂诺小姐立刻警觉，怀疑起来。

"她走了。"帕克斯说。接下来面对贾斯蒂诺小姐恶狠狠的质疑，他又解释说："她还会回来的。她只是需要出去一下。"

"她'需要出去'？"贾斯蒂诺小姐重复道，"她根本不用上厕所，帕克斯，所以如果你是说——"

"她不是出去上厕所。"帕克斯中士说，"如果你坚持想知道，我稍后会解释，但其实她非常不希望我告诉你，所以你自己看吧。与此同时，我们还有其他事情需要讨论，而且现在就得讨论。"

他们正坐在下铺边上，勉强保持着平衡。这些卧铺有上中下三层，中间铺位钢架的高度恰好容易碰头，所以他们四个得向前倾才不会撞到。实验室空间会大一些，但除考德威尔以外，其他人似乎都不想在那个充斥着甲醛味的地方多待。

帕克斯冲考德威尔点头示意："从博士的话来看，我们所在的地方是个什么研究站，可以在市中心自由行驶，同时能够抵御所遇到的来自僵尸或其他任何对象的攻击。"

"这是个好主意，我想说的不只这个。只是在某个时候，发生了一些意外——没办法确定先后顺序。发电机坏掉，或者可能是自动进给里的什么东西坏掉了。因为从我这双拙眼看上去，发电机没什么大问题。"

"有可能是没油了。"加拉格尔猜测。

"不是，油还有。这辆车用的是高辛烷值的石脑油—煤油混合物，类似于喷气燃料，这种东西他们大概有 700 加仑。火焰喷射器的油罐也是满的——必要时还可以作为其他什么东西的替代品来救急。所以很可能是出于某种机械故障。他们本该有能力修理，因为每一个零件他们都有好几个备用，可是……好吧，出于某种原因，他们没能修好。也许他们中间已经出现了伤亡，而遇难的正好是最擅长机修的人。不管怎样，等我们把那台发电机拆开就能知道问题到底出在哪儿了。"

"我们一定要这么做吗？"贾斯蒂诺小姐问。

"除非你能想到一个好的理由不这么做。这东西建得就像一辆坦克。悍马有的它都有，而且还多出很多。如果我们能一路开着它回毕肯，会省掉很多麻烦。"

贾斯蒂诺小姐不禁注意到考德威尔博士自以为是、自鸣得意地会心一笑。这激起了她争辩的欲望："我们很容易被发现。"——尽管帕克斯所说的明显很有道理。

"是的。"帕克斯承认道，"是容易被发现。别人在一英里之外就能听见我们的声音。但让不让开是他们自己的事，反正一旦我们出发了，就不会停下来。僵尸、容克、路障——我们只需头也不回地往前开。我们甚至都不一定非要上街。我们可以径直开进一座房屋，再从另一边出来。唯一能阻挡大胖罗西脚步的是河流，而他们设备柜里的地图上标有可以承受罗西重量的桥梁。我认为如果我们连试都不试一下，就是在暴殄天物。最坏的情况无非就是其中有座桥塌了，我们不得不绕点远。或者车胎打滑，又或者掉了个垫圈什么的。真到那个时候，与出发时相比，我们也没有什么损失。与此同时，我们还能从急行军中暂时缓一口气，一直这么走我们都顶不住，尤其是博士。"

"承蒙体恤。"考德威尔说。

"虽然不懂你说的意思，但不客气。"

"两件事。"贾斯蒂诺小姐说。

"什么？"

"你刚才说有两件麻烦事。发电机是一件，另一件是什么？"

"对。"帕克斯说，"我正要说。他们的食物吃光了，橱柜都空空如也。里面连块该死的面包屑都没有。所以我想事情可能是这样的：发电机坏了，他们没法修，在车里坐了几天或者几周，等待救援，然而大毁灭仍在肆虐,没有人过来。最后他们当中有人说'去他的',于是他们就收拾行囊上路了,剩下一个人留守,可能是为了守卫研究站。其他人则离开消失在了落日的余晖中。也许他们真的在哪个地方找到了吃的,也可能没有。很可能是后者,因为留守的这个自杀了,也没人回来救他。也正因此我们才捡了便宜。"

他扫视每个人的脸。"只是我们是在冒着重蹈覆辙的风险。"他总结道,"我不知道多久才能修好那个发电机,也不知道到底能不能修好。但在我们成功或者放弃之前,我们就一直待在这儿。所以就像原来那帮人一样,我们需要食物。我们已经吃完了从斯蒂夫尼奇的那栋房子里带出来的最后几罐食物,而这一路走来所经过的地方不是被抢劫一空,就是被烧成废墟,要么就是被夷为平地。虽然水还不少,但也得省着喝,因为从这里到泰晤士河中途没有补给的地方。所以我们需要出去找,而且要快去快回。理想情况下,我们能找到一个大清扫队伍和容克都没发现的超市,或者是一座主人提前取出了为世界末日所精心储备的大量囤货的房子。"

听到这番冷漠无情的分析,贾斯蒂诺小姐的脸阴沉了下来。"我们要搜查的地方可能先前那帮人都已经去过了。"她指出。帕克斯扭过头看她。她耸了耸肩:"我的意思是,他们在放弃这个超级堡垒走上开阔的大道之前,已经在周围搜过一圈了,这么想不为过。如果真的有食物静静地放在那里等着被人取走,那他们应该早就发现了。"

"这一点确实无法反驳。"帕克斯说,"所以补给可能还是个严峻的问题。首先,当然它关乎我们是否要继续前进,但如果我们要在这里待上一两天或者不管多久,这期间我去倒腾发电机,问题就会更严重。所以这是个重要的决定,可能事关生死,对我们所有人的影响都是一样的。我很乐意来做这个决定,但几天前你义正词严地提醒我,贾斯蒂诺小姐,你们并不受我指挥,包括考德威尔博士。

所以我愿意，就这一次，投票表决。"

"是去是留？同意尝试修好发电机，所向披靡地开车回家的举手。"

考德威尔立即举起手，加拉格尔稍微慢了些。贾斯蒂诺小姐仅一票成了少数的一方。

"没意见吧？"帕克斯问她。

"我没得选，不是吗？"贾斯蒂诺小姐说。但事实上她已经开始持中立的态度。她之所以对罗西保留意见，与其说是出于理性上的反对，不如说是与梅勒妮明显表现出的紧张以及在基地最后一天所发生的事件有关。能在一个巨型坦克里安全舒适地走完剩下的路程，对她来说当然也很有吸引力——不再有伏击，不会再暴露，不用再注意每个声音或者每个动作，也不用一步三回头，看有没有什么东西在身后。

另一边，考德威尔还是一副"这一切我早已预料到"的得意神情。贾斯蒂诺小姐的大脑和胃部都抗拒困在这个封闭的空间里与这个博士多待上一秒。"我想去做寻找食物的任务。"她对帕克斯说，"我是说，假如你那边不需要我帮忙的话，我想跟加拉格尔一道去找食物。"

"你们两个一起去吧。"帕克斯表示同意，"我得知道自己在做什么后才能开始修发电机，所以现在主要在翻看说明书，这样就可以辨认出需要的零碎物件。离天黑还有三个小时，所以如果你决定好了，我觉得你俩应该利用好剩下的这段时间行动起来。用对讲机保持联络。如果遇到什么麻烦，我会尽快赶到。考德威尔博士，我觉得你就不用去了，因为你手上的伤还没好，拿不了太多东西，而且我们也只有两个背包。"

贾斯蒂诺小姐没想到中士还费心解释。他若有所思地看着考德威尔，似乎在想其他什么事情。

"其实，这里有很多事情我都可以做。"考德威尔说，"我打算先去解决水过滤系统。理论上来讲，罗西可以从周围的空气中冷凝出水。一旦发电机运作起来，这个系统或许就能正常运作了。"

"很好。"帕克斯说，然后又转向贾斯蒂诺小姐，"如果想在天黑之前赶回来，那你们得出发了。"

然而贾斯蒂诺小姐还没打算马上就走。她在担心梅勒妮，想知道到底是怎么回事。"可以跟你说两句话吗？"她问帕克斯，意识到有回音，所以加了句，"私下说？"

帕克斯耸耸肩。"好吧。如果快的话。"

他们回到机控室。她正要开口说话，帕克斯已抢先一步将自己的对讲机递给她。"以防你跟加拉格尔走散。"他解释道，"罗西的驾驶舱里有一套完整的通信设备，而且比这些便携式的对讲机要强大许多，所以你俩可以一人带一部。"

贾斯蒂诺小姐看都没看就将这装备放进了口袋。她不想被这种后勤方面的讨论所分心。"我想知道梅勒妮对你说了什么，"她对帕克斯说，"还有她去哪儿了？"

帕克斯挠了挠脖子："确定吗？就算她让我不要说，你还是要知道？"

她看着他的眼睛说："你就这么让她一个人出去。你不在乎梅勒妮会遇到什么危险，这一点我再清楚不过了。但我在乎，现在我想知道你为什么认为可以放她走。"

"你错了。"帕克斯说。

"是吗？哪儿错了？"

"对我的看法。"他的臀部抵着打开的发电机罩，双手交叉于胸前，"好吧，也不是全错。几天前我说过我们应该抛下这孩子，但在那之后她两次救我们脱离险境，不仅如此，她还变成了一个非常得力的侦察员。如果失去她，我会很遗憾。"

贾斯蒂诺小姐张嘴要说话，可帕克斯还没说完："另外，因为她有可能将别人引回我们这里，所以做出这个决定，让她自己在外面游荡，并不是没有任何不良后果。但听她说完之后，似乎这已经是最好的选择了。"

贾斯蒂诺小姐的嘴比之前更干了。"她跟你说什么了？"她问。

"她说我们的电子隔离层已经完全不管用了。海伦，我们今天早上涂得太薄了，因为四个人总共还剩半管。我以为这辆车里会有一些，结果却没有。倒是有考德威尔在实验室里用的那种黏糊糊的蓝色物质，但只是消毒剂，不能像电子隔离层那样遮住我们的气味。

"所以说那孩子一整天都能闻到我们的气味，身体里的那种饥饿感快把她逼疯了。她特别害怕自己会失去控制，咬向我们当中的谁，尤其是你。这就是她为什么不想让我告诉你这些的原因。她不希望你那样看她，把她当作一种危险的动物。她想让你把她当作你班上的一个孩子。"

贾斯蒂诺小姐顿时感到一阵眩晕。她向后靠在冰冷的金属墙壁上，等待眩晕感消失。

"我……"她说，"我就是那么看待她的啊。"

"我也是这么跟她说的，但这并没能减弱她的饥饿感。所以我放她走了。"

"你……"

"带她到外面，卸下手铐，然后她就离开了。手铐就在这儿，等她回来随时都能戴上。"他打开一个储物柜，手铐果然整洁地摆放在里面，旁边就是盘成几圈的皮带，"我告诉她怎样自己摘掉口套，好像她还不知道似的。只不过是几根皮质带子而已。她会一直待在外面，直到找到吃的。一顿大餐，计划就是她把自己喂饱，不填满肚子不回来。也许这样做能使她的进食反射暂时得到抑制。"

贾斯蒂诺小姐回想起梅勒妮离开之前的举止——刚开始的强烈反应，还有从头到尾的心神不宁。她现在明白了，明白了梅勒妮所承受的煎熬。但有一点她不理解：帕克斯居然改变主意，允许梅勒妮摘下口套和手铐。她在困惑的同时又有些愤恨：这个队伍中的其他成员——尤其是帕克斯——对梅勒妮给予了同样的信任，从某种程度上说，这似乎威胁到了自己与梅勒妮之间所建立的纽带。

"你不担心她会咬你吗？"她问他，同时听出了自己话中暗含的嘲讽，霎时对自己感到厌恶，"我是说……就算她饥饿感上来想吃人，你也同意留她跟我们一起？"

"哦，不会。"帕克斯面无表情地回答道，"所以我才放她走。你是不是想问，我帮她摘掉手铐时害不害怕？我不害怕，因为我一直在用枪指着她。那孩子不正常——说好听一点就是特别，但是什么终究还是什么。她之所以特别就是因为她明白自己是谁，她不放纵自己。这一点值得很多人学习。"

他将自己已经清空的背包递给她。

"你是在说我吗？"贾斯蒂诺小姐问，"你是说我没有做自己该做的事吗？"

这个时候如果能像演独角戏似的与帕克斯争论几句，贾斯蒂诺小姐反而会感觉好受一些，而帕克斯却似乎并不热心配合："不是，我不是针对你。我说的是普遍情况。"

"普遍情况？你是在故作高深吗？"

"我是在做一个脾气暴躁的浑蛋。我工作的时候一般都是这副德行。你大概也注意到了。"

她愣了一下，被帕克斯的这些话打了个措手不及。她没想到他还会自我贬低。然而之前她也想不到他还能改变自己的主意呢。

"有什么生存法则吗？"她问道，内心依然隐隐作痛，依旧难以平复,"出去采购如何才能活着回来?在现代城市中生存有什么秘诀吗?"

帕克斯思考答案的时间比她预想的要久。

"把最后那点电子隔离层都抹上,"他建议道,"还有就是,活下来。"

54

加拉格尔希望他是自己一个人出来。

并不是说他不喜欢海伦·贾斯蒂诺小姐,甚至正好相反,他很喜欢她。他觉得她很漂亮。她曾数次以主演或联合主演的身份出现在他的性幻想中,扮演的多半都是经验丰富、性事开放、比自己年长的女人,勾搭上一个小得可以做她儿子的男孩,教给他技巧方法,而且很多次这些绳子甚至都不只是比喻意义上的绳子。①

然而这反倒使得同她一起外出搜寻变得更加尴尬。他担心自己在她面前会说出一些蠢话或者做出一些蠢事。他担心到了需要快速做出决定的时候,由于自己满脑子想的都是她而什么都想不到。他担心自己掩藏不住自己的这种担心。

实际上他们彼此之间都不知道说些什么,但这样也没有让加拉格尔放松下来。好吧,每当他们走到街尾必须决定下一步往哪里走的时候,他们确实有一搭没一搭地低声说了几句。可其他时间他们就又完全沉默下来,按照帕克斯中士所教的那样,像播放慢动作般

---

① 上句"教他如何做"在原文中相应的英语表达为"show him the ropes",其中"ropes"即绳子,具有比喻意义。而此句中"这些绳子甚至都不只是比喻意义上的绳子"意思为这些年长的女人在加拉格尔的性幻想中真的拿出了绳子,有"SM(性虐待)"的意味。——译者注

拖着步子走。

他感觉他们小心过度了。因为自从他们离开那辆还起了个什么破名字的装甲车后,在接下来的一个小时里,他们只看到了四只活僵尸,而且还都没有向他们靠近。

这时他们发现了第一只死僵尸。与之前见到的那些一样,这只也结了果实,只是因为它是肚子着地倒下的,所以那根粗大的白色茎干就顶破这个可怜家伙的背长了出来。海伦·贾斯蒂诺小姐低头盯着它看,一脸的厌恶和沉痛。加拉格尔猜她在想那个僵尸小女孩,就像大毁灭之前的一位母亲在想:世界这么大,有那么多病态的人,我可怜的女儿到底在哪儿?

没错,这世界上到处都是病态的人。而他则与很多这样的人都有联系。基地沦陷的时候,他所遇到的这类人又多很多。他现在如此不安的一部分原因——也许是最大一部分原因——来自于他感觉自己并不是在向一个有任何意义的方向前进。的确,他在回家。但这就像误打误撞地刚出狼窝又入虎穴。显然他们回不了基地了。基地没了,已不复存在,而那些将之摧毁的浑蛋们现在也许还在对他们穷追不舍。但加拉格尔没办法将毕肯视作避难所。在他眼里,它就是在他面前张大的一张嘴,要把他活活地给吞下去。

他试图摆脱这种沮丧的情绪,试图让自己看上去和感觉起来都像一个兵。他想让海伦·贾斯蒂诺小姐因为有他在而感到安心。

他们一直沿着一条长路行进。虽然两边都有商店,但早就被洗劫一空。这些店的位置过于显眼——不管是谁走这条路,它们很容易成为目标。大多数很可能在大毁灭爆发后不久就遭到了哄抢。

所以他们现在将注意力转移到了小街上的房屋。相比之下,这里不方便进来,也不容易搜查。首先得先查看有没有僵尸。闯入时,尽最大可能减少声响,因为一有什么动静,僵尸就会被引过来——如果这周围有的话。

进去之后,还得马上再做一次侦察。这些房子的任何一栋里都可能藏着一窝僵尸——可能是之前的住户,或者是不速之客。

整个过程速度缓慢,折磨着你的神经。

令人沮丧的是,现在又下起了大雨。他们因为头顶上这片阴沉的灰色天空而开始恼火。

最后一点,做这种事很无聊——假设一件事可以既很恐怖又很无聊的话。在加拉格尔看来,这些房子似乎全都一个样:黑暗无光,发霉的气味,脚底下湿软的地毯,腐烂的窗帘以及布满内墙的黑色霉菌,房内乱糟糟地堆满了各种东西,都没什么用,只会挡住你的路,几乎要将你绊倒。就好像是在大毁灭之前,人们常常花费毕生的时间在各种家具、装饰物、书本、玩具、图片和其他任何能找到的玩意中为自己作茧。似乎他们希望自己与其他什么东西一样也是破茧而出。当然,他们当中有些人就是这样的,只是方式并不如他们所期望的那样。

在大部分房子里,贾斯蒂诺小姐和加拉格尔只花时间检查了下厨房。而对于某些有杂物间和车库的房子,他们也会查看一下。他们绝不靠近冰箱和冷柜,因为知道里面一定放着一堆臭气熏天、腐烂了的东西。此时此刻他们需要的是罐装和袋装食物。

然而他们并没有什么收获,所有的厨房都没什么东西可拿。

他们接着走到下一条街上,结果差不多。街尾有一间上了锁的车库,亮绿色的门,他们差点走过。但因为它紧挨着一家被洗劫的街角小店,所以贾斯蒂诺小姐放慢步子停了下来。

"你想的跟我想的一样吗?"她问加拉格尔。

在她问他之前,他什么都没想,但现在却飞速地转动着大脑,以便除了"啊"之外还能说些别的。

"这间锁着的屋子也许属于旁边那家商店。"他猜到。

"一点没错,而且看上去也不像有人进去过。我们去看看,列兵。"

他们试着打开车库门,但门是锁着的。这道门由一种轻薄金属制成,这种情况有好(破锁不会很难),也有坏(他们对它所做的任何一个动作都会制造出很多噪音)。

加拉格尔将自己的刺刀楔进门的一角,然后往后拉。随着一阵响亮而尖锐的声音,金属开始翻折。当它离开门框足够远时,他们用手指扒住边缘,缓慢而平稳地往外拉。虽然还是会发出那种嘎吱作响的声音,但他们也无能为力。

他们向后弯折了一块最长边约为三英寸的三角形,接着他们环顾四周,竖耳倾听,精神高度紧张。街道两边都没有任何迹象和声音表明有什么东西正在靠近。

他们跪下,手脚并用地爬了进去。加拉格尔打开手电筒,照了下四周。

车库里堆满了箱子。

大部分箱子都是空的。而那些里面有东西的,也只是装了些纸张、杂志、孩子的玩具和文具,并没有食物。剩下的箱子里……好吧,是有食物没错,但基本上都是零食。袋装薯片、花生、猪肉脆片、巧克力棒和饼干,几管大概有步枪子弹那么长的硬糖,独立包装的瑞士卷。

还有一些瓶瓶罐罐,里面装的是各种各样的酒水饮料。柠檬汁、橙汁和青柠,可乐、黑加仑汁和姜汁啤酒。没有水,除此之外,你能想象到的几乎应有尽有——只要你将想象力限制在糖类和二氧化碳之间。

"你说这些东西还能吃吗?"加拉格尔小声说。

"只有一个办法能确定。"贾斯蒂诺小姐同样小声地回应。

他们进行了一次味道测试,撕开塑料包装,谨慎地吃了一小口。薯片都馊了,又软又脆,带着一股浓烈的酸臭味。他们当即吐了出来。饼干却还可以。"氢化油。"贾斯蒂诺小姐边说边喷出饼干屑,"在'热寂①'降临这该死的宇宙之前,很可能会一直存在。"花生是最好吃的。加拉格尔无法相信它的味道会像肉类一样咸鲜、浓烈,所以他一口气连吃了三包才停下来。

他一抬头,发现贾斯蒂诺小姐正冲她咧嘴笑——一种友好而非恶意的笑。他笑出声来,很高兴他们两个能一起分享这顿荒谬的大餐——也庆幸在车库黄昏的光线中,她没看见他红了脸。

他在对讲机上与中士喊话,向他汇报他俩会把"培根"带回去,或者至少是一些有培根味的东西。帕克斯表达了由衷的祝贺,并让他装满后带回来。

他们将背包和口袋统统塞满,每人又拿了几只箱子。10分钟之后,他们小心翼翼地返回到街上,此时依然安全无事。

他们带着欢快的心情走上了返程之路。他们完成了猎采任务,而且是出色地完成。现在他们要将成果带回洞穴。他们将在黑暗中点燃篝火,畅饮美酒,分享故事。

好吧,上面这些就算了。但运气好的话,兴许他们能在上了锁的门后面,边听佛利伍麦克合唱团的音乐,边享用一顿像样的晚餐。

---

① "热寂理论"是猜想宇宙终极命运的一种假说。根据热力学第二定律,作为一个"孤立"的系统,宇宙的熵会随着时间的流逝而增加,由有序转向无序,当宇宙的熵达到最大值时,宇宙中的其他有效能量已经全数转化为热能,所有物质温度达到热平衡。这种状态称为热寂。这样的宇宙中再也没有任何可以维持运动或是生命的能量存在。——译者注

55

考德威尔打开装着"温赖特之家"那只男性僵尸大脑组织的六个特百惠盒子,然后将它们并排放到她面前刚刚消过毒的台面上。这间实验室的工作台是由大理石粉和铝土矿、涤纶合成的大理石替代品做成的。它不如真正的石头那么凉。所以当她将滚烫、阵痛的双手放于台面片刻时,并未感到疼痛有多少缓解。

她为每个样本都准备好了载玻片。这次她并没有用上自动车床超薄切片机,因为罗西现在还没有可用的电源——还有一个原因是,这些材料是用勺子从僵尸的头骨上挖下来的。所以组织的自然层已经被破坏,如果切得十分精细,反而几乎什么也得不到了。

之后她会需要自动车床超薄切片机的,但不是用在这些样本上。

现在,她将少量的大脑组织摆放在整个载玻片上,尽可能铺成薄薄的一层,在每片上加一滴着色剂,然后轻手轻脚地盖上盖玻片。手上缠着的绷带限制了她的动作,所以她最后花的时间比正常情况下要长。

六个组织样本,五种可用的着色剂,包括硫酸铈、茚三酮、D282、溴甲酚和P-茴香醛。考德威尔对D282抱以最高的期望。这是一种荧光亲脂性羰花青,经证明有高清显示精细神经结构的效果。然而既然还有其他染色剂可用,她也并不会因此而忽略它们。任何一种染色剂都可能产生有价值的数据。

本来现在应该做的是把透射式电子显微镜通上电。它就摆放在实验室的角落里,像是路上用来凿地的那一类家伙和《星球大战》(*Star Wars*)三部曲中的一名帝国冲锋队员——全身都是白色的陶瓷和流畅顺滑的曲线。

然而又得面对没电这一事实。在帕克斯给它供上电之前,这台显微镜是不会醒来服务于她的。

与此同时,她将注意力转向了孢子囊。这间实验室拥有数个可操纵水池,一边有两个圆孔。这些圆孔都有松紧装置,及胳膊肘长的橡胶手套可以从中插进去,然后会在密封胶和机械调整的混合作用下被密封起来。

待孢子囊放进其中一个水池,与实验室的环境安全隔离,考德威尔便开始仔细检查。她试图用戴着手套的手指打开它,但以失败告终。孢子囊的外壳坚硬而有弹性,并且非常厚实,就算是用解剖刀也不见得就能轻易地打开。

孢子囊里面层层叠叠的是一团分形精细的孢子,像灰色肥皂泡沫般从她制造的开口处溢出。她好奇地将手指伸了进去,没有遇到阻碍。尽管塞得如此密实,这些孢子却似乎并未形成任何块状物。

在做这些时,她意识到实验室里不再只是她自己。帕克斯中士进来了,正默默地观察她。他手里拿着枪——不是步枪,而是手枪,随意得好像这种东西可以被带进类似于实验室之类的文明场所,而在这里根本没有能够存放它的地方。

考德威尔将帕克斯晾在一边,自己则继续小心地切着那灰色的脑组织,以检查它的内部结构。

"好消息是,"她说,眼睛和注意力还停留在水池里的东西上,"孢子囊的表层似乎弹性极大。我们之前在地面上看见的那些孢子囊一个也没有破开,而且仅凭一双手也不可能撕得开。看来它们是需要一个来自外部环境的刺激才会发育。而到目前为止,这种刺激还未出现。"

帕克斯不回应。他依然动也没动。

"你有没有考虑过要从事科研工作,中士?"考德威尔依然背对着他问道。

"没有。"帕克斯说。

"不错。你确实太笨了。"

一转眼中士已经来到她身边。"你觉得我错过什么了吗?"他问。考德威尔十分清醒地意识到他手中那把枪的存在。她朝下看的时候,它就在那儿,恰好在她的视线里。中士双手握枪,随时准备射击。

"是的。"

"我错过了什么?"

她放下解剖刀,慢慢地从手套里和水池中收回两只手。接着,她转身看着他的眼睛说:"你看到了吧,我脸色苍白,大汗淋漓。你看到了吧,我双眼通红。你看到了吧,我走路越来越慢。"

"嗯,我看到了。"

"而你已经准备好下结论了。"

"博士,我心中有数。"

"哦,但实际上并不是。完全不是。"她开始拆左手上的绷带。她抬起手给他看。随着白色的亚麻布揭去,她的血肉露了出来。这只手白如鱼肚,还有一点起皱。由于举着手,所以一条条红色的线从她的手腕爬向胳膊——向下延伸,但这并非重力的作用。毒素正试图蔓延至她的心脏,复杂的心血管脉络丝毫无法抗拒这种蔓延。

"血液中毒。"考德威尔说,"急性炎性败血症。我到这儿之后做的第一件事就是给自己服用了大剂量的阿莫西林,但几乎无疑已经太晚。我并不是在变成一只僵尸,中士。我只是在走向死亡。所以请让我一个人继续我的工作。"

然而帕克斯还是继续在原地停留了片刻。考德威尔理解。他是那种偏好解决方法简单而统一的问题的人。他原本以为考德威尔就是这样一个问题,但现在却意识到她不是。对于他来说,要处理好这种观念上的转变并不容易。

她理解是理解,但并不能帮上什么忙,而且她也并不怎么关心。现在最重要的是她的研究,在长时间没有进展之后终于让她看到了成功的希望。

"你的意思是这些果实还是不具有危险性?"他问她。考德威尔大笑。她抑制不住。"完全没有,中士。"她向他保证,"除非发生全球性种族灭绝事件的这一前景会让你感到困扰。"

他脸上的表情像本书似的完全打开,毫无遮掩,先是释然,后又困惑,最后变成怀疑:"什么?"

考德威尔几乎不忍戳破他那珍贵的无知:"我跟你说过,孢子囊里面是僵尸真菌的孢子,但你似乎并没理解这意味着什么。僵尸真菌在还处于未成熟的无性形态的情况下,于短短三年之内就推翻了全球文明。而它之所以没有立即实现全球性大流行的唯一原因,以及那些未被传染的任何一小撮人得以存活下来的唯一原因,就是这种不成熟的组织只能——处于幼态持续——在生物流体中传播。"

"博士,"中士苦恼地说道,"如果你打算像他妈的百科全书那样说话……"

"血液和唾液,中士。它存在于血液和唾液中。它并不喜欢到外面探险,而且在外面它也无法生长。但是它的成熟形态……"她的一只手在水池底下的这个白色、球状的无害雏物上面拨动着,"这么说吧,成熟体不会留下任何余地。每个孢子囊里粗略估计得有一百万到一千万个孢子。它们将通过空气传播,因为很轻,所以能从出发地传播到几十或几百英里的地方。假如它们飘进了上层大气——它们当中有些确实可以,便可以轻松穿越大陆。它们的生命力极其顽强,可以存活数周、数月,甚至数年。如果你不慎吸入,就会被感染。你能看见向你走来的一只僵尸,但如果换成不到一毫米宽的微生物,就困难多了——更难看见它,更难将它挡在身体之外。如果这些个豆荚有一个破开了，我估计人类1.0版的残余也要完蛋了。"

"但是……你说过它们不会破开的。"帕克斯一脸震惊地说。

"我说的是它们不会自己破开。这是一种芽变生物，是一种突变体，其生长过程是随机性的。但是触发性事件——不管是什么——迟早都会发生。随着该事件发生的可能性慢慢增至百分之百，破开便只是时间问题。"

帕克斯对此似乎没有什么可说的。他最后离开了实验室，给考德威尔让出了私人空间。另一边，虽然考德威尔并未让自己因帕克斯的出现而速度减慢，但她还是很乐意独自待着。

56

海伦·贾斯蒂诺小姐比自己想象中更喜欢这次食物搜寻之行。她发现与基兰·加拉格尔在一起的时间还算熬得过去，这一点倒是出乎意料。

然而回到罗西时，再有十分钟天就黑了，他们却发现梅勒妮还是没有回来。担忧就像旧时蒙提·派森（Monty Python）的喜剧短剧里一个重达十吨的包袱似的压向贾斯蒂诺小姐。这么长时间她究竟会在哪儿？弄到一点吃的对她来说能有多难？

贾斯蒂诺小姐想起在斯蒂夫尼奇时的那只狐狸。她没看见梅勒妮斯是怎么捉住它的，但她看见梅勒妮走来时这只动物在梅勒妮的双臂里扭动，在它挣扎的时候她则不断转换它的重心，以防止自己失去平衡。如果你能捉住一只狐狸，那么去捉只老鼠、流浪狗、猫或者鸟应该完全没问题。

也不知道梅勒妮在外面遇到了什么事情。贾斯蒂诺小姐本该试着去找她,而不是和这个只懂听命的列兵一起去找食物。

她马上又后悔自己直觉上对加拉格尔突然产生的这种轻视感。其实他错就错在是个初出茅庐的年轻士兵,对帕克斯中士给予了盲目而又绝对的崇拜。

贾斯蒂诺小姐现在发现,帕克斯话变少了。他只匆匆扫了一眼她和加拉格尔找到的食物,点了下头,咕哝了一声,算是表扬,接着就又回机控室了。

她跟着他到那里。"如果她没回来,我们怎么办?"她问。

中士将头埋在他已开始拆卸的发电机内部。他的声音传出来闷闷的:"你觉得呢?"

"我会出去找她。"贾斯蒂诺小姐说。

听到这句话,帕克斯迅速站直了身子,这也正是她这么说的意图。她不是真的考虑要在天黑之后出去,这毫无意义。她如果使用手电筒,就必定会被街上其他人或其他东西发现她的存在和位置。如果没有手电筒,她就是睁眼瞎——就算是拿着手电筒也只是稍微强一点点。僵尸们会锁定手电筒移动的灯光,或者她身上的气味,或者她的体热,不到一分钟一切就都结束了。

所以在帕克斯告诉她这些时——言语间稍显粗鲁,更多的是为了强调,她都没费心去听。等他说完后,她又问:"那我们怎么做?"

"我们什么都做不了。"帕克斯说,"她在外面比你或者我在外面要安全得多,而且她是个聪明的孩子。到了晚上,她肯定知道藏起来等待天亮。"

"要是她自己找不到回来的路呢?要是她在黑暗中走反了,或者忘了回来的路呢?我们不知道她走了多远,而这些街道在她看来很可能都一个样。就算是在白天,她也有可能找不到我们的位置。"

帕克斯冷漠地看着她。"我是不会发射信号弹的。"他说,"如果你现在想的是这个,还是放弃吧。"

"我们能有什么损失?"贾斯蒂诺小姐问,"我们在一辆该死的坦克里,没人可以碰我们。"

他放下手上一直拿着的说明书,捡起一把扳手。她一度以为他要用它来打她,却意外发现他跟自己一样紧张。"他们没必要碰我们。"他无情地指出,"他们只需要在门口守上一天左右。我们经不起敌人的围攻,海伦。我们只有咸花生和嘉法蛋糕(Jaffa Cakes)。"

就当前情况而言,她知道他说的是对的。但是没关系,在帕克斯给她背包的时候,她已经从他扔在地上的一堆东西中将信号枪偷偷拿走了。她把枪塞进了牛仔裤背面,基本上没有鼓起来。只要不在有光的地方她就没事儿。

但困扰帕克斯的——不管是什么——与困扰她的并不是同一件事,不知道是什么事情令他感到不安。"怎么了?"她问,"我们出去这段时间有什么事发生吗?"

"没什么。"帕克斯太过急着回答,"但我们已经没有电子隔离层了,而且这里也没有替代品可以用。从现在起,只要我们一出去,就是在留下直通我们前门的气味线索。假如那孩子真的回来了,要想控制住她,我们需要的就远不止是一个口套和一根皮带了。她每时每刻都会闻到我们的气味。你觉得这对她会有什么影响?"

这个问题迂回曲折而又狠狠地给贾斯蒂诺小姐的心脏带来了沉重的一击。她一度失语。她想起在基地时那股要进食的疯狂将梅勒妮变成了什么模样。她想象梅勒妮又像上次那样失去控制,而这次是在罗西里面。

他们如何还能让她进来,再给她带上口套和手铐呢?

以她对帕克斯的了解——他是一个擅于从不同角度看问题、做事一丝不苟的人,她怀疑这些有多少是他先前就想好的。"是不是因为这一点你才那么轻易就放她走了?"她问,"你当时有没有想到你是在将她放到荒郊野岭中去?"

"我告诉过你我当时的想法。"帕克斯说,"我没有对你撒谎的习惯。"

"该死的,这不是她的自然栖息之地。"贾斯蒂诺小姐继续说道。她感觉好像吞下了某种苦涩的东西,所以不得不说出来:"她不了解这个地方——没我们了解,其实天知道我们也不怎么了解。也许她可以为自己找到食物,但那和生存不同,帕克斯。她将和动物生活在一起,活得像动物一样,所以她将变成一只动物。那个小女孩会死的,最后她会变得和外面那些僵尸没什么区别。"

"我放她走,以便她能找到东西吃。"帕克斯说,"除此之外,我没多想。"

"是,但你不傻。"她突然走近,而他实际已在这个狭窄的空间中尽量往后退了些。在手电筒倾斜的光线中,她能看到的只是他紧闭的双唇:"卡洛琳可以放任自己不去思考,但你不能。"

"我以为博士本该是个天才。"帕克斯嘀咕道,言语间的若无其事很是牵强。

"一样的道理。她眼里只有自己那些试管底端的东西。她称梅勒妮为1号实验对象时,她确实也是这么想的。但你心里比她清楚,如果你将一只小猫从母猫身边拿走,然后又丢回去,那么母猫会咬断它的喉咙,因为它闻上去不对,你会知道这是你的错。如果你捉住一只小鸟,教它说话,之后它逃脱飞走,然后饿死了,因为它不知道如何捕食,你绝对会明白这是你的责任。"

"那么,梅勒妮并不是猫,对吧?也不是鸟。如果你将她留在发现她的地方,她可能会变成与猫、鸟类似的动物——一种不了解自己、只做需要去做的事的野蛮生物。然而你向她身上扔了张网，将她带回了家，于是她就是你的了。你已经介入。你已经欠下了这笔债。"

帕克斯一言不发。贾斯蒂诺小姐的手慢慢伸到身后，从藏信号枪的地方将其抽出。她拿出来让他看见，枪就在她的手里。

她走向机控室门口。

"海伦。"帕克斯说。

她穿过车尾的武器站，走到门那里。门上了锁，但没人防守。考德威尔在实验室里，加拉格尔则在员工休息区翻看那些旧光盘，好像这些是黄片似的。

"海伦。"

她解除了锁定。这是她第一次解除，但弄清楚这个机械装置的原理并不困难。她回头瞥了眼帕克斯，发现他已经拔出手枪对准她。但仅仅持续了一秒，他拿枪的那只手又落回身体的一侧，然后鼓起腮帮叹了口气，像是刚放下一件重物似的。

贾斯蒂诺小姐打开门，跨了出去。她将一只手臂举过头顶，然后扣动了扳机。

那声音就像放烟花一样，只是时间拖得更长。信号弹自顾自地呼啸着、唏嘘着，渐渐升至她头顶上空的一片漆黑之中。

结果没有光，什么也没看见。毕竟这枪已经有好几个年头了。如同帕克斯的大部分装备——大毁灭之前的装备一样，这一定是个哑弹。

这时仿佛上帝打开了天空中的一盏灯——一盏红色的灯。以她对上帝的了解来看，这是他所喜欢的颜色。

一切都像在白天一样能清楚地看见，但又与白天大不相同。这是一座角斗场或一场恐怖电影里的光。尽管有人放下了遮光板，遮住了那些加固的小窗户，这光一定还是照到了罗西的里面，因为现在加拉格尔正从帕克斯旁边的那道门向外看,而卡洛琳·考德威尔也已经从实验室移驾出来,站在他们身后,迷惑地凝望着深红色的午夜天空。"你最好进来。"帕克斯劝考德威尔,声音平静而顺从,"看到这发信号弹的不会只有梅勒妮一个。"

57

梅勒妮没有迷路,但看见信号弹后,她振作了起来。

她正坐在距罗西半英里外的一个房顶上。到现在她已经坐了几个小时,大雨下个不停,她身上已经湿透。她一直想弄明白傍晚时分就在终于填饱肚子之后所看见的事情,自此她便在脑中一遍又一遍地做无声的回想。

她在湿滑的小巷和公园中搜寻了一个半小时之后吃到了一只野猫。她感到厌恶。她并不是厌恶这只猫,而是追逐、捕捉然后吃掉的这一过程。她始终被一种饥饿感推动着,这种感觉非常强烈,不断地告诉她每一步该做什么。当她用牙齿撕扯开这只猫的腹部,然后将从里面掉出来的东西狼吞虎咽地吃下时,自我的一部分彻底得到了满足,彻底平静下来,然而自我的另一部分则对这种可怕的残忍行为和不忍直视的肮脏场景保持着距离。这一部分的她看到在自己嘎吱嘎吱地咬碎它脆弱的肋骨去够它的心脏时,这只猫还活着,还在抽搐着;听到它在抓挠自己做无谓的抵抗时可怜的叫声,她的双臂被挠破的伤口很浅,甚至都没有流血;闻到因自己不小心扯破它的肠子而散发的排泄物的腥臭味,又看到自己像扔彩带似的将内脏抛到空中,去吃下面温软的肉。

她把它吃了个空。

她一边吃一边逃避着自己脑中各种不相关的想法。她牢房墙上那幅画中的猫安然又专心地舔着它的牛奶。那句关于所有猫在晚上都会变黑的谚语，她不明白是什么意思，而惠特克先生也解释不了。一本书里有这样一首诗。

我爱小猫咪，她的皮毛如此温暖。
假如我不伤害她，她也不会伤害我。

她没有那么爱小猫咪。它的味道还没有她在基地吃的那两个人一半好吃，但她知道这只小猫能让她活下来。她希望现在饥饿感可以有所减弱，不再试图支使她干这干那。

之后她在街上游荡，既忧伤又不安，一直无法平静下来。她不断返回能看见罗莎琳德·富兰克林的范围，确保它还在那儿，然后再次离开，拐进这条或那条小巷，允许自己迷失一个小时左右。她还不想回去。她开始感觉到，似乎在回去之前她又会需要进食。

每走一个来回，她都会增加距离，放慢速度。她在探测自身饥饿感的边缘，像帕克斯在"温赖特之家"检查房间时，手里举着枪前后来回地看那样，探测这种饥饿的感觉和紧迫性。这就是敌军领地，她必须了解自己的对手。

在一次远离罗西的路上，她发现自己前面是一座装有很多玻璃的白色建筑物。第一层的窗户面积很大，但全都已经破碎。再往上还有，都还镶在窗户框里。建筑前面的一个指示牌上写着"艺术仓库"——"艺术"写得比较小，而"仓库"两字则大很多，牌子就挂在门上面。而这扇门原本是用玻璃做成的，所以现在其实跟没有一样。它只是个空的门框，边边角角的地方还粘着些碎玻璃片。

有声音从里面传来——一阵阵尖锐而短暂的声音，像是动物受伤后在叫唤。

这时能遇到一只受了伤的动物就太好了,梅勒妮想。

她走进去,来到一个房间里。这个房间的天花板很高,最里面有两截楼梯。楼梯是金属做成的,两只手可以放在块状橡胶上。楼梯底端还有一个牌子。此时光线开始变暗,梅勒妮刚好还能看见上面写着:儿童乘坐自动扶梯必须有成人陪护。

她开始上楼。刚一踩上去,楼梯就发出了金属的哐当声,之后她每上一个台阶,声音都会有微小的变化,好像楼梯要倒塌似的。她差点就要转身离开,可这时从这栋楼里传出的尖叫声越发响亮,她好奇发出这种声音的是什么样的生物。

上来后她发现有一个墙上贴着图片、摆了很多桌子和椅子的大房间。图片上的文字和图片似乎并不相关,因此难以理解。有一张上写的是"扭曲乡民的秋游"(Twisted Folk Autumn Tour),画的却是一个人在弹吉他。但接着又展示了同一个人摆出同样的姿势,玩弄着很多其他的东西——一只狗,一把椅子,一棵树,另一个人,等等。有些桌子上有盘子、茶杯和玻璃杯,但茶杯和玻璃杯都是空的,而盘子上也只有一些不确定的食物污迹。因为腐烂的时间太久太久了,所以现在就连腐烂物都不见了。

到目前为止,似乎这里没什么不正常,或者说没有什么活物。此时除了尖叫声,梅勒妮还能听见快速移动的声音。但这个房间太大,到处都是回声,所以她没办法判断声源到底在哪个方向。

她环顾四周,四面八方都有楼梯和门。她又随便踏上了一座楼梯,然后随便走进一扇门,接着便沿着一条走廊往前走,穿过了两扇门,每扇都一碰就开了。

这时她突然停住,就像你发现自己快走到悬崖边上时会停住那样。

她目前所在的地方比楼下那个房间看上去要大得多。四下里伸手不见五指，但她从回声的变化和面前空气的运动中猜测出了它的大小。她甚至都不需要想这些。她就是知道这地方很大。

而且这些声音是从她下面传过来的，所以这个巨大的空间是通过三维延伸的，而非二维。

梅勒妮将双手伸到胸前，然后向前迈步——一小步一小步地，很快就来到了一个平台的边缘。在她手指下面的是围栏或者栏杆上一段冰凉的金属。

她静静地站在那里，听着尖叫声、急促的脚步声，以及其他有节奏的、时有时无的鼓掌声和轰鸣声。

这时有人笑了，一阵高声的愉悦的颤音。

她一动不动地待在原地，感到十分惊奇。她能感觉到自己在颤抖。这样的笑声完全有可能来自安妮或佐伊，或者她在班上的其他任何一个小伙伴。这是一个小女孩的笑声——或者也有可能是个小男孩。

她差点就要叫出来，但最后还是没有。她觉得笑声很好听，所以推测声音的主人也许人也不错。但发出这些声音的不可能只是这一个人，因为这听上去像是很多人在来回跑动，也许是在黑暗中玩游戏。

她等了很久，然后一件奇怪的事情发生了——她开始看得见了。

光线并没有变强，只是她的眼睛决定要给予她更多的信息。她曾经上过一节关于所谓"人眼调节"的课：眼睛中的视杆细胞和视锥细胞，尤其是视杆细胞，会变换感应区，这样在本来看似完全黑暗的环境中，眼睛还可以看见各种细节和区别。然而这一转变也有功能限制，而且所生成的大多都是黑白图像，因为视杆细胞并不擅长颜色上的渐变。

然而这次却不同。梅勒妮感觉好像房间里升起了一个无形的太阳，借助它的光线，她可以看得与白天一样清楚，或者就像是她下面的这块地方在几分钟的时间里,从幽暗的海洋中升至干旱的平地。她不确定这是否只是僵尸才具有的能力。

她在剧场里。她之前从未见过剧场,但她知道它应该是什么样子:一排排的座位都朝着同一个方向,而在它们的对面是一个木质地板的宽阔平台——一个舞台。在第一片座位区域的头顶上有一个看台,里面也有座位,梅勒妮就在这里——看台的一头,站在可以俯瞰下面主观众席的看台边上。

她的猜测是正确的,下面不止一个人,至少有十几个。

然而他们并不是在玩游戏。他们在做的是截然不同的事情。

梅勒妮默默地观察了他们很久——可能和听的时间一样久,或者还更久一些。她的双眼睁得大大的,双手紧紧地抓着看台的围栏,像怕掉下去似的。

她一直看到最后所有声音和动静都逐渐消失,随后她尽可能悄无声息地穿过一道道双开门,然后走下楼梯溜走了。

来到街上,雨下得比之前还要大,她跟跟跄跄地走了几步后,在一堵墙的阴影处停住。墙上古老的涂鸦已经褪色成黑灰相间如鬼怪般的图案。

她的脸上有些异样。她的眼眶发热,喉咙抽搐,几乎就像在淋浴室时淋浴器一打开,空气中弥漫起刺鼻的喷雾,此时你的第一口呼吸。

然而这里并没有喷雾。她只是在哭。

她头脑中保持旁观姿态,看着她吃掉那只猫的那部分自己,也在注视着她这次的表现,而且还因为不可能判断出她流下的是否是真正的眼泪——由于下雨的原因——而感到些许痛心。

58

  吃过没人能尝出味道的晚饭——尽管盐和糖的含量出奇的高，夜晚的时间便缓慢地、漫无目的地一点点流逝。

  贾斯蒂诺小姐坐在员工休息区，在座位上扭着身体，以便透过一扇裂了缝的窗户看向外面的街道。她能听见身后的睡铺上传来加拉格尔的阵阵鼾声。他选了个上铺，还从其他大部分人那里偷来毛毯给自己铺了个窝。他躺在上面将自己完全藏了起来，躲在由美梦和聚酯棉布堆成的堡垒后面，阻挡开外面的世界。

  他是唯一一个睡觉的。帕克斯还在拆卸发电机，而且似乎没有要停下来的意思。从他那边断断续续传来的咔嗒咔嗒的声音，贾斯蒂诺小姐推测他正有所进展，如果是断断续续的咒骂声，则表示他暂时遇到了挫折。

  在他们之间是那间实验室，考德威尔正在里面悄无声息地工作。她将载玻片一片接着一片地放在一台自带电池的蔡司激光切片机 510（Zeiss LSM 510）共聚焦显微镜下（那台电子扫描显微镜还是得等到接上发电机的电才能再次启用），在一个反面为皮革材质的笔记本上一一做好注释，然后将载玻片放入一个塑料盒子里，里面的每个格子她都已经仔细编好了号。

  日出时，贾斯蒂诺小姐震撼无语。这一本体论意义上的僵局会永远持续下去似乎是完全合理的。

  在赤色的黎明之中，一个瘦小的身影从一条小巷中走了出来，穿过马路来到了罗西的门前。

  贾斯蒂诺小姐不禁叫了出来，跑着去开门。帕克斯抢在了她前面，而且不给她让路。这时传来一声微弱的闷响：用未戴任何东西的指关节礼貌地敲击装甲钢板的声音。

"这件事你必须让我来处理。"帕克斯对她说。他的眼睛下面显出黑眼圈来,额头和脸颊上都沾着油污,整个人看上去像是刚杀了一个流出印度墨汁的人似的。他的肩膀疲惫地耷拉着,一副受挫的样子。

"'处理'是什么意思?"贾斯蒂诺小姐问。

"意思是我先跟她说话。"

"手里拿着枪?"

"不是。"他不耐烦地嘟囔,"用这些。"

他给她看自己拿着皮带和手铐的左手。

贾斯蒂诺小姐犹豫了一秒。"我知道该怎么戴手铐。"她说,"为什么不能是我出去见她?"

帕克斯用他的那只脏袖子蹭了蹭那道脏眉毛。"天哪。"他咕哝道,"因为她离开之前就是这么请求的,海伦。她担心会伤害到的是你,不是我。我基本上已经确定她现在没事,因为她刚刚是敲的门,而不是用手抓加上用头撞。但无论她现在处于什么样的情绪下,门打开时她唯一不想看见的就是你站在那里。尤其是,她因为进食,嘴上和衣服上都还留有血迹。你能理解,对吗?等她清洗好,等她戴上手铐之后,你就可以跟她说话了。行吗?"

贾斯蒂诺小姐咽了一下口水。她嗓子干涩。实际上她现在很担心,主要是担心过去的这 12 个小时对梅勒妮可能造成的影响,担心自己看着那女孩的眼睛时,可能会发现什么全新的、陌生的内容。出于这个原因,她不想再多耽搁一秒,而且她也不想让帕克斯第一个见梅勒妮。

然而她也确实明白,不论她情愿与否,都不能违背梅勒妮特别提出的意愿。在帕克斯打开门的同时,她不得不退后,退到隔墙边。

她听见门闩滑了回去,液压辅助铰链发出流畅的叹息似的声音。

接着她又穿过车尾的武器站躲到了实验室。考德威尔抬头看向她。刚开始考德威尔态度冷淡,后来便意识到贾斯蒂诺小姐如此焦虑不安所代表的含义。

"梅勒妮回来了。"博士说着站了起来,"不错。我在想她可能已经……"

"闭上你的嘴,卡洛琳。"贾斯蒂诺小姐毫不留情地打断了她,"我是认真的。赶紧闭上,永远也别再张开。"

考德威尔继续注视着贾斯蒂诺小姐。她开始向车尾那边走,但贾斯蒂诺小姐挡住了她的去路,而且待在那里一动不动。她内心积聚的所有那些攻击性即将爆发出来。

"坐下。"贾斯蒂诺小姐说,"你不能见她,不能跟她说话。"

"不,她能。"帕克斯在贾斯蒂诺小姐身后说。贾斯蒂诺小姐转过身,帕克斯正站在门口,梅勒妮就在他的身后。他还没给她戴上手铐,但已经戴回了口套。女孩浑身已经湿透,头发伏在头部一侧,T恤也贴在她瘦骨嶙峋的身体上。现在雨已经渐渐停了,所以这是昨晚淋的。

"她想和我们所有人谈谈。"帕克斯接着说道,"而且我认为我们都会想听。孩子,告诉他们你刚才跟我说的。"

梅勒妮紧紧地盯着贾斯蒂诺小姐,然后更是死死地盯着考德威尔。"这里不是只有我们,"她说,"还有其他人。"

59

在员工休息区内,他们各自找地方坐下。虽然罗西的全部员工应该只有十几个,但这里还是感觉很拥挤。他们意识到相互之间距离太近。在这一点上，没人看上去比贾斯蒂诺小姐自己所感受到的自在多少。

她坐在一个下铺的边上。考德威尔坐在对面的床铺上，正对着她。加拉格尔盘着腿坐在地上，而帕克斯则靠在门口。

梅勒妮站在这一狭小空间的前面一头，准备开口讲述。贾斯蒂诺小姐已经用毛巾擦干了她的头发，将她的外套、牛仔裤和T恤拿到了外面去晒干，然后用另一条毛巾把她裹住，当作临时的浴袍。她的两条胳膊都在毛巾里面——在背后，因为帕克斯又铐上了她的双手。这是梅勒妮的意思。她背对着他，胳膊并拢在一起，耐心地等他铐好。

正如同她站着的姿态那样，她的脸上也显露出极度的紧张。她在努力控制住自己——并不是要控制住想吃人的疯狂冲动，而是类似有人刚刚在街上遭到了抢劫，或者目睹了一起谋杀案之后可能产生的情绪。贾斯蒂诺小姐之前见过梅勒妮害怕的时候，但这次却并不一样，贾斯蒂诺小姐还努力辨别了片刻。

然后她意识到了梅勒妮这次是因为什么——是一种不确定性。

贾斯蒂诺小姐第一次假设，如果梅勒妮生活在大毁灭之前，如果没有被僵尸咬到并感染上病毒，她可能是什么样子，可能会变成什么样子。因为不论她是人还是僵尸，站在这里的她都只是个孩子，除了闻到血的味道之后会暂时变成动物外，一直以来她从未丢失过自己的心智。而且再来看看对此她处理得多么务实，又是多么坚决。

然而贾斯蒂诺小姐没能顺着这个思路想太久。当梅勒妮开口说话的时候，她集中起全部注意力去听。

"我本来应该早点回来的。"她对屋内的所有人说，"但是我特别害怕，所以就先逃走躲了起来。"

"他们不需要扣人心弦的铺垫，孩子。"帕克斯打破了接下来的沉默,"直入主题地告诉他们就行。"

但梅勒妮还是从开头讲起,随之便顺着说了下去,好像她只会以这种方式讲述似的。她回忆了昨晚到剧场的情形,语句虽简单,倒也达意。唯一能透露出她情绪激动的是她讲话时总是换来换去的双脚。

最后她终于讲到了自己站在那个看台上,用一双适应了黑暗的眼睛向下看,看见了下面是什么。

"他们就像我在基地看到的那些人。"她说,"浑身上下都涂着亮黑色的东西,头发都短短地竖立着。事实上,我觉得他们就是基地的那些人。"贾斯蒂诺小姐感觉自己心一沉。容克可能是他们现在所能听到的最坏的消息。"他们有很多很多人。他们在用刀棍互相打斗。其实不是,不完全是,他们只是假装在打。而且他们也有枪——和你们的一样,放在墙上的大搁物架里。但他们并没有用枪。他们只是在用木棍和刀。先是刀,然后是棍,然后又是刀。有一个领头人告诉他们什么时候用棍,什么时候换成刀。有人问他们什么时候可以停下,那个领头人说'我不说停谁都不能停'。"

梅勒妮瞟了一眼卡洛琳·考德威尔。她的表情令人捉摸不透。

"你知道那儿有多少人吗?"帕克斯问。

"我试着数过,帕克斯中士,最后数到55。但是我所站的地方下面应该还有。房间里有一块地方我看不见,但我不想动,怕他们听到动静。我觉得很可能还有。"

"天啊!"加拉格尔说,空闷的声音中带着绝望,"我就知道,我就知道他们不会善罢甘休!"

"是什么让你觉得,"考德威尔问,"这些就是袭击基地的那帮人呢?"

"我认出了其中一些人。"梅勒妮迅速答道,"其实并不是认出了他们的脸,而是认出了他们穿的衣服。有些人身上穿戴着一块块、一片片的金属，而且他们还做了图案。我记得这些图案。有个人胳膊上有一个词：毫不留情。"

"文身。"帕克斯解释道。

"我想是的。"梅勒妮说着眼睛再次瞟向考德威尔博士，"接下来，我还在观察的时候，又进来了三个男人。他们说的是一直在追寻的踪迹，说他们追丢了。那个领头人大发雷霆，又直接将他们派出去了。他说如果他们不能把犯人带回来，他就会让其他人用手中的刀棍拿他们当靶子练。"

这似乎就是整个故事的结尾，但梅勒妮紧张而期望地等待着，以防有什么问题需要回答。

"我的天啊！"加拉格尔一声悲叹，将头埋在交叉的双臂里，没有再抬起来。

贾斯蒂诺小姐转向帕克斯。"我们怎么办？"她问他。

因为不管你喜不喜欢，他是那个制定计划的人。他们的电子隔离层已经用光，门口又驻扎着一大群杀气腾腾的疯子。在目前这种情况下，他是唯一真正有机会带他们离开这里的人。她对容克如何对待活捉的人有所耳闻。虽然很可能是乱说的，却足以让你下决心，宁可在他们抓你的时候留下一具死尸。

"我们怎么办？"加拉格尔抬起头来反问道。他瞪着贾斯蒂诺小姐，觉得她疯了似的："我们离开这里。我们逃跑。就现在。"

"还没到时候，我们不用跑。"帕克斯沉着地说。当他们都看向他的时候，他说道："最好开车，不跑。我大概再有一个小时就能修好发电机——而且在我看来，这个大桶似的家伙依然是我们最大的胜算，所以我们不逃走。在完全准备好之前，我们就保持一级防范禁闭。"

"这种行为很反常。"考德威尔若有所思地说。

帕克斯机警地看了她一眼："你是说那些容克？没错，他们确实反常。"

"我们看见他们时,他们组成了车队,开着基地的车快速前进。这时转移到一个固定的基地——类似于指挥所,道理上说不通。那么大的一个队伍要想靠山吃山靠水吃水不是件易事。事实证明,仅对我们四个人来说,出去搜寻食物就已经很不容易了。"

贾斯蒂诺小姐这才得以插空表达自己的惊讶之情。"哇。"她边摇头边说,"为什么你不出去告诉他们呢,卡洛琳?他们几乎犯了个愚蠢的错误。他们需要像你这样有智慧、有远见的人来给他们一人一巴掌,好让他们想清楚。"

考德威尔没理会这番讽刺。"我认为我们可能错过了让这件事变得合理的什么事情,"她说话如辩论般缜密,"照现在所听到的来看,这并不符合情理。"

帕克斯揉着自己的肩膀离开门框。"我们实施一级防范禁闭。"他又说道,"在没有得到进一步的通知之前,任何人不得出去。列兵,你在那些柜子里有找到胶带吗?"

加拉格尔点头:"找到了,长官。三卷完整的,一卷用过的。"

"把玻璃糊上。不知道那些照明弹遮光板靠不靠谱。"

他提到照明弹的时候,贾斯蒂诺小姐顿觉一阵羞愧和后怕。她昨晚发射那发照明弹的时候,完全可能把容克引来。帕克斯有机会向她开枪时本该动手的。

"检查饮用水的情况。"说话的正是帕克斯,"博士,你之前去看过滤水槽里有没有水吗?"

"水槽是满的。"考德威尔说,"但在发电机修好之前,我不建议喝里面的水。水里有藻类,除此之外很可能还有更多的污染物。利用过滤器可以将其都过滤掉,但前提是得有电。"

"所以我想我最好得接着干活去了。"帕克斯说,但他没动。他在看梅勒妮。"你呢？"他问，"你还行吗？大半天过去了，我们全都一点电子隔离层也没涂。"

"我现在还好。"梅勒妮用同样客观的语气回答——似乎他们在讨论某个与双方都不相关的问题，"但是你们四个人的气味我都能闻到。贾斯蒂诺小姐和基兰的气味比较弱，你和考德威尔博士的则很强烈。如果我不能再出去捕食，你们最后得用什么方法把我锁起来。"

梅勒妮说到闻得见加拉格尔时，他立刻抬头看，但什么也没说，两腮周围看上去有些苍白。

"一副手铐和一只口套还不够？"帕克斯问。

"我觉得如果我一定要的话，是可以把两只手从手铐中抽出来的。"梅勒妮告诉他，"可能会疼，因为我不得不擦伤手上的皮，但我能做到。接下来再摘掉口套就很容易了。"

"实验室有个放标本的笼子。"考德威尔博士说，"我觉得这个笼子够大，也够牢固。"

"不行。"贾斯蒂诺小姐厉声脱口而出，那股在梅勒妮讲一些边边角角的事情时暂时沉睡的怒气又立刻苏醒了。

"听上去像是个好主意。"帕克斯说，"把笼子准备好，博士。孩子，就待在笼子边上，差不多隔个三级跳的距离。如果你感觉到什么……"

"这太可笑了。"考德威尔说，"你不能期望她能自己监控自己。"

"比我们对你自控能力的期望还高。"贾斯蒂诺小姐说，"自从我们离开基地以来，你一直都想对她下手。"

"在离开之前就想了。"考德威尔说，"但我已经说服自己将就着等到了毕肯再说。我们到那儿之后，'幸存者理事会'便可以听取我们两个人的意见，然后做出决定。"

贾斯蒂诺小姐正要用一句脏话来反驳，刚说出半个字，帕克斯的一只手轻拍在她的肩上,转动她的身体面向他。这一唐突的举动令她感到意外。他几乎从未碰过她,自从在"温赖特之家"房顶上示爱失败后,他就再没碰过她。

"够了。"他说,"我需要你到机控室来,海伦。其余人,你们应该知道自己在做什么,或者该做什么。梅勒妮到笼子里去。但你不能碰她,博士。当下任何人都不能动她。如果你把她解剖了,就得向我交代。相信我,你昨天花了一晚上做好的那些载玻片将会不保。明白吗?"

"我说了我会等。"

"我也相信你。我只是再强调一遍。海伦?"

贾斯蒂诺小姐多停留了片刻。"如果她靠近你,"她对梅勒妮说,"你就大叫,我会立刻赶过去。"

她跟着帕克斯一直到车尾的机控室,进去之后帕克斯关上门,然后靠在上面。

"我知道情况很糟糕。"贾斯蒂诺小姐说,"我并不是想添乱。我只是……我不相信她。我做不到。"

"没事儿。"帕克斯表示理解,"我不怪你。但那孩子不会有任何事。我向你保证。"

听到他这么说,贾斯蒂诺小姐感到些许宽慰,知道了他将梅勒妮视为伙伴——至少暂时如此,而且不会让她受到伤害。

"但作为回报,我也想请你帮个忙。"帕克斯继续说道。

贾斯蒂诺小姐耸耸肩:"好,如果我能办到的话。做什么?"

"弄清楚她到底看到了什么。"

"什么?"贾斯蒂诺小姐一时间困惑不已。她没有生气也没有恼怒,只是茫然,不知帕克斯在说什么:"她为什么要说谎?为什么你居然会认为她……该死!因为卡洛琳说的那些?就因为她自以为是,把自己当成人类学家?她狗屁不懂。你不能期望像容克那样的神经病做出合理的决定。"

"也许确实不能。"帕克斯表示同意。

"那你到底在说什么?"

"海伦,那孩子说的都是些成年人的废话。我十分确定她昨晚确实看见什么了。而且很可能把她吓到了,因为她一心想让我们离开。但她看到的不是容克。"

贾斯蒂诺小姐又开始变得愤怒。"为什么?"她问,"你怎么知道?她得向你证明自己多少遍?"

"不用,一次都不用。我想我对她已经比较了解了。但她说的完全站不住脚。"

他拿起他放在发电机机罩上的一本一直在参考的说明书,将之放到一边,以给自己腾出地方坐下。他看上去不太高兴。

"我明白你为什么不想面对这个事实。"贾斯蒂诺小姐说,"如果他们从基地开始一路追踪我们,这就意味着我们完了。我们留下了踪迹。"

帕克斯发出了类似"哈"或"哼"的一声。"你把头放在一只桶里倒着走,都能跟着我们留下的踪迹。"他说,"不是因为这个。只是因为……"

他抬起一只手,然后开始用手指比画。

"她说她看见的都是男人,没有女人,就是说这是临时性的驻扎。那么他们为什么没有设立周边警戒?为什么她可以就那么进去又出来,而且没被发现呢?"

"也许他们守备不严。帕克斯,不是所有人都像你这么能干。"

"可能吧。然后就是恰好在这个时候出现,说他们在追踪谁的那些人,还有那个文身。基地有个列兵巴罗,他胳膊上就刺着一样

271

的字。某种巧合。"

"巧合是会发生的,帕克斯。"

"偶尔会发生。"帕克斯同意道,"但还有罗西。"

"罗西？这跟罗西有什么关系？"

"她并没有被人动过。我们发现她的时候,她就停在大街上,车身没有任何痕迹。没人试图顶开门或者撬掉窗户。她身上到处都是尘土和污垢,甚至连一个手印或一块涂抹痕迹都没有。我很难相信 50 个容克从这里经过却没有看见罗西,也不相信他们发现了她却不想进来看看。再想想看,我很难相信你和加拉格尔昨天能完成搜寻食物的任务而没有撞上他们,也不相信他们没有看见你发射的信号弹。如果他们真的在追踪我们,那也错过太多机会了。"

贾斯蒂诺小姐在头脑中搜寻可反驳的证据,也确实找到了一些。她想起一个帕克斯没有注意到的细节——梅勒妮斜瞟考德威尔的那几眼……似乎她真的一直都在针对一个听众讲她的故事,像是在隔着房间里其他所有人的脑袋在和博士说话。

所以她没有争论。她差不多已经同意帕克斯的看法,这时再去反驳没有任何意义。但她也不会就此罢手。在不知道帕克斯有什么企图的情况下,她不打算离开这里,去质问梅勒妮。

"那你为什么那么做？"她问,"那个时候？"

"我为什么怎么做？"

"下达一级防范禁闭的命令。如果梅勒妮在撒谎,那就没有危险。"

"我没那么说。"

"但你并没有要弄清楚真相的意思。你表现得好像深信不疑。为什么？"

帕克斯思索了片刻。"我不会把我们的性命压在一种直觉上。"他说,"我认为她在说谎,但有可能我是错的。这不是第一次了。"

"胡扯，帕克斯。你不是这么不自信的人，至少在我看来不是。你为什么不找她谈谈？"

帕克斯用一只手的掌根揉了揉眼睛。他突然看上去特别疲惫，疲惫不堪，或许还沧桑了些。"这对她来说有一定意义。"他说，"我不知道具体是什么，但如果我没有完全猜错的话，她特别害怕，所以不敢说出来。我没有逼她因为对于真相会是什么，我压根儿一点线索也没有，所以我想麻烦你去弄清楚。因为我认为你可以在不让她感到更糟糕的前提下，让她告诉你让她害怕的是什么。但我觉得我不行。我们没建立起那种关系。"

自从贾斯蒂诺小姐遇到帕克斯以来，这是他第一次令她刮目相看。

她不禁探身亲了下他的脸颊。他只是稍微怔了一下，可能是因为她亲到的地方大部分都是伤疤，也可能只是因为他没预料到她的这一举动。

"对不起。"贾斯蒂诺小姐说。

"没关系。"帕克斯连忙说，"但是……如果你不介意我问的话……"

"只是因为你把她当人来谈论。有感情，而且这种感情有时或许应该被尊重。感觉这是个值得以某种方式纪念的时刻。"

"好。"帕克斯试探性地说，"想坐下来接着谈谈她的感情？我们可以……"

"以后再说吧。"贾斯蒂诺小姐向门口走去，"我不想打扰你工作。"

或是给你希望，这句话是她加给自己的。因为她依然会将帕克斯与鲜血、死亡和残忍联系起来。几乎和她将自己与这些词关联得一样紧密。他们这样两个人走到一起真的不是个好主意。

他们可能会交配繁殖什么的。但对她来说，这简直是种罪恶。

她穿行到实验室，发现考德威尔已经布置好那个标本笼子。折叠式构造，类似于气锁，但很坚固。这是一个由粗铁丝网构成的立方体，边长约为四英尺，由脱氧钢柱支撑，钢柱锁在嵌入实验室墙中的支架里。笼子放在房间前面的一个角落里，不会妨碍工作台或设备的使用。

梅勒妮坐在笼子里，双膝抱在胸前。考德威尔在做的事情与帕克斯对发电机做得差不多——检修一台复杂的设备（实验室最大的设备之一）。她十分专注，完全投入其中，所以没听到贾斯蒂诺小姐进来。

"早上好，贾斯蒂诺小姐。"梅勒妮说。

"早上好，梅勒妮。"贾斯蒂诺小姐回应道，眼睛却看向考德威尔。"不管你在做什么，"她对这位博士说，"都先等等。去抽支烟歇会儿什么的。"

考德威尔转过身来。她几乎是第一次让自己对贾斯蒂诺小姐的厌恶之情流露在脸上，贾斯蒂诺小姐则以朋友般的方式给予回应：成功克服这种情感障碍真的不容易。

"我现在做的事情很重要。"考德威尔说。

"是吗？真遗憾。出去，卡洛琳。等我叫你，你再回来。"

她们面对面，几乎已经摆好架势，这样持续了很长时间。考德威尔看上去像是顾不上手伤也要打一架，但她没有动手。没打也许还算好。她现在看上去已经虚弱得来阵强风就能将她吹倒，更不用说头上挨一记直拳了。

"你应该审视一下靠恐吓我所得到的快感。"考德威尔说。

"不，那样会破坏掉这种感觉。"

"你应该问问你自己。"考德威尔坚持说，"为什么你那么执着于把我当作敌人。如果我研究出疫苗，可能会医治好像梅勒妮这样对僵尸真菌已经有部分免疫力的人，而且势必将保护其他成千上万个孩子避免重蹈她的覆辙。哪个最重要，海伦？哪个最终意义最大？

你的同情之心,还是我对工作的献身?还是你对我大呼小叫,毫不尊重,以此逃避上面这些问题?"

"也许是这样。"贾斯蒂诺小姐承认道,"现在按照我说的,出去。"

她没等考德威尔回答,径直将考德威尔硬推到房间前面那头,推进了员工休息区,然后在其身后关上了门。博士很虚弱,所以甚至都不用费力,但是门没锁。贾斯蒂诺小姐在那里等了一两分钟,以防考德威尔想再进来,但门一直没被打开。

贾斯蒂诺小姐终于得到了她和梅勒妮所需要的私人空间。她满意地回到笼子那里,在旁边蹲下身来。透过笼子的金属栏,她凝视着里面那张又小又苍白的脸。

"你好。"她说。

"你好,贾斯蒂诺小姐。"

"这样可以吗,我们……"她开始说,但随后又改变了主意。"我进去。"她说。

"不!"梅勒妮大叫道,"不要。就待在那里!"贾斯蒂诺小姐刚把手放在门上滑回门闩时,女孩爬到了笼子的另一头。梅勒妮将自己紧逼到了角落里。

贾斯蒂诺小姐停了下来,这时门已经打开了一半。"你说我的气味你只闻到一点。"她说,"这也足以让你感到不安吗?"

"现在还没。"梅勒妮的声音中透露出紧张。

"那我们就没事。如果情况有变,你告诉我,我会出去。但我不喜欢你像只动物一样待在笼子里,而我却在外面向里看。而这样我会感觉好一点。如果你能接受的话。"

但从梅勒妮的脸上明显可以看出她接受不了。贾斯蒂诺小姐放弃了。她关上门,重新锁上,然后一只肩靠着铁丝网,两腿交叉坐了下来。

"好吧。"她说,"你赢了。但至少过来跟我一起坐。如果你在里面,我在外面,这样应该是可以的。对吗?"

梅勒妮小心翼翼地往前,但在半路停了下来。她显然是担心事态会急速恶化,脱离自己的控制:"如果我告诉你后退,你必须马上照做,贾斯蒂诺小姐。"

"梅勒妮,我们之间有道铁丝网挡着,而且你还戴着口套。你伤不了我。"

"我不是那个意思。"梅勒妮默默地说。

很明显,她说的是在她的老师和朋友面前会变成僵尸,不再是她自己。这种场景让她恐惧万分。

贾斯蒂诺小姐羞愧不已,不仅因为自己刚才说的话欠考虑,还因为自己到这儿来的目的。梅勒妮一定是出于某种原因才说谎的,打破她的谎言感觉不合适。但想到还有什么梅勒妮想让他们都逃离的某种新的随机因素,感觉也不好。帕克斯说得对,他们必须知道。

"昨晚你走进剧院时……"她试探性地开始说道。

"嗯?"

"然后看见了容克。"

"那里一个容克也没有,贾斯蒂诺小姐。"

就这样,贾斯蒂诺小姐已经把接下来要说的几句话都准备好了。她张口怔怔地看着梅勒妮。"没有?"她说。

"没有。"

接着梅勒妮便告诉她自己真正看到的是什么。

在发霉的座位间和轰鸣的舞台上跑来跑去,如婴儿般赤身裸体,浑身脏兮兮的,但是污垢下面的皮肤与梅勒妮自己的一样白,他们的头发一缕缕地垂下来,有几个的还像金属锥似的立了起来。有些人手里拿着棍子,有些拿着袋子——旧塑料袋,上面写的好像是"食来鲜"和"杂货市场"。

"但关于刀的那部分我没撒谎。他们也有刀。不是帕克斯中士和基兰的那种尖利的刺刀,是在厨房切面包或肉时可能用到的那种。"

总共15个,她数过。她在编造关于容克的故事时,直接在此基础上加了40个。

然而他们并不是容克。他们是一些从四五岁到十五岁左右各个年龄的孩子。他们当时是在追赶老鼠。有些孩子用棍子敲击地板和座椅来让老鼠跑起来。其他人在老鼠逃窜的时候抓住它们,咬掉它们的头部,然后将瘫软的尸体扔到袋子里。他们的速度比老鼠快很多,所以抓起老鼠来并不困难。他们把这种追逐变成了一种游戏,边跑边笑,相互逗弄,嘴里不停地尖叫,表情滑稽。

像她一样的孩子:同样也是僵尸,活着的,有生气的,享受捕猎快乐的孩子。一直到他们最后坐下来,开始享用那些血淋淋、一丁点大的尸体时,大孩子先选,小的则挤进他们中间又是抢又是偷。甚至连这个过程也是游戏,他们依旧笑个不停。整个气氛中感受不到任何威胁。

"有个男孩似乎是领头人。他拿着像是王子手中权杖的大木棍,棍面锃亮,脸上涂着各种颜色,这使他看上去有些吓人,但小一点的那些孩子并不惧怕他:他是在保护他们。当其中一个大孩子——是个女孩——向一个小一点的孩子张牙露齿,看起来像是要咬上去时,那个花脸男孩就把自己的棍子放在那个大孩子的肩上,然后她就停下了。但是大多数时候他们不会试图相互伤害。他们似乎算是一个大家庭。他们彼此相互了解,而且他们喜欢在一起。"

这是一场午夜野餐。看着他们,梅勒妮感觉像是在透过望远镜的反端看自己的生活。假如她没被带到基地,现在应该就是这个样子。她本来就应该是这样。她不住地想,对这件事的感受也一直在变化。不能加入到这场野餐中令她伤心，但如果她没被带去基地，她就永远也不会学到那么多东西，而且也不会遇到贾斯蒂诺小姐。

"我开始哭。"梅勒妮说，"不是因为伤心，而是因为不知道自己伤不伤心。感觉好像自己一直以来都错过了下面那些伙伴，尽管我之前甚至都没见过他们，尽管我不知道他们的名字，很有可能他们就没有名字。从他们只是向彼此发出吱吱嗷嗷的声音来判断，这些孩子似乎并不像是会说话的样子。"

小女孩一脸极度紧张的神情。贾斯蒂诺小姐将自己的一只手按上笼子侧面，将手指滑进铁丝网。

梅勒妮探身向前，用额头触碰贾斯蒂诺小姐的指尖。

"那……你为什么不告诉我们这些？"这是贾斯蒂诺小姐能想到的第一个问题。她害怕直面梅勒妮的存在危机，所以便本能地小心避开。她知道梅勒妮不会让她进到笼子里送上拥抱，因为梅勒妮还在担心自己会失态，所以她只能说话，而话语在此时却显得苍白无力。

"我不介意告诉你。"梅勒妮坦白地说，"但这必须是我们之间的秘密。我不想让考德威尔博士知道。帕克斯中士也不行。连基兰都不行。"

"为什么不行，梅勒妮？"贾斯蒂诺小姐劝诱道。然而话刚说出口她就有了答案，她举起手示意梅勒妮不用再回答。但梅勒妮还是说了。

"他们会把那些孩子抓起来，关进地下室的牢房。"她说，"然后考德威尔博士会把他们切成一块一块的。所以我编造了一些我认为能让帕克斯中士想赶紧离开的话，这样其他人就不会发现他们在这儿了。请告诉我你不会说出去，贾斯蒂诺小姐。请答应我。"

"我答应你。"贾斯蒂诺小姐轻声说。她是认真的。不论之后发生什么事情，她都不会让卡洛琳·考德威尔知道自己身边就有一群新的实验对象。这些野孩子们绝对不能遭到宰杀。

这就意味着她得回到帕克斯那里，维持这个谎言，或者拉他入伙，或者想出一个更好的谎言来。

两个人沉默了一段时间，也许都在思考这会如何改变她们之间的关系。他们刚离开基地时，贾斯蒂诺小姐曾让梅勒妮选择是跟随他们一起，还是走进附近的一个城镇。"去和你的同类在一起吧。"她差点说出来，之所以忍住了是因为正当自己要说出口时就意识到梅勒妮并没有同类。

而现在她有了。

贾斯蒂诺小姐正在仔细思考梅勒妮刚刚告诉她的事情可能带来的影响时，身体开始颤抖。有那么离奇、恐惧的一瞬间，她以为只是她自己的原因——以为是癫痫之类的。但这种颤动开始变成有节奏的震动，她听出是什么来了，她耳朵里有一阵低沉的隆隆声，先是越来越响，之后又慢慢减弱，而震感也随之消失得如来时那么快。

"我的天！"贾斯蒂诺小姐倒吸一口气。

她从地上爬起来，然后向车尾跑去。

帕克斯站在发电机边上，沾满油的两只手悬在空中，好像刚刚做完祷告似的，或者是驱邪术。"搞定了。"他说，对着进到房间的贾斯蒂诺小姐咧嘴笑。

"但是又熄火了。"她说。

考德威尔跟在贾斯蒂诺小姐后面进到房间里。听到发电机奇迹般重新运转的声音，她也跑了过来。

"不是，没熄火，而是我切断了电源。我不想让我们在没有做好准备开出去之前让声音传出去。毕竟你永远不知道有谁在听。"

"那我们可以离开了！"贾斯蒂诺小姐说，"一路向南。让我们开动起来，帕克斯。其他乱七八糟的就让他们见鬼去吧。"

他对着她歪嘴苦笑。"是的。"他说,"不希望迫不得已与那些容克纠缠不清。我们可能需要……"他停下,目光掠过这两个女人,表情瞬间严肃起来。

"加拉格尔呢?"他问。

60

加拉格尔就在附近。他跑了出来。他内心积聚的压力瞬间全都爆发了出来,在他甚至还没意识到自己在做什么时压力就将他带出了罗西。

并不能说他是个懦夫。其实这更像是出于一种运动规律。因为他的压力既来自于前面,也来自于后面——来自他将回到什么样的过去这一念头。所以他只是被从侧面挤了出来。

没错,但同样也来自于锁上门,关上灯,等待容克发现他们的想法。好像真的有谁可能错过那么醒目地杵在街上的那辆车,错过他们似的。

当初基地沦陷时,加拉格尔看见西·布鲁克斯(Si Brooks)被步枪枪托砸烂了脸——这个男人把加拉格尔珍贵的过期色情杂志租给整个营房,而且还偷偷爱上了第 23 页上的那个女孩。还有劳伦·格林(Lauren Green),为数不多与其对话时他舌头不会打结的女性之一,被人用刺刀捅进腹部。要不是帕克斯中士简短的一句"我需要一个炮手",就一把抓住他的肩膀拖出一直躲在食堂角落的他,他可能也会被捅上一刀。

若非如此,加拉格尔不敢想象自己能坚持多久。他呆在那里,惊恐至极。但是说"呆"可能不太准确,因为那时,他实际感觉到的更像是眩晕——似乎动一下就会在这个倾覆的世界里随机倒向任意一个方向。

因此他现在对自己离开中士——他的救命恩人——感到惭愧。但这确实是无奈之举。不能回头，不能前进，不能待在原地，所以他就需要选择另一个方向，从下面出来。

泰晤士河会救他。那里会有过去大毁灭之前留下的船只。他可以划走或者开走，然后在某个地方找到一个小岛，岛上有座房子，但是没有僵尸，而以种植、捕猎或者诱捕为生。他知道英国是一个岛国，周边还有其他岛屿。虽然不记得具体细节，但他看见过地图上有。这能有多难？探险家和海盗们经常这么做。

他从腰带里取出指南针，在指南针的指引下一路向南。或者说他一直试图向南，但这些街道总会时常制造些困难。由于感觉自己过于暴露，他离开了主街道，在后街小巷里拐来拐去。指南针会告诉他怎么走，在这些林荫大道、新月街和死胡同组成的迷宫里，只要有路，他就按着指南针的指示走。自从打开罗西的门逃出来之后，他连一只活的僵尸都没看见，只看见几只身上长出树来的死僵尸。

他会到达泰晤士河，大概再走五英里肯定就到了，然后他再见机行事。他走路时，乌云滚滚而去，太阳又露出了头。再次看到太阳令加拉格尔感到有种错位的意外感。它所提供的温暖，所发射的光，似乎与他正穿越其中的世界格格不入。这甚至让他感到有些不安——暴露于危险之中，好像有聚光灯打在身上，走到哪里光就跟到哪里。

不止这个。他看见街道前面有动静，这使他像个兔子一样惊跳，自己反而笑得不能自制。但随后他意识到这动静根本不在街上——街上什么也没有，是在他身后和头上屋顶上移动的什么东西的影子。是容克吗？体形看上去并没有那么大，而且他很肯定如果他们真的在跟踪他，那他现在背上早已经挨了一枪了。这似乎更像是一只猫或者什么的,但该死,它出现的真不是时候。

他还在颤抖,腹部感觉好像要弹射出什么东西似的。加拉格尔找到一个可以用一辆汽车锈迹斑斑的残骸做掩护的地方,在那里坐了一会儿。他从水壶里喝了口水。

水壶几乎空了。

他突然意识到有很多事情现在就可以去做,却一件都还没做。

比如食物。他没想过自己走的时候可以偷走一个背包,所以他什么都没有带,甚至连他塞到自己床铺枕头下面的那袋花生都没动。

还有他的步枪。

还有那管空的电子隔离层。他本打算剥开管子,把残余的那一丁点凝胶抹到自己的腋下和胯部。

他现在有一把手枪和六夹子弹,还剩些水,还有指南针和一颗手榴弹——自他们放弃那辆悍马后便一直躺在他迷彩服的口袋里。就这些,这就是所有存货。

哪种笨蛋会傻到只穿着一身单衣就在敌人的地盘上徒步行进?他必须得给自己补给,而且要快。

他和贾斯蒂诺小姐找到那些零食的那个上锁的车库现在位于他身后几英里的地方。他不喜欢原路折回,浪费时间,但他当然更不愿意被饿死,而且从这里到泰晤士河也不能保证他还会再找到那样一个补给库。

加拉格尔起身再次出发。这并不容易,但他立刻感觉好多了,仅仅因为是要去做什么事情。他有了一个明确的目标,有了一个计划。他是在走回头路,但只有这样他才能再次前进,并且走得更远。

转了五六个弯之后,尽管有指南针,但他还是迷路了。

这时他非常确定他不是一个人。虽然没再看见移动的影子,但他听得见拖沓的脚步声和飞掠而过的声音,从离他特别近的地方传来。他一停下来去听，就什么都听不到，但只要他一走，就能听到紧跟着自己脚步声的这些动静。有人在他走的时候也在走，在他停下时也停了下来。

听上去他们几乎已经到了他跟前。他本该看见他们，但什么也看不见。他甚至都不能确定他们从哪个方向过来。但是由他看到的影子来判断……那绝对是房顶上的什么东西投射下来的。如果他被跟踪，加拉格尔想，对于跟踪者来说这是既不被发现又能跟紧目标的最好方式。

好。那就看看他们如何一下跳到街对面。

他毫无征兆地跑了起来，疾速穿过街道到对面，斜身拐入旁边的小巷。

经过数家被烧毁的商店后面一个类似于停车场的地方，通过一道展开的后门，进入一条狭窄的过道。一扇腐烂了的、摸上去黏着的硬化橡胶弹簧门将他引向销售区，加拉格尔快速穿过……

放慢脚步，然后停下。

因为这是某种小型超市，有六条左右狭窄的过道以及从地面直指天花板的货架。

架子上有马桶刷、微笑小鸡形状的蛋杯、装饰着米字旗的锡制面包箱、侧身标着名称（"小夹子"）的木质捕鼠器、带有易握手柄的干酪刨丝器、案板、茶巾、新奇的调味品套具、垃圾袋、汽车座椅保护罩、磁力螺丝刀。

还有食物。

不太多——只是一条过道后面一头的一片货架区，但这些金属罐和包装袋似乎都没人碰过。它们依然整齐地分类摆放在上面，所有的汤类放在一个架子上，外国料理放在另一个架子上，大米和意大利面则放在第三个架子上。这看上去就像是在一个没人想到会有末日的世界里，某个嘴里咕哝着什么的——可能早已死去——无名的售货员在一个看上去一定是再平常不过的早上将这些东西摆放了出来。

这些金属罐都已胀气，每听都是如此。此刻在阳光下它们都鼓囊囊的，一定就像在以前——甚至是在加拉格尔出生之前——每个阳光明媚的日子里一样。

幸好还有袋装食品。他先是满怀希望地查看，之后便兴奋起来。

美味盛宴咖喱鸡肉饭——加水即食！

美味盛宴俄式牛柳丝——加水即食！

美味盛宴西班牙海鲜饭——加水即食！

也就是用真空包装的脱水食品。

加拉格尔撕开一袋试探性地闻了下。总的来说，闻起来相当不错。而且他并不在乎里面是不是有鸡肉或者牛肉，只要能咽下去就行。

他倒了剩余水量的三分之一进去，捏紧袋口，晃了约莫半分钟。接着他打开袋口，将生成的一块糊状物直接挤进了嘴里。

味道不错，就像标签上说的那样——美味盛宴。而且他都不用嚼，这东西就像汤似的直接滑了下去。稍有些沙粒感对他也没有影响，但最后他却因为不小心将一些未溶解的粉末吸入喉咙而突然爆发出一阵剧烈的咳嗽，夹杂着咖喱的棕色微粒喷溅到了货架上剩下的所有包装袋上面。

他稍加小心地吃完了这袋。接着他又撕开了几袋，丢弃了外面的硬纸壳，把里面的食物袋塞进了他的各个口袋。等到了泰晤士河，他会随便拿出两三袋来庆祝。一顿混搭的晚餐。

想到这里，他真的该走了。但他还是忍不住快速扫了一眼商店其他地方，想知道这里还可能有其他什么奇迹。

发现杂志架的时候，加拉格尔突然心跳加速。货架的整个顶层——至少十英寸大的摆放空间——全都是色情杂志。他一本一本地拿下来，像拜读经典般虔诚地翻看。那些美得不可思议的女人们冲着他微笑，表现出爱意、理解和欢迎。大腿和胸部大敞。

如果他现在还在基地，这些宝贝会让他大发特发。"朝圣者们"会从各个营房里出来，用烟酒来换取这些女士半个小时的陪伴。尽管他不抽烟，而且害怕喝酒就像害怕僵尸和容克一样，也没能使这个美好的幻想黯淡一点。不论如何，他都会成为那个人——那些走进食堂时理所应当地接受所有人点头致意或者问好的人之一。这样的人一旦向谁回应，便是在对反过来得到点头或问好的人授予身份。

地板咯吱咯吱的声音使加拉格尔吓一大跳，将他从永恒的荣耀中拉回到现实。他放下手中的杂志。此时他才发现十英尺外有个被杂志挡住的女孩——尽管她并没有想隐藏自己的意思。她光着身子，个头娇小，骨瘦如柴。乍一看令人不寒而栗，因为她看上去像一张黑白照片，因为她头发乌黑，皮肤纯净，洁白如雪。一双黑色的眼睛如板上的钻孔般深不见底。她的嘴巴绷紧成一条直线，毫无血色。

她可能只有五六岁，或者是个瘦弱的七岁女孩。

她就站在那里，盯着加拉格尔。随后，当她确定自己吸引到他的注意力后，便伸出一只手给他看她拿着的东西——那是只没有头的老鼠。

加拉格尔的目光从这只老鼠转到女孩的脸上，然后又转回到老鼠上。他们就这样站着，感觉像是过了很久。加拉格尔轻颤着吸了一口长气。

"嘿。"他终于开口，"你好吗？"

这大概是你能想到的最傻的一句话，但他真的难以相信眼前这是真的。这个小女孩是只僵尸，这很明显，但却是梅勒妮那种僵尸——可以思考，而且如果本身不想，就不一定要吃人。

而她正拿着东西向他示好。考虑到她的瘦弱程度，这已经相当有诚意了。

然而她却不向他靠近,而且一言不发。她会说话吗?基地的那些孩子刚被带进来的时候都更像是动物。听到其他人说话,他们很快就能学会。但他记得最初他们像小猪一样尖叫,或者像黑猩猩似的啾啾地交流。

不要紧,还有其他办法——肢体语言。

加拉格尔冲着女孩咧嘴大笑,还友好地挥了挥手。她还是不动,脸上面无表情,仿佛戴了副面具。她只是冲他轻轻地摇晃那只老鼠,就像逗一只狗时那样。

"你是个非常漂亮的小女孩。"加拉格尔呆呆地告诉她,"你叫什么名字?我叫基兰,基兰·加拉格尔。"

那只老鼠又被晃了晃。女孩的嘴一张一合,像是在表达吃东西的意思。

这太可笑了。他要去接过那只老鼠,不然两个人会永远这样僵持下去。

加拉格尔极慢地放下色情杂志——正面朝下,好像这个活死人小孩会因为封面上袒露的胸部而感到尴尬或被带坏似的。他向她摊开空空如也的双手。他按照帕克斯中士所教的那样不紧不慢、不慌不忙地一步一步走向她,自始至终注意保持自己的双手完全在视野范围之内,脸上还挂着微笑。

他动作极慢地伸出一只手去接过那只老鼠。

这个小鬼缩手将它拉了回去,不让他够着。加拉格尔的手停在半空中,怀疑自己可能被误解了。

转眼间他感到左腿一阵剧痛,然后又换成右腿。他尖叫着倒下,两条腿发软弯曲,所以他像倾斜的衣柜般笨拙地倒在了地上。几个矮小的身影从他两边跑开,他们一直蹲藏在那条相交的过道里。他没能看清楚他们,因为他现在很痛苦,很愤怒,而且因为一头雾水,所以甚至一开始都没意识到刚刚发生了什么。

他支起一只胳膊肘费力抬起身,看向自己的双脚,但他无法处理眼前的信息——一片红色。血,那是血,是他的血。他知道这是他的,因为在看见血的同时,他也开始能感觉得到。他的小腿肚一阵阵地抽动,令他疼痛难忍。他的裤子从膝盖往下已经被血染透。

他们做了什么?他头晕目眩,搞不明白。他们刚刚对我做了什么?

他的余光捕捉到一个模糊的影子,于是扭头去看。另一个小孩正在冲向他。小孩脸上胡乱涂着鲜艳的颜色,两只眼睛像两个黑色针孔似的凸出来。他的一只胳膊高举过头顶,手里拿着一个闪亮的金属物体,在午后的斜晖里格外耀眼。

男孩大摇大摆地走来时,加拉格尔惊叫着往后退。一时间他还荒唐地以为这个武器是一把剑,然而在它一闪而过时,他看到这东西比剑要厚实、立体得多。这组金属货架基本上帮他挡下了这一击。加拉格尔抬起胳膊,反手打在男孩的胸膛上。由于身体太轻,男孩被这一掌打得晕头转向。那个武器——一根铝制棒球棒——从男孩的手中飞出,哐当一声滚落在加拉格尔脚边。

浸在了一摊血里。他自己的一摊血。

那个花脸男孩爬走了,但又有两个孩子从两边跑过来,一个拿着刀,另一个看上去像是挥舞着屠夫的切肉刀。加拉格尔又大喝一声,一把抓起棒球棒。

这两个僵尸孩子停下了攻击的脚步,倒着退出他正好能够着的范围。

然而此时已经到处都是他们的人了。加拉格尔看不清总共有多少,但目测貌似有几十个,或者几百个。一张张苍白的脸透过货架上的缝隙窥视着他,若隐若现。胆子较大的则围在货架通道两端,正面盯着他看。他们把所有能用上的武器都用上了，有刀子、叉子，还有折断的树枝。大部分孩子都和那个女孩一样一丝不挂，而有些则身着搭配怪异的衣服——一定是从店铺陈列的服装中掠来的。其中有一个男孩上半身斜对角穿着一个豹纹胸罩，一端系在挂着一大串装饰性钥匙环的帆布腰带上。

加拉格尔现在才看见，他最初见到的那个小女孩依然站在那里。她只是往后退了退，为拿着武器的那些小孩让出点空间。她正在啃咬那只死鼠，平静而有耐心。

加拉格尔试图站起身来，但双腿却支撑不了他的重量。他的眼睛不能离开这帮小孩，以防他们再次发起攻击，所以他用空出的这只手往下摸，试着凭感觉判断他的腿到底怎么了。在他右边裤腿膝盖到脚踝的中间有道宽缝，他小心翼翼地伸进去触摸伤口的边缘。伤口并不宽，但又长又直，这让你不得不判定应该很深。

左腿也一样。

那只老鼠并不是示好的礼物，它是诱饵。这种方式本来是起不了作用的，因为他不吃老鼠，但是嘿，你懂什么呢？他对漂亮的女性毫无抵抗力。那个小孩将他引诱到位置上，然后她的两个朋友再从背后将他划伤。

他腿瘸了。

他走不出去了。

他也许再也不能走路了。

"靠！"这个字从嘴里说出来时声音很小，这让他感到意外。在他想象中，这个字本应该是喊出来的。

"听着。"他大声说，"听我说。这不是……你们不能这么对我。你们明白吗？你们不能……"

他眼前的这些面孔没有任何变化。所有人都挂着同一副表情。

内心疯狂的渴求以某种方式被控制着，没有表现在行动上。

他们在等待他死去，这样就可以将他吃掉。

加拉格尔掏出手枪对准，枪口对着那个女孩，然后又对着失手丢掉棒球棒的那个孩子。他看上去像是年龄最大的孩子之一。他的嘴唇丰厚且异常红润，而其他孩子都几乎看不到有嘴唇。乍一看你发现不了这一点，因为他满脸都是颜料。加拉格尔此时注意到他脸上的图案并不抽象。其实他是在自己脸上又涂上了一张类似于怪物的脸，怪物张开的嘴一直从他的鼻子覆盖到下巴。图案模糊不清，歪歪扭扭，足以说明这是他自己所画，而且很可能用的是马克笔。细长的黑发直直地垂下遮挡住他的眼睛，使其看上去有种反叛传统的摇滚明星的感觉。他太瘦了，加拉格尔甚至可以数出他的每一根肋骨。

而且手枪对他根本没有任何影响。他眼睛一眨不眨地直接略过手枪，盯着加拉格尔的眼睛。

加拉格尔冲着其他孩子一个一个地挥动手里的枪。他们似乎根本看不见。他们不知道枪是什么，不知道为什么他们应该害怕它。他至少得向其中一个开枪来让他们明白。

而且最好尽快。他的手在颤抖，而且眼睛也好像变得模糊起来。整个世界像一辆行驶在崎岖道路上的汽车一样开始有些晃动。他试着在这颠簸之中瞄准目标。

花脸男孩——丢卜棒球棒的那个，他就在这群孩子的最前面，很可能就是这次"吃掉基兰·加拉格尔行动"的指挥者。所以，去他的，他死定了。

但是他一直在动。他们都一直在动。要是不小心可能会伤到那个小女孩。出于某种原因，尽管是她将自己引入了陷阱，加拉格尔还是不想这么做。她太小了。这么做感觉太像谋杀了。

他在这里，那个小浑蛋。目标已瞄准，枪握在手里感觉有几英担①重,但加拉格尔只需使之在正确的水平线上保持几秒就够了。只需足够的时间来扣动,扣动……

扳机并没有动。

弹匣空了。

他在第二天的时候把子弹用光了,当时他们正从一群僵尸中冲向那家医院——温赖特之家。之后他便换成了步枪,而且一旦可能需要战斗时,他手里拿着的都是那把步枪,所以他从未再给手枪填弹。

他几乎都要笑了。那些孩子没一点反应是因为这把枪对他们来说什么都不是。他们是因为这根棒球棒才不敢轻举妄动。

然而现在球棒也不管用了,不再管用了。他们正从过道两端慢慢地逼近,每次偷偷移动一两步,像是鼓起勇气的样子。尽管手上没了武器,花脸男孩还是在前面带队。他纤瘦的手指弯曲收缩了起来。

一种麻木感正从加拉格尔受伤的双腿向上蔓延至他的全身。但他内心一股强烈的恐惧感将其抑制住,并使他灵机一动。他迅速向左侧身,以便从迷彩服的口袋里摸出……

太好了!摸到了。他的一只手握住这冰冷的金属。万福玛利亚,他难以置信地想,恩惠满满。

这帮孩子此时离他只有一步之遥。加拉格尔从口袋里掏手榴弹,伸出手给他们看。

"看!"他喊道,"看这个!"这个势不可当的前进中的队伍减速停了下来,但他知道让这些孩子们犹豫的不是手榴弹的威胁,而是他的叫声。他们在估量他还有多少力量来反抗。

"砰!"加拉格尔张开双臂模仿爆炸的情景。一阵沉默。接着花脸男孩反过来冲着他吼叫。男孩以为刚才只是他表现出的一次威

---

① 重量单位,1英担等于1000磅。——译者注

吓，一场互相吓唬的比赛。

随后他们又开始移动。队伍呈包围态势，准备捕杀。

"这是个炸弹！"加拉格尔声嘶力竭地喊道，"这他妈的是个手榴弹，会把你们炸飞。去吃只流浪狗或什么的，否则我会引爆的。我是认真的，我真的会这么做的。"

没有反应。他用大拇指和食指夹着保险栓。

他并不想杀他们。他只是想确保自己可以在一道白光和一阵突然的冲击力中死去，而不是以某种令他无法承受、冗长而恐怖的方式来结束生命。他们并没有留给他选择的机会。他根本没得选。

"求求你们。"他说。

毫无反应。

而真的到时候了，他还是下不了手。如果他能让他们明白他用来威胁他们的是什么东西，结局可能会不一样。

他放下棒球棒，这群凶猛的孩子如波浪般扑上来。手榴弹从他手里被打掉，然后滚到了一边。

"我不想伤害你们！"加拉格尔尖叫道。他说的是真的，所以在他们对他又是抓又是撕咬的时候，他尽量不去反击。他们只是孩子，他们的童年很可能跟他自己的一样糟糕。

在一个完美的世界里，他本应该是他们当中的一员。

61

尽管帕克斯知道找到加拉格尔的可能性几乎为零，但他还是决定去找。他们不能喊，也无法形成任何一种坐标方格，因为只有他们三个——他自己、海伦·贾斯蒂诺小姐和那个孩子。考德威尔博士声称自己很虚弱,走不了远路。由于她看上去好像听到一句狠话就会被击垮似的,所以对此他也没说什么。

但是他们不需要坐标方格。梅勒妮像一个风向标似的转了一圈,在风中闻了几次,最后面对略偏向西南的方向站定。

"那边。"

"你确定吗?"帕克斯问她。

她点头,没有废话。她走在前面领路。

然而加拉格尔留下的气味到处都是,一条路接着一条路,刚开始基本上一直向南,但后来又不止这样。他似乎在距离罗西只有大概一英里的地方自己又原路返回了。帕克斯怀疑或许出于某种原因,这孩子在欺骗他们——可能是想显示自己的重要性,获取大人们的关注。但这不可能。也许一个有脉搏的正常的十岁孩子会耍这样的花招,相比梅勒妮更可信。如果她不知道加拉格尔的去向,她会直接说不知道。

但是在梅勒妮和贾斯蒂诺小姐之间却发生着另外一件事情——她们一直在相互交换恐惧的眼神,而且在穿过一条街追踪到一条偏僻小巷的地方时变得更加频繁。

那孩子停下来看向他。"掏出枪,中士。"她平静地说,神情出奇地严肃。

"僵尸?"他不关心她是怎么知道的,只想弄清楚自己即将面对的是什么。

"是的。"

"在哪儿?"

那孩子犹豫着。他们现在位于一些商店后面的一个停车场之类的地方。三面有很多道门,大部分都已经被砸开或砸坏。有一面的砖堆上停放着一辆锈迹斑斑的汽车,很可能早在大毁灭使街道变得寂静无声之前就已经不能开了。带轮的垃圾箱摆成一长排等待被收走，却再也没有等来。

"那里。"梅勒妮终于开口。她点头示意的那道门第一眼看上去与其他各处并没有什么不同。再看第二眼就会发现门口正前方被踏平的野草，其中有硕大的一株蓟被踩破的地方依然湿湿的浸着汁液。

帕克斯无声地跑了起来。迟做总比不做好，他想。他拍了下贾斯蒂诺小姐的手，示意她掏出枪。他们两个就像大毁灭之前电视剧里的警察那样逐步逼近门口，动作夸张到有点鬼鬼祟祟的样子——尽管他们走在破碎不堪的地面上，脚步声中夹杂着嘎吱嘎吱的声音。

梅勒妮插到他们中间，扭头面向他们。

"帮我解开。"她对帕克斯说。

他看着她的眼睛："手？"

"手和嘴。"

"就在不久前你还让我把你绑起来。"他提醒她。

"我知道。我会小心的。"

她其实不用再多说。如果他们即将走进的是一个到处都有僵尸的封闭空间，那么很可能会需要她。这一点毋庸置疑。帕克斯打开手铐，将它滑进自己的腰带。梅勒妮自己摘下口套递给他。

"可以麻烦你帮我保管吗？"她问。

他将口套放进了口袋，梅勒妮则在他们前面走进了黑暗之中。

然而他们还是没赶上那场狂欢。不论这里发生过什么，现在都已经结束了。被拖出的一条宽宽的血迹从一条过道的中间延伸至一个阴暗的角落，僵尸们就是将加拉格尔带到这里来吃掉他的。他直直地望着天花板，脸上一副强忍痛苦的神情，比十字架上的耶稣还要有礼貌的样子。只是与耶稣不同，他身体的大部分都被咬得只剩下骨头。他的上衣不见了,其他地方也都没看见。他的 T 恤被撕开了一个大口,露出他躯干上凹陷的裂口。他的军牌掉落在暴露的椎骨中。不知怎么,那些僵尸似乎没有弄断他脖子上的钢链就吃掉了他的喉咙——就像那个不弄乱餐具而抽掉餐布的聚会把戏一样。

贾斯蒂诺小姐扭过头,闭上眼睛,眼泪夺眶而出,但她没有发出任何声音。帕克斯一时间也没有说话。他能想到的只是,他只指挥一个士兵,却让这孩子独自死去。这是会让人下地狱的那种罪过。

"我们应该葬了他。"梅勒妮说。

一时间他将自己的愤怒发泄到梅勒妮身上。"还有什么意义?"他恶狠狠地瞪着她咆哮道,"他们都没剩下多少他的尸体来让我们埋。你可以一把将他捧起来,丢到他妈的垃圾桶里。"

梅勒妮让了他很大一步。她龇牙咧嘴地吼了回去:"我们必须得埋葬他。不然野狗和其他僵尸会发现他,又吃掉他剩下的躯体。这样一来就没有任何可以表明他死于这里的地方了。你应该向一个倒下的士兵致敬,中士!"

"致敬……你从哪儿学的?"

"特洛伊战争,很可能是。"贾斯蒂诺小姐喃喃道。她用一只手的掌根擦去泪水:"梅勒妮,我们没办法……没有地方。而且我们也没时间。这样做只会让我们自己成为目标。我们不得不把他留在这里。"

"如果我们不能埋葬他,"梅勒妮说,"那就把他火葬。"

"用什么火葬?"贾斯蒂诺小姐问。

"用那些大桶里装的东西。"梅勒妮焦急地说,"就在有发电机的那个房间。上面写着'易燃',意思就是可以燃烧。"

贾斯蒂诺小姐又说了些别的,可能是在试着解释为什么将盛有 20 加仑航空燃料的几个大桶拖过数条街道是另一项他们不会采取的行动。

但是帕克斯却有些惊讶地在想：在这孩子看来，这个世界从来都没结束。他们教给她所有这些古旧的东西，向她灌输这些没用的玩意，并且认为无关紧要的事情，因为他们知道除非是要被解剖然后涂在显微镜载玻片上，否则她永远也不会离开她的那间牢房。

他的胃里一阵翻江倒海。在服役生涯中，他第一次认识到从内部来看战争罪行可能的样子。他并不是那个罪犯，就连考德威尔也不是。是贾斯蒂诺小姐，还有美勒，还有那个酒鬼惠特克以及他们中剩下的所有人。考德威尔，她只是个刽子手。她就像拥有一张理发椅和一把直形剃刀的理发师斯温尼·陶德（Sweeney Todd）[①]。她不会花上几年的时间把孩子们的大脑拧成椒盐脆饼干[②]。

"我们可以为他做祷告。"现在说话的是贾斯蒂诺小姐，"但是我们没有办法把一只燃油桶一路拖到这里来，梅勒妮。而且就算我们拖了过来……"

"好。"帕克斯说，"就这么办。"

贾斯蒂诺小姐看着他，像是在看一个疯子。"这不是在开玩笑。"她严肃地说。

"我看上去像是在开玩笑吗？嘿，她说得对。她说的比我们俩说的都有道理。"

"我们没办法——"贾斯蒂诺小姐重复道。

帕克斯爆发了。

"为什么不行？"他咆哮道，"如果她想向死了的人致敬，那就成全她！我们已经走出学校了，老师。我们现在已经走出学校很久

[①] 斯温尼·陶德是美国音乐剧及同名电影《理发师陶德》的主人公。——译者注

[②] 原文为"pretzel"，释义为（通常为扭结状或棒状的）咸脆饼干。——译者注

了。也许是你没有意识到。"

贾斯蒂诺小姐困惑不已地盯着他。她的脸有些苍白。"你不应该喊的。"她低声抱怨，同时双手做出"嘘"的动作。

"我是转到你的班上了吗？"帕克斯问她，"现在你是我的老师了？"

"咬死加拉格尔的那些僵尸现在很可能还在附近，能听到你说话。你这是在暴露我们的位置。"

帕克斯举起手枪扣动扳机开了一枪，贾斯蒂诺小姐吓得一边往后退一边叫出了声。这一枪在天花板上打出了一个洞。几块湿灰泥砰地掉了下来，有一块从帕克斯的肩膀上弹开，在接触的地方留下了一道白色条痕。"我会乐意与他们说上一两句话。"他说。

他转身面向梅勒妮，她正睁大双眼看着这一切。对她来说，这肯定就像在看爸爸妈妈吵架一样。"你怎么看，孩子？我们要不要给基兰一个维京（Viking）式的葬礼①？"

她不回答。她目前进退两难，因为如果她回答要，那么就是和他一起站在贾斯蒂诺小姐的对立面——但是她对贾斯蒂诺小姐的爱意又不可能在短时间内随时消失。

帕克斯认为她的沉默代表同意。他绕到柜台后面，早就看见那里有一盒一次性打火机。里面的液体还是满的——虽然每个只有几毫升，但总共差不多有一百个。他把它们拿到这具惨不忍睹的遗体旁边。

作为一个头脑现实的人，他从加拉格尔的腰带上拿走了对讲机，挂到了自己腰上，之后便一个一个地打开那些小塑料管，将里面的火机油一股脑倒在加拉格尔的尸体上。贾斯蒂诺小姐边看边摇头：

---

① 维京式的葬礼意为火葬。——译者注

"有烟怎么办?"

"有烟怎么了?"帕克斯咕哝道。

梅勒妮转身背对他们两个,沿着过道径直走到商店的前面。过了一会儿,她带着一件外面为塑料包装的浅黄色风衣回来了。

她弯腰将衣服放在加拉格尔的头下面。她跪在他的血泊中,血迹甚至都还没干。等她再次站起来的时候,膝盖和小腿上都是黑一道红一道的条痕。

帕克斯拿起最后一个打火机。他本可以用它来点燃尸体,但他没有这么做。他还是跟先前一样,把最后这个的火机油也倒了上去,然后用他的火柴盒擦出火花点着了火。

"上帝保佑,列兵。"在火焰吞噬掉基兰·加拉格尔仅存的那点尸骨时,他轻声说道。

梅勒妮也在说着什么,但声音很小——不是对他们,而是对这具死尸,帕克斯听不见她说的是什么。说句公道话,贾斯蒂诺小姐一直在安静地等他们忙完。几乎同时,那散发着恶臭味的油性火焰逼着他们向后退。

与出来的时候相比,他们在返回罗西的路上彼此距离拉开很多,话也少很多。在他们身后,那间商店火光四起,一股粗烟柱腾空升起,在离他们头顶很高的地方扩散成一把黑色的大伞。

贾斯蒂诺小姐现在对待帕克斯就像一条牙龈吐着泡沫的凶狗一样,而帕克斯感觉此时她这样可能已经很仁慈了。梅勒妮垂头丧气地走在他俩前面。她没有请求重新为她戴上手铐和口套,而帕克斯也没主动提出要这么做。

在他们走了一大半的时候,那孩子停住了。她突然警觉地抬起头。

"那是什么?"她小声说。

帕克斯本来打算说他什么都没听到,但空气中有震动,而现在汇集成了一种声音。它搅醒了夜的宁静，沉闷而危险，好像在宣称已经做好战斗并且打赢的准备。

罗西的发动机。

帕克斯拔腿就跑，赶在芬奇利路（Finchley High Road）的拐弯处看到远处的斑点在几秒之内变成了庞然大物。

罗西有些晃晃悠悠，一方面是因为路上有碎片，另一方面是因为考德威尔博士是在用她的两个大拇指勾着方向盘底部来驾驶。她的胳膊每抽动一下，这辆长型机动车就要摇摆着偏航一次。

帕克斯甚至连想都没想，就跨到了路中间。他不知道考德威尔在做什么，她所逃离的可能是什么，但他知道他必须让她停下。罗西像个醉鬼似的一个趔趄正好避开了他，撞上了一辆停泊的汽车。在被拖行了几码后，这辆汽车便在一阵铁锈和玻璃"雨"中散了架。

接着罗西从他们身边经过。他们目不转睛地盯着这个移动实验室的尾灯，眼睁睁地看着它在加速中离开。

"搞什么？"贾斯蒂诺小姐不知所措地惊叫。

帕克斯也是同样的感觉。

62

帕克斯和贾斯蒂诺小姐带着1号实验对象刚出去寻找列兵加拉格尔，卡洛琳·考德威尔就来到罗西的中门，将旁边的一个隔间打开到和头一样高，然后将一根控制杆从垂直扳到水平位置。这是外部紧急通道的超驰控制。现在除非考德威尔自己允许，否则没人可以进入这辆车。

完成这一步后，她去往驾驶舱，启动了三个仪表盘中的一个。

在车后部距离她20码处,发电机开始发出低沉的隆隆声——但并不是轰鸣声,因为考德威尔并没有给引擎送电。她在实验室需要电,那里就是她下一步要去的地方。由于她将直接与受感染的组织接触,所以她便戴上了手套、护目镜和面罩。

她启动扫描电子显微镜,不紧不慢、小心谨慎地在设置和显示选项屏幕上操作,然后嵌入她准备好的第一块载玻片。

带着激动、兴奋的心情,她满怀期待地看向输出装置。"温赖特之家"那只僵尸的中枢神经系统立即在她热切凝视的目光前显示了出来。在选取绿色作为基色之后,她发现自己正漫游在如热带"脑"林般的神经元树突的冠盖之下。

分辨率很高,考德威尔博士屏气凝神。宏观和微细结构都像教科书中的插图般有着一清二楚的着色。当她在转台下每隔一分钟换一次载玻片时,神经元中存在的各种杂质——尘土、人的头发、细菌细胞以及意料之中的真菌菌丝体,因此便基本突显出在她取到样本之前脑组织就已遭严重损坏这一事实。但令人激动的是,神经细胞本身已完全呈现于她的注视之下。

她看见了其他同行所看见的,但用基地仅有的那些不完善的临时设备却从未能证实的东西。她清楚地看见疯狂的僵尸真菌如何在错综复杂的大脑里筑巢——它的菌丝体如何像常春藤缠绕橡树般在神经元树突周围将自身包裹上稀薄的一层。只是常春藤并不会对着橡树轻吟塞壬之歌[①],然后将里面的橡树偷走。

杜鹃?常春藤?塞壬?专注,卡洛琳,她拼命提醒自己:看着你眼前的东西,在现有证据的支持下去得出合理的推论。

[①] 希腊神话中塞壬女妖用自己的歌声使过往的水手倾听失神,导致航船触礁沉没。——译者注

证据确实存在。她现在看见了其他那么多双眼睛所错过的——堡垒里的裂缝（专注！），在这里人脑中十分相似的结构已经在真菌——被侵蚀的神经细胞——周围和之间重组，孤注一掷，最终寡不敌众。尽管较新的细胞在参差不齐的块状淀粉样蛋白斑的作用下从内部膨胀、磨损和破裂，但一些未被感染的神经元集群的密度实际却增大了。

意识到眼前之所见的重要性，考德威尔感到头皮一阵刺痛。

这一变化发生得本应非常缓慢。她想起来，先前的研究之所以没能记录到这一发展过程是因为在大毁灭之后，它并没有马上达到可以得到视觉上证实的程度。对于任何人而言，当时本可以发现它的唯一方式应该是先做出存在性猜测，然后再进行相应的测试来检验。

考德威尔从成像仪上抬起头。对她来说这很不容易，但她又不得不这样做。她可以一连几小时、几天凝视那个绿色的世界，不断发现新的奇迹。

也许之后吧。但"之后"对她而言已经开始变成一个没有什么指代意义的词。"之后"就意味着再有一两天愈加严重的高烧和身体机能的缺失，接着便是痛苦而不体面的死亡。她有了一个可行性假设的前一半：她必须在自己还有能力的时候去完成这个项目。

在基地考德威尔的实验室里有——或者说曾经有——几十块16号实验对象（玛西亚）和22号实验对象（利亚姆）脑组织的载玻片。假如她现在手头就有，就会用上它们。尽管她曾不顾一切地告诉贾斯蒂诺小姐要尽可能多地积累观察结果，希望最终也许能有某种模式显现出来，但她并不会随意浪费资源。而当下她有了自己的模式——至少有一个可以被验证的假设，但她从基地那些实验对象——对僵尸真菌的影响似乎具有部分免疫作用的孩子——身上得到的现有样本都已不在身边。

她需要新的样本——1号实验对象的样本。

但她知道只要自己一有解剖梅勒妮的心思，海伦·贾斯蒂诺小姐会立即反对，甚至连对那女孩的大脑做一次活组织检查都不行。而正如考德威尔一开始所担心的那样，帕克斯中士和加拉格尔列兵通过在部分正常化的社交环境下与实验对象屡次互动，而与之发展出了令人难以接受的亲密关系。如果她在这个时候宣布自己想获取梅勒妮脑组织样本的意向，不敢保证队伍中有人会支持她。

所以她假设自己已经宣布了这一想法而且遭到了拒绝，在此基础上制定了计划。

她打开并组装中门周围的可折叠气锁。尽管她双手动作笨拙，但气锁灵巧而多铰链的构造使事情变得相对简单。现在不仅仅是绷带的问题了，之前因为组织发炎而产生的触痛感已经变成知觉和反应的普遍性丧失。她指挥自己的手指去做某件事情，它们却反应迟缓，动起来断断续续的，好像冬天发动汽车那样。

但她还是坚持着。完全打开之后，气锁插进了八道沟槽里——四个在车顶，四个在车地板上。每一处都需要插到位，然后再通过转动一个轮子以拧紧套筒支架来锚定。考德威尔两只手都得用上，还得再加个扳手。这样进行了八次。早在她完成之前，她的手就又恢复了知觉——剧烈而持续的疼痛。巨大的痛苦使得她不禁放声抽泣。

气锁的侧边和前边都是用超柔韧却又极结实的塑料制成的。现在需要用一个手持涂胶机向气锁顶端和底部喷涂速凝溶液来加以密封。考德威尔不得不将涂胶机放在左臂弯里，同时用右手的大拇指来按下开关。

结果很糟糕，但她已经得到验证：通过将气锁中的空气推出，观察压力值缓慢下降至零，可以达到完美的密封效果。

很好。

她将新鲜空气抽进来,气锁又恢复到正常的压力值。她对各道门采取了人工控制,并将其发送到实验室她自己的电脑上。她关上两道门,但只将里面的那道锁上。接着她手动将一个装有压缩光气的气缸推进了气锁的储能室。她在最初搜查实验室时就发现了这个气缸,推测它的作用为辅助有机聚合物的合成。当然,它还有其他的用处,包括在不造成大面积组织损伤的前提下,对大型实验动物实施快速而有效的窒息措施。

现在她便开始等。在等的时候,她审视了自己对于即将要做的事是什么感受。她不愿细想她的人类同伴吸入这种气体后会有什么后果。光气比它的"近亲"氯气要仁慈,但这并没有让她好受多少。考德威尔希望梅勒妮先进入气锁,这样就可能在其他任何人跟着她进来之前锁上外面的门。

然而她清楚这种情况不太可能发生。海伦·贾斯蒂诺小姐要么会和梅勒妮并肩一起进来,要么就是在她前面进来,这两种可能性要大得多。如果真是这样,考德威尔也不会太为难,甚至还有点就应该这样的意思。现在这个荒唐的局面主要是由于贾斯蒂诺小姐的百般阻挠造成的,所以考德威尔才不得不计划夺回对自己标本的控制权。

但她还是希望至少不会走到要杀死帕克斯和加拉格尔这一步。这两个士兵很可能会走在后面,掩护贾斯蒂诺小姐和梅勒妮进到罗西里面。可以趁这个时候把他们锁在门外。

没有一种情况是完美的。并不是说她想做出可以算作杀人的事情。但是她得出的这一假设意义重大,所以如果她下不去手,就会犯下反人类的罪行。她身负重任,而且依然能够工作一段时间。这段时间很可能是以小时而不是以天来计算的。

考德威尔已经将实验室里窗户的遮光板都拉了回去，以便窥视街上的动静，这样营救队回来时她就能看见，但是双手和双臂的疼痛令她筋疲力尽。虽然她尽最大努力保持清醒，可还是打了盹。恍恍惚惚中她的意识时有时无。每次当她用力抬起眼皮时，它们又在增强的潜意识中一点一点地合上。

这样反复几次后，考德威尔发现自己——透过窗户与远处——与一个小孩的目光相遇，那孩子就站在一处几乎正对着她的门口。

僵尸，明显是。最初感染时不到五岁。全身赤裸，骨瘦如柴，脏得难以形容，就像大毁灭之前一次慈善募捐节目中的灾民一样。在当时那个纯真年代，有几千人死去就感觉已经是大灾难了。

小男孩如饥似渴地看着她，眼睛眨也不眨。而且他不是一个人。现在已经是傍晚，长长的阴影形成了很多自然的伪装。但是就像拼图上的细节一样，其他僵尸还是从隐藏的位置一个接着一个地暴露出来。一辆停放着的已生锈的废车后面是一个年纪较大的红发女孩。店铺橱窗残骸后面蹲着一个年纪同样较大，双手握着一根铝制棒球棒的黑发男孩。在他身后的店铺里面还有两个孩子，在一堆已晒褪色且已腐蚀的衣服下面四肢着地地趴着。

一群僵尸！考德威尔被吸引住了。她一直都知道之前帕克斯和他的手下说外面实验对象的供应已经枯竭可能有很多含义。其中一种可能性——当时她觉得难以置信，现在却不那么确定了——是这些被感染的野孩子们已经变得十分聪明，会将中士和他所带的诱捕人员当作一种威胁，于是就会转移到新的狩猎地。

此时考德威尔看见那个黑发男孩向自己身后那两个孩子点头示意，接着他们便走上前来看他在看什么。他显然是领头人。另外他还是极个别没有完全赤身裸体的人之一。他窄瘦的肩膀上撑着一件迷彩夹克。在某个时候，他打倒了一名士兵，除了享用其血肉之外，还顺走了死者的衣服。他的脸被涂抹得五颜六色——部落中身份和权力的象征。

考德威尔看到这些僵尸孩子们是如何作为一个群体行动的。他们如何不出声，用手势和面部表情相互示意。他们如何协调自身力量对付这一陌生事物。

可能是刚才的声音——发电机平稳的隆隆声——将他们引了过来，又或者是在贾斯蒂诺小姐或加拉格尔的一次短途外出之后，尾随他们回到这里，至此已经盯上罗西有一段时间了。然而不论是什么吸引了他们的注意力，现在他们已经看见她了。

而且看见之后正在悄悄地围捕她。

尽管她把自己关在一辆武器可以将周边建筑炸得灰飞烟灭的超大型战车之内，面前是坚不可摧的玻璃壁垒。尽管他们没有可以接近她的明显方式，也无法估量她所构成的危险。最关键的是，他们也无法透过钢铁、玻璃、聚合物和密封装置而闻到她的气味。

他们认定她是猎物，所以正在做出相应的反应。

考德威尔还没有反应过来自己所做的决定，就已经起身轻轻地走出实验室去往中门。但这个决定是对的。她可以从任何一个方面来证明这个决定的正确性。

她将门控功能重新转回气锁旁边的仪表板上。接着她将外门滑开又关上，反复开关了几次，以检查其在不同速度设定下的运行情况。她看着与她前臂一般粗的液压阀在门的顶端和底部平稳地向后向前滑动。就算在三级速度设定下——还有比之更快的第七级，她估计阀门送入的压力都超过了 500 尺磅。相比之下，内门则是由较为简单的伺服系统来操控。谁也未曾想到气锁还得被用作限制入内的第二道牢笼。

考德威尔考虑了很多密切相关的因素。首先，1 号实验对象能否回来还是个未知数。就算她回来了,也远不能确定考德威尔已经设置好的埋伏能否成功。又或者假如成功了,还活着的人对被卡在气锁里的人的死亡又会做何反应。

然而事实——或者至少部分事实——是她无法抗拒的:这些怪物在追捕她。她想顺势捕捉他们,轻而易举地将他们的行动扼杀于她更宏大的计谋之下。

在外门完全打开的情况下,她将里面的气锁门滑开到一半的位置。她面向门口站起来等待。

因为先前消耗了体力,所以她身上依然都是黏糊糊的汗水。她知道自己的信息素现在正沿着午后凉爽空气的湍流梯度从她的身体向外扩散。这些僵尸孩子每次呼吸都是在吸入她的气味。尽管他们可能有感情,会合作,还狡猾,但他们天性如此,做出反应只是时间的问题罢了。

先行动的是那个红发女孩。她从车后面出来,径直走到开阔地带,朝着罗西敞开的大门逼近。

身穿迷彩夹克的那个男孩发出类似狗吠的声音。那个红发女孩不情愿地放慢脚步,转过脸来面向他。

店铺门口年纪较小的那个男孩猛跑起来,嗖地一下经过红发女孩身旁,赫然出现在罗西门口。一切都太突然,太迅速,考德威尔——尽管这正是她所等待的——几乎都来不及反应。

她的大拇指按住一个开关。

这个僵尸男孩跳过外门的门槛,如导弹般扑向考德威尔,伸出双臂作抓人状。

还没等他碰到考德威尔,内门就突然被关上了。

考德威尔之前低估了伺服系统的威力。这扇门关闭时像胡桃夹子般压在这只僵尸的上身,挤碎了他的肋骨。他张开嘴想喊叫,但两片肺已经没了气，由于受到了致命损伤而又无法挽回，所以叫喊是不可能的了。他被困在底下，一只胳膊在躯干后面，还留在气锁内，而另一只则被挤到了前面。这只胳膊上细长的手指张开着，还挣扎着要捉考德威尔，但只是徒劳。其中一根指头真的掀了下她的实验服，但只是抓一下不会受到传染，只有通过血液或者唾液才会。况且她现在戴着护目镜和面罩，没有被感染的危险。

考德威尔注意到，这个生物的头部完好无损。一股令人眩晕的喜悦之情涌上心头，她放声大笑。

但只笑到一半，另一半被什么东西噎住。它从街上飞进来，撞向她的下巴，正好穿透她面罩上的线和纸。剧痛无比。考德威尔的嘴里都是血，被击碎的牙齿吱吱嘎嘎地相互摩擦，发出沉闷而支离破碎的声音。

这块石头咣当滚落在地上，因为沾有她吐出的血，所以呈深红色。那个红发女孩已经又在被她用作投石器的那条褪了色的布条或皮革条上装填另一块石头。

那个男孩被压碎的身体将门撑开了约三英寸，而外面的门还完全开着，外面的僵尸——他的同伴，他的朋友，正举着临时的武器前赴后继地攻向这一突破口。

考德威尔的一只手完全是在条件反射的作用下猛地甩了出去，按下外门的控制装置。门开始关闭，但她忘记将速度从三级提高到十级。在最后时刻，那根棒球棒的尖端被塞进了正在变窄的缝隙中，紧紧地卡在那里。液压装置呜呜作响，门的边缘深深地咬进球棒的金属中，开始将其分割成两半。但就在这时，那些小手从门边伸进来胡乱地摸索，有几只手是想去够考德威尔，而大部分则是在全力对付这道门，不让它关上。

他们碰不到她。但是他们正坚定地往上拉门，边拉边变换位置以使更多双手可以抓得到门,增加他们的力量。考德威尔知道这道门有多坚固,所以当她看到它又开始打开时,突然感到震惊不已,身体都不再听从自己的意志。她向后退去,两只拳头举到了嘴边,好像这样就可以躲起来似的。

那个黑发男孩的花脸出现在外门的缝隙中。他那双布满血丝、充满恶意的眼睛死死地盯着她,用无言、狰狞的表情告诉她:你等着。

也就是说他把自己当成了人。不可思议。

考德威尔冲到驾驶舱,砰地甩下两根控制杆,握住方向盘,拿起武器。当然,她无法同时操作这两项。20多年前,在短短几天的培训中她曾学过如何驾驶这东西,如果现在她还能想起来,那就算是幸运的了。一度令她感到恐惧的是,整个控制台似乎突然变得陌生而无意义。她必须将大脑从激增的肾上腺素中拉出来,重新放回自己意识的控制之下。

标着"E"的那个按钮。先是这个按钮,它就在那儿,在驾驶杆的中央。"E"的意思是"抬高"。罗西的底盘由地面上升了八英寸,在液压系统开始运作时像蛇似的发出嘶嘶的响声。考德威尔看到有些僵尸散开了,但从中门传来的咚咚隆隆的声音告诉她有些还没放弃。

恐慌感揪着她的五脏六腑。她不得不离开这里。她知道自己可能会将敌人也带上,但如果她原地不动,一定会成为盘中餐。他们最终会将外门打开,然后内门最多只能坚持几秒钟的时间。

考德威尔将驾驶杆握在她那双没有知觉的手中,用力向前推,然后祈祷。刹车自动松开,罗西像只狗似的摇摇晃晃地开动了。由于太快太突然,考德威尔被向后甩到了驾驶座上。她握着驾驶杆的两只手滑出去一半,而这个庞然大物则穿过马路冲向一根灯柱,如拳击赛开赛铃声般哐当一声将其从地上掀翻。

考德威尔不得不抓得更紧一些,然后用力拉驾驶杆,使罗西回到正路上。她疼得大声尖叫,但被发动机巨大的轰鸣声盖过,所以她的声音几乎听不到。她不知道中门现在怎么样了,因为那里的声音也被发动机的响声盖过了。所以她更加用力地推驾驶杆,一口气将其推到了凹槽的顶端。马路变成了灰色模糊的一片。

接着又发生了撞击,然后又发生了第三次,但考德威尔知道这些只是轻微的震颤。罗西现在动力十足,如同在水中劈波斩浪般前进。

街上的几个人影在她前面一闪而过,然后到她旁边,继而又消失不见。又是僵尸?其中一个人看起来像是帕克斯,但不停下车无法确认,而她不想那么做。事实上,此时她都不记得该如何停下来。

然而,控制台上的一些部件现在看上去开始变得熟悉很多。考德威尔意识到她不必做个"瞎子"。罗西整个车身都装有摄像头,而且大部分可以旋转拍摄任意方向。她啪啪几下打开所有摄像头,然后浏览左手边的几个屏幕。其中有一个正对着中门,镜头中有两只僵尸已经成功抓住了这辆移动的重型卡车。一个是那个领头人,他的夹克在罗西高速前进带动的气流中像面旗子般抖动。另一个是那个红发女孩。

考德威尔驾驶罗西向右猛转,拐上一个陡坡,坡上有个指向海格特(Highgate)和肯特镇(Kentish Town)的路标。她等到最后一刻才转弯,然后用最大力气猛拉驾驶杆,想使罗西急剧倾斜,但斜坡的存在减慢了车速,所以效果并不如她预想中的那么好。那两只僵尸还是不放手,仍在与那道半开着的门纠缠。

考德威尔很久以前来过这里。大毁灭之前。回忆翻滚着,她的脑子里都是不真实的相似景象。她曾经渴望住进去的一栋栋房子在她眼前闪过,低矮而黑暗,就像一座西班牙墓地中静静等待复活的寡妇。

到了斜坡顶端,她再次转向。因为错估了角度,所以罗西撞塌了拐角一家酒馆的部分墙体。罗西并没有什么大碍,但后视摄像头显示那栋建筑在她身后倒塌成一片废墟。

路上有一段狭窄的弯折,之后便是又长又开阔的大路直通伦敦市中心。考德威尔又开始加速,接着大幅度倾斜,故意将罗西车身左侧擦到一座看上去像是学校建筑的长长的外墙上。门上面的牌子上写着"圣盟(La Sainte Union)"。被碾碎的砖头粉末飘散在挡风玻璃上,金属扭曲变形的尖锐响声甚至盖过了发动机的轰鸣声。罗西坚持了下来,而考德威尔得到的回报则是看见至少有一只僵尸在这场剧烈的颠簸中被甩掉了。

她用最大的声音欢呼——代表胜利和反抗的报丧女妖①式的尖叫,血从她受伤的嘴里喷出来,溅到面前的挡风玻璃上。

她又将车开出来,开到马路中间,再次扫视摄像头,暂时没有发现僵尸。她得停车检查自己的战利品,确保它完好无损。但她刚刚甩掉的僵尸可能还活着。她记得那个黑发花脸男孩的表情。只要他双腿还能动,他就肯定会一直追着她。

因此她接着朝基本正南的方向行驶,途径卡姆登镇(Camden Town)。前面是尤斯顿车站(Euston),在那之后她就离泰晤士河不远了。街上依然没什么动静,但考德威尔却小心谨慎。过去曾有1,100万人生活在这个城市。在这些百叶窗和紧闭的大门后面,有些人被卡在生死之间,一定还在等待。

这时她已经弄明白如何刹车了,于是便减慢速度,在四周荒凉的环境之中,她被罗西发动机轰鸣的回声吓到了。有那么一会儿,

---

① 原文为"Banshe",爱尔兰传说中的女鬼,以长长的哀号预报家中要有丧事发生。——译者注

想到自己可能是这颗"坏死"的星球表面上存活着的最后一个人类，她就感到恐惧，想到建造这些陵墓的物种最后平静安详地躺在里面，然后化为尘土，根本没人在乎，她同样恐惧。

谁会怀念我们？

这是她在得到标本甩掉敌人、肾上腺激素上升之后产生的失落情绪。除此之外还有高烧。考德威尔浑身发抖，视线也开始恍惚。眼前的路似乎一下子要溶解成灰色的涂片。这一突如其来的感觉无比强烈。她是要看不见了吗？不可以。现在还不行。她还需要一天的时间，至少几个小时。

伴随着尖厉的声响和猛烈的震动，她将罗西停下。

锁定驾驶杆。

她将一只手放到脸上，用拇指和食指按摩清理眼睛。她感觉它们像是她头骨上的两颗热弹珠。但当她战战兢兢地睁开双眼，透过驾驶舱的挡风玻璃看向外面时，又觉得它们没有什么问题。

她前面实际上有一堵灰色的墙，40英尺高，横跨整个路面。她在困惑中敬畏了一分多钟，终于反应过来那是什么。

那是她的克星，她强大的对手。

是僵尸真菌。

63

贾斯蒂诺小姐狂怒不已，所以梅勒妮也尽她所能去愤怒。然而出于很多原因，这对梅勒妮来说有困难。

梅勒妮还在对基兰被杀这件事感到悲伤，而这种情绪似乎阻止了愤怒情绪的爆发。而考德威尔将那辆大卡车开走就意味着梅勒妮再也不用见到这人这车当中任何一个了,想到这里她都想上蹿下跳,拍手叫好。

因此,在帕克斯中士似乎正骂骂咧咧地用上他所知道的所有难听话,贾斯蒂诺小姐正坐在路边表情忧伤而迷茫的时候,梅勒妮却在想"再见,考德威尔博士。开得远远的,再也不要回来"。

然而,随后贾斯蒂诺小姐说:"就这样了。我们死定了。"

这句话改变了一切。梅勒妮不再只是想着自己的感受,也开始思考接下来会发生什么,此时她的心一下子变凉了。

因为贾斯蒂诺小姐说的是对的。

仅剩的电子隔离层已经用光了。他们身上的"食物"味道十分浓烈,梅勒妮则对于自己离他们这么近却没有咬上去而感到惊奇。不知怎么的,对此她已经习惯了。好像只想着吃、吃、吃的那部分被自己锁到了一个小盒子里,如果她不想,就不必打开。

然而这对于贾斯蒂诺小姐和帕克斯中士而言并没有多大帮助。他们不得不拖着散发着"食物"气味的身体步行穿过这座城市,走不了多远就会遇到想吃掉他们的东西。

"我们得跟着她。"梅勒妮说,看清了眼前的危急形势,她的言语间充满紧迫感,"我们得重新回到车里。"

帕克斯中士向她投来探寻的目光。"你可以吗?"他问她,"就像我们找加拉格尔时那样?有气味可以追踪吗?"

要不是他问起来,梅勒妮甚至都还没想到这个方法,但现在她深吸一口气便立刻闻到了——气味很强烈,就像是在空气中流淌的一条河。当中有些许考德威尔博士的气味,还有一点别的可能来自一只或更多只僵尸的气味,但主要还是罗西发动机排放的恶臭化学味。她蒙着眼都能追踪,睡着觉都能跟着。

帕克斯在她脸上看出了答案。"好,"他说,"出发吧。"

贾斯蒂诺小姐睁大眼睛看着他。"她在以每小时 60 英里的速度前进！"她说，嘴因咆哮而扭曲着，"她已经开远了。我们怎么都不可能追得上。"

"试过才知道。"帕克斯反驳道，"是躺下等死，海伦，还是放手一试？"

"结果都一样。"

"那就死在路上。"

"求你了，贾斯蒂诺小姐！"梅勒妮请求道，"至少先走一小段。等天黑了我们可以停下，找个地方躲起来。"梅勒妮想的是：他们必须得离开这些街道，那些跟她一样的僵尸孩子就在这里生活、猎食。她觉得自己也许能保护贾斯蒂诺小姐不受普通僵尸的伤害，但换成那个花脸男孩和他那支凶狠的队伍可能就不行了。

帕克斯伸出一只手。贾斯蒂诺小姐只是盯着它看，但他就这么把手一直放在她面前不动，最后她还是拉住了。她任由自己被他拉着站起来。

"天黑之前我们还有几个小时？"她问。

"两小时吧。"

"天黑以后我们没办法行动，帕克斯。卡洛琳可以。她有车前灯。"

帕克斯勉强点了下头，不情愿地表示承认："等天黑得看不见了我们就不跟了，然后我们就藏起来。天亮后如果气味还强烈，我们就继续追。不行的话我们就学容克那样找些焦油或者木馏油，或者其他什么玩意儿来掩盖我们的气味，然后再一路向南。"

她转向梅勒妮。"走前面，莱西（Lassie）[①]。"他说，"看你的了。"

梅勒妮犹豫着。"我觉得……"她说。

[①] 莱西（Lassie）是电影《灵犬莱西》中的一只忠犬。——译者注

"嗯？怎么了？"

"我觉得自己可能比你们俩跑得要快得多，帕克斯中士。"

帕克斯大笑——声音短促而刺耳。"是的，我也这么觉得。"他说，"我们会尽力跟着你，保证你能看见我们就行了。"接着他想到了一个更好的主意，转身面向贾斯蒂诺小姐。"让她拿着这个对讲机。"他说，"如果我们跟丢了她，她能呼叫我们，跟我们通话。"

贾斯蒂诺小姐把个这装备递给梅勒妮，帕克斯中士向她示范怎样用它发送和接受消息。其实操作很简单，只是原本设计的使用对象的手指比她的要大很多。她反复练习，最后终于学会了。之后帕克斯又教她如何将它挂在她穿的那件粉色独角兽牛仔裤的腰带上，挂上去之后对讲机看上去大得可笑，而且还很笨重。

贾斯蒂诺小姐给了梅勒妮一个鼓励的微笑。在笑容之下，梅勒妮可以看到女士所有的恐惧、悲伤和疲惫，看到她几近消沉。

她走上前去，给了贾斯蒂诺小姐一个短暂而用力的拥抱。"不会有事的。"她说，"我不会让任何东西伤害你的。"

这是他们第一次这样拥抱——梅勒妮不是接受而是给予安慰。虽然说不出具体是什么时候，但她记得贾斯蒂诺小姐曾对她做出过同样的承诺。不管是什么时候，她突然感到一阵怀念。然而她知道，就算自己愿意，也不可能永远只做个孩子。

她跑着出发了，慢慢地加速。但她控制着自己的速度，以使那两个成年人刚好能够跟得上。在每个路口她都会停下来，等他们慢跑着进入她的视野后再次出发。不论有没有对讲机，她都不会抛下他们独自面对即将到来的黑夜——一个她知道隐藏着太多可怕事情的黑夜。

64

卡洛琳·考德威尔没从中门而是从驾驶舱的门走出罗西。中门还连着气锁,她的僵尸标本还卡在里面。

她向前走了二十步,差不多也只能走这么远。

她盯着这堵灰色的墙看了很久。有好几分钟,很可能,尽管她已经不怎么相信自己的时间感了。她受伤的嘴跟着心跳的节奏阵阵颤动,但她的神经系统就像一台浸没式汽化器:发动机没能跟上,错乱的信号也不会整合生成痛感。

考德威尔记下这堵墙的结构、高度、宽度、深度——深度只是估量——以及形成必定所需的时间。她十分清楚眼前这东西是什么,但单单知道也无济于事。她就快死了,而且死的时候前面还矗立着这个……东西——一封来自一个恃强凌弱、目中无人的宇宙的战书。这个世界允许人类摸索着找到科学,这样便能够将他们置于更艰难痛苦的地步。

考德威尔最终还是强迫自己行动了起来。她做出了自己想到的唯一一件可以做的事情。她选择应战。

她返回罗西,从驾驶舱的门进去,将门关上又锁上。穿过员工休息区和实验室后,她来到车中部。中途在实验室停留了片刻,换掉了她那副被弹弓射来的石头击裂的面罩。她将手臂彻底擦洗干净,戴上手术用手套,从一个搁物架上拿了把骨锯,又从一个搁板上拿了个塑料托盘。要是有只桶就更好了,可是她没有。

尽管这道门的装置对她抓到的这只僵尸上半身的肌肉和肌腱造成了严重的伤害,但它还在迟缓地动着。这么近距离地观察,与其身体相比,这只僵尸头部的大小表明它最初受到感染的年纪比考德威尔之前估计得还要小。

然而她马上就能验证这个假设了，不是吗？

这只僵尸的右臂被卡在身后的气锁空间里。考德威尔用一根合成麻绳套住了它的左臂，然后将绳子的另一端系在墙上的支架上，这样便将其左臂缚住。然后她将麻绳在自己的前臂上缠绕了三四圈，用自己身体的重量拉紧绳子，抵抗僵尸的挣扎。一圈圈麻绳深深地咬进她的手臂，将她胳膊上的肉从愤怒的红色勒成了愠怒的紫色。她几乎感觉不到疼痛，这本身就是个不祥的征兆：坏死血肉中的神经损伤不可修复，而且会逐渐恶化。

她尽可能快但也同样小心地锯下了僵尸的头部。在整个过程中，它对她不断发出哼哼的声音，颌骨还一直啪啪地咬合。它的两条手臂都在剧烈地拍打，左臂因受麻绳的牵制只能在一个绷紧的圆弧里扑腾，但没有哪只手臂能够得着她。

脆弱的上椎骨几乎一锯就断，而肌肉才是最难的部分，锯刃放在上面不是被卡住就是打滑。考德威尔锯到底时，僵尸的头突然垂下，露出的切口之宽足以看出断裂的、白得吓人的骨头块。相比之下，从伤口滴到托盘和地面上的到处都是的液体，除掺杂着几丝红色外则主要呈灰色。

在头部本身重力的作用下，僵尸最后薄如丝带的一条肉也被撕扯开，紧接着它的头突然掉了下来。它撞到托盘的边缘，将其打翻，掉落在地面上滚开了。

这只僵尸的身体还在扭动，和还有头在上面时相比没什么变化。它的双臂不断地扑腾，却只是徒劳，双腿也在气锁带纹道的金属地板上来回滑动。寄居在脊柱的虫草属菌落仍然在试图征用这个死去的孩子，使其为真菌"乘客"的利益服务。她俯身去捡回头部时，僵尸的动作慢了下来，但在她重新起身带着头部穿行至实验室时，它还是没有完全消停下来。

安全第一。她将僵尸的头部在工作台上搁置片刻,与此同时自己则回去清理气锁,将还在抽动着的无头尸体用力地扔到了外面的马路上。它躺在那里,对考德威尔乃至普遍的科研努力而言都是一种耻辱。

考德威尔转身砰的一声关上门。如果通往知识的道路是由死去的孩子们铺成的——在某些时候、某些地方已是如此,她仍将在这条路上走下去,并会在过后自己给自己赦免。她还有其他选择吗?她所看重的一切都在这条路的尽头。

她关上各道门,返回实验室,重新投入到工作中。

65

贾斯蒂诺小姐和帕克斯终于拐入这条长长的马路。路的另一头是尤斯顿车站,梅勒妮正在等他们。梅勒妮不出声地指着,贾斯蒂诺小姐顺着看过去。她气喘吁吁,大汗淋漓,双腿和胸脯都痛苦不堪地紧绷着,在这种情况下,她能做的只有看。

在这条宽阔大道的半路上,罗西大幅度侧滑停了下来,两端几乎都碰到了路缘。车的正前方有一面巨大的壁垒挡在路中间。壁垒高约40英尺,比两边的房屋都要高。在太阳低斜的余晖中,贾斯蒂诺小姐能看见它延伸至那些房子,进到里面,又从中穿过。一开始看上去它像陡峭的垂直面,但在其浅淡的色调自我溶解之后,她能看见它其实是个像山的侧面一样的斜坡,好像百万吨的污雪都降落到了这一个地方。

帕克斯来到她身边,两个人一致地继续惊奇不已。

"知道这是什么吗?"中士最终开口问。

贾斯蒂诺小姐摇了摇头:"你呢?"

"我更倾向于先看看所有的证据,然后找个比我聪明的人来解释给我听。"

他们缓慢前进,警惕着任何风吹草动。罗西像经历了场战斗似的,他们可以看到现场一片狼藉:装甲板上的凹痕和刮痕,沾满血迹和组织的中门,一具小小的被压扁的尸体躺在街上,就在车旁边。

这是只僵尸。一个孩子,男孩,还不到四五岁。他的头不见了——近旁哪里也没有看到踪影,上身几乎被压扁,像是有人将他窄瘦的胸膛放到虎钳里夹紧过似的。梅勒妮跪下来更仔细地察看。她神情严肃,若有所思。贾斯蒂诺小姐站在她旁边,脑中搜索着该说什么,但什么都没搜索到。她可以看到这个男孩的右手腕上戴着一串很可能是他自己的头发所做的手环。作为一种身份的象征,这再清楚不过了。他不像普通的僵尸,他就像梅勒妮一样。

"抱歉。"贾斯蒂诺小姐说。

梅勒妮没说话。

贾斯蒂诺小姐的余光扫到了什么动静,便转过头去。帕克斯中士也在看同一个方向——罗西的中门。卡洛琳·考德威尔已经将布基胶带从实验室的窗户上撕下,拉回了遮光板。她正向外注视着他们,表情坚硬而冷漠。

贾斯蒂诺小姐走到窗边,嘴形在说:你在干什么?

考德威尔耸了耸肩,没有让他们进来的意思。

贾斯蒂诺小姐敲打窗户,做手势指向中门。考德威尔离开片刻,回来时拿着一个 A5 记事本。她举起本子给贾斯蒂诺小姐看自己写在最上面一张纸上的话:我必须工作,离实现突破很近了,我认为你可能会试图阻止我,抱歉。

贾斯蒂诺小姐伸出双臂，示意考德威尔看看这空荡的街道，还有黄昏时分被拉长的影子。她不需要说什么，也不需要怎么比画。她想传达的信息很清楚：我们会死的。

考德威尔又看了她一会儿，然后再次一把拉上遮光板，遮住了整扇窗户。

帕克斯正跪在贾斯蒂诺小姐左边几步远的地方。他正摆弄着曲柄，想把门打开。然而尽管他说了一连串的脏话为这道门鼓气，但它并没有要打开的迹象。一定是考德威尔禁用了紧急进入功能。

梅勒妮依然跪在那具无头尸体旁边，不是在悲伤就是深陷沉思之中，所以没注意到自己周围正在发生的事情。贾斯蒂诺小姐的胃里翻腾得让她想吐。因为她刚才跑得太猛了，而且现在又遭到如此致命的打击。她又接着向前走了一小段，想缓解这种恶心的感觉，最后来到了那面墙的最外面。

这根本不是墙，而是场雪崩，不成形的物质缓慢移动着向前蔓延。它由僵尸真菌的卷须，数不清的真菌菌丝体交织形成，比任何织锦都还要细密。由于菌丝特别细，所以呈现出半透明的状态。贾斯蒂诺小姐可以向这团庞然大物里窥视约十英尺深，里面的一切都被数百层这东西重重隔离、占据、包裹起来。轮廓都已被软化，颜色都已褪成一千度灰。

贾斯蒂诺小姐眩晕和恶心的感觉又回来了。她慢慢坐下，将头埋在双手中，最后这种感觉终于消失了。她注意到梅勒妮经过她，正沿着这东西的边缘走，似乎要走进去。

"不要！"贾斯蒂诺小姐喊道。

梅勒妮惊讶地看着她："但它只是像棉花一样，贾斯蒂诺小姐。或者像掉到地上的一朵云，它伤害不了我们。"她说着俯身将一只手轻轻地伸进这团松软的东西中。它干净利落地分散开来，完美地留下了这只手通过时的样子。她已触碰到的那些菌丝像蜘蛛网似的粘在她的皮肤上。

贾斯蒂诺小姐连忙起身将她拉走,温柔而又有力。"我不知道。"她说,"也许它可以,也许不能。我不想弄明白。"她让梅勒妮极小心地将这东西从手上擦到近旁荒废的人行道上冒出的一簇草丛上。草丛上也缠绕着真菌菌丝,大部分看上去都是死的——与草的嫩绿相比要灰很多。

她们回到帕克斯那里。他已经放弃了打开中门,现在正背对罗西,靠着她的轮胎坐着。他拿着水壶在手里小心掂量着。她们走近时,他喝了一大口,然后递给贾斯蒂诺小姐让她也来一大口。

她接过去拿在手上,根据水壶的重量判断里面的水已所剩无几。她还给他。"我还好。"她撒谎道。

"胡扯。"帕克斯说,"喝了它,然后高高兴兴的,海伦。我马上就去察看这些房子。去看看雨桶或者排水槽里还有没有积水。上帝必为我们预备。"

"是吗?"

"他就是因此而名声彰显的。"

她喝光水壶里的水,在他身边坐下,将空壶扔到他的腿上。她抬头看天空,发现天色渐晚。大概半小时之后太阳就要落山,所以帕克斯所说的寻找积水很可能是在糊弄人,而且就算找到了,里面可能也都是些肮脏的东西。

梅勒妮面向他们,盘腿坐在他俩中间。

"现在怎么办?"贾斯蒂诺小姐问。

帕克斯做了一个不置可否的手势:"我想我们可以再多等会儿,然后从那些房子里选一栋。在天黑之前尽快弄到一栋,试着搭建一道障碍什么的。因为除了热量踪迹,我们现在还给僵尸们留下了自己的气味踪迹。到不了天亮，它们就会找到我们。"

贾斯蒂诺小姐被绝望和令人窒息的愤怒撕扯着。她选择了愤怒，因为担心绝望会麻痹自己。"如果让我抓到那个贱人，"她咬牙切齿地咕哝，"我会打爆她的头，然后把头部的一大半都放到显微镜下的载玻片上。"受到某种原始的下意识反应的触动，她又补充道，"抱歉，梅勒妮。"

"没关系。"梅勒妮说，"我也不喜欢考德威尔博士。"

在太阳与地平线相接时，他们终于打起精神行动起来。这时实验室的灯亮了，少量灯光从遮光板边缘散发出来，使得窗户看上去好像是用发光漆画在罗西侧身似的。

除这里外的世界一片黑暗，而且越来越黑。

帕克斯十分突然地转身面向梅勒妮，好像一直在鼓起勇气要说什么似的。"你困吗，孩子？"他问她。

梅勒妮摇摇头，表示不困。

"你害怕吗？"

这个问题她需要想一下，但答案还是否定的。"我不担心自己。"她解释道，"那些僵尸不会伤害我。我担心的是贾斯蒂诺小姐。"

"那或许你能替我跑趟腿。"帕克斯指着那片昏暗的灰色东西说，"对于我们能穿过那东西我并不抱多大希望。我不确定它会不会让我们受到感染。但如果吸入足够的量，我们肯定会窒息而死。"

"所以？"梅勒妮问。

"所以我想知道有没有一条路可以绕行。等我们为自己找到藏身之处，或许你就可以去看一下。要是明天能知道我们该去哪里，事情可能会有转机。"

"我可以。"梅勒妮说。

贾斯蒂诺小姐并不喜欢这个想法，却明白这样做合情合理。梅勒妮可以在这黑暗中存活。她和帕克斯肯定不能。

"你确定吗？"她问。

梅勒妮十分确定。

66

她甚至想去做，因为对于今天所发生的一切她始终闷闷不乐，坐立不安。基兰死去——被她的故事、她的谎言吓跑而死。然后考德威尔博士又开走罗西，导致贾斯蒂诺小姐没有一个安全的地方可以睡觉。接着又发现了那具小小的尸体——一具年龄比她还要小很多、头被砍掉的小孩尸体。

她认为可能是考德威尔博士砍下了他的头，因为只有博士才会做出这种事来。在悲伤的情绪下面，她发现了一股纯粹的愤怒，气得她脸色发白。必须让考德威尔博士停手，必须有人来给她个教训。

那些野孩子就跟她一样，只是从未上过贾斯蒂诺小姐的课而已。没人教他们如何独立思考，甚至是如何做人类。然而在没接受这种帮助的情况下，他们也在学习。他们已经学会如何成为一个大家庭。然后考德威尔出现将他们杀死，好像他们只是几只动物一样。也许是他们先要杀她的，但他们什么都不懂，而考德威尔博士则不一样。

想到这些，梅勒妮满腔怒火，几乎就像她想吃人时那种饥饿的感觉。而意识到自己会有这种感觉令她感到害怕。

所以她完全不介意出去察看那灰色的东西。她觉得对自己而言，走一走比待着不动要好很多。

帕克斯中士和贾斯蒂诺小姐在与罗西停车的地方相隔几条街的一栋维多利亚式三层露台建筑中找到了一间阁楼。有把梯子可以上到阁楼里,帕克斯中士和贾斯蒂诺小姐一爬上梯子,梅勒妮就抓住梯子的下面。与此同时,两个成年人抓住上面,三个人一起将梯子从固定它的那些金属支架中卸了下来。梅勒妮在梯子下来时接着,然后又轻手轻脚地放到地面上,尽量不弄出太大动静。

"待会儿见。"她轻声对他们说。她从自己腰带里拿出对讲机,冲他们挥了挥,以表示她还记得这个。就算她走得很远,她也能跟他们说话。

贾斯蒂诺小姐低声回应。再见,或是好运,或者之类的话。梅勒妮已经轻快地跑下楼梯,她光着的双脚踩在长满苔藓的腐烂地毯上没有发出任何声音。

随机选取一个起点后,她便沿着这团灰色的巨物边缘前进。刚开始只是走,但由于心里还是满是不安和紧迫感,所以过了一会儿她突然开始小跑,接着又变成了奔跑。不得已她就绕道而行,随后又重新发现这堵墙。就这样,她跑了很远。

这堵墙似乎没有尽头。它的外表面并不完全是一个平面,而是有很多凹凸不平的地方,遇到较窄的街道就会向外突出,到了可黏附东西变少的宽阔地带时便又缩回去些。然而它却没有要中断的意思,而且梅勒妮到哪里都没能瞥见远在这堵障碍物另一边的任何东西。

在持续跑了一个多小时后,她停下了脚步。不是要休息——她再跑一段时间也不会觉得不舒服,而是要和贾斯蒂诺小姐和帕克斯中士联系一下。

她按下对讲机上的螺柱,冲着它说了句"你好"。说完之后很长一段时间对讲机里只是噼啪作响,但紧着便传来了帕克斯中士的回答:"你怎么样?"

"我去了东边。"梅勒妮告诉他,"走了很远。这堵墙就这么延伸下去，没有间断。"

"你一直都在走？"

"跑。"

"你现在在哪儿？能看见什么路标吗？"

梅勒妮没看见，但她继续走，来到另一个十字路口。"北教堂路。"她说，"伦敦哈克尼区（Borough of Hackney）。"

她听到帕克斯用力喘了口气："那堵墙到那里往后还有？"

"还有很长，在我所能看见的范围内。而就算在黑暗中，我也能看得很远。"梅勒妮并不是在夸耀自己，只是帕克斯中士需要知道这一点。

"好。谢谢你，孩子。回来吧。如果你还想去西边看看，我会很感激。但是别把自己累坏了。觉得累就回到这里来。"

"我很好。"梅勒妮，"通话完毕。"

她沿原路返回，又去了另一个方向，但结果完全一样。如果他们想绕过这堵墙，就需要向东或者向西走很远，不确定在哪里可以重新开始往南边走。

最后梅勒妮不知不觉中直接站在了这堵墙的面前，距他们第一次看见它的地方数英里远。这里的墙体与其他任何地方的一样厚，但垂落角度有所不同。一团凸起的灰色泡沫向前倾斜出很长一段距离，刚好到她这里，她能看见照进去的月光。这道雪白明亮的月光就像一种预示、一份鼓励。如果她抓紧时间穿过去，也许能在失去月光照射之前找到它的另一边。

贾斯蒂诺小姐说这样不安全，但梅勒妮却不看出有什么危险，而且她不怕它。她先往前迈了一步，然后又一步。这些灰色的菌丝则由她的脚踝升至膝盖的高度，但并未构成任何阻力。只是她经过时会感到有点痒，菌丝则在被分开时发出最小的呻吟声。

月光如一束聚光灯般追随着她,一切都呈现在她眼前。灰色的菌丝很快变得越来越厚。她所经过的物体——垃圾桶、停放的汽车、邮箱、花园的篱笆和大门——都被包裹了无数层,变成了以自身为模型的花岗岩雕像。

进去20英尺后,梅勒妮发现了第一批躺着的尸体。她瞬间止步,对眼前的景象大吃一惊。这些僵尸或者倒在路中间,或者跌倒靠在墙根——与他们走进伦敦时见到的那些尸体一样。然而这里的要多很多!从它们裂开的颅骨和爆开的头部当中,直径约为六英寸的灰色茎干像树干一样生枝发芽。这些茎干笔直向上生长,高得惊人,而菌丝则从上面向各个方向吐出,无止境地扩散。有些菌丝还任意与就近的其他茎干相连,如此便形成了好似上百万张蜘蛛网全部交织在一起的一张密网。其他菌丝一路遇到什么就缠绕上去,如果没东西可缠,则会逐渐落至地面。不管在哪里,菌丝只要一触地,就会出现新的茎干,但比直接从僵尸尸体上长出的那些要细矮很多。

梅勒妮走得更近些。她无法控制自己。每株真菌树底端的可怜外壳并没有让她害怕。那里面已无任何人性的残留,没有任何可以让任何人想起他们曾经活过的东西。它们更像是有人脱下来扔在地上的衣服。

走上前去,她能看见这些阴森的真菌树上挂着的灰色果实。她抬手去触摸这些球状果实当中的一个——长在茎干上,只比她的头顶高出一点。果实表面冰冷而粗糙,手指一碰便略微缩回去些。她用力按下去,弄出一道凹痕。把手拿开之后,痕迹又慢慢消失。果实球体表面弹性很大,足以使其恢复原形。慢数十下后,再看上去和触碰之前完全一样。

梅勒妮在这片灰色的"树丛"中漫无目的地穿行。它似乎没有尽头,只是不断地延伸,而且越来越厚。不久之后,树干之间的空间便变成刚好能容下她瘦弱的身体穿过。月光从几乎紧密缠绕成固体的大量菌丝中像污水般滴下。

梅勒妮的一只肩膀无意中碰到了一个灰色果实球体，它掉落在地上，发出一声闷响。她弯腰拾起。上面原本与树干相接的地方有一圈环形褶皱，但表面其余地方都光滑无损。她将球体放在手里挤压，它再次迅速恢复到被她触碰之前的形状。

再向前一步，她就会撞上这些树干。她触碰到一株，感觉又湿又黏，让人不舒服。她有些抗拒。梅勒妮本以为这些树干会像它们结的果实那样光滑干燥，她觉得如果真是这样就不会那么恶心。

有什么东西移动至她左边，她吓了一跳。她以为这个昏暗的世界里只有她自己。黯淡的月光中，一个奇怪的轮廓跌跌撞撞地朝她这边走来。从脖子往下看上去像是个人——但又没有肩膀或脖子或头，它的上身只是未分化的一块。

她慌忙后退，想躲开那个东西。因为对其完全陌生，所以她比任何时候都要害怕。然而它并未攻击她。它似乎都不知道她在那里。

等它经过时，她认出了是什么。这是只躯干已经开始分裂的僵尸。最先长出的大概一英尺高的笔直树干正从它的胸膛向上挺出，一根根分裂的肋骨从原点处向外凸出。从树干生出的大量菌丝遮住了被这种永无休止地向上生长的力量严重挤偏的僵尸头部残余。

梅勒妮注视着这个离奇出现的东西，既松了一口气——因为对未知的恐惧比任何可以理解的恐惧都更可怕，又对人类身体受到的这种不寻常的侵害而感到厌恶。

这只僵尸摇摇晃晃地经过她，撞到树干就会弹开，因而路线也是歪歪扭扭的。与其说这很吓人，倒不如说十分滑稽。梅勒妮想它很快就会倒下，身上的树干就会指向一旁，这样它就不得不找到某种方式来扶正自己。

这一整片"森林"都是从被糟蹋的尸体上长出的。这就是僵尸们一直效忠于让它们变成现在这副模样的僵尸真菌的结局。

梅勒妮看到了她的未来，然后默默地接受。但她还没做好死亡的准备，因为还有那么多重要的事等着她去做。

她转身，开始沿着自己在灰色细丝的包围中清出的一条隧道原路返回。

67

考德威尔彻夜工作，狂热地忙碌着。"热"倒也是真的，她现在已经高烧至华氏 103 度。

没有塞尔科克博士打下手，取出这个僵尸男孩的大脑花费的时间要长很多——而且考德威尔博士的双手十分笨拙，所以几乎不可能在大脑不受损伤的情况下将其取出。她尽最大努力将大部分颅骨以一英寸宽拼图式碎片为单位一块块取出，最后终于鼓足勇气将脑干分离开来。

取出时——尽管双手剧烈地颤抖——脑干干干净净、完好无损。

她给切片机通上电，从大脑获取切片，挑选的都是能让她检查到大部分主要结构的截面。她一边放置载玻片，一边对切片机的精细技术惊叹不已——在每片都如此轻薄的情况下还没有任何挤压损伤或者污点。

在给载玻片一一贴好标签后，考德威尔开始依次进行检查——对僵尸男孩的大脑从下往上、往前的一次虚拟之旅。

她发现了自己所期望找到的。无效假设完全不堪一击。她知道了这些孩子是什么，他们来自哪里，他们的过去和未来，他们所具有的部分免疫力的本质,还有过去这七年当中自己的努力有多少(几乎为百分之百)是在浪费时间。

她感到一阵纯粹的幸福感。如果她死在昨天,就会死得默默无闻。这个新发现——尽管如此冷酷而又绝对——却挽回了一切。

近处传来的一阵声音打断了她的思考,她立刻站起来。其实没什么——只是几下咔嚓声和沙沙声,但却是从罗西里面传来的!

考德威尔不喜欢做过多的猜测。她知道罗西的门已经封住,任何东西如果强大到足以将门打开,就会有持久的大动静,这样早在门开之前她就会发觉。然而在追随着声音向前穿过员工休息区到驾驶舱时,她还是有些颤颤巍巍。

控制台右手边有一片被照亮的部分,声音便出自这里——是无线电。她滑进座位,伸着脖子去听。

能听到的不是太多。大部分都是静电噪音,吱吱啦啦的好像旧时模拟无线电各个电台之间的杂音。尽管声音被淹没在噪音之中,她还是听出了一些话:"……离开毕肯的日子……看见你的……身份……"声音空洞而怪异,因回声和失真而变得反常。

一束手电筒打出的灯光快速扫过驾驶舱的前挡板,然后再次消失。没有声音从外面传来,但她却看到了有物体在移动。只是个影子,在手电筒晃动的光束中短暂投射的影子,一个沿罗西左侧敏捷移动的身影。

"……只是个事故……认为有任何……"

考德威尔迅速走向中门。走到半路,她意识到自己本可以从驾驶舱出去。她停下来,转身。但是她对中门的装置更为了解。从驾驶舱无线电传来的声音在嘶嘶声中消失。考德威尔惊恐地大叫一声,跑回控制台,在声源所在的频道上做出回应。

"你好?"她喊道,"你是谁?我是六区回声酒店基地的卡洛琳·考德威尔。你是谁？"

只有静电噪音。

她挨个尝试了其他频道，反应都一样。

她又跑回中门。然而等她到了那里，却又开始犹豫。她从前天开始就没再涂过电子隔离层，自己都能闻到身上的汗味。一旦她打开门，就可能将僵尸引到自己和可能会解救自己的人身边。

气锁旁边的橱柜里有六套防化服。当初考德威尔还在考察队名单上时接受过相关使用培训，虽然她花了十分钟才穿好一件，但她相信自己穿对了。她的气味已完全被掩盖，体热至少也暂时被抑制住了。

她推开门，却没看到外面有什么东西在移动。"有人吗？"她喊道。她跨出门来到街上，没有人。但灯光现在到了罗西的尾部，依旧在左右晃动。

"有人吗？"考德威尔又问道。可能是防化服的头盔压低了她的声音。她迈着颤抖的双腿沿车侧身走，脖子上的皮肤刺痛难耐。她绕过车尾部。灯光向她的眼睛照射了片刻。她对灯光后面的人说："我是卡洛琳·考德威尔，是被委派到六区回声酒店基地的一名科学家。跟我一起的有……"

光线从她眼前避开，考德威尔一时无语。没有人拿着手电筒。它只是被用自带的带子绑在了罗西后部的一根金属护栏上。它是在风中晃动，并不是被人拿在手上。

考德威尔对这种幼稚的把戏愤怒不已，反而没顾得上因为意识到这是怎么回事而感到恐惧。这是个埋伏。既然没人攻击她，那么其目标一定就是罗西。考德威尔拔腿就跑，按原路奔向中门，以为会看到一群容克或是帕克斯中士从藏身之处突然出现（只是他们会藏在哪儿？）与她争抢战利品。

没什么动静。她进去后用力关上门,上好锁,开启故障保护装置。为了保险起见,她又关闭了气锁,然后又关上舱壁门封锁武器站。

她终于不再颤抖。没有声音,没有看到任何人,她安全了。不管刚才在外面的是谁,他只留下手电就走了。可能真的是从毕肯来的一支搜救队。也许他们被吃掉了。考德威尔也不知道,但不管发生什么,她都不会再离开罗西了。不管是无线电发出的引诱之声、真人露出的真面孔,还是乐队游行或者别的什么盛大游行,她都不会再离开。她穿行至实验室,一边走一边解开防化服头盔上的密封圈。

梅勒妮正坐在她的椅子上看她的笔记,面前就是显微镜。梅勒妮抬起头。"你好,考德威尔博士。"梅勒妮礼貌地说。

考德威尔瞬间僵在门口。她首先想到的是:"她是一个人,还是和其他人一起?"然后又想:"我可以拿什么做武器?"光气气缸还好好地固定在气锁的进料室里。由于她还穿着防化服,所以可以免受气体的伤害。如果她能拿到那个……

"我会阻止你的。"梅勒妮说,语气依旧礼貌而平静,"要是你敢动的话。要是你拿起枪或者任何尖锐的东西,或者试图逃跑,或者又想把我关进那个笼子,我都会阻止你。要是你做其他任何我认为可能意在伤害我的事情。"

"刚才那……那是你?"考德威尔问她,"无线电上?"

梅勒妮点头示意放在她旁边工作台上的对讲机:"我一直在换不同的频道。过了好久你才有反应。"

"然后……然后你……?"

"我躺在门下面。你从我身上跨了出去。你一走我就进来了。"

考德威尔摘下头盔,轻轻地放在工作台上。几英尺外就是那台切片机低矮的机床,一座设计精巧的断头台。如果她能诱骗梅勒妮走近，将其推倒在切割床上，这一切转眼便可结束。

梅勒妮皱起眉头，摇了摇头，似乎猜到了她的意图。"我不想咬你，考德威尔博士，但我有这个。"她举起一把解剖刀，考德威尔解剖僵尸标本时用过的那种，还没来得及消毒，"你知道我移动起来有多快。"

考德威尔想了一下。"你是个好女孩，梅勒妮。"她试探着说，"我不认为你真的会伤害我。"

"你把我绑在工作台上要把我切碎。"梅勒妮提醒她，"而且你还解剖了玛西亚和利亚姆。没准你已经解剖了很多孩子。我没有伤害你的唯一原因是贾斯蒂诺小姐和帕克斯中士可能不愿意让我这么做。但他们不在这里。就算他们真的在，我想他们现在也不会那么介意了。"

考德威尔倾向于相信这一点。"你想从我这里得到什么？"考德威尔问。她从梅勒妮焦虑不安的举止中明显可以看出她有心事，而且想要什么东西。

"真相。"梅勒妮问。

"关于什么？"

"关于一切。关于我，其他孩子，还有我们为什么和普通僵尸不一样。"

"我可以脱下这身衣服吗？"考德威尔在拖延时间。

梅勒妮示意她可以。

"我得在气锁里脱。"考德威尔说。

"那就穿着。"梅勒妮说。

考德威尔放弃了重新拿到光气的想法。她在一把实验椅上坐下。一坐上去她便意识到自己有多疲惫。她能坚持这么久完全靠的是意志力和一股狠劲。她现在已经快撑不住了——已经虚弱到无力抵抗这个虚张声势的小怪物。她得省着点力气，为自己选择一个时间死去。

她以为梅勒妮会审问自己，但梅勒妮一直在看笔记：考德威尔草草记下的关于她那两组脑组织样本以及关于孢子囊的观察结果。梅勒妮似乎对有关孢子囊的笔记尤其感兴趣，目光停留在考德威尔已经贴好标签的那些图表上。

"什么是环境触发物？"梅勒妮问。

"它是生孢体外部导致或容易引发生孢行为的任何外部因素。"考德威尔冷冷地说。这是她提醒帕克斯中士注意自己位置时所用的语气，但梅勒妮却泰然自若。

"外部的任何东西？"梅勒妮换了个说法问，"孢子荚外部能使孢子从里面出来的任何东西？"

"没错。"考德威尔极不情愿地承认。

"就像亚马孙雨林。"

"什么？"

"亚马孙雨林中有些树木只有在林火之后才会脱落种子。红杉和短叶松也是这样。"

"是吗？"考德威尔的声音尖厉又刺耳。这其实是个很好的例子。

"是的。"梅勒妮放下手中的笔记。每页笔记她只看了一眼，再次回到这堆纸的第一页时便停了下来："美勒女士告诉我的，在基地的时候。"

她那双浅蓝色的眼睛一眨不眨地与考德威尔对视着。

"为什么我不一样？"她问。

"问具体点。"考德威尔不耐烦地说。

"对于大部分僵尸而言，与人类相比，它们更像动物。它们不能思考，不能说话。但我可以。为什么会有这样两种僵尸？"

"大脑结构。"考德威尔说。

但她也在与自己做斗争。一部分的她想守着这个秘密,只要不被问到的就不说,让梅勒妮一点点挖掘,而另一部分的自己又急切地想分享这个秘密。考德威尔希望有一整个礼堂的天才和圣人——不管是活着还是死了的——做她的听众。现在她面前有个孩子,既可以说是非死非活,又可以说是既死又活。然而整个世界都将走到尽头,你可以将你所拥有的都带走。

"那些僵尸,"她说,"包括你在内,被一种名为偏侧蛇虫草菌的真菌所感染。"她假设梅勒妮没有背景知识,因为她不知道那些笔记梅勒妮到底哪些明白,哪些不明白,所以她首先描述了"热线"发动的寄生物家族——这种微生物通过伪造的神经递质来欺骗寄主神经系统,强行控制寄主活体大脑,使之为其所用。

梅勒妮的问题不多,但个个正中要点。她是个聪明的孩子。她当然是。

"但是为什么我会不一样?"梅勒妮追问道,"你带到基地的这些孩子有什么特别之处?"

"我正要说这个。"考德威尔烦躁地说,"你从来没学过生物学或者有机化学。用你能理解的语言来解释没那么容易。"

"就用你能理解的语言。"梅勒妮用几乎同样的语气提议道,"如果对我来说太难,我会请你再解释一遍。"

于是考德威尔便开讲了。听课对象既不是伊丽莎白·布莱克本(Elizabeth Blackburn),也不是古特·布洛伯尔(Gunter Blobel),而是个十岁的小女孩。在某种程度上,这令人感到羞辱。但也只是在某种程度上。考德威尔依然是建立起所有联系并发现真相的那个人,是步入险地、活着带回僵尸病原体的那个人。考德威莉亚僵尸真菌,现在和以后,他们都将这样来称呼它。

随着外面天空露出鱼肚白，她不停地讲啊讲。梅勒妮不时打断她，提出切题的焦点性问题。尽管未获诺贝尔奖，但梅勒妮仍是一个善于接收的听众。

对新感染的僵尸，考德威尔说，僵尸真菌毫不留情。它们破门而入，非法侵占，吞噬控制，最终将寄主的残骸变成子实体生长的肥料袋。

"但是关于人类这一基质被破坏的速度我们想错了。真菌是以不同的速度和强度去侵占不同的大脑区域。它会关闭高级思维，加强饥饿感和产生饥饿感的各种刺激。但我们一直假定的是，除饥饿外的所有驱动力——所有不在寄生物计划之内的行为——都在同一时间被禁止。"

"我在斯蒂夫尼奇的街上和那家护理院分别看见那个女人和那个男人时，我能看出来事实并非如此。他们与之前的生活都还建立着偶然的联系。他们在从事某种行为——推婴儿车、唱歌、看旧相片，从寄生物的角度来看，这些完全没有任何意义。"

考德威尔抬头看梅勒妮。尽管汗水在她脸上肆意地往下淌，但她的嘴却干得难受。"我能喝杯水吗？"她问。

"先说完，"梅勒妮承诺道，"现在还不行。"

考德威尔接受了这一"判决"。她在梅勒妮的脸上看不出有任何商量的余地。"好吧，"她的声音变得有些微弱，"这让我开始思考。关于你，还有其他那些孩子。很有可能我们错过了对于你们为何如此不同的显而易见的解释。"

"继续。"梅勒妮说。她的语调平稳，但眼睛却暴露了内心的恐惧和兴奋。这令考德威尔感到了些许安慰——在失去了自己过去曾享受的身体控制的情况下，她至少可以拥有这样的能力。

"我意识到你们可能生下来就被感染了。也就是说你们的父母在怀上你们的时候可能已经受到了感染。

"我们当时认为这是不可能的——因为僵尸不可能有性冲动，但在我看到其他人类的冲动和情感——母爱，孤独——依然存在时，上述猜测便似乎完全有可能。

"带着这个想法，我又回到细胞证据上来。幸运的是，我得到了一个新鲜的大脑组织样本——"

"从一个男孩身上。"梅勒妮说，"你杀了他，砍下了他的头。"

"是的，是我干的。他的大脑和普通僵尸的大不相同。利用基地的设备，我能做的基本上就是验证并描述这种真菌的存在。而有了这个……"她点头示意那台切片机，那台离心机和那台电子扫描显微镜，"我能观察到单个的神经元以及这种真菌细胞如何与神经元相互影响。这里的这个男孩，护理院里的那个男人，他们差别太大，几乎没有办法进行比较。真菌将第一代僵尸的大脑完全摧毁，像火车一样碾过。它所分泌的化学物质——具有强力攻击性，可发动和终止特定行为的触发物——积聚时会导致严重的损坏，而且真菌还是会从脑组织中吸收营养物。大脑会逐渐被掏空、吸干。"

"而在第二代僵尸——也就是你这种——当中，真菌在大脑均匀分布。它与寄主神经元的树突完全交织在一起。在一些地方甚至将其取而代之。但它并不以大脑为食。只有寄主进食的时候，它才会获取营养。它变成了一种真正的共生而非寄生生物。"

"贾斯蒂诺小姐说我妈妈死了。"梅勒妮反驳道。这几乎是一种抗议——似乎在这个世界上，海伦·贾斯蒂诺小姐说谎这件事是绝对不会发生的。

"那曾是我们最有把握的猜测。"考德威尔说，"我们猜想你的父母是容克或者是最终也都未能到达毕肯的其他幸存者，而且你和他们都是在同一时间成了僵尸的食物，并感染上真菌。我们没有僵尸之间进行交配这样的先例。更不必说它们在野外生产,而且婴儿不知怎么还能活下来。与普通人类婴儿相比,你们肯定更顽强,更自立。也许你能够以自己母亲的血肉为食,直到足够强壮去——"

"不要。"梅勒妮尖叫道,"不要说这种事情。"

但是说话是考德威尔现在唯一还能做的事情了,而且她根本停不下来。她说到她的观察、她的理论、她的成功(算出了病原体的生命周期)以及她的失败(没有免疫力,没有疫苗,没有可能的治疗方法)。她告诉梅勒妮到哪里去找到她的载玻片和剩余的笔记,以及等他们到达毕肯后该将这些东西交给谁。

当考德威尔说话变得更为困难时,梅勒妮靠近她,坐在她的脚边。梅勒妮手中仍握着那把解剖刀,但不再拿它来逼迫威胁她。梅勒妮只是听。而考德威尔则满怀感激,因为她知道这股侵袭她全身的无力感意味着什么。

败血症已经到了最终阶段。她无法在死之前写下自己的发现,无法让那些注定要失败的人类后备军中仅存的科学家们认识到他们的愚蠢,领略她的智慧,对她刮目相看。现在只有梅勒妮。梅勒妮是上帝在她弥留之际派来将她的战利品带回去的信使。

68

这是个糟糕的夜晚。

这间屋子里除了一张桌子和曾属于这栋房子集中供暖系统一部分的一个金属水箱外什么都没有。每动一下,光秃秃的木板就会吱吱作响,声音很大,因此大部分时间贾斯蒂诺小姐和帕克斯中士都坐着不动。

在梅勒妮撤走梯子约一小时后,第一批到访者来了。距离她通过对讲机在哈克尼的荒郊野岭与他们通话只过去几分钟。贾斯蒂诺小姐可以听到那些僵尸在下面的房间里跌跌撞撞、摸摸索索的声音。它们走来走去,一刻也不安宁。气味的来源,它们所追踪的化学梯度,就在它们头顶上,可它们却上不去。它们唯一能做的只有在空气旋涡、化学触发物浓度的随机变化的驱使下横冲直撞。

贾斯蒂诺小姐一直希望它们能离开,或者至少不再走来走去,但这里不像在斯蒂夫尼奇时那样。在"温赖特之家",那些僵尸是被声音和动作引来的。当此类信号不再发出时,它们也会停下,等待大脑里的真菌给它们进一步的指令。而现在指令却持续传来,所以它们会持续焦躁不安地移动。

刚开始帕克斯还时不时地打开地板门往下瞟两眼,手电筒的光照射到下面一片漆黑之中,照出一张张朝天的灰色呆滞面孔,瞪着乳白色的眼睛,鼻孔如隧道口似的张开。但是这幅景象始终没有什么变化,过了一会儿他就放弃了。

在这之后一小时左右,从旁边不知道哪个房间隔着墙传来撞击声。又有僵尸过来,它们沿着气味或热量线索来到这里,与第一波僵尸一样执着,却被房屋地形误导上错了楼梯,拐错了弯。

他们正处在一个巨大空间的中心,周围全是想吃他们的怪物。

不对,贾斯蒂诺小姐纠正自己。不是中心,房顶上什么也没有,反正暂时还没有。

她发现了一扇天窗,于是爬上一张桌子向外看。一轮狩猎月照亮了向南通往泰晤士河的条条街道。真菌泡沫占满了整个路面,一直延伸至她视野所及范围之外。伦敦是一片禁区,活着的生命的禁区。只有僵尸可以在这里存活。天知道要想绕过这些泡沫他们得向东或向西走多远。

好吧,上天,或者梅勒妮知道。他们尝试用对讲机与她取得联系,但没有得到回复,也追踪不到她的信号。帕克斯认为梅勒妮可能转换了频率,尽管他想不出任何她这样做的合理解释。

"你应该试着去睡一觉。"他对贾斯蒂诺小姐说。此时他正坐在房间的一个角落里借着手电筒的光擦拭他的枪。灯光照在他下巴底部和眼窝上,而最让人不忍直视的是照在了他那道斜疤上。

"像你一样?"贾斯蒂诺小姐简洁地问。但是她爬了下来。她已经看够了那没有尽头的灰色绝壁。

她坐到他旁边。片刻之后,她碰了下他胳膊下面靠近手腕的地方。然后,带着些许的不真实感,她将手滑进了他的手中。

"我一直都待你不公。"她说。

帕克斯大笑:"我并不觉得我想要的是公平。"

"不管你怎么说吧。虽然一路上困难重重,你还是带我们走到现在,可大部分时候我却待你像敌人似的。对此我感到抱歉。"

他抓起她的手,举到头顶的高度。她以为他要亲上去,但他这样做只是想让手电筒的光照到上面。"没关系。"他说,"实际上,这样也许更好。我从来都不尊重标准低到会跟我睡觉的女人。"

"这并不好笑,帕克斯。"

"是的。我想也是。顺便说一下,叫我埃迪就行。"

"你确定吗?感觉很亲密的样子。"

这次她是真的想博他一笑,效果达到时她很高兴。

她想这样吗?她甚至都不知道。很明显,她想要什么东西。她并不是出于某种人际交往的抽象需求才抓住帕克斯的手。她之所以这样做是想看看——如果有的话——触摸他,自己会有什么感觉。但结果却模棱两可。

那道疤并没有影响到她。甚至正好相反,它使他从其他人对称而又整洁的面孔中突显了出来。这是张像投掷筛子一样的脸。她本能地喜欢这种任意性。这是吸引她的东西。

而她不喜欢的则是他和她两个人的过去中的残忍,也正因此,她才不得不放下姿态去接近他。她希望自己从来都没跟他说过自己杀过人这件事。她希望自己在他心里是纯洁的,这样触碰他所唤醒的自己可能会是另外一种模样。

但这样并不能使你重生——如果你还有机会的话。

她将手从帕克斯紧握的手中抽出来,接着她双手捧住他的头,亲在了他的嘴唇上。

过了一会儿,他关掉手电筒。她知道为什么,所以没有作声。

69

半夜某个时候从他们下面传来的声音发生了变化。

在这之前的声音一直都是随机的——蜂拥的僵尸互相之间像在做无规则的布朗运动似的撞来撞去,发出撞击声和震动声。而他们现在所听到的声音却有一定的节奏,有一种持续性,还有咕哝声、咔嚓声和口哨声混在施力和撞击的声音中。僵尸是不发声的。

帕克斯从贾斯蒂诺小姐沉重的、困倦的拥抱中抽离出来,爬到地板门边上。他掀起门,咔嗒一声打开已经垂直指向下面的手电筒。

映入光束中的是一张噩梦般的脸庞。它似乎要从黑暗中跳向帕克斯。它的眼睛乌黑,皮肤惨白,星星点点、横七竖八地涂着斑驳的颜料,上面的一张嘴张得大大的,露出了如水虎鱼般细长的尖牙。

感受到光之后，它转眼就爆发出杀气腾腾的愤怒，突然真的跳了起来。某个模糊不清的东西——在灯光中闪闪发亮——刺啦一声划开空气，正冲着帕克斯的脸飞过来，然后咣当一声砸到了地板门的门口。帕克斯向后仰，但他并未因这失手的一击而退缩，所以他看到了在攻击者身后所发生的事情。孩子们——有男孩也有女孩——拥入东倒西歪的僵尸当中，将它们拽倒，用杂七杂八的武器将它们迅速解决掉。

然而这并不是他们来这里的目的。这只是在清理场地而已。他们并非是偶然找到这个地方的，而是这间阁楼和里面的人将他们引到这里的。那双黑色的眼睛一次一次地又向上翻，直勾勾地盯着帕克斯。

他用力摔上地板门。贾斯蒂诺小姐已被惊醒，但他迅速拉她站起来。

"我们得走了。"他说，"马上。穿好衣服。"

"为什么？"贾斯蒂诺小姐问，"怎么……"她没说完，因为她已经听到了从下面传来的声音。也许她瞬间就猜到了这些声音意味着什么。不管怎样她知道这意味着他们有麻烦了，她还没蠢到会占用他们所需要的逃跑时间来问为什么。

地板门没有锁，但帕克斯成功地将金属水箱推到了门上。他推的正是时候——水箱盖上去时，门已经被推开了。下面传来的尖叫声说明正向上爬的那个人——不管是谁——并不享受被当头拍回的感觉。

短短几秒内，随着那些僵尸孩子不断加力，地板门被撞击得砰砰作响，剧烈地震动。帕克斯不知道他们是如何够到门的。一个一个地叠罗汉，还是站在他们刚刚俘获的其他僵尸堆起的身体上？这不是重点。他们力量太强大，太义无反顾，水箱顶不了多久。

他跳到桌子上,将头伸到贾斯蒂诺小姐没有关上的窗户外面。房顶上没人。他挤出肩膀,用力抬起身体上到石板瓦上。贾斯蒂诺小姐已经跟在后面。尽管他伸出手去拉她,但她并不需要。

石板瓦坡虽然不湿,但还是滑得要命。他们两个像青蛙似的四肢摊开,用力将身体贴在这危险的平面上,慢慢爬向屋脊。

他们一到屋脊,移动起来就变得容易了。那里有一个砖块砌成的单面,形成了一条狭窄的走道。这样他们就可以站直身子,像喝醉酒的空中飞人艺术家一样摇摇晃晃地走在上面,利用烟囱的防壁和热通风管来保持平衡。

帕克斯打算走到平台的一头,找到另一个窗户爬进去。还没走到一半,身后就传来了慌乱的大动静和刺耳的尖叫声,他们意识到屋顶不再只是他们两个人了。他扭头去看。那些月光中轮廓清晰、体形瘦小、动作灵活的身影正从他俩刚刚离开的那个房间向房顶上爬。他们的目标不是屋脊。他们横着身体抄最近的斜对角路线慢慢地向他们的猎物——帕克斯和贾斯蒂诺小姐——逼近。

帕克斯一直到下一个烟囱时才掏出他的枪。他向离他最近的孩子开了两枪。第一枪直接打中。那个孩子被打得后仰滚下了斜坡,还没来得及让自己停下就摔出了屋檐。第二枪没有射中。但那些孩子在惊慌中四下逃散,于是又有一个滚落了下去。

其余人迅速撤退。但还是不够快。帕克斯有足够的时间再瞄准几个逐一射击。

"不要杀他们!"贾斯蒂诺小姐喊道,"不要,帕克斯!他们已经跑开了!"

他们在变换战术才是真的。但帕克斯不想浪费时间去争论。最好还是省下子弹,因为等他们回到地面上会用得着。

如果他们能回到地面上的话。

有什么东西打到帕克斯头旁边的烟囱砖墙上，碎片溅到了他的脖子上。这些僵尸孩子一定是在烟囱和山墙的后面打弹弓——只是在快如挥鞭的僵尸手臂的作用下，石头射到身上像子弹一样。其中有一发离他特别近，他甚至能感觉到空气被划开，还能听到它从耳旁擦过时如蚊子嗡鸣般的声音。

够了。

他卸下步枪，大范围扫射了两圈。第一次射在了烟囱上，迫使那些孩子重新藏起来。第二次则以一条横扫式的、毁灭性的弧线击碎了他和他们之间的石板瓦。这样他们就很难通过屋顶的这一段——如果他们决定冒这个险的话。

"继续走。"他朝贾斯蒂诺小姐喊。他指着说："下去！从那边下去！找个窗户！"

贾斯蒂诺小姐已经沿瓦片滑向下面的雨水槽。她伸展胳膊减速，双脚摸索着乱蹬。帕克斯手脚并用地在她后面滑下，仰头往后面朝屋脊的方向，随时准备射击任何移动的物体。但没有东西在动。

"帕克斯。"贾斯蒂诺小姐在下面说，"这里。"

她找到的是一扇不仅开着，而是连同窗框什么的一块不见了的窗户。他们需要做的是将重量集中在胳膊肘上，身体顺着房顶滑下，双脚踩在窗台上，然后再钻进去就很快了。

现在分秒必争。必须在那些孩子之前下到地面。尽他们所能抢得先机。他们在黑暗中跌跌撞撞地寻找楼梯。

就在这时候，对讲机响了。帕克斯没有停——他不敢停——但他从腰带上的枪套中将它一把抓起，然后回答。

"帕克斯。请讲。"

"我听见了枪声。"梅勒妮说，"你们还好吗？"

"不太好。"

贾斯蒂诺小姐抓起他的肩膀,将他拽到旁边。她发现了一些台阶。他们一脚踏进昏暗的楼梯井中,身体一个趔趄,几乎快要摔倒。他应该停下来,从背包里拿出手电筒,但打开它很可能只会更快地将那些孩子引来。

"一些僵尸孩子找到了我们。"他喘着粗气说,"全副武装。有点像你,只是没你好相处。他们还在追杀我们。"

"你们在哪儿?"梅勒妮问,"我们分开的地方?"

"再远一点。在街尾。"

"我马上就来。"

好消息。"越快越好。"他建议道。

到达一层时他们能判断出来,因为这栋房子的临街大门是敞开着的。他们正要到门那里去,但月光下的一个黑影突然出现在他们面前,身高四英尺,两只手各拿一把刀,准备开切。

帕克斯开枪射击,那个身影轻盈地躲开了。弹匣里还剩最后一发子弹,或者可能是倒数第二发。帕克斯挥舞着双手,左摇右摆地一个急刹车停住。贾斯蒂诺小姐撞进了他的后背。他们180度大转弯,奔向了房后。

他们穿过一个又一个碎裂的雕像。帕克斯完全猜不到这些屋子是做什么用的,他也完全不感兴趣。他只是在找后门。最后找到时,他一脚踢开,他们闯了出来,进入到——他之前一直祈求的——一片荒废了20年的城市花园,四周有围墙。

他们潜入齐头高的荆棘中,走过之处留下了血肉和衣服。从后面传来的号叫声表明那些孩子就在近边,而且依然紧追不舍。帕克斯希望他们好好享受。大部分孩子都一丝不挂,所以暴露于接近地面长达一英寸、最繁密的荆棘的身体面积就会更大。

他回头看。他们刚刚跑出的那道门已经消失在漆黑的夜色里,但他能看见那里依稀有一些动静。他朝那个方向开枪,有什么东西发出惊声尖叫。再开枪时,他只听咔嗒一声闷响,滑套弹了回去。他腰里还有没有子弹?他要不要在黑暗中停下来填弹,而这些聪明的小孩们会趁机爬到自己屁股上来?

一堵园墙。"快!快!"他喊道。他托着贾斯蒂诺小姐翻过去,然后自己往上跳,没够着,再跳。第三次他够到了墙头,而贾斯蒂诺小姐则抓住他的衣领将他往上拉。

什么东西给了他肩膀一记猛击,又有什么东西砸到他手边的砖块爆炸了。贾斯蒂诺小姐痛苦地呻吟着,像靶场的靶子似的一下子倒了下去。

帕克斯从墙头滑下,紧跟着她跳了下去,脚下是一个停车场杂草丛生、四分五裂的柏油路面。旁边是一辆四轮驱动汽车的残骸,前轮都已不知去向,看起来像一只跪着的小公牛等待系簧枪抵在头上,等待这致命一击。

贾斯蒂诺小姐已经倒地不动。他小心翼翼地去摸她的前额,拿开时手上都湿了。

她并不算轻,但帕克斯还是成功地将她扛到了自己的肩膀上。他不能把她一个人丢在那里,所以要么是跑,要么就是战斗。

他选择跑。接着他便立刻意识到这是个错误的选择。六个矮小而敏捷的身影绕房屋侧面冲到视线中,朝他跑来时甚至都不减速。还有些正扭动着沿园墙向上爬,然后顺着墙身落到了他身后的柏油路上。

他沿着自己唯一能看清的方向跑去,来到了一片开阔地带,成了容易被弹弓击中的目标。不出所料,他们又开始发射。他的背部下面又遭到一击,感觉好像有人在他的肾脏上揍了一拳。他一个趔趄,勉强还能站直。

然后他还是被这些孩子中速度最快的一个给双脚离地撂倒了。它向他飞扑过来，落在了他的腰背部，并紧贴在那里，任由它所带来的冲力撞得他向下倒去。帕克斯伸开四肢，试图扭动自己的身体垫在贾斯蒂诺小姐的下面，以缓冲倒地的冲击，但是两个人却在中间某个时候分离开来。

帕克斯倒下去时，僵尸已经张牙舞爪地将手伸向他的喉咙。他用尽力气一拳打在对方脸上，将其打退，于是他便有空间伸出一只脚，然后将其踢开。他现在没事了，有足够的空间可以抓住步枪拿到身前来。

有什么东西从上面撞到他的肩膀上——遭弹弓射来的石头袭击的那只肩膀，力度大得惊人。步枪从他手指中滑下，但他是因为听到它落地的声音才意识到的。有那么几秒的时间，他没有任何知觉，甚至都感觉不到疼痛，紧接着疼痛感便涌上来，蔓延至全身。

这时他已经瘫倒在地，步枪就在头旁，然而尽管他努力想移动，但几乎没什么用。他的右臂已经用不上力，身体右半边各种极大的疼痛感如带刺铁丝般纠缠在一起。身穿防弹衣的那个花脸小子蹲在他旁边。其他人则聚集在那小孩身后，在花脸小子张大嘴巴身体前倾时等待着。如此近的距离，没有任何悬念：那些牙齿已经嵌了进去。

两排牙齿在帕克斯的前臂咬合。因为是右臂，所以帕克斯并不感到疼痛，他身体的那一侧已经没有多余的地方可以再疼痛了。但当男孩的头猛然又抬起，下巴里紧咬着他的一块血淋淋的红肉时，他还是尖叫了。

这是开始享用大餐的信号。其他孩子像是被招呼来野餐似的跳着就过来了。其中有一个金发小女孩，爬到了海伦·贾斯蒂诺小姐的胸脯上，抓起她的头发使她的头部后仰。

帕克斯的左手摸到了贾斯蒂诺小姐别在腰里的手枪。他拔出枪射击。盲射。那孩子转着圈逃到黑暗之中，中空弹的弹壳将她抽打得像个陀螺一般。

这些僵尸孩子僵住片刻，被如此近距离的轰鸣声吓到了。

在这空当中，某种新的外来物闯了进来。

震耳欲聋。

令人生畏。

像地狱里所有的恶魔一样喷着火尖啸。

70

梅勒妮利用手头的有限材料尽了自己最大的努力。

她踮着脚朝这些凶猛的孩子逼近，努力拉长身高，尽量使自己看上去不像是一个小女孩，而像一位天神或提坦。她从脖子往下都赤裸着——一丝不挂，但头上却戴着防化服配套的超大头盔，脸部被头盔椭圆的视板遮得严严实实。

她的身体从头到脚都涂着考德威尔博士在解剖时使用的——过去常使用的——消毒剂，通体呈浅蓝色，闪闪发光。

她左手拿着贾斯蒂诺小姐的个人报警器，它产生的威力与贾斯蒂诺小姐所说的完全一样。150分贝的声音冲击着周围每个人的耳朵，威吓着他们的大脑，使其不可能再做清醒的思考。当然，梅勒妮也在遭受着这种折磨，但至少她有心理准备。

拿在她右手的是信号枪，她当即直接向偷走基兰·加拉格尔上衣的那个花脸男孩射去。这一枪正好从他头部擦过，经过时留下的烟雾则如从天空中掉落的一件披肩将他笼罩住，将所有人都笼罩住。

梅勒妮将个人报警器扔到那个男孩脚边。男孩后退一步,在烟雾中使劲挥舞着双臂,好像自己正在遭受攻击一样。

她向他猛扑过去。她其实并不想这样。她想让他跑开,因为这样的话其他孩子也都会离开,但他没有这么做,而她已经来到他身边,他当下完全没了主意。

她用信号枪的枪托挥向他的下巴底面,这有力的一击打得他头部后仰,打了个趔趄。然而他并没有倒下。他调整站姿,用尽全身力气挥出棒球棒,然后落下。

但是他被那顶头盔骗到了,它对于梅勒妮来说过大,松松垮垮抵在她瘦削的肩膀上。他以为她比自己高出五英寸。他那致命的一击如果打中,本应击碎她头骨侧面,实际上却打在了头盔顶部,瞬间将其从梅勒妮的头上掀掉。

男孩发现她下面还有一个头后似乎很惊讶,他迟疑着,棒球棒呈反手砍削的姿势。个人报警器的声音还在他们的耳朵里尖啸着,好像整个世界都在尖叫。

梅勒妮将信号枪直角回转上膛,又上了一发子弹。这次她射向了男孩的脸部。

在观看这一幕的其他孩子眼中,他看上去一定像是脸部着了火。信号弹嵌入他的一个眼窝里,如同坠落到地面的一块太阳似的发出耀眼的光芒。烟雾从他的眼窝喷射而出,先是直直地向上,然后随着男孩屈膝后仰,又突然变成紧密缠绕的螺旋状。他丢下棒球棒去抓自己的脸。

梅勒妮用棒球棒结束了他的生命。

等她完事之后,其他孩子终于跑开了。

71

梅勒妮在前面带路,帕克斯中士左肩扛着贾斯蒂诺小姐紧随其后。他的右臂耷拉在身体一侧,随着他走路的节奏轻微地摆动。看来他已经无法活动这支胳膊了。

贾斯蒂诺小姐失去了意识,但绝对还有呼吸,而且也没有迹象显示她被僵尸咬到。

那些孩子又渐渐鼓起勇气,一次比一次大胆一点。他们还不敢贸然攻击,却有从黑暗中呼啸着飞过来的石头哐当落在梅勒妮脚边。她保持速度不变,帕克斯中士也是如此。如果他们跑起来,梅勒妮想,那些孩子会追赶他们,然后他们就又要战斗了。

最后他们拐了个弯,罗西就在前面。梅勒妮略微加快步伐,这样她便可以先走到那里开门。帕克斯中士跨过门槛时绊了一跤,双膝跪倒在地。在梅勒妮的帮助下,他将贾斯蒂诺小姐放下。他已经筋疲力尽,但梅勒妮还不能让他休息。

"抱歉,中士。"她边用脚将门踢上边对他说,"我们还需要做一件事情。"

帕克斯中士用左手指着他肩膀上参差不齐的裂口。他脸色惨白,眼角已经有些发红。

"我……必须离开这里。"他气喘吁吁地说,"我——"

"火焰喷射器,中士。"梅勒妮急迫地打断他,"你跟贾斯蒂诺小姐说过这里有火焰喷射器。在哪儿?"

一开始他似乎不明白她想要什么。他喘着粗气与她的目光相遇。"那堵墙?"他猜测道,"那……真菌什么的?"

"对。"

中士站起来，跌跌撞撞地走到车尾的武器站。"你得接通电源。"他告诉她。

"我来找你们之前就已经接上了。"

帕克斯用一只手的掌根擦了擦脸，低声喃喃道："好。好。"他指向两个开关："引信。进料。点燃引信，打开进料盖，然后开火。如果不松开节流阀，喷嘴就会一直喷火。"

梅勒妮站到射击平台上。她够得到控制装置，却因为个子不够高而无法将眼睛放到瞄准器前，甚至都无法从观察孔的底部探出头。帕克斯可以看出她一个人搞不定。

"好。"他又说了一遍，空闷的声音中带着痛苦和疲惫。

她退下来，他摇摇晃晃地爬到她的位置，差点从平台上跌下。因为他的一只手已经用不上力，所以发射这台火焰喷射器比解释起来要难得多。在他人工操作武器本身时，梅勒妮则帮他操作开关。

炮塔在伺服系统的作用下随着炮筒的移动而转动，因此至少这部分不难。帕克斯瞄准这片死寂的灰色真菌森林，由于它占据了一半的视野，所以他不可能射失。

"哪里都行？"他问她，声音低沉而不平稳，类似惠特克先生有时候说话的声音。

"哪里都行。"梅勒妮确认。

"孩子，那东西无边无际的。火是不会……不会穿透的，不会毫无阻碍，不会烧出一条道来的。"

"不用烧透。"梅勒妮说，"火会蔓延。"

"我倒希望是这样。"帕克斯倚在炮筒上瞄准，然后扣动扳机。火光在空中划过，刚开始是水平的，到弧线的最后则开始下降，像把20米长的剑似的将那片灰色的东西割开。

火焰所及之处，细丝瞬间消失。火势只向两边蔓延。速度快得他们都来不及扭头去看。这张真菌垫如同火绒一样干燥。它似乎想要燃烧。此时在熊熊火光的照耀下，从这么远的地方都能看见前面距离较近的"树干"。在火像野兽般咆哮着穿过这片真菌森林时，这些棱角分明的阴影完全变了样子。由于内部的水分比那些细丝要多，因此在长时间的闷烧，噼里啪啦地吐完火星之后，它们才终于燃烧起来，从阴影变换为耀眼的火光。

过了足足有一分钟，梅勒妮碰了下中士的肩膀："应该够了。"

幸亏他松开了扳机。这把火红的剑瞬间就缩回了火焰喷射器的炮筒里。

帕克斯略微弯曲着两条腿从平台上走下来。

"你必须得让我出去。"他含糊地说，"我对你们来说已经不再安全了。我……我感觉这该死的头要裂开了。看在上帝的分上，孩子，打开门。"

他自己似乎找不到门。灯光下他眨着充血的双眼，痛苦地扭曲着脸，左冲右撞。梅勒妮扶着他尚且完好的左手，领他到门前。

贾斯蒂诺小姐现在已经坐了起来，但他们经过时她似乎并没有注意到。她脚边有摊呕吐物，而头则垂在两膝之间。

梅勒妮停下来，非常温柔地亲吻她的头顶。"我很快就回来。"她说，"我会照顾你。"

贾斯蒂诺小姐没有回应。

中士的一只手已经放在了外门的把手上，但梅勒妮的手则轻轻地搭在他手上，尽量不伤到他，但阻止他将门拉回打开。"我们得等一下。"她解释道。

她按照写在控制装置旁边墙上的说明转动气锁。帕克斯中士在一旁看着，困惑不解。灯从红色变为绿色，然后她打开了外门。

他们走出去，进到一片细薄的雾气之中，好似有人在天地之间挂了一面花边窗帘。空气的味道与之前一样,但舌头上却感觉像有沙砾似的。梅勒妮不停地舔舐嘴唇以清除舌头上的晶体,她看见帕克斯中士也在舔。

"有没有可以让我坐下来的地方?"他问她。他频繁地眨眼,一滴红色的眼泪从他的一只眼中滴了下来。

梅勒妮发现了一个黑色塑料转轮垃圾桶,便将它推倒。她引导中士坐在上面,自己则在他旁边坐下。

"我们做了什么?"帕克斯哑着嗓子问。他急切地环顾四周,好像丢了某件东西却想不起来是什么的样子:"我们做了什么,孩子?"

"我们烧了那灰色的东西。我们把它烧光了。"

"对。"帕克斯说,"那……那海伦……?"

"你救了她。"梅勒妮让他放心,"你把她带回了车里,她现在安全了。她没被咬到。你救了她,中士。"

"很好。"中士说。然后他陷入了长时间的沉默。"听着,"他终于开口,"你能不能……孩子,听着。你能不能帮我个忙?"

"什么忙?"梅勒妮问。

中士从枪套中拔出他的手枪。为此他不得不伸出左手绕过自己的身体。他将空弹匣弹出,然后在腰带上四处摸索,最后终于找到一盒新弹匣,啪的一声将其推进枪身。他向梅勒妮示范手指应该放在哪里,又教她怎样打开保险。他将一发子弹上了膛。

"我想……"他说,随后再次沉默。

"你想要什么?"梅勒妮问他。她的一双小手拿着这把大枪,心里实际上已经知道答案是什么。但他得说出来,这样她才能确定自己想的是对的。

"我看见过太多僵尸了……所以我不想变成那样。"中士说,"我是说……"他嘟嘟囔囔地咽了口唾沫,"不想那样死掉。无意冒犯。"

"我没有感觉被冒犯,中士。"

"我没办法用左手开枪。抱歉。我知道这个要求有点多。"

"没关系。"

"要是我能用左手……"

"不用担心,中士。我答应你。在这之前我不会离开你。"

黎明来临时,他们并肩坐在一起。天空只是微亮,无法判断何时黑夜结束,白天到来。

"我们把它烧了?"中士问。

"是的。"

他叹气,声音中有股涌动的暗流。

"胡扯。"他呻吟着说,"空气中的那些东西……那是真菌,对不对?我们做了什么,孩子?告诉我。不然我会把枪从你手里拿走,提早送你去睡觉。"

梅勒妮自我妥协了。她不想让他在将死之时因为这件事而困扰,但如果他向自己索问真相,她不会对他撒谎。"那里,"她指向还在燃烧的那面真菌墙说,"有孢子荚。装满种子的孢子荚。考德威尔博士说,这是真菌的成熟形态,而这些孢子荚本应该破开,在风中传播种子,但因为太过结实而没办法自行破裂。考德威尔博士说,它们需要某种东西来'推'它们一把,帮助它们破开。她将其称之为环境触发物。而我则想起雨林中有种树木,需要一场大火种子才会生长。过去在基地时,我房间的墙上就有一张这样的图片。"

帕克斯被自己刚才所做的事情吓得哑口无言。梅勒妮轻抚他的手,后悔告诉了他。"这就是我不想告诉你的原因。"她说,"我就知道你听到会不好受。"

"但是……"帕克斯摆了摆手。尽管她解释起来并不容易,但他理解起来却更困难得多。她能看出来他甚至连组织语言都有困难。

僵尸真菌正在破坏他大脑中不为自身所需的那些部分,导致他用以思考的部分越来越少。最后他勉强挤出了一句:"为什么?"

因为战争,梅勒妮告诉他,还因为那些孩子,那些像她一样都是第二代僵尸的孩子。没有可以治疗这场僵尸瘟疫的方法,但到最后这场瘟疫却成了自身的解药。那些先遭受感染的人确实非常非常的不幸,然而他们的孩子却会没事,他们会成为存活下来并长大、生育自己的孩子,由此创造出一个新世界的那批人。

"但前提是我们让他们长大。"她最后说道,"如果你继续射杀他们,将他们切成碎片,丢进坑里,就没有人来创造新世界了。像你一样的人类和容克之间会不断地相互残杀,而你们双方对僵尸又都是格杀勿论,最后世界便会空无一人。而我说的这种方法就比较好。所有人同时变成僵尸,这就意味着所有人都会死,这确实令人感到悲伤。但之后那些孩子会长大,他们既不会变成之前那种人类,也不会变成僵尸。他们会变得不一样。就像我,还有班上其他孩子。"

"他们会成为下一代人类,会让一切恢复正常的一群人。"

她甚至不知道帕克斯听进去多少。他的动作一直在变化。他的脸时而松弛时而扭曲,双手像操控糟糕的木偶的手一样,冷不丁地抽搐。他咕哝了几句"好",梅勒妮觉得这也许表示他理解了她说的话,表示他同意她的想法,或者只是表示他还记得她在对自己说话,所以想让她知道自己还在听。

"她一头金发。"他忽然开口。

"什么?"

"玛丽(Marie)。她……一头金发。跟你一样。所以如果我们有孩子……"

他的两只手相互交叉,试图避开这个话题。过了一会儿,他变得一动不动,直到房屋间一根电线上一只鸟的叫声惊得他猛然挺直坐起,脑袋转来转去,先是向左,然后向右,想要定位声音的来源。他的下巴开始一张一合,表现出僵尸的习惯性动作,突如其来却又势不可挡。

梅勒妮扣动了扳机。这颗软弹射进了中士的头部,再也没有出来。

72

海伦·贾斯蒂诺小姐醒了过来,像是刚刚徒步跋涉了 20 英里的样子。其过程令人筋疲力尽但又十分缓慢。她不断看见熟悉的地标,以为自己一定就快到那里了,结果却再次迷失,所以不得不凭借自己脑中支离破碎的记忆——在一百种随机排序中再现昨晚发生的事情,继续艰难地行进。

最后她终于意识到自己身处何地。她回到了罗西里面,正坐在中门旁边的一块钢格板上,周围是一摊自己的呕吐物。

她挣扎着站起来,在这个过程中又吐了些。她到罗西的各个区间去找帕克斯、考德威尔和梅勒妮。结果她只找到其中一个。博士冰冷而僵直的尸体躺在实验室的地面上,蜷缩成了一个死后的问号。尸体脸上有少许干了的血迹,伤口比较新,但看上去似乎并不足以致死。那么便再次验证了帕克斯所说的,博士因之前双手伤口受感染所引起的败血症已经濒临死亡。

实验室的一个工作台上放着一个脑盖已被拿去的小孩的头部。头旁边的一个碗里堆着大块的骨头和血淋淋的组织,还有一双被丢弃的手术用手套,上面沾满了已风干的血迹。

没有梅勒妮或者帕克斯的身影。

贾斯蒂诺小姐向窗外望去，看到外面在下雪。灰色的雪，都是些细薄的碎屑，其实更像是筛过的灰，却是无休止地从天而降。

当她意识到自己所看到的是什么时，便开始哭泣。

几个小时过去了。太阳爬了上来。贾斯蒂诺小姐感觉阳光暗淡了些，好像这些灰色的种子在高空中形成了一块幕布似的。

梅勒妮迎着末日阵阵"风雪"走回罗西。她隔着窗户朝贾斯蒂诺小姐招手，然后指了指门口：她要进去了。

气锁转动得非常缓慢，与此同时梅勒妮往自己已经涂满消毒剂的身上又仔细喷了层液态的杀菌剂。

我很快就回来。我会照顾你。

贾斯蒂诺小姐现在才反应过来这两句话的意思。她将如何活下去，又将成为什么。于是她哽咽着大笑这一公正的结果。一切未曾遗忘，一切皆有代价。

就算她有能力去讨价还价，她也不会这样做。

这时气锁的内门打开了。梅勒妮跑向她，拥抱她。毫不迟疑、毫不吝啬地给予她爱——不论她是否应得，同时也对她做出"宣判"。

"穿好衣服。"她开心地说，"来见他们。"

那些孩子。他们沉闷而笨拙地盘腿坐在地上，梅勒妮一使劲瞪眼警告，他们便吓得不敢再出声。对于昨晚贾斯蒂诺小姐只有些模糊的记忆，但当梅勒妮走在他们中间，严厉地做嘘声状时，她能看到这些孩子眼里的敬畏。

贾斯蒂诺小姐强忍着一阵由幽闭恐惧症引起的反胃感。待在这套密封的防化服里热极了，而且尽管她刚刚从罗西的过滤水槽中喝下了约有她一半重的水，却已经又口渴了。

她坐在中门的门槛上，手里拿着一支马克笔。罗西的车身就是她的教学白板。

"早上好,贾斯蒂诺小姐。"梅勒妮说。

其他一些孩子——超过一半——试图模仿梅勒妮,问好的喃喃声此起彼伏。

"早上好,梅勒妮。"贾斯蒂诺小姐回应,而后又说,"早上好,同学们。"

她在车身侧面写下大写字母"A"和小写字母"a",之后会上希腊神话和二次方程的课。

作者采访

你最早是什么时候想到要写《天赐之女》这本书的?

其实这本书出自我为一本美国文选写的一个短篇小说。这是本主题书——莎莲·哈里斯(Charlaine Harris)和托妮·凯尔纳(Toni Kelner)组织编写的年度文集之一,而那一年的主题是学生时代。我答应过投稿,之后却因为其他项目耽搁了半年,然后突然意识到截止日期就在眼前了。有一个月的时间,我每天早上一醒来就有种焦躁不安的感觉:得动笔写这个故事了。

之后的一天早上我醒来的时候心中不再有焦躁不安的感觉,取而代之的是一幅画面。画面中一个小女孩正坐在一间教室里写着一篇关于她长大后要做什么的文章。这就有了梅勒妮,她是什么以及她在哪里——所有这些想法在我脑中都很清晰。当然,此时这版故事梗概的关键在于,这个小女孩一直都没有长大,与我实际所写的相去甚远。我当时的想法是,我们会从女孩的文章中读到这一点——可以说我们会通过女孩来一窥真相。

这篇短篇小说我四天就写完了,其中两天是在挪威的一场漫画集会到处奔走时写的。结果很受欢迎。它获得了当年的埃德加·爱伦·坡奖(Edgar Allan Poe Awards)和德林格奖(Derringers Awards)的提名,还被收录于保拉·古兰(Paula Guran)的年度最佳黑暗奇幻恐怖文集。但我知道故事还没有写完。我不断地将自己重新置于梅勒妮的世界中,苦思冥想在回声酒店大门之外还有些什么。我想把她带出来,进入那个更广阔的世界里,还有那些成年人也是。我想赋予她一条不同的轨迹。

几个月后（这时我本应该已经开始撰写另一本完全不同的小说），我向我的编辑安妮·克拉克（Anne Clark）力荐关于这部长篇小说的想法，她让我动笔写起来。

梅勒妮和贾斯蒂诺女士之间的主要关系是本故事的核心，这份关系十分感人——你在写故事的时候自己有觉得很感动吗？

噢,有,确实很感动。任何涉及父母—孩子关系(包括代理父母)的内容都会击溃我所有的感情防线。我也并不是一直这样。我以前是个硬心肠的读者,至少在保留情感方面是这样的。但一当我有了自己的孩子,所有这一切都变了。我一下子变成了一个爱哭鬼。现在我看《玩具总动员3》(*Toy story 3*)都会掉眼泪。

父母和孩子似乎是我回归最多的一个主题。在我为DC旗下的Vertigo漫画出版公司写《路西法》(*Lucifer*)时,我把这个故事当作围绕路西法的一个家庭剧,这个任性的孩子试图从专横的父亲的影响中挣脱出来,不惜一切代价来定义自己。除此之外还有很多其他角色——麦泽金（Mazikeen）、吉尔·普雷斯托（Jill Presto）、伊莱恩·贝洛克（Elaine Belloc）,他们和自己的父母关系都很糟糕。

而在写《天赐之女》时,我觉得我换了一个方向。梅勒妮是其中所有成人角色的一个试金石,并不只针对海伦·贾斯蒂诺。我们透过梅勒妮的眼睛去看这些成年人,并基于他们对梅勒妮的回应来评判他们——至少有时候会去评判。

这样就比较棘手。我想让贾斯蒂诺女士成为一个可信的人物,而非道德完人。如果把她写成一个完美的角色其实会很容易,但为什么她非得是这样一个人？在那种情况下,在那种时候,奇迹之处便在于她仍保有着情感上哪怕一丁点的坦诚。但我不得不用前面那些场景做铺垫,这样她便能不断地对自己有新的认识,并不是说她决定自己必须得采取一个坚定的立场。

你是否认为在你的作品中处理伦理问题和讲述一个有趣的故事一样重要？

这个，可以说我已经写过很多两者并不同等重要的东西了。我认为是这样的。大多数时候，你是在用一种特定的眼光来看待这个世界。大多数时候这甚至不是有意识的想法：你的眼前只有这么一套滤色片，所以你所见到的一切，所想到的一切，都偏向于特定的方向。对你来说，有些东西显而易见，另一些则不易察觉。在你写作时这一问题当然就会显现出来。可能你在撰写从表面看来似乎是逃避主义的什么内容，然而并不存在纯粹的逃避主义这样的东西。就像厄休拉·勒古恩（Ursula Le Guin）所说的，科幻小说的离题才是真正的介入——你是在五颜六色的伪装下去探索真实世界，或者说你对真实世界的感受。奇幻、恐怖、惊悚等所有体裁的小说都是如此。

所以我可能会说，这个问题并不关乎处理伦理问题，而在于你写的故事出自你对这个世界如何运作的个人看法。如果你就是这么做的，如果你做得很成功，你的故事便会引发读者的共鸣，他们会在故事里发现令他们感动或质疑的东西。

你认为是什么令后世界末日惊悚片如此吸引人？

对于这个问题我有一个理论，可能其他人已经先于我提出了。这种惊悚片的一部分吸引力在于当世界走向末日时，你所有日常的烦恼、痛苦、焦虑、危机都会随之而去。这就像是暑假的第一天，往后等待你的是一段完完整整的时间。你再也不用偿还贷款，不用做不喜欢的工作，不用担心你的胆固醇，诸如此类。这场世界末日以抹去过去的一切的方式开始。一种重生的方式。

当然，这一题材的吸引力远不止这些。结合我们之前讨论的问题，关于伦理问题的那些，很多后世界末日小说利用对当下的废除来探讨什么才是经久不衰的。探讨是什么定义了我们。在一个诞生于烈焰、瘟疫或者僵尸灾难的新世界里，我们会变成什么样子，又将如何改变？我们会彻底改变吗，还是同样的焰火会重新出现，继续控制着我们？《行尸走肉》(*The Walking Dead*)第一季中令人激动的剧情之一便是莫尔·迪克森（Merle Dixon）是怎样无法放下他有毒的种族主义，尽管唯一有意义的区别只在于生或者死。

希腊神话特征在该小说中频繁体现——是否能详述一下你从希腊神话中所汲取的灵感？

我想起前阵子我主要还在写漫画的时候，很多好的故事都借鉴了神话原型。那些经久不衰、代代相传的故事都会涉及某种非常强大或者至少十分普遍的内容——人们看到这些内容时会识别出来并有所反应。托尔金（Tolkien）反对路易斯（C. S. Lewis）的纳尼亚（Narnia）系列小说是因为这些作品是靠类比创作的，即采用一个现成的神话，换掉名字和场景将其重述一遍，而托尔金认为，作者不应该借鉴现有神话，而应该进行从无到有的创作。但是我们在读《精灵宝钻》(*Silmarillion*，托尔金著）时，也不可能发现不了索伦（Sauron，《精灵宝钻》中的人物）的败亡与撒旦（西方神话人物）是何其相似。问题仅在于如何处理与原始材料之间的关系。每一个故事里都隐藏着先前故事的基因。

在之后成为《天赐之女》的那篇短篇小说中，梅勒妮对《伊利亚特》(*The Iliad*)十分着迷，她误以为自己之所以被关在地堡里是因为特洛伊战争或者类似的灾难仍在外面的世界肆虐。如果这些孩子们从地堡中被释放出来，他们会落得和伊菲革涅亚（Iphigenia）一样的下场，成为祭祀品。

而在我开始写《天赐之女》时，我将梅勒妮的故事引入了一个不同的方向，《伊利亚特》神话似乎就变得不那么相关了。而突然之间潘多拉的盒子这一神话故事反倒变得无比贴切。所以我保留了所有涉及贾斯蒂诺女士给孩子们读一本希腊神话书的场景，但替换掉那些我们耳熟能详的神话。

潘多拉神话的美妙之处在于它在很多不同方面的相关性。我们不断地回到这一神话故事中来，每一次它都有不同的含义。当然，在你读到这本书的末尾时，你会真正意识到梅勒妮与潘多拉的选择是多么的相似。

在你写这本小说时是否有其他作家对你产生了特别的影响？

总的来说，吉恩·沃尔夫（Gene Wolfe）算一个。他的《酷刑》（*Torturer*）系列四本书展示了一个遥远得令人难以想象的未来世界——距我们现在所处的时代远得我们所建立或书写的东西几乎都没有留存下来。这是个荒凉的世界，但他对其进行描述时却带着一种摄人心魄的抒情的美，而且四本书中处处都有了不起的新发现。书中不断变换的叙事角度让你以一种前所未有的视角来回看我们的时代。我并不是说我实现了这一点，或者甚至曾经试图去实现，但是不论何时，只要是在进行世界建构，我总会情不自禁地回想起这些书。

这么一说我突然想起来，在《酷刑》系列书中，我最喜欢的片段就是对一个希腊神话——《忒修斯和牛头怪》（*Theseus and the Minotaur*）——的另类复述！

同时写电影剧本和小说感觉如何？

收获还挺大的。在我看来，两者差异很大，却又相得益彰。

我需要做的就是为同样的叙述难题找到两种不同的解决方法。每种媒介都有其自身天然的词汇，或者调色板，或者你想称之为什么都可以。有些事情它做得极其好，同时也有一些事情它完全做不到，就是那些违背其本质的事情。所以如果你是通过不同的媒介讲述同一个故事，你会发现自己在转向不同的路径。或者说你就应该这样。因为你在试图用两种语言诉说同一个故事。

我多少已经有过类似的经验，因为我写过很多不同媒介的作品——漫画、散文、电影剧本，也做过改编，将别人的作品从一种媒介改编为另一种。比如，电影和小说改编成漫画，小说改编成电影，等等。我从来没做过的是同时用两种形式叙述同一个故事。坦白讲，我是推崇这种做法的。这样做会在你面临选择时打开你的视野，有时会使你看到用常规的角度和视角去写作时可能看不到的可能性。

现在回过头来看时，我想这很可能就是为什么《天赐之女》这本小说最终与我一贯的风格和态度大相径庭的原因吧。刚开始只是随便写写。后来一宣布要为莎莲和托妮的文选执笔时，我便没办法随便写写了。我随意选了一个角度落笔，却拥有了完全意想不到的收获。

致谢

该小说出自我为莎莲·哈里斯（Charlaine Harris）和托妮·凯尔纳（Toni Kelner）所编选集而撰写的一部短篇小说《奥利斯的伊菲格涅亚》(*Iphigenia in Aulis*)。因此我想感谢他们促成了这部小说的问世，以及在我写作时给予我的鼓励和反馈。同时十分感谢柯尔姆·麦卡锡（Colm McCarthy）、卡米尔·加廷（Camille Gatin）和丹·麦卡洛克（Dan McCulloch）在我们将该小说改编为电影时提供了一些精彩的头脑风暴式的会话。对于这部电影，我们都有不同的理解方式和方法，然而他们几位的一些清晰的视角和生动的想象却感染了我，而且我相信已自动传递到这部小说当中了。最后，感谢我的家人——林（Lin）、卢（Lou）、戴维（Davey）、本（Ben）、芭芭拉（Barbara）和埃里克（Eric），他们都是这部小说大多数关键时刻的"实验台"和"测试风洞"，而且从未抱怨过——即便在他们处于做完大型手术的康复期时都没有过任何抱怨。

图书在版编目（CIP）数据

天赐之女 /（英）麦克·凯里著；张瑾译. — 西安：太白文艺出版社，2018.4
ISBN 978-7-5513-1341-4

Ⅰ.①天… Ⅱ.①麦… ②张… Ⅲ.①长篇小说－英国－现代 Ⅳ.① I561.45

中国版本图书馆CIP数据核字（2017）第287942号

天赐之女
TIANCIZHINV

作　者	〔英〕麦克·凯里
译　者	张　瑾
校　对	范一亭
责任编辑	王婧殊
特约编辑	郭　梅　杜姗珊
整体设计	Metis 灵动视线
出版发行	陕西新华出版传媒集团
	太白文艺出版社（西安北大街147号　710003）
	太白文艺出版社发行：029-87277748
经　销	新华书店
印　刷	北京鑫海达印刷有限公司
开　本	960mm×640mm　1/16
字　数	219千字
印　张	23
版　次	2018年4月第1版　2018年4月第1次印刷
书　号	ISBN 978-7-5513-1341-4
定　价	36.80元

版权所有　翻印必究
如有印装质量问题，可寄出版社印制部调换
联系电话：029-87250869

THE GIRL WITH ALL THE GIFTS by M. R. CAREY
Copyright © 2014 by M. R. Carey
This edition arranged with LITTLE, BROWN BOOK GROUP LIMITE through Big Apple Agency, Inc., Labuan, Malaysia.

Simplified Chinese edition copyright © 2018 by Phoenix-Power Cultural Development Co., Ltd.
All rights reserved.

著作权合同登记号　图字：25-2018-004号